Christine Bartsch

Das Gefühl der Kälte

Christine Bartsch

Das Gefühl der Kälte

Die Fälle der Rechtsmedizinerin Charlotte Fahl

orell füssli Verlag

© 2016 Orell Füssli Verlag AG, Zürich
www.ofv.ch
Rechte vorbehalten

Dieses Werk ist urheberrechtlich geschützt. Dadurch begründete Rechte, insbesondere der Übersetzung, des Nachdrucks, des Vortrags, der Entnahme von Abbildungen und Tabellen, der Funksendung, der Mikroverfilmung oder der Vervielfältigung auf andern Wegen und der Speicherung in Datenverarbeitungsanlagen, bleiben, auch bei nur auszugsweiser Verwertung, vorbehalten. Vervielfältigungen des Werkes oder von Teilen des Werkes sind auch im Einzelfall nur in den Grenzen der gesetzlichen Bestimmungen des Urheberrechtsgesetzes in der jeweils geltenden Fassung zulässig. Sie sind grundsätzlich vergütungspflichtig.

Umschlaggestaltung und Motiv: Hauptmann & Kompanie Werbeagentur, Zürich
Druck und Bindung: CPI books GmbH, Leck
ISBN 978-3-280-05610-3

Die Deutsche Nationalbibliothek verzeichnet diese Publikation in der Deutschen Nationalbibliografie; detaillierte bibliografische Daten sind im Internet unter www.dnb.de abrufbar.

Für Schnicki

Beifall

Wenn man sich mit der Frage beschäftigt, was für einen Tod sich die meisten Menschen wünschen, mal abgesehen von dem Umstand, dass kaum einer wirklich gerne sterben möchte, dann ist es am häufigsten der Tod im eigenen Bett, der als die vermeintlich angenehmste Variante favorisiert wird. Das haben unterschiedliche Forschungsstudien ergeben, und Charlotte Fahl kann sich das nur so erklären, dass diese Menschen überhaupt keine Ahnung haben, wie das Sterben im Bett aussehen kann. Im eigenen Bett fühlen sich viele sicher und gut aufgehoben, aber kaum ein Mensch schläft einfach in seinem Bett ein und wacht dann nie mehr auf. Es sind oftmals die absonderlichsten Dinge, die eine Person durchleben und durchleiden muss, bevor man sie leblos im Bett vorfindet.

Sicher, man kann auch ohne äußere Einwirkung einen epileptischen Anfall, einen Herzinfarkt, eine Lungenembolie, einen Schlaganfall oder eine Hirnblutung im eigenen Bett erleiden. Das sind zweifellos alles akute, zumeist letale Krankheitsereignisse, die der Allgemeinheit das Sterben im eigenen Bett akzeptabel erscheinen lassen. Schon weniger gut vorstellbar, aber durchaus nicht selten anzutreffen, ist der Erstickungstod durch Nahrungsbrei nach zu reichlichem Alkoholgenuss mit anschließendem Erbrechen. Für Forensiker dagegen ist der Leichenfund im Bett ein Thema mit zahllosen Variationen, und egal, ob der Leichnam sanft zu schlafen scheint oder nicht, zu klären ist stets die strafrechtliche Relevanz der Todesumstände.

Nicht immer waren die Menschen allein, wenn sie im Bett das Zeitliche segneten. Eine Person kann auf dem Gipfel sexueller Erregung durch die körperliche Höchstleistung, aber auch durch bestimmte Fremdsubstanzen, die ihr durch dritte Hand verabreicht wurden, ganz plötzlich einen Herzstillstand erleiden. Umgekehrt werden auch Menschen tot aufgefunden, die schon seit ewigen Zeiten an ihr Bett gefesselt waren, weil ihnen eine langsam auszehrende Erkrankung die Kraft genommen hatte, jemals wieder aufzustehen. Unter diesen Verstorbenen finden sich auch Menschen, die grob vernachlässigt oder sogar beschleunigt in den Tod gepflegt wurden. Es werden auch Menschen im Bett erstickt oder bereits als Leichnam dort abgelegt. Und schließlich legen sich einige Menschen ins Bett, um ihrem Leben gewaltsam ein Ende zu bereiten. Sei es durch eine äußerlich nicht erkennbare Vergiftung, sei es durch einen Kopfschuss, eine Stromquelle oder eine Stichverletzung. Viel Blut bedeutet meistens auch viel Arbeit für die Rechtsmedizin. Eine blutüberströmte Leiche, bei der alle Alarmglocken sofort anspringen und deren Schicksal dennoch Verwirrung stiftet, ist nur ganz selten anzutreffen.

Alain Schöni, ein erfolgreicher Schweizer Tenor von internationalem Ruf, hätte in einer solchen Studie sicher niemals zu Protokoll gegeben, er wolle im Bett krepieren. Er ist auf der Bühne zu Hause, und dort würde er am liebsten auch versterben, wenn es denn so weit wäre und unbedingt sein müsste. Am allerliebsten würde er in einer seiner besten Rollen, in denen er ohnehin auf tragische Weise regelmäßig sein Leben lassen muss, seinen letzten Atemzug nehmen. Wenn er eines Tages das Zeitliche segnet, dann muss das unbedingt unter tosendem Beifall geschehen, sodass das Publikum sein Dahinscheiden nicht von einer Darbietung unterscheiden kann.

Aber ans Sterben denkt er die meiste Zeit über sowieso nicht, obwohl er beruflich allabendlich erstochen, erschossen, erwürgt oder erschlagen wird. Alain liebt sein ausschweifendes Leben und kann gar nicht genug davon bekommen. Intensität ist das Motto seiner Existenz. Nicht enden wollende Fressorgien, die von den auserlesensten Wein- und Champagnersorten begleitet und mit den edelsten Spirituosentropfen beendet werden, zählen zu seinen Spezialitäten. Danach raucht er handgerollte kubanische Zigarren und verlustiert sich mit ständig jünger werdenden Liebhabern, die ihm alle verfallen sind.

An diesem Abend war er mal wieder als Maler Mario Cavaradossi in Puccinis »Tosca« auf der Bühne, als er im zweiten Akt ganz plötzlich von einem stechenden Schmerz hinter seinem Brustbein überrascht wurde. Er zuckte heftig zusammen und gab einen lauten Schrei von sich, dessen Ursache dem aufmerksamen Publikum allerdings insofern entging, da es aufgrund der Cavaradossi zugemuteten Folter laute Schreie von ihm erwartet hatte. Als schließlich am Ende des dritten Akts das Erschießungskommando vor ihm stand, um ihn niederzustrecken, bevor er miterleben konnte, wie Tosca sich von der Engelsburg in den Tod stürzt, krümmte er sich erneut vor Schmerzen und gab sich erleichtert dem Bühnentod hin. Nach dem tosenden Beifall, der heute gar nicht mehr enden wollte, war er jedoch dermaßen adrenalingeschwängert, dass er noch ein ausgiebiges Nachtessen inklusive kleinem Gelage im Kreise seiner Anhänger genoss und anschließend seinen neuesten Verehrer Robert mit zu sich in seine Villa am Zürisee nahm. Mit Mitte fünfzig stand Alain Schöni noch immer auf dem Höhepunkt seiner Gesangskarriere, sein voluminöser Körper gab nicht nur einen fantastischen Resonanzraum ab, er war auch noch zu sehr vielen anderen interessanten Dingen zu gebrauchen, bis er am Morgen nach seiner bejubelten Vorstellung gegen halb sieben blutüberströmt von seiner spanischen Putzfrau im Bett aufgefunden wurde.

»Beruhigen Sie sich bitte, Frau Alvarez Sànchez, und erzählen Sie uns noch mal ganz genau, wie heute früh alles abgelaufen ist«, bittet ein Streifenpolizist die völlig aufgelöste Putzfrau des berühmten Tenors, während sein Kollege stumm neben ihm steht.

»Das ich habe doch alles schon gesagt, junge Mann. Ich wie immer gekommen zum Putzen und nach Aufschließen nix gehört. Herr Schöni häufig nix da, also ich einfach putzen unten«, erklärt sie den Ablauf. »Dann putzen oben. Nach Flur kommt immer Schlafzimmer, und da..., oh Dios mio!... Herr Schöni im Bett mit alles voll Blut überall. Ich laut schreien. Einmal, zweimal, dreimal, weiß nich wie viel, sehr viel auf jede Fall. Dann nach unten laufen und weiter schreien. Telefon nix da. So viel aufregen und Angst. Dann mit Handy Polizei rufen. Jetzt Sie hier, mehr nix«, beendet sie ihre Schilderung unter heftigem Schluchzen.

»Vielen Dank für die ausführliche Beschreibung. Können Sie uns bitte noch sagen, ob Sie irgendetwas verändert haben?«, fragt nun der zweite Polizist, der bisher geschwiegen hat.

»Ich nix verändern, wie verändern? Ich nix anfassen tote Tenor. Ich nur Blut sehen und schreien. Nix putzen in Schlafzimmer, nur unten und oben Flur«, präzisiert Frau Alvarez Sànchez ihre Aussage.

»Stephan, ich habe bereits die zuständige Staatsanwältin der Abteilung für Tötungsdelikte am Telefon gehabt, sie ist in zehn Minuten vor Ort. Wir müssen die Putzfrau so lange hierbehalten, sie ist eine wichtige Zeugin«, sagt der eine Beamte zu seinem Kollegen Thomas, der sich eifrig Notizen macht.

»Okay, dann fahren wir alles hoch, würde ich sagen. Sieht ja auch aus wie ein Tötungsdelikt. Kannst du im Institut für Rechtsmedizin anrufen und beim Forensischen Institut?«, bittet Stephan seinen Kollegen. Thomas erledigt die Anrufe bei den Instituten der Universität und der Polizei und kümmert sich um die spanische Putzfrau, die mittlerweile laut weinend am Esstisch sitzt.

»Hey Charlotte«, spricht Raimund seine Chefin an, als hätte er sie rein zufällig auf dem Gang im Institut für Rechtsmedizin getroffen, obwohl er schon auf sie gewartet und sie abgepasst hat. »Mir wurde soeben ein außergewöhnlicher Todesfall gemeldet, der sich ziemlich eindeutig nach Tötungsdelikt anhört. Toter Tenor blutüberströmt in Villa am Zürisee. Soll ich das machen oder möchtest du bei so viel Prominenz lieber selbst gehen?«, fragt er sie betont lässig, doch Charlotte kann seine Unsicherheit in der Stimme hören.

»Also, mit Tenören kenne ich mich ehrlich gesagt nicht so gut aus, bei einer Sopranistin würde tatsächlich lieber ich gehen«, witzelt sie zurück und setzt zum Weitergehen an.

»Eh, heißt das, ich soll ausrücken?«, hakt er nach und reißt seine Augen weit auf.

»Falls du aus irgendeinem Grund verhindert sein solltest, frag doch bitte den Ersatz-Tagdienst. Und ansonsten wünsche ich allseits viel Spaß. Vergiss nicht, ein paar Ganzkörperkondome und genügend Handschuhe mitzunehmen. So ein Tötungsdelikt kann ziemlich viel Zeit in Anspruch nehmen. Vor heute Abend solltest du dir nichts mehr vornehmen, denke ich«, instruiert sie den Oberarzt und lächelt ihm aufmunternd zu.

»Guten Abend, Frau Dr. Fahl«, spricht eine männliche Stimme zu ihr, nachdem sie nach dem fünften Klingelzeichen endlich ihr Handy unter den Aktenbergen ausgegraben und sich mit ihrem Namen gemeldet hat. »Wir sind hier noch immer am Tatort in der Villa des berühmten Tenors Schöni. Eigentlich sind wir so gut wie fertig und würden den Leichnam als Nächstes ins Institut bringen lassen. Die Staatsanwältin Frau Zaugg möchte aber ganz sichergehen und lässt Sie deshalb fragen, ob vor dem Transport irgendetwas Bestimmtes bedacht werden muss?«, fragt der Beamte, bei dem es sich offenbar um den diensthabenden Leiter der Ermittlungen vor Ort handelt.

»Sind Sie das, Herr Steiger?«, vergewissert sich Charlotte bei dem Brandtouroffizier, bevor sie ihm bereitwillig einen Tipp gibt. »Aus Sicherheitsgründen sollten die Hände des Opfers dringend mit Papiertüten geschützt werden, um keine Spuren zu verändern. Darf ich fragen, ob Sie das Tatwerkzeug vor Ort sicherstellen konnten?«, möchte sie noch wissen.

»Tja, das ist eine sehr gute Frage, auf die ich leider keine Antwort weiß, da Ihr Oberarzt uns nicht sagen konnte, woher das ganze Blut am Leichnam und im Schlafzimmer eigentlich kommt«, drückt er seinen Unmut aus.

»Oh, das ist ungünstig. Ist Dr. Biller noch vor Ort?«, fragt sie den Brandtouroffizier und lässt dem Arzt ausrichten, er möge dringend bei ihr anrufen, damit sie alles Weitere untereinander abklären können.

»Hey Charlotte, ich bin's«, meldet sich Raimund zwei Minuten später und berichtet, dass er am Leichnam äußerlich keine einzige Verletzung finden konnte, aus der das Blut ausgetreten sein könnte.

»Na, da gibt's eigentlich nur drei Möglichkeiten«, stellt Charlotte ihre Sicht auf die Dinge dar. »Entweder es handelt sich gar nicht um das Blut des Verstorbenen oder das Blut kommt durch eine natürliche Körperöffnung aus dem Inneren des Leichnams oder die Verletzung befindet sich in einem extrem blutverschmierten Körperareal, sodass du sie ohne ausgiebige Reinigung des Toten nicht entdecken konntest.«

»Dann ist es aus deiner Sicht also völlig okay, wenn wir unsere Untersuchungen vor Ort abschließen und den Leichnam für weitere Analysen ins Institut transportieren lassen?«, fragt Raimund seine Chefin noch immer leicht verunsichert.

»Selbstverständlich! Worauf wartet ihr noch?«, neckt Charlotte den Oberarzt und legt auf.

Am nächsten Morgen staunen alle die CT-Bilder des toten Tenors an und wetteifern, wer zuerst die tödliche Blutungsquelle entdeckt. Tom sucht den unsichtbaren Stich mit einem dünnen langen Schraubenzieher, der die Lunge durchspießt hat, während Frederick von einem kleinkalibrigen Schuss mit hoher Durchschlagkraft überzeugt ist, der die Aorta durchlöchert hat. Gregor vermutet wiederum ein sich aufpilzendes Deformationsgeschoss wie die Action-4-Munition, die so ausgelegt ist, dass im Ziel eine starke, aber limitierte Energieabgabe stattfindet, wodurch an Ort und Stelle zwar eine Wundhöhle entsteht, ein Durchschuss aber verhindert wird. Keiner der Oberärzte wird schließlich Recht behalten, obwohl das Blut eindeutig vom Opfer stammt.

Auf dem Weg zur Teamsitzung, die kurzfristig noch vor der Obduktion angesetzt wurde, um alle Beteiligten auf den neuesten Stand zu bringen, trifft Charlotte Luis, ihren Kollegen aus der Abteilung Forensische Genetik. Neben ihr herlaufend teilt er ihr seine Ergebnisse mit. Auf diese Weise hofft er die Teilnahme umgehen zu können, da jede Sitzung für ihn verlorene Arbeitszeit bedeutet.

»Die forensisch-genetische Spurenanalyse zeigt Befunde, nach denen Alain Schöni in der Nacht Sexualverkehr mit einer männlichen Person hatte.«

»Das ist sicher ein wertvolles Ergebnis, besten Dank«, entgegnet Charlotte dem Biologen und fragt nach einem Hit mit DNA-Spuren aus der eidgenössischen Datenbank.

»Sorry, da muss ich leider passen«, verleiht Luis seiner Enttäuschung Ausdruck und verabschiedet sich höflich von Charlotte, die mittlerweile vor dem Besprechungszimmer angekommen ist.

»Von Schönis Kollegen haben wir erfahren, dass ein gewisser Robert Guillaume zu seinen aktuellen Verehrern zählt, den wir bisher allerdings vergebens zu erreichen versucht haben«, teilt die Staatsanwältin ihre bisherigen Ermittlungsergebnisse mit. »Er soll an jenem Abend nach der Vorstellung beim Nachtessen dabei gewesen und mit Schöni in dessen Villa gefahren sein. Das bestätigt ein Taxifahrer, der bereits gestern Nacht ausfindig gemacht und befragt werden konnte.«

»Okay, das passt auch zu unseren DNA-Analysen, die Sexualverkehr vor dem Tod belegen. Sobald der sogenannte Verehrer angetroffen werden kann, sollte bei ihm eine Speichelprobe genommen werden, hoffen wir das Beste«, empfiehlt Charlotte und steht auf, um zur Obduktion zu gehen.

»Darf ich dabei sein?«, fragt die Staatsanwältin mit einem schüchternen Blick zu Charlotte, die ihr aufmunternd zulächelt, ihr die Tür aufhält und antwortet:

»Frau Zaugg, das ist doch gar keine Frage, Sie sind selbstverständlich herzlich eingeladen, mich zu begleiten.« Die Anwesenden lachen leise, während die beiden Frauen den Besprechungsraum verlassen, um in den Keller zu gehen. Eine derartige Einladung, und sei sie noch so freundlich auffordernd vorgetragen, würden die meisten Menschen sicher höflich ablehnen.

Nachdem im nativen, das heißt ohne die Verwendung von Kontrastmittel durchgeführten CT keine eindeutige Blutungsquelle gefunden werden konnte, führen die Mediziner ein ergänzendes Angio-CT durch, um die Blutgefäße sichtbar zu machen. Hierzu wird Kontrastmittel in die Leistenarterie und -vene appliziert und mithilfe einer Pumpe durch die Adern geschleust, um feststellen zu können, wo Blut ausgetreten ist. Die daraus gewonnenen Bilder sind beeindruckend und können sogar die anwesenden medizinischen Laien sofort überzeugen.

»Jetzt schauen wir uns das Ganze noch in der Realität an, indem wir die Organanteile als zusammenhängenden Gewebeblock herauspräparieren und damit das Beweisstück in den Händen halten können«, erläutert Charlotte ihr Vorgehen und beginnt mit dem üblichen Hautschnitt zur Körperöffnung.

Robert Guillaume hatte mit siebzehn Jahren das erste Mal das Gefühl, sich in einen Mann verliebt zu haben. Sein Mathematiklehrer war ausgesprochen attraktiv, außerdem schien er von Roberts Begabung im Umgang mit Zahlen begeistert zu sein. Einmal meldete er Robert, ohne ihn vorher zu fragen, für eine Schulolympiade an, und der schüchterne Schüler befolgte des Lehrers Wünsche, obwohl ihm eine eigene Motivation fehlte, allerdings hoffte er, seinen Lehrer auf diese Weise beeindrucken zu können. Schließlich erreichte Robert tatsächlich den zweiten Platz, was dazu führte, dass der Lehrer ihn eines Abends nach der Feierlichkeit, die zu seinen Ehren stattgefunden hatte, in leicht angeheitertem Zustand mit zu sich nach Hause nahm. Seine Frau war offenbar für längere Zeit abwesend, sodass die beiden Verliebten sich einen Monat lang intensiv miteinander vergnügen konnten. Mit dem Glück war es allerdings schlagartig vorbei, als die Gattin wieder die Bühne betrat. Der vollends verzweifelte Robert schaffte seine Matura nur noch mit Müh und Not. Er beschloss, sich seinen Gefühlen künftig nie mehr so weit hinzugeben, dass ein Mensch ihm ein derartiges Leid zufügen könnte.

Die Begegnung mit Alain war so ganz anders verlaufen. Beide hatten Gefallen aneinander gefunden, ohne sich Versprechungen machen zu wollen. Leidenschaftlicher Sex, keinerlei Verbindlichkeit. Sie konnten diesen Zustand genießen, bis es in jener Nacht zu diesem schrecklichen Ereignis kam, an dem Robert nun erneut zu verzweifeln droht. Er kann sich nicht erklären, wieso er nichts weiter tat, und wahrscheinlich wird er sich das auch niemals verzeihen können.

Alain Schöni fühlte sich an jenem Abend wieder mal unsterblich und hatte die heftig einschießenden Schmerzen, die er während des zweiten Aktes plötzlich verspürt hatte, mittlerweile völlig vergessen. Das Nachtessen war nur der Auftakt gewesen, bei dem er seinen favorisierten Jüngling aus der Ferne beobachtet und angeschmachtet hatte. Einige Stunden darauf lagen sie im riesigen Doppelbett des berühmten Tenors und gaben sich ihrer Lust hin. Während eines endlosen penetrierenden Sexualakts wurde Alain plötzlich übel und er musste schwallartig erbrechen. Zu seinem

Erstaunen erbrach er anstelle des zu erwartenden Nahrungsbreis Ströme knallroten Blutes, die sich spritzend über das gesamte Bett und seinen vor ihm knienden Adonis ergossen. Er konnte gar nicht mehr damit aufhören, Unmengen von Blut aus seinem Inneren nach außen zu pressen, bis er langsam das Bewusstsein verlor. Kurz vorher schaute er noch ein letztes Mal in die vor Angst aufgerissenen Augen seines Liebsten, der laut und gellend um Hilfe schrie und mit einem Satz aus dem Bett sprang.

»Hier sehen Sie das Mediastinalpaket«, referiert Charlotte der Staatsanwältin. Frau Zaugg, die über keinerlei medizinische Fachkenntnisse verfügt, runzelt die Stirn und schaut Charlotte fragend an.

»Durch den Mittelfellraum des Brustkorbs verlaufen verschiedene Strukturen. Schauen Sie mal hier«, spricht sie weiter und hält Frau Zaugg die Zunge hin, an deren Grund ein langgezogenes Organpaket mit Herz und Lungenflügeln baumelt. »Hinter der Zunge sehen Sie die zwei verschiedenen Wege, durch die Material aus der Mundhöhle weitergeleitet werden kann. Luft fließt beim Einatmen hier durch die Luftröhre und Speisebrei rutscht nach Verschluss der Luftröhre durch den Kehldeckel weiter in die Speiseröhre, dann in den Magen und Darm und so weiter, können Sie das erkennen?«, fragt sie die Juristin.

»Ja, Frau Dr. Fahl, das sehe ich«, antwortet die Staatsanwältin leicht ungehalten. »Worauf wollen Sie hinaus? Bitte kürzen Sie das Ganze hier ab, wenn möglich. Der strenge Geruch setzt mir zu, muss ich ehrlich zugeben. Und optisch komme ich auch an meine Grenzen, tut mir leid. Ich kann Ihre Faszination beim besten Willen nicht teilen. Bitte nehmen Sie es mir nicht übel, aber mir wird langsam übel«, beendet sie ihr Statement und ist im Begriff, fluchtartig den Saal zu verlassen.

»Frau Zaugg«, ruft Charlotte ihr nach. »Bitte kommen Sie noch einmal ganz kurz zurück. Ich verspreche Ihnen, dass ich den Hauptbefund so schonend und schnell wie möglich demonstrieren werde. Aber den dürfen Sie wirklich nicht verpassen, Sie werden es nicht bereuen«, spricht sie offenbar überzeugend zu der langsamen Schrittes zurückkehrenden Staatsanwältin, die jetzt tatsächlich ganz interessiert auf das Präparat vor Charlotte schaut.

»Die Wand der Hauptschlagader ist durch starke Verkalkungen komplett verändert und zum Teil sogar regelrecht aufgebrochen, sehen Sie mal hier«, sagt Charlotte Frau und hebt Zaugg einen verkalkten Wandanteil der Aorta mithilfe einer chirurgischen Pinzette entgegen.

»Frau Dr. Fahl, ich bitte Sie!«, beschwert sich diese erneut und wendet sich ab. »Sie wollten es kurz machen, das haben Sie mir versprochen.«

»An dieser Stelle hier«, Charlotte zeigt auf ein kleines Loch in der Gefäßwand und fährt fort, »hat sich so ein Kalkbeet durch den ständigen Druck des Blutstroms langsam, aber sicher regelrecht durch die Wand gefressen und dadurch ist eine Verbindung zur ganz nah anliegenden Speiseröhre entstanden. Beide Hohlorgane wurden fälschlicherweise miteinander verbunden. Das geschah natürlich nicht von heute auf morgen, sondern war ein längerer Prozess, den der Betroffene nicht unbedingt bemerken musste. Kommt es dann aber zu einer vollständigen offenen Verbindung zwischen diesen beiden Hohlorganen, bildet sich eine sogenannte aorto-ösophageale Fistel. Das ist eine absolute Rarität. So etwas sieht eine Rechtsmedizinerin, wenn überhaupt, nur ein einziges Mal in ihrem ganzen Berufsleben«, beendet Charlotte ein wenig stolz ihre Präsentation.

»Frau Dr. Fahl, das ist wirklich fantastisch, wie Sie mir alles erklärt haben. Aber schlussendlich benötige ich nur eine Aussage von Ihnen: Ist das strafrechtlich irgendwie relevant, wurde das also durch dritte Hand verursacht?

Charlotte ist ein wenig enttäuscht darüber, dass die Staatsanwältin diesen äußerst seltenen Befund nicht so interessant findet wie sie selbst, und antwortet resigniert:

»Nein. Strafrechtlich gibt's hier nichts für Sie zu tun.« Dann kommt ihr allerdings noch etwas in den Sinn, was sie der Staatsanwältin nicht vorenthalten möchte. »Falls jemand anders dabei war, als es passierte, also beispielsweise der Mann, den Sie noch befragen wollen, wäre eine unterlassene Hilfeleistung zu diskutieren«, gibt sie ihre Überlegungen kund und wendet sich danach ihren fein säuberlich ausgelegten Präparaten zu, die sie in allen Einzelheiten fotografieren lässt.

»Dann melde ich mich wieder bei Ihnen, wenn wir Robert Guillaume gefunden haben«, verabschiedet sich Frau Zaugg bei Charlotte und kann es gar nicht erwarten, den Saal endlich zu verlassen.

»Das ist aber eine grausame Überlegung, die du da angestellt hast«, meldet sich jetzt die Präparatorin leise bei Charlotte. »Stell dir das bitte mal im Detail vor. Du hast lustvollen Sex mit deinem Partner und der überschüttet dich ganz plötzlich mit seinem ausgespuckten Blut«, verzieht Nicole ihre Miene und schüttelt mehrmals heftig den Kopf. »Das ist echt gnadenlos, da würde sogar ich vor lauter Schreck als Erstes rausrennen, ganz ehrlich«, sagt sie, während sie die spitze dicke Nähnadel mitsamt dem schnurartigen Fadenmaterial schwungvoll durch die Kopfhaut des toten Tenors zieht.

Unfall

Ein sonniger Augusttag hatte für Elisabeth Degen begonnen wie gewöhnlich, und wenn es nach ihr gegangen wäre, hätte er auch ebenso enden können. Sie wollte zusammen mit ihrem Mann einen gemütlichen Abend verbringen und zuvor noch einige Besorgungen machen. Für Matthias Koller war es dagegen eher ein anstrengender Tag in seinem Architektenbüro gewesen. Nach dem gelungenen Abschluss eines Großbauprojekts hatte er kurzentschlossen für alle Angestellten einen Apéro organisieren lassen. Eigentlich war der Abend für seine Geliebte reserviert gewesen, die hatte am Morgen aber kurzfristig abgesagt. Frau Degen war am späten Nachmittag mit ihren Einkäufen fertig geworden und freute sich schon darauf, nachher ein leckeres Nachtessen für sich und ihren Mann zuzubereiten. Herr Koller hatte bei dem Umtrunk auf Alkohol verzichten wollen, wurde dann aber ständig von Kollegen animiert, mit Champagner anzustoßen.

Als Elisabeth Degen mit ihren Einkaufstaschen beladen aus dem COOP kam, wo sie nur noch rasch ein Stück Butter besorgt hatte, traf sie an der Bushaltestelle direkt vor dem Eingang ihre alte Bekannte Ursula Lüti. Zu einem lockeren Schwätzchen aufgelegt tauschten die beiden älteren Damen für ein paar Minuten die neuesten Neuigkeiten aus. Als Matthias Koller in seinen Porsche Cayenne stieg, hatte er mehr Alkohol intus, als er sonst während eines ganzen Monats trank. Nur fünf Minuten später lag Frau Degen schwer verletzt auf dem Fußgängerüberweg und atmete nicht mehr, während Herr Koller nach einem lauten Krachen an seiner Stoßstange erschrocken zur Seite geschaut und lediglich einen dunklen Schatten wahrgenommen hatte. Er fuhr weiter, als wäre nichts geschehen, weil das Krachen offenbar keinen Schaden an seinem Porsche hinterlassen hatte. Die umstehenden Passanten, unter denen sich auch die Bekannte von Frau Degen befand, eilten der auf dem Asphalt Liegenden zu Hilfe, jemand verständigte die Polizei und den Rettungsdienst, die nur wenige Minuten später eintrafen.

Es ist 6 Uhr morgens, als der Wecker Maria Callas' Arie »La mamma morta« schmettert und Charlotte aus einem kurzen, grauenhaften Traum befreit.

»Was war das für ein brutaler Wahnsinn?«, sagt sie verdattert zu sich selbst, schleicht sich auf Zehenspitzen aus dem Bett, um Pascal nicht zu wecken, und taumelt müde auf die Toilette.

Wahrscheinlich hat ihr Albtraum mit dem Einsatz von letzter Nacht zu tun, der sie einige Stunden Schlaf gekostet hat, vermutet sie. Die Leiche war nackt und voller Blut gewesen. Bevor sie im schummrigen Licht überhaupt erkennen konnte, dass es sich um eine Frau handelte, war ihr der fast komplett vom Rumpf abgetrennte Kopf aufgefallen, der in grotesker Verdrehung am Boden lag und aus dessen weit aufgerissenen Augen die blanke Angst schrie. Nachdem sie die Leichenschau in den Räumen eines Klubs an der Langstraße durchgeführt und anschließend alles in den Computer eingegeben hatte, war sie gegen halb vier total erschöpft und völlig übermüdet ins Bett gefallen. Eigentlich würde sie sich nach einem solchen Nachtdienst am liebsten für einen Tag zu Hause verkriechen, aber so etwas ist in ihrem Job nicht drin. Heute hat sie einen großen Auftritt vor dem Obergericht, weshalb sie sich besonders sorgfältig zurechtmachen muss.

Vor dem Badezimmerspiegel stehend streicht sie sich ihr leicht gewelltes, jetzt eher völlig zerzaustes kastanienbraunes Haar mit zwei Fingern aus dem fahlen Gesicht und erschrickt ein weiteres Mal. Nach dem anstrengenden Albtraum sieht sie sich mit der blanken Realität konfrontiert, die ihr fast noch schlimmer vorkommt.

»Können Falten über Nacht entstehen?«, fragt sie sich ernsthaft, obwohl sie die Antwort ganz genau kennt. »Entweder habe ich mich schon wochenlang nicht mehr im Spiegel angeschaut oder ich bin letzte Nacht zu einer steinalten Frau mutiert«, spricht sie besorgt zu ihrem Spiegelbild.

Klar, einige ihrer etwas älteren Freundinnen haben es vorausgesagt, dass auch sie eines schönen Tages ihr Alter nicht nur spüren, sondern auch sehen werde. Unfair findet sie jetzt nur, dass dies ausgerechnet heute passiert, wo sie das Gericht überzeugen muss. Zwar geht es nicht um Mord, wie bei der Frau von letzter Nacht, aber fahrlässige Tötung ist auch kein Kavaliersdelikt und erfordert eine saubere Performance. Schwer vorstellbar nach dem gefühlten Schleudergang der letzten Nacht. Alles hängt von ihrem Auftritt ab, also muss sie jetzt dringend etwas unternehmen.

Erst in die Requisite, dann ab in die Maske und schließlich noch ein letzter Textcheck, bevor sie die Bühne betritt. Nach einer Art Selbstkasteiung, bei der sie ihren nachtwarmen Körper unter der Dusche mit eiskaltem Wasser abgeschreckt hat, geht sie leise zurück ins Schlafzimmer und nimmt den beige-braunen Hosenanzug zusammen mit der himmelblauen Bluse aus dem Kleiderschrank. Sie wirft einen Blick auf Pascal, der noch immer völlig entspannt, alle Viere von sich gestreckt, unter der weichen Daunendecke liegt und kaum hörbar vor sich hin atmet. Einen Schlaf hat dieser riesige Mann – wie ein erschöpftes Kind, denkt sie liebevoll und schleicht sich genauso vorsichtig wieder aus dem Zimmer. Vor dem Spiegel im Badezimmer trägt sie eine nicht zu dünne Schicht Make-up auf, umrahmt ihre übermüdeten kleinen Augen mit schwarzen Kajalstrichen und verhilft den schlaffen Wimpern mit etwas Tusche zu neuer Spannkraft. Zum krönenden Abschluss kommt ein braunroter Lippenstift zum Einsatz, als Ablenkungsmanöver sozusagen.

Während sie sich ankleidet, grübelt sie weiter über das Älterwerden, das sie seit ein paar Jahren mal mehr, mal weniger beschäftigt. Vor drei Jahren hatte Charlotte ihren Vierzigsten im ganz großen Stil gefeiert, die darauffolgenden Geburtstage wollte sie lieber still und heimlich alleine mit Pascal verbringen. Der steht eh über allem. Ihm scheint Alter völlig gleichgültig zu sein, wie so viele andere Dinge leider auch. Ihm sieht man aber auch nicht an, wie alt er ist, das ist ja das Gemeine. Im Gegensatz zu ihr sieht er von Jahr zu Jahr besser aus, findet jedenfalls Charlotte. Über ihr Äußeres spricht er nie, zumindest nie abwertend. Aber auch positive Bemerkungen macht er nicht. Das kommt ihr natürlich gerade jetzt in den Sinn, wo sie sich selbst kaum wiedererkennen kann.

Pascal verliert einfach keine Worte über Schönheit, jedenfalls nicht über menschliche, denkt sie. Über die Schönheit seiner Gemälde oder anderer Kunstwerke kann er sich stundenlang unterhalten. Mit einer Ausnahme, fällt ihr jetzt ein: Über seine neugeborene Nichte Francine hat er kürzlich, ganz stolzer Onkel, nicht enden wollende, mit poetischem Pathos vorgetragene Liebeshymnen von sich gegeben.

»Francine ist das schönste Geschöpf, das ich je gesehen habe«, hatte er ihr nach seinem Besuch im Krankenhaus erzählt und damit eine nicht enden wollende Aufzählung der Vorzüge der schönsten aller Nichten eingeleitet. Als er sich Minuten später dazu verstiegen hatte, den Geruch des Babys mit dem »Duft wie von tausend edlen Rosen« zu vergleichen, war es Charlotte zu bunt geworden.

»Also, mal im Ernst, so von einem Neugeborenen zu sprechen, ist schon ein wenig übertrieben, findest du nicht?«, hatte sie Pascal leicht verunsichert und provokativ gefragt. Dass sie seine Schwärmerei nicht nachempfinden konnte, lag bestimmt an ihrem Beruf. Während ihrer Zeit als Gynäkologin hatte sie im Kreißsaal den Eindruck gewonnen, dass alle Neugeborenen, wenn nicht gleich, so doch irgendwie total ähnlich aussahen.

Pascal war allerdings gar nicht daran interessiert, wie sie die Sache beurteilte, sondern hatte sich inzwischen an seiner eigenen Rede derart berauscht, dass er sich nicht mal unterbrechen ließ. So kennt sie ihn. Wenn er sich für etwas begeistert, vergisst er alles andere um sich herum. Das empfindet sie immer dann als besonders angenehm, wenn sie es ist, die seine Begeisterung erregen kann.

Nach einem ungesüßten doppelten Espresso und einer reifen Banane ohne braune Stellen fühlt sich das Leben schon wieder ganz anders an und die Bühne kann bestiegen werden. Sollen doch die Leute im Gerichtssaal über sie denken, was sie wollen. Schönheit gehört auf den Laufsteg und nicht vors Obergericht. Außerdem hat sicher keiner der dort Anwesenden solch eine Nacht hinter sich wie sie. Heute wird sie ihnen mal wieder zeigen, was sie drauf hat. Wie sie dabei aussieht, ist doch völlig egal. Hauptsache, sie wirkt überzeugend. Ihre Stimme hat Gewicht. Wie hatte ihr ehemaliger Oberarzt immer gesagt?

»Du bist die Expertin, deine Ausführungen zählen. Und denke immer daran, die anderen können dir sowieso nicht das Gegenteil beweisen.«

Dabei hatte er laut gelacht und ihr aufmunternd zugenickt. Sie ist natürlich trotzdem jedes Mal total aufgeregt in die Verhandlungen gegangen. Außerdem haben sich die Zeiten seither deutlich geändert. So leicht sind auch die Juristen heutzutage nicht mehr zu überzeugen, schon gar nicht die Verteidiger, die Rechtsvertreter der Beschuldigten. Jede Äußerung muss en détail belegt werden. Ohne eine ordentlich nachprüfbare Quellenangabe oder eine andere Form der Expertise werden die Aussagen einer gerichtlichen Sachverständigen nicht mehr einfach so akzeptiert. Charlotte hat die Sache schon immer sehr ernst genommen, vielleicht manchmal sogar zu ernst, aber so ist sie nun mal. Stets ganz genau, seriös und vor allen Dingen von Grund auf ehrlich. Eine engagierte Rechtsmedizinerin, strebsam und extrem anspruchsvoll – auch und gerade in Bezug auf sich selbst. Diese hohen Ansprüche machen sie manchmal regelrecht fertig, aber sie gehören eben zu ihrer Persönlichkeit.

»Oh je, die Morgengymnastik«, schießt es ihr plötzlich durch den Kopf. Die hat sie in all der Aufregung völlig vergessen. Mist! Für ihre Yogaübungen ist es zu spät, das nächste Tram gehört ihr.

»Dann muss ich morgen eben doppelt dran glauben, so sind die Spielregeln«, ermahnt sie sich, während sie die notwendigen Unterlagen in die Aktentasche packt und einen letzten prüfenden Blick in den Spiegel wirft. Es sind ihre eigenen Spielregeln, von denen sie spricht.

In der heutigen Gerichtsverhandlung geht es für den Angeklagten um die Wurst. Dem mittlerweile 44-jährigen Matthias K. wird vorgeworfen, im August letzten Jahres die 76-jährige Frau D. auf einem Zebrastreifen im Stadtteil Zürich Oerlikon angefahren und hierdurch getötet zu haben. Herr K. beging Fahrerflucht, was er aber zunächst abgestritten hatte. Dem Staatsanwalt ließ er durch seinen Rechtsanwalt mitteilen, die alte Dame habe bereits auf der Straße gelegen, als er mit seinem Auto am späten Nachmittag dort vorbeigefahren sei. Sein Porsche Cayenne habe den Körper der Frau gar nicht berührt. Nachdem er im Rückspiegel gesehen habe, dass umstehende Passanten sich um die am Boden gelegene Frau gekümmert hätten, sei er weitergefahren. Er sei überzeugt gewesen, dass man seine Hilfe dort absolut nicht benötigte.

»Was für eine Wahnsinnsgeschichte hat der Typ sich da zurechtgelegt«, war es Charlotte bei der Lektüre der Akten durch den Kopf gegangen, unglaublich. Offensichtlich hatte er aber geglaubt, man würde ihm diesen Quatsch abkaufen. Wenn es darum geht, den eigenen Kopf aus der Schlinge zu ziehen oder sich selbst gegenüber – aus psychologisch begreiflichen Gründen – die eigene Schuld schönzureden, treibt die Fantasie einiger Menschen die bizarrsten Blüten. Die Opfer oder deren Angehörige werden in beiden Fällen schlicht ausgeblendet. In diesem Fall war es dem Angeklagten zum Glück nicht gelungen. Er hatte deshalb eine zweite Version der Geschichte aufgetischt, um deren Glaubwürdigkeit es bei der heutigen Hauptverhandlung gehen würde.

Charlotte hastet durch den Nieselregen zur Tramhaltestelle, wo sie gerade noch das 11er-Tram erwischt. Die Fahrt zum Obergericht nutzt sie für einen letzten Check ihrer Unterlagen. Als sie gedankenverloren von ihrer Lektüre aufschaut, sieht sie in all die beschäftigten Gesichter der anderen Fahrgäste und kann keinen einzigen unter ihnen ausmachen, der nicht auf sein Smartphone starrt. Lauter Zombies. Es ist, als setze sich der surreale Albtraum von heute Nacht fort.

Im altertümlichen Gerichtsgebäude ist es kühl, kalt sogar. Charlotte hockt sich auf die harte Holzbank und wartet. Nach einer knapp einstündigen Wartezeit wird sie endlich in den Gerichtssaal gebeten. Schlechtes Timing spricht nicht gerade für einen reibungslosen Prozessablauf, geht es ihr beim Eintreten durch den Kopf. Im Saal ist es heiß und stickig und die Anwesenden strahlen eine unangenehme Anspannung aus. Nach den üblichen Angaben zur Person, dem Hinweis, mit dem Beschuldigten weder verwandt noch verschwägert zu sein, und den Belehrungen der Richterin setzt sich Charlotte auf den Stuhl links neben den Staatsanwalt, der ihr freundlich zunickt.

»Darf ich nun die rechtsmedizinische Sachverständige Frau Dr. Fahl bitten, Ihr Gutachten zu erstatten«, fordert die Richterin sie mit fester, betont sachlicher Stimme auf.

Charlotte nimmt einen tiefen Atemzug, bevor sie dem Gericht mit ebenso fester Stimme zu erklären beginnt, wie die Verletzungen am Leichnam zusammen mit den DNA-Spuren zu interpretieren sind. Hierbei versucht sie, möglichst bildhaft zu sprechen, damit sich auch wirklich alle Anwesenden die Sachlage genau vorstellen können.

»Besonders der Unterschenkelbruch spricht eindeutig dafür, dass die ältere Dame aufrecht und festen Schrittes die Straße überquert hat«, beendet Charlotte nach einer knappen Viertelstunde ihre detaillierten Ausführungen. Die Richterin fragt nach, ob sie sichere Angaben zur Laufrichtung der Frau machen könne.

»Für das Gericht ist es sehr wichtig zu erfahren, aus welcher Richtung die Frau gekommen ist, Frau Dr. Fahl«, erklärt sie und blickt Charlotte erwartungsfroh an. In der neuen Einlassung zur Hauptverhandlung hatte der Angeklagte nun zwar zugegeben, die ältere Dame angefahren zu haben, aber der Grund dafür sei das Verhalten der Frau gewesen, die aus seiner Fahrtrichtung gesehen von rechts kommend ganz unvermutet auf die Fahrbahn gestürzt sei. Charlotte ist klar, warum er jetzt mit dieser Version kommt. Schließlich wäre dem Fahrer in diesem Fall wesentlich weniger Zeit geblieben, die Frau überhaupt zu bemerken. Bei einer Annäherung von links hätte ihm ein deutlich längeres Zeitfenster zur Wahrnehmung und Reaktion zur Verfügung gestanden.

»Unseren Ergebnissen nach zu urteilen, kam die Frau von links und überquerte die Fahrbahn nach rechts«, sagt sie kurz und knapp in Richtung der Richterin. Der Verteidiger will nicht verstehen, zumindest tut er so und unterbricht unvermittelt ihre Ausführungen.

»Herr Koller ist von Frau Degen völlig überrascht worden, als sie ganz plötzlich von rechts regelrecht auf die Fahrbahn gesprungen ist«, ruft er laut in den Saal. »Sie hatte weder rechts noch links geschaut und lief geradewegs mit ihren Einkaufstaschen beladen vornübergebeugt auf die Straße. Hierfür gibt es sogar einen Zeugen«, ergänzt er noch. Die Richterin scheint verärgert und weist den Verteidiger schroff darauf hin, dass er gerade gar nicht dran sei und sich bitte ruhig verhalten solle, da er sonst des Saales verwiesen werde. »Sie bekommen wie üblich noch Gelegenheit, der Sachverständigen Fragen zu stellen, so sie denn welche haben sollten, Herr Geissel«, fährt sie ihn an und wendet sich dann wieder Charlotte zu: »Frau Dr. Fahl, bitte fahren Sie fort.

»Hier war es nachweislich die Stoßstange, mit der das rechte Bein angefahren wurde. Das haben zum einen die Messdaten vom Fahrzeug und zum anderen Vergleiche der DNA-Spuren von Stoßstange und Leichnam ergeben. Danach geschah das Anfahren, wie es bei einer Überquerung von links nach rechts während eines Schritts nach vorne durchaus möglich gewesen wäre.« Die Beteiligten wirken etwas verstört und lassen sich das Gesagte anhand eines 3D-Videos näher verdeutlichen. Im Video spaziert ein Skelett über eine Fahrbahn und wird von einem herannahenden Fahrzeug am Unterschenkel angefahren. Als die Demonstration beendet ist, erfolgt allseits zustimmendes Nicken.

»Keine weiteren Fragen«, fasst die Richterin zusammen und gibt das Fragerecht an die Staatsanwaltschaft weiter. Auch der Staatsanwalt hat keine Fragen, lediglich der Verteidiger, der nun an der Reihe ist, insistiert und legt noch einmal nach. »Hochgeschätzte, sehr verehrte Frau Doktor«, beginnt Herr Geissel betont höflich, fast schon sarkastisch. »Wir sind alle höchst beeindruckt von Ihrem schönen Video, das Sie uns da eben gezeigt haben. Leider besagt das Video gar nichts. Das sind alles computergestützte Nachstellungen, die nur hypothetisch zeigen, wie es gewesen sein könnte, nicht aber, wie es wirklich war. Woher wollen Sie genau wissen, in welche Richtung Frau Degen unterwegs war? Das leiten Sie doch hoffentlich nicht allein von den Messdaten und den DNA-Spuren ab, oder etwa doch? Anhand dieser Daten können Sie allenfalls ablesen, dass der Unterschenkel Kontakt mit der Stoßstange hatte, wie Sie selbst richtig gesagt haben, aber doch nicht die Richtung, in die die Frau unterwegs war, oder habe ich da vielleicht etwas falsch verstanden?«, beendet er selbstzufrieden seine Frage.

»Das hat er sich aber schön zurecht gelegt«, denkt Charlotte und räuspert sich, während sie kurz nachdenkt, wie sie seinen plumpen, lediglich auf Verunsicherung zielenden Versuch, ihr Gutachten zu entkräften, zum Scheitern bringen kann. Der Anwalt schaut siegesgewiss erst sie und dann die Richterin an, bevor Charlotte mit monotoner Stimme antwortet. »Das typische Frakrursystem des rechten Schien- und Wadenbeins der Fußgängerin spricht eindeutig dafür, dass der Impact von der Außenseite auf den Unterschenkel einwirkte. Es belegt durch seine sogenannte Keilbildung die Richtung der Krafteinwirkung und zeigt, dass der Fuß zum Zeitpunkt der Kollision mit der Stoßstange des Unfallfahrzeugs festen Kontakt mit dem Straßenbelag hatte. Das wird zudem durch die frischen Abriebspuren an der rechten Schuhsohle untermauert, die kriminaltechnisch nachgewiesen werden konnten und eindeutig seitlich schräg von außen nach innen verlaufen.«

Sie schaut erst zur Richterin und dann zum Rechtsanwalt, um ihn direkt anzusprechen:

»Ich weiß nicht, wie beweglich Sie in Ihrem Hüft- und Kniegelenk sind, Herr Geissel, aber mit Verlaub gesagt, dürften auch Sie große Mühe haben, uns zu zeigen, wie sich der Mechanismus bei Laufrichtung von rechts nach links zugetragen haben könnte.«

Die Richterin kann sich ein Lächeln nicht verkneifen, fragt den Verteidiger dann allerdings sehr ernst, ob er seine Version gerne vorführen möchte. Schließlich seien nun alle sehr gespannt auf seine akrobatischen Künste. Nach einer Welle nicht mehr zu unterdrückenden Gelächters, das durch die Zuhörerschaft geht, wendet sich der Verteidiger räuspernd der Richterin zu, bevor er etwas gekränkt antwortet: »Nein, vielen Dank, das ist nicht nötig. Ich ziehe meine Frage zurück«.

Zufrieden und gelöst lehnt sich Charlotte in ihrem Zeugenstuhl zurück und atmet tief ein und aus. Das ist perfekt gelaufen, besser hätte sie es wohl kaum machen können. Sie bleibt entspannt auf ihrem Stuhl sitzen, da sie zu einem späteren Zeitpunkt ergänzende Angaben zu den letztlich tödlichen Verletzungen und ihr Alkoholgutachten präsentieren muss, immerhin war der Fahrer zum Unfallzeitpunkt alles andere als nüchtern.

Der Verteidiger verzichtet darauf, den angeblichen Zeugen für das Kollisionsereignis zu hören. Wahrscheinlich hat er nun doch

Bedenken, ihn der Gefahr einer Falschaussage auszusetzen. Ein bisschen Verantwortungsgefühl scheint er ja wenigstens zu haben, dieser Anwalt, denkt Charlotte und beobachtet ihn mit Argusaugen.

Dann ist sie wieder an der Reihe, und sie erklärt dem Gericht, dass Frau Degen eine zwar ältere, aber für ihr Alter ganz gesunde Frau war. Das ist insofern wichtig, als sie nun darlegt, dass die Dame eindeutig an den Folgen des Verkehrsunfalls verstorben ist, ihre gesundheitliche Grundkondition einem langen Leben also nicht im Wege gestanden hätte.

»Das Fahrzeug von Herrn Koller hat ihren Weg gekreuzt und damit über alles Weitere entschieden«, erläutert Charlotte bildhaft in Richtung der Richterin und schaut dann in den Zuschauerraum, wo eben ein lautes Schluchzen zu hören war. Der Staatsanwalt beugt sich zu ihr und flüstert:

»Das ist Herr Degen, der Witwer.« Für Herrn Degen hat sich von einer Minute auf die andere das ganze Leben verändert. Charlotte muss augenblicklich an ihren Nachbarn Herrn Rüti denken, dessen Ehefrau vor zwei Jahren auch überfahren wurde. Seither irrt der ältere Herr fast täglich in der Gegend herum und fragt alle Leute, ob sie seine Frau gesehen hätten.

»Unter Berücksichtigung der polizeilichen Ermittlungsergebnisse komme ich zu dem Schluss, dass es weder das Verhalten der Frau noch die Wetter- oder Lichtverhältnisse waren, die die Kollision hervorgerufen haben«, spricht Charlotte rasch weiter. Sie ergänzt noch, dass auch am Fahrzeug selbst keinerlei technische Mängel festgestellt werden konnten, die diesen Vorgang hätten erklären können. Dann fasst sie zusammen, Frau Degen sei als Fußgängerin, im Begriff, die Straße auf einem Fußgängerstreifen von links nach rechts zu überqueren, am äußeren rechten Rand der Fahrbahn vom Personenwagen des Herrn Koller ungebremst erfasst worden, danach auf die Kühlerhaube geprallt und zuletzt seitlich auf den Asphalt geschleudert worden.

»Dieses ungleiche Kräfteverhältnis hat zu den zahlreichen, am Ende nicht überlebbaren Verletzungen im Sinne eines Polytraumas geführt«, erklärt sie weiter und schließt ihre Ausführungen pointiert mit den Worten:

»Frau Degen verstarb trotz sehr rasch eingeleiteter Reanimationsmaßnahmen noch an der Unfallstelle.«

Als sie ihren letzten Satz beendet, wird blitzartig alles rot vor ihren Augen und der Leichnam der alten Dame verwandelt sich in den der Frau von letzter Nacht.

Die Richterin nennt nun die Konzentration des Alkohols im Blut des Beschuldigten zum Zeitpunkt der Blutentnahme, also zwei Stunden nach dem Unfall, und ein leises Raunen geht durch die Menge. Charlotte wird gebeten, dem Gericht anzugeben, wie viel Alkohol nötig war, um bei dem Beschuldigten diesen exorbitanten Wert von 1,8 Promille zu erzeugen. Als Charlotte daraufhin ausführt, wie viel Champagner der Fahrer des Unfallfahrzeugs unter Berücksichtigung seiner körperlichen Konstitution und des Zeitfaktors an jenem Nachmittag getrunken haben muss, wird das Raunen lauter. Herr Degen schluchzt erneut, dieses Mal noch heftiger, und schlägt seine Hände vors Gesicht. Sein ganzer Körper zuckt rhythmisch, er kann sich nur schwer auf dem Stuhl halten. Eine Trunkenheitsfahrt hat ihm an einem sonnigen Sommernachmittag seine Frau genommen.

Der Beschuldigte, der Fahrerflucht begangen und sich mit diversen Lügen aus der Verantwortung zu stehlen versucht hat, schaut während der ganzen Verhandlung regungslos geradeaus. An dem letztlich erlassenen Strafmaß kann auch der engagierte Rechtsanwalt Herr Geissel nicht mehr rütteln, unter dessen schwarzer Robe ausgedehnte Schweißränder zu sehen sind, als er abschließend mit pathetisch ausgebreiteten Armen für eine verminderte Schuldfähigkeit aufgrund der hohen Alkoholisierung des Angeklagten plädiert.

Die Richterin spricht im Namen des Volkes das Urteil, für dessen Begründung sie sich Zeit nimmt. Ihre Worte klingen sorgfältig abgewogen, ihr entschiedener Ton unterstreicht die Klarheit und Eindeutigkeit, mit der sie das Strafmaß erklärt. Den Ausführungen der rechtsmedizinischen Sachverständigen Dr. Charlotte Fahl für die Feststellung des Straftatbestands der fahrlässigen Tötung mit Fahrerflucht unter Alkoholeinfluss misst die Richterin eine enorme Wichtigkeit bei. Es war ein Unfall, doch der wäre durch rücksichtsvolleres Verhalten des Angeklagten vermeidbar gewesen, in der Alkoholisierung könne sie keinen Grund für eine verminderte Schuldfähigkeit erkennen, schließt die Richterin ihre Urteilsverkündung.

In Herrn Kollers Augen zeigt sich blankes Entsetzen. Seine Freude über das erfolgreiche Großbauprojekt hat sich von einer Sekunde zur anderen zu einem endlosen Albtraum entwickelt – in einem einzigen Moment der Unaufmerksamkeit.

Als Charlotte aus dem Gerichtsgebäude tritt, hat der Nieselregen aufgehört. Jetzt schaut sogar ab und zu die Sonne zwischen ein paar rasch am Himmel vorbeiziehenden Wolken hindurch. Auf dem Platz vor dem Gerichtsgebäude läuft Verteidiger Geissel hinter Charlotte her und strahlt bis über beide Ohren, als er sie eingeholt hat.

»Toll haben Sie das gemacht, Frau Dr. Fahl, gratuliere, ehrlich«, sagt er leicht außer Atem zu ihr. »Manchmal bin ich nach einer Verhandlung richtig enttäuscht, wenn ich die Sachverständigen dermaßen in Grund und Boden gestampft habe, dass sie wie ein Häufchen Elend dastehen und nur noch Blödsinn stammeln«, lässt er sie in selbstgefälligem Ton wissen. Dann schaut er mit leicht nach unten geneigtem Kopf schräg zu ihr auf und sagt – nicht weniger selbstgewiss – mit zuckersüßer Stimme:

»Mit Ihnen geht das ja nicht, und das gefällt mir sehr. Haben Sie vielleicht Lust, heute mit mir zu Mittag zu essen?«

Einen kurzen Moment lang steht Charlotte unentschlossen vor dem Anwalt und schaut in seine wässrig-blauen Augen.

»Langweilig«, denkt sie, »der Typ ist bestimmt aalglatt und total langweilig.« Sie entschuldigt sich höflich mit der Arbeit im Institut, die sie dringend heute noch erledigen müsse.

»Ein anderes Mal vielleicht«, sagt sie in leicht abweisendem Ton. Dann dreht sie sich weg und steigt eilig ins Tram. Sie schaut bewusst in Fahrtrichtung, auf keinen Fall zurück.

Spezialfall

Als Charlotte nach der monatlichen Sitzung der Geschäftsleitung am Vormittag in ihr Büro zurückkommt, stapeln sich dort Berge von Gutachten. Sie warten auf den finalen Check und ihre Unterschrift, bevor sie offiziell das Institut verlassen können. Charlotte macht sich sofort an die Arbeit, taucht ein in die einzelnen Fallberichte und damit in die Geschichten menschlicher Schicksale. Am Nachmittag hat sich das Chaos auf ihrem Schreibtisch endlich gelichtet. Gerade als sie beim Mikroskopieren über einem Gewebeschnitt der Leber eines Verstorbenen brütet und den Histologiebefund in ihr Diktafon sprechen will, klopft es an ihre Bürotür. Es ist Lara, eine Assistenzärztin, die zaghaft nachfragt, ob sie eventuell einen Fall mit Charlotte besprechen könne.

»Komm, setz dich bitte erst ans Mikroskop und sag mir, ob dir an diesem Gewebeschnitt etwas auffällt, und wenn ja, was genau«, antwortet Charlotte auf ihre Anfrage. Lara lächelt etwas schief, macht sich aber gleich interessiert ans Werk. Sie schiebt den eingeklemmten Objektträger auf dem Mikroskopierschlitten hin und her, wobei sie leise grummelnde Geräusche von sich gibt. Nach einer gefühlten Ewigkeit, während der Charlotte auf der anderen Seite des Diskussionsmikroskops mitgeschaut und geschwiegen hat, unterbricht Lara unvermittelt ihr Grummeln und fasst in prägnanten Sätzen zusammen, was sie gesehen hat.

»Aus meiner Sicht handelt es sich hier um eine mittelgradige, eher kleinvakuolige Leberzellverfettung mit Zeichen einer ebenfalls chronischen, aber unspezifischen Entzündungsreaktion im Sinne einer Begleithepatitis, die perilobulär akzentuiert zu sein scheint. Handelt es sich hier womöglich um die Leber eines Alkoholikers?«

»Sehr gut«, entgegnet Charlotte voller Anerkennung und lächelt Lara an. »Das ist wirklich ausgezeichnet, vielen Dank, und es bestätigt genau das, was ich auch gesehen habe. Dann kann ich ja jetzt guten Gewissens den Befund diktieren.«

Lara runzelt leicht die Stirn und entgegnet kühl: »Als ob du dazu meine Beurteilung benötigt hättest, Charlotte, also bitte.«

Charlotte kennt Lara seit deren Anstellung vor etwa vier Jahren und hat sie auf ihrem beruflichen Weg eng begleitet. Sie weiß genau, dass die junge Ärztin mit Lob nur schwer umgehen kann, es sogar stets von sich weist. Sie weiß aber auch, dass Lara so kurz vor ihrer Facharztprüfung Sicherheit benötigt, weshalb sie derartige Situationen immer gerne dafür benutzt, ihr diese zu vermitteln. Die Beurteilung von hauchdünn gehobelten, aus kleinsten Organteilen angefertigten und später angefärbten Gewebeschnitten ist äußerst schwierig. Sie erfordert sehr viele Kenntnisse über gesunde und durch Krankheit veränderte Organsysteme und vor allem extrem viel Übung. Ohne pathologische Ausbildung und regelmäßiges Training ist das nicht zu schaffen. Erst wer sämtliche Gewebetypen in zig unterschiedlichen Anfärbungen viele Male inspiziert hat, besitzt die Kenntnisse, die notwendig sind, um Veränderungen erkennen und interpretieren zu können. Außerdem verändern sich alle Organgewebe nach dem Tod eines Menschen, was ihre Beurteilung noch deutlich erschwert. Lara stellt genauso hohe Ansprüche an sich, wie Charlotte das von sich selbst kennt. Das hat ihr im Umgang mit Kollegen schon häufig Schwierigkeiten und den Ruf einer Streberin beschert. Letztlich hat es aber dazu geführt, dass sie extrem gut ausgebildet ist.

»Was kann ich denn nun für dich tun?«, übergeht Charlotte Laras spitze Bemerkung. Die Assistentin räuspert sich kurz, richtet sich dann kerzengerade auf und fängt an, einen Fall zu schildern.

»Erinnerst du dich an den wenige Wochen alten Säugling, der während des Spitalaufenthalts immer wieder Phasen von Bewusstlosigkeit entwickelte, für die medizinisch keinerlei Erklärungen gefunden werden konnten? Die behandelnden Kinderärzte waren schon total verzweifelt. Bis einem von ihnen einfiel, doch mal ein rechtsmedizinisches Konsil zu veranlassen. Daraufhin bin ich bei dem Jungen zur Untersuchung gewesen. Das war vor etwa sechs

Wochen. Im Anschluss an die körperliche Inspektion habe ich eine chemisch-toxikologische Untersuchung von Blut und Urin empfohlen, weil ich spontan an eine Vergiftung dachte.«

Charlotte kann sich sehr gut an diesen Fall erinnern. Kinder in Not sind für sie das Schlimmste, was es gibt, vor allem, weil sich die Kleinen häufig nicht verständlich machen können. Ein Säugling kann keine Geschichte erzählen, dabei hätten so manche Kinder trotz ihres noch sehr zarten Alters eine ganze Menge zu berichten. »Sprich weiter«, bekräftigt sie Lara. »Ich weiß absolut, von welchem Fall die Rede ist. Was ist herausgekommen bei der Tox, hast du Recht behalten?«, will Charlotte wissen.

»Das will ich ja gerade mit dir besprechen. Die Ergebnisse sind mal wieder nicht so einfach zu interpretieren. Kannst du dir ja vorstellen. Professor Schöngartner meint, die Konzentration von Clozapin im Blut des Babys wäre absolut toxisch. Er wundert sich, dass der Junge überhaupt noch lebt. Die Konzentration des Abbauproduktes im Urin deutet darauf hin, dass er das Medikament nicht nur einmal bekommen hat. Jemand muss es ihm wiederholt verabreicht haben. Aber wieso ausgerechnet ein Neuroleptikum wie Clozapin?«, wundert sich Lara. »Wer gibt denn einem Säugling ein Medikament gegen Schizophrenie? Und vor allem, wann soll das passiert sein?« Sie kann sich das Ganze einfach nicht erklären.

»Während der Säugling auf der Station lag, kann niemand so etwas unbemerkt getan haben. Und das Pflegepersonal hätte doch auch gar kein Motiv, oder doch?«, fragt sie etwas verunsichert.

Charlotte schaut Lara ernst an und wartet einen Moment ab, bevor sie ihre Gegenfrage stellt:

»Hast du denn gar keine andere Erklärung für diese Situation, Lara? Denk doch bitte mal an eine ganz spezielle Form der Kindesmisshandlung.«

Im Büro ist es jetzt totenstill, nur den leisen Atem der beiden Frauen hört man schwach. Nach ein paar Minuten des gemeinsamen Schweigens unterbricht Charlotte die Stille:

»Es handelt sich mit hoher Wahrscheinlichkeit um einen typischen Fall von Münchhausen by proxy«, erklärt sie der Assistenzärztin und fragt weiter: »Sagt dir das etwas?«

Lara stöhnt geräuschvoll auf und haut sich mit der flachen Hand auf ihr rechtes Knie, dass es laut klatscht. »Meine Güte, dass ich darauf nicht gekommen bin, na klar!«

Die sehr besorgt wirkenden Eltern, die ihr Kind nicht aus den Augen lassen wollen und im Spital Tag und Nacht am Bettchen wachen. Solche Besucher lässt das Pflegepersonal natürlich in Ruhe. Sie bleiben unbewacht, weil niemand daran denkt, dass sie es sind, die ihr Kind gerade nach und nach vergiften. Charlotte gibt Lara zur Verabschiedung noch ein Fachbuch zum Thema in die Hand und empfiehlt ihr dringend die Lektüre.

Auch für Ärzte ist es nicht so leicht zu verstehen, warum liebende Eltern bei ihrem völlig gesunden und wehrlosen Kind unaufhörlich Erkrankungen erzeugen und es damit belastenden medizinischen Untersuchungen und Therapien aussetzen. Diese Menschen leiden zwar unter einem psychischen Problem, aber es ist nicht immer nachvollziehbar, was genau ihr Handeln verursacht. Es hat schon Fälle gegeben, bei denen erst viele Jahre später erkannt wurde, dass dieses unerklärliche elterliche Verhalten Schuld am Tod eines Kindes war.

Charlotte war mal Gutachterin in einem solchen Fall gewesen. Die damals fünfjährige Jessica, das zweite Kind einer Lehrerin und eines Ingenieurs, war auf unerklärliche Weise ganz plötzlich scheinbar unheilbar erkrankt und wurde über zwei Jahre hinweg von Spital zu Spital geschickt, wo sie die unterschiedlichsten Spezialisten untersuchten und behandelten. Die Familie war schwer gebeutelt, denn bereits sieben Jahre zuvor war Jessicas dreijährige Schwester Jacqueline ebenfalls aus heiterem Himmel schwer erkrankt und nach zwei Jahren des Dahinsiechens einer unklaren Erkrankung erlegen. Einem gewieften Arzt kam jedoch anlässlich einer Untersuchung die Idee, das Blut Jessicas einmal chemisch-toxikologisch untersuchen zu lassen, da er eine Vergiftung ausschließen wollte. Und tatsächlich fand sich im Blut des kleinen Mädchens ein Medikament, das dem Kind niemals offiziell verschrieben worden war. Hierauf verständigte der Arzt die Polizei und ließ die Leiche der Jahre zuvor verstorbenen Schwester exhumieren. In den Haaren des stark verwesten Körpers konnte ebenfalls der tödliche Fremdstoff nachgewiesen werden, der vorher durch reinen Zufall im Blut der todkranken Jessica festgestellt worden war. Mit den schrecklichen Befunden konfrontiert, gestand die Mutter, ihre beiden Töchter langsam vergiftet zu haben. Jacqueline hatte dies nicht überlebt, Jessica konnte glücklicherweise gerettet werden.

Charlotte hat schon so viel erlebt, dass es für sie geradezu unvorstellbar ist, es könnte sie noch etwas umhauen. So richtig alt ist sie ja eigentlich noch nicht, auch wenn sie sich ab und zu so fühlt, aber in ihrem Alltag geht es meistens drunter und drüber, er ist anstrengend und manchmal frustrierend. Hin und wieder fragt sie sich, ob sie dieses Leben gewählt hätte, wenn ihr klar gewesen wäre, was auf sie zukommen würde. Vielleicht sinnlos, sich solche Fragen zu stellen, und doch, hätte sie? Letztlich war es ein Schlüsselerlebnis gewesen, das sie zu ihrer Fachrichtung führte, die Begegnung mit dem Tod einer ihr nahestehenden Person. Damals arbeitete sie im Bereich der Inneren Medizin und hatte geplant, sich mit einer Arztpraxis selbstständig zu machen. Den plötzlichen Tod einer ihrer engen Freundinnen konnte sie weder akzeptieren noch wollte sie wahrhaben, dass er auf natürliche Art und Weise eingetreten sein sollte.

Auf ihrem Bürostuhl sitzend schaut sie gedankenverloren hinaus in die Dämmerung. Der Park, der das Institut für Rechtsmedizin umgibt, ist nur noch schemenhaft zu erkennen, Charlotte lässt sich treiben und starrt vor sich hin. Na ja, das mit dem Job war schon eine komische Sache, geht es ihr durch den Kopf. Als sie etwa fünf Jahre alt war und den Sommer mal wieder bei ihren Großeltern in Norddeutschland verbringen durfte, sah das mit dem Berufswunsch noch ganz anders aus. Ihr Großvater mütterlicherseits, der einen der größten Molkereibetriebe in Friesland leitete, hatte sie eines Tages mit an seinen Arbeitsplatz genommen. Sie muss noch häufig an seine großen starken Hände denken, und genau in diesem Moment kann sie den kräftigen, warmen Händedruck spüren, mit dem er sie damals, an einem wunderschönen warmen Sommertag, durch die Molkerei geführt hatte. Dort war es ziemlich kühl erinnert sich Charlotte, richtig kalt war es da. Und ganz weiß. Nicht nur die Milch in den riesigen Bottichen war kalt und so wahnsinnig weiß, auch die Kacheln an den Wänden waren es, schneeweiß und kalt. Charlotte hatte das sehr imponiert. Etwas irritiert hatten sie die vielen Menschen, die dort eilig hin und her liefen, denn sie hatten alle ganz seltsame Netze auf dem Kopf. Charlotte war bei diesem Anblick ihre Oma eingefallen, die manchmal beim Friseur eine ähnliche Haube trug. Jedenfalls erinnert sich Charlotte noch gut daran, dass sie damals beschlossen hatte, Bäuerin zu werden. An warme Euter wollte sie fassen und warme Milch trinken. Daraus war nichts geworden, alles hatte sich in eine ganz andere Richtung entwickelt. Von den Tieren zu den Menschen, genauer gesagt: von den warmen Kühen zu den kühlen Leichen.

Das Telefon klingelt und weckt Charlotte unsanft aus ihrem Tagtraum.

»Hast du die Fotos schon angeschaut?«, kracht es mit einer tiefen und äußerst erregt klingenden männlichen Stimme aus dem Telefon. »Meine Güte, der Hals ist echt übel zugerichtet, so etwas habe ich in meinem ganzen Leben noch nicht gesehen. Die Kehle hat er ihr eiskalt durchgeschnitten, dieses fiese Schwein.«

Die Fotos, der Hals, fieses Schwein? Charlotte weiß mit den spärlichen Angaben des Kommissars in diesem Moment nicht viel anzufangen.

»Hallo, Urs, bist du das?«, versucht sie ein wenig Zeit zu gewinnen. »Äh, um welche Fotos geht's denn, und um welchen Fall überhaupt?«

Urs Kläppli ist ein etwas übergewichtiger und stets leicht schwitzender Kriminalbeamter mit wenig Sinn für Humor. Vor allem hasst er es, wenn die Personen, von denen er etwas möchte, nicht sofort handeln, wie er es erwartet.

»Charlotte«, raunzt er sie gereizt an, »du warst doch vor zwei Tagen selbst am Tatort und hast die Leichenschau bei dieser Klubbesitzerin von der Langstraße durchgeführt, oder? Willst du mir jetzt allen Ernstes weismachen, du hättest innerhalb von zwei Tagen so viele Tötungsdelikte zu bearbeiten gehabt, dass du dich an dieses grauenvolle Massaker nicht mehr erinnern kannst, hä? Wir sind hier doch nicht in Mexico City, Mann.«

»Natürlich nicht, lieber Urs«, gibt Charlotte mit gekünstelter Freundlichkeit zurück, »also was genau kann ich für dich tun?« Sie ärgert sich zwar über den schroffen Tonfall des Beamten, kann aber so schnell nicht angemessen kontern und zieht es deshalb vor, mit der ihr eigenen Höflichkeit fortzufahren.

»Natürlich habe ich mir die Fotos im Fall Gallino noch einmal angeschaut, vor allem auch die von der gestrigen Obduktion. Das sieht für uns eindeutig aus«, fährt sie betont professionell fort. »Was also möchtest du genau von mir?«

»Was heißt denn hier eindeutig«, krächzt es zurück. »Der Hauptverdächtige hatte in der ersten Vernehmung nach seiner Festnahme das Ereignis einen Unfall genannt und behauptet, er habe der Klubbesitzerin auf gar keinen Fall wehtun wollen. So ein fertiger Seich! Bitte entschuldige, aber du weißt ja, was ich von solch einem Quatsch halte.«

Urs scheint ihr nun etwas zugewandter zu sein und sich einen Schritt in ihre Richtung bewegen zu wollen. Schließlich braucht er etwas von ihr, deshalb setzt er seine Anfrage etwas freundlicher fort.

»Uns geht es natürlich um die morgige staatsanwaltschaftliche Einvernahme, kannst du dir ja vorstellen. Seit der Unfallmeldung schweigt sich der Beschuldigte aus. Eine Speichelprobe haben wir genommen, aber womit können wir den Kerl ködern, damit er bei der Vernehmung auspackt? Wie schnüren wir den Sack über ihm zu, wenn du weißt, was ich meine?« Jetzt lachte er laut und heftig auf, viel zu laut für Charlottes Geschmack, die die Ruhe nach diesem Ausbruch nutzt, um betont souverän und professionell zu antworten:

»Der tiefe Halsschnitt bis auf die Wirbelsäule ohne Zauder- oder Probierschnitte mit Durchtrennung sämtlicher Gewebestrukturen spricht eindeutig für ein Tötungsdelikt mit einem scharfen Instrument, ausgeführt mit hoher Energie und einer enormen körperlichen Kraft. Außerdem gibt es keinerlei Hinweise für ein dynamisches Geschehen im Sinne eines vorangegangenen Kampfes. Die Frau muss vom Täter überrascht worden sein und hatte keine Möglichkeit, den Angriff abzuwehren. Bis auf den tiefreichenden Halsschnitt waren keinerlei Verletzungen am Leichnam der Frau nachweisbar.«

Charlotte fühlt sich müde und erschöpft, was sie aber Urs gegenüber nicht zu erkennen geben will. Urs scheint nun ganz zufrieden, bedankt sich artig für ihre Stellungnahme und verabschiedet sich mit einem kurzen »Schöne Abig.« Ist das wirklich ein so eindeutiger Fall von Tötung, wie sie es soeben völlig überzeugend behauptet hat? »Was für ein Tag das heute schon wieder ist«, denkt sie und macht eine schwungvolle 180-Grad-Drehung auf ihrem Bürostuhl. Sie ergreift die Maus ihres PCs und klickt sich rasch in den besagten Fall, dem sie vorgestern Nacht ihren Albtraum zu verdanken hatte. Die Fotos vom Fundort der Leiche sind extrem schlecht belichtet, alles ist viel zu dunkel, der Leichnam lässt sich kaum erkennen, geschweige denn die Feinheiten der Verletzungen. Die Kriminaltechniker, die für die Aufnahmen am Tatort verantwortlich sind, wechselten in letzter Zeit ständig und die Einarbeitung durch erfahrene Kollegen verlief offenbar von Mal zu Mal schlechter. Charlotte ist sowieso der Ansicht, dass die Ärzte besser selbst fotografieren sollten, gute Kameras gehören schließlich zu ihrer Ausrüstung. Aber natürlich kann nicht jeder so ein hochtechnisiertes Ding professionell bedienen, das ist auch ihr nicht entgangen. Wie oft hat sie schon Fortbildungen durchgeführt oder auch durchführen lassen, weil sie einfach keine Lust mehr hat auf die stets gleichen Ausreden. Gefühlte hundert Mal. Sie ist zusammen mit den Kolleginnen und Kollegen die Technik durchgegangen, sie haben zig verschiedene Einstellungen ausprobiert. Doch gebracht hat's nicht viel. Tatortfotos von Ärzten sind noch immer nicht wirklich zufriedenstellend. Außerdem ist es letztlich viel einfacher, auf die Kriminaltechniker der Polizei zu schimpfen, wenn die Aufnahmen mal wieder grausig geworden sind.

Charlotte, die sich erneut dem Fall zuwendet, zu dem ihr bisher kaum Informationen vorliegen, entdeckt neben den Fotos ein paar Videoaufzeichnungen. Auf dem Video einer Überwachungskamera ist der gesamte Eingangsbereich des Klubs recht gut einsehbar. Von der Langstraße aus gibt es keinen toten Winkel. Die Auswertung solcher Aufnahmen liegt zwar grundsätzlich in den

Händen der Polizei, doch Charlotte interessiert sich stets für jedes Detail ihrer Fälle, also auch für diese Videos.

Die Aufzeichnung zeigt im Eingangsbereich des Klubs dichtes Menschengewimmel, es ist kaum zu erkennen, wer rein- und wer rausgeht. Körper drücken sich eng aneinander, schieben sich vor und zurück oder werden geschoben. Es scheint ein ganz normaler Mittwochabend zu sein, doch plötzlich ist etwas anders. Eine große Gestalt in dunkler Kleidung, Kapuzenjacke und Handschuhen steuert mit festem Schritt direkt auf die Eingangstür zu. Der Menschenpulk öffnet sich für einen Moment schlagartig, ohne dass ein Grund erkennbar wäre. Die Gestalt hält kurz inne, nestelt mit der einen Hand im Bereich des rechten Ohrs und mit der anderen Hand in der Jackentasche. Dann passiert der Mann die Eingangstür und verschwindet von der Bildfläche.

Die Beamten vor Ort haben Charlotte gegenüber kurz erwähnt, man könne eine verdächtige männliche Person auf einem der Überwachungsvideos erkennen. Das muss er also sein, der mutmaßliche Täter Roman Jakobs. Aus den wenigen Bemerkungen, die sie während der Leichenschau am Tatort aufgeschnappt hat, weiß sie, dass es sich um einen 24-jährigen Zürcher Medizinstudenten aus der gehobenen Mittelschicht handeln soll. Ein gebildeter junger Mann also, der bisher polizeilich nicht in Erscheinung getreten ist. Seit seiner Festnahme gilt er als Hauptverdächtiger, da er der Polizei mit einer Art autistischem Verhalten am Tatort äußerst auffällig erschienen war. Außer der unglaubwürdigen Angabe, es habe sich um einen tragischen Unfall gehandelt, ist nichts Verwertbares zum Ereignisablauf aus ihm herauszuholen. Auf diesem Video ist Charlotte allerdings etwas an ihm, an seiner Körperhaltung, aufgefallen. Kleine Nuancen seiner Bewegungen wirkten leicht unbeholfen, kantig, fast schon linkisch. Sie spielt die Aufzeichnung noch einmal ab und erkennt nun, warum: Roman trägt keine Handschuhe, wie sie zunächst dachte. Seine rechte Hand, an deren Mittelfinger ein goldener Ring mit grünem Stein prangt, ist künstlich. Der junge Mann trägt eine Unterarmprothese.

Als Charlotte bei Nachteinbruch zu Hause eintrifft, ist Pascal noch wach und freut sich sichtlich über ihr Erscheinen. Er strahlt sie an, und Charlotte sinkt in seine offenen Arme wie in einen angewärmten flauschigen Bademantel nach einem Sportwettkampf. Immer tiefer schmiegt sie sich in diese Höhle und genießt. Pascal war vor einigen Jahren in ihr Leben gekommen, wie ein Bus an eine Haltestelle heranfährt. Er war direkt auf sie zugesteuert, hatte sehr dicht vor ihr Halt gemacht und sie völlig unvermittelt angesprochen, noch ehe sie überhaupt wahrnehmen konnte, dass da jemand war, und ehe sie entscheiden konnte, ob sie Lust hatte, jemanden an sich herankommen zu lassen.

»Das Gemälde gefällt dir wohl nicht«, hatte er keck behauptet. »Oder warum starrst du es schon die ganze Zeit so kritisch, fast schon abweisend an?« Charlotte musterte erst den großen schlaksigen Mann von oben bis unten und dann noch einmal das Bild, vor dem sie bereits eine gefühlte Ewigkeit gestanden hatte. Ein knalliges kühles Himmelblau war der Grundton und endlose Weite das Gefühl dazu. Eigentlich hatte sie wie gebannt vor diesem Bild gestanden, weil es sie an etwas erinnerte, sie jedoch nicht gleich wusste, woran. Kritisch hatte sie wohl eher geschaut, weil sie mit ihrem blockierten Gedächtnis haderte. So etwas machte sie vollkommen wahnsinnig. Sie wandte sich von dem Bild ab und schaute mit leicht aufwärts gerichtetem Blick in die blauen Augen des jungen Mannes, der sie erwartungsvoll anlächelte. Irgendwie gefiel ihr der Typ, und statt eine Antwort zu geben, streckte sie ihm ihre Hand entgegen, die ein leeres Sektglas hielt. Pascal hatte das Glas wortlos entgegengenommen, ohne den Blick von ihr abzuwenden, und war damit verschwunden.

Charlotte ging sonntags manchmal in Galerien und schaute sich stundenlang Bilder an. Gemälde, Zeichnungen, Fotos. Dabei konnte sie abtauchen. Sie wandelte durch fremde Welten, fühlte sich unberührbar, fast schon unsichtbar. Ab und zu geriet sie zufällig auf eine Vernissage, selten sprach sie mit jemandem, nie sprach sie jemanden an. Und niemals zuvor war sie von der Künstlerin oder dem Künstler selbst angesprochen worden. Pascal kam mit einem randvoll gefüllten Glas sprudelnden Schaumweins zurück und stieß mit den Worten »Na dann, Prost« schwungvoll sein Glas gegen ihres, wobei einige Tropfen des Inhalts auf ihr Dekolleté spritzten und dann in einem dünnen Rinnsal den schmalen Spalt zwischen ihren Brüsten hinabflossen. Eine stürmische Begegnung war das damals gewesen, ein unvergessliches Gefühl von Irritation und Hingabe. Sie waren gleich nach der Vernissage in ihre Wohnung gegangen und hatten sich stundenlang innig geliebt. Niemals zuvor hätte sie eine solche Geschichte mit sich in Verbindung gebracht. Aber dann war sie ihr tatsächlich passiert.

»Ein unglaublicher und vor allem ein sehr langer Tag war das mal wieder. Irgendwie sind die Leute um mich herum momentan ziemlich ungehalten, ich weiß gar nicht, warum«, spricht sie jetzt leise wie zu sich selbst. »Und was hast du heute so getrieben?«

Als Künstler hat Pascal keinen sonderlich strukturierten Tagesablauf und weiß manchmal am Morgen nicht, wie sich der Tag für ihn gestalten wird. Er hat ein kleines helles Atelier im Kreis 4 und ist fast täglich dort, aber Malen tut er nicht immer. Manchmal sitzt er nur auf seinem alten Holzschemel und mischt stundenlang irgendwelche Ingredienzien zusammen, bis ihm die Mischung entweder so gut gefällt, dass er sie direkt aufträgt, oder sie einfach wegschmeisst, weil sie ihm zum Malen ungeeignet erscheint.

»Ein komischer Job«, denkt Charlotte oft, aber insgeheim beneidet sie ihn manchmal. Um seine Freiheit, um die Möglichkeit, machen zu können, was er will. Das scheint ihr unglaublich attraktiv zu sein. Sie liebt ihre Arbeit, keine Frage, aber der zwanghafte Rhythmus, mit dem sie sie bis zu siebzig Stunden pro Woche ausübt, geht ihr manchmal gegen den Strich.

»Stell dir vor«, unterbricht Pascal ihre Gedanken, heute hatte ich eine etwas ungewöhnliche Begegnung. Gegen Nachmittag klopfte es an der Ateliertür und vor mir stand eine äußerst attraktive Dame mittleren Alters. Dunkelblonde lange Haare, gepflegtes Äußeres, dezent geschminkt, lackierte Fingernägel, auffallend gut gekleidet mit teurem Mantel, schickem Rock, hochhackigen spitzen Schuhen und so. Sie sprach mit einem ausländischen Akzent, irgendwas östlich Klingendes, vielleicht Russisch, Polnisch oder so. Jedenfalls hat sie angeblich von irgendwelchen Freunden meine Adresse erhalten und erkundigte sich nach der Möglichkeit, bei

mir eine private Malausbildung zu erhalten. Ist das nicht verrückt? Zahlen will sie selbstverständlich gut dafür, hat sie jedenfalls behauptet.«
»Und was hast du ihr geantwortet?«, will Charlotte sofort wissen. »Sag bloß, du machst das?«
In ihrer Stimme klingen Verunsicherung und Unverständnis durch, worüber sie sich prompt ärgert. Pascal ist ihr bisher nie untreu gewesen und gibt ihr immerwährend das Gefühl, bei ihr angekommen zu sein und nie wieder weg zu wollen. Dennoch, etwas sperrt sich in ihr gegen sein Vorhaben. Hat er seine potenzielle Schülerin nicht gerade eben als »äußerst attraktiv« beschrieben?
»Jetzt komm erst mal und lass uns noch etwas Kleines zu Abend essen. Ich habe uns einen leckeren Fenchelsalat mit Avocado zubereitet, den magst du doch so gern«, beschwichtigt Pascal. »Außerdem gibt es deinen Lieblingstee«, fügt er noch sanft hinzu. Beim Essen schweigen sie, wie sie es meistens tun, um ihren Gedanken nachhängen zu können.
»Eigentlich habe ich keine große Lust, das Angebot anzunehmen, wenn ich ehrlich sein soll«, greift Pascal das Gespräch nach einer Weile wieder auf, »aber das Geld wäre für uns schon nicht schlecht, meinst du nicht?«
»Du möchtest doch nicht wirklich wissen, was ich dazu meine, oder!?«, entgegnet Charlotte wie aus der Pistole geschossen und ärgert sich sogleich wieder über ihre Zickigkeit. Aber eine russische Oligarchin, die sich nach der Möglichkeit einer privaten Malausbildung bei einem mittelmäßig bekannten Schweizer Künstler erkundigt und viel Geld dafür zahlen will, führt höchstwahrscheinlich etwas ganz anderes im Schilde, vermutet sie. Das stinkt doch zum Himmel. Außerdem haben sie eigentlich genug Geld, das sieht zumindest Charlotte so, deren ordentliches Einkommen locker für zwei reicht. Soll doch jeder tun und lassen, was er möchte, schmollt sie ein wenig. Nach einer ausführlichen kontroversen Diskussion über den Wert und die Wertlosigkeit des Geldes, die Wichtigkeit der individuellen Freiheit und die Grundprinzipien einer Partnerschaft finden sich die beiden schließlich versöhnt im Bett wieder. Plötzlich muss Charlotte an die Unter-

armprothese des Jungen denken. Was mag es wohl für ein Gefühl sein, einen Menschen, den man liebt, damit zu umarmen, ihn mit einer kalten Plastikhand zu liebkosen? Und wie fühlt es sich für die andere Person an, von einem künstlichen Arm gehalten und einer Plastikhand gestreichelt zu werden? Wieviel Kraft kann ein Mensch in einem Plastikunterarm entwickeln und wie diffizil können Handbewegungen damit ausgeführt werden? Das und einiges mehr geht ihr durch den Kopf, und am Ende ihres Gedankengangs angekommen beugt sie sich über den bereits im Einschlafen begriffenen Mann an ihrer linken Seite. Sie schaut in sein feines, entspanntes Gesicht, spürt seinen ruhigen, flachen Atem, seine Wärme und atmet den Duft seines Körpers ein. Voll tiefer Liebe streicht sie ihm mit der Hand über die kurzgeschorenen dunklen Haare, sucht mit ihren Lippen die seinen und gibt ihm einen sanften Gutenachtkuss. Danach schläft sie sofort ein und fällt in einen traumlosen Tiefschlaf.

»Meine Güte, Charlotte, können wir die heutige Oberarztsitzung vielleicht absagen?«, ruft ihr Frederick hektisch zu, als er am Morgen im Vorbeigehen an ihrer geöffneten Bürotür kurz abstoppt. »Wir haben aktuell fünf Obduktionen, zwei Altersschätzungen und eine körperliche Untersuchung nach Sexualdelikt«, berichtet er im Stakkato. »Chantal und Annabelle sind mal wieder krank, Tom ist auf Fortbildung, Gregor hat den Unterricht für die Polizeischule übernommen und Vanessa kann einfach noch nicht alleine Dienst machen, sie braucht dringend meine Unterstützung im Hintergrund.«

Immer diese Versuche, Sitzungen, die regelmäßig stattfinden sollen, damit die interne Kommunikation besser funktioniert, in letzter Minute doch noch abzusagen, weil sich nie jemand darauf vorbereitet und alle ständig das Gefühl von Arbeitsüberlastung haben. Charlotte hasst das eigentlich, vor allem, weil sie als stellvertretende Institutsleiterin letztendlich die Verantwortung für alles trägt. An diesem Morgen ist ihr das allerdings total egal. Sollen doch alle tun, was sie wollen, ihr soll es recht sein, sie hat ohnehin genug zu tun. Nickend schaut sie in Fredericks Richtung, der dies als Zustimmung deutet und rasch von dannen zieht.

Gerne übernimmt sie gleich zwei Obduktionen hintereinander, das ist überhaupt kein Problem für sie. Die Untersuchung von Verstorbenen liebt sie am meisten an ihrer Arbeit, damit kennt sie sich extrem gut aus, dabei kann sie sich wunderbar entspannen. Immer wenn sie sich einem Leichnam nähert, fokussieren all ihre Sinne auf diesen kalten, steifen, blassen Körper. Der Kontakt zur Außenwelt bricht für einen Moment ab. Jedes Detail weckt ihr Interesse, jede Wahrnehmung wird sofort gespeichert. Bis auf den Geschmackssinn laufen alle Sinne auf Hochtouren, mit höchster Konzentration geht sie ans Werk. Die alten Pathologen setzten früher wohl auch ihren Geschmackssinn ein, heißt es, das kann sich Charlotte allerdings beim besten Willen nicht vorstellen. In ihren Vorlesungen zu rechtsmedizinischen Themen, die sie während des Semesters regelmäßig an der Universität hält, betont sie immer, dass jeder Fall anders und somit einzigartig ist, und während die Studierenden gespannt ihren Ausführungen lauschen, kann sie so manches Mal Entsetzen in den aufgerissenen Augen der jungen Menschen erkennen. Der eine oder andere leise Aufschrei erinnert sie dann daran, die Präsentationen nicht allzu realistisch zu gestalten. Aber das Leben ist nun mal nicht nur zum Lachen, im Gegenteil. Vieles von dem, was Menschen einander antun, ist fast nicht zum Aushalten.

Am Ende der zweiten Autopsie klingelt das Telefon im Saal. Charlotte zieht ihre Gummihandschuhe aus und nimmt den Hörer ab. Sie hört die Singsang-Stimme von Irene, einer der beiden Sekretärinnen ihrer Abteilung. Irene informiert Charlotte darüber, dass Staatsanwalt Meininger vor dem Besprechungszimmer auf sie wartet.

»Er möchte im Fall Gallino die Obduktionsergebnisse mit dir besprechen«, haucht sie weiter in die Muschel.

Charlotte bedankt sich bei Irene, schaut auf die Uhr und lässt ausrichten, dass sie in etwa zehn Minuten bei ihm sein wird.

»Grüß dich, Kurt«, empfängt Charlotte den Staatsanwalt ein wenig außer Atem und bietet ihm sogleich einen Kaffee an. Eine angenehme Arbeitsatmosphäre zu schaffen, ist ihr enorm wichtig, und seit sie den brandneuen Kaffeeautomaten im Besprechungsraum haben, hält sie sich dort sehr gerne und dementsprechend häufig auf. Während sie ihren Espresso genießen, tauschen sie ein paar halb private Höflichkeiten aus, schließlich arbeiten sie jetzt schon viele Jahre zusammen. Meininger ist seit seiner Scheidung allerdings ein wenig wortkarg geworden. Danach wenden sie sich den ernsteren Dingen zu und gehen alle Einzelheiten im Fall Gallino durch. Während der einstündigen Besprechung ergänzen sie gegenseitig ihre Wissenslücken und diskutieren mögliche Tatabläufe. Sie kommen zu dem Schluss, dass es sich um ein Tötungsdelikt handeln muss, wobei das Motiv noch unklar ist, da Jakobs jegliche Aussage zum Vorfall in jener Nacht verweigert. Bei der Verabschiedung kommt Charlotte mit einem Mal etwas in den Sinn.

»Könnte die Klubbesitzerin die Geliebte des jungen Mannes gewesen sein?«, fragt sie Meininger. »Ist nur so eine Idee.« Wie sie plötzlich darauf kommt, will der Staatsanwalt wissen, das Opfer sei doch immerhin wesentlich älter gewesen als Jakobs. Charlotte weiß selbst nicht so recht, warum sie gefragt hat, denn bisher gehen alle von einem Sexualdelikt und nicht von einer Beziehungstat aus. Beim Verlassen des Besprechungsraumes fragt sie den Staatsanwalt ganz unvermittelt, ob Roman Jakobs ein gutes Verhältnis zu seinen Eltern habe, und die Antwort Meiningers kommt ohne Zögern.

»Er hasst seine Eltern, das hat er tatsächlich auf die Frage nach seinen Familienverhältnissen gesagt. Ganz besonders scheint er seine Mutter zu hassen. Er meinte, sie habe es zu verantworten, dass er nur noch einen richtigen Arm besitze. Wie er seinen rechten Unterarm tatsächlich verloren hat, dazu wollte er mir gegenüber aber keine Angaben mehr machen. Wieso fragst du das, Charlotte?«, wundert sich der Staatsanwalt.

Charlotte interessiert sich stets für das Verhältnis zwischen Kindern und Eltern, weil sie die Erfahrung gemacht hat, dass es häufig der Schlüssel für bestimmte Verhaltensweisen ist. Sie begleitet Kurt bis zur Eingangshalle. Bei der herzlichen Verabschiedung mit den obligatorischen Wangenküssen hat sie augenblicklich das klare Gefühl, dass die Beziehungen von Roman Jakobs zu seiner Mutter und zur Klubbesitzerin Chiara Gallino eine wichtige Bedeutung haben.

»Wenn Chiara Gallino wirklich seine Geliebte war, kann sie unter Umständen einen Fehler gemacht haben«, sagt Charlotte zu sich selbst. Was sie damit genau meint, ist ihr selbst noch nicht klar. In ihrem Büro angekommen lassen sie die Gedanken an den Fall nicht los. Für das äußerst brutale Vorgehen, die fast komplette Enthauptung, könnte eine tiefe Verzweiflung die Ursache gewesen sein. Durch die Ermittlungsergebnisse sieht sie ihre Annahme bestätigt, die sie vor Kurzem gegenüber Urs Kläppli am Telefon geäußert hat. Es muss ein sehr rasches und für das Opfer unvorhersehbares Verhalten gewesen sein, überlegt sie. Geht sie davon aus, dass der Abend im Klub wie üblich abgelaufen war, so hatten sich die Leute wahrscheinlich dicht aneinander gedrängt, in Unterhaltungen vertieft, reichlich Alkohol trinkend, irgendwelches Zeugs schluckend getanzt, krakeelt und waren mit sich selbst und miteinander beschäftigt. Chiara Gallino blieb als Klubbesitzerin bestimmt nicht die ganze Zeit über im Klubbereich. Sie hielt sich zwischendurch in den angrenzenden privaten Räumlichkeiten auf, erledigte Büroarbeit, unterhielt sich mit ihren Angestellten und regelte Organisatorisches. Sicher hatte sie Bodyguards, die sich die ganze Zeit über diskret im Hintergrund bewegten und sie dabei nie aus den Augen ließen. Jakobs musste also unbemerkt in den Privatbereich eingedrungen und einen Moment ausgenutzt haben, in dem Chiara allein und unbeobachtet in ihrem Büro saß. Und was war überhaupt mit dem Tatwerkzeug? Woher kam es? Roman konnte es nicht von Anfang an bei sich gehabt haben. Die Eingangskontrollen wurden stets penibel durchgeführt. Charlotte kann sich das alles beim besten Willen nicht erklären.

Sie müssen ein intimes Verhältnis gehabt haben, ist sie sich nun sicher, anders geht es doch gar nicht. Vielleicht hatte Chiara ihren Liebhaber an diesem Abend zu sich bestellt, um mit ihm etwas zu klären, was ihm letztlich missfallen hat. Eine gravierende Änderung in ihrer Beziehung, womöglich die Trennung. Ein Trennungsvorhaben ist für jede Frau eine der gefährlichsten Lebenssituationen überhaupt, das hat sie in ihrem Job schon häufig erfahren dürfen. Für den übernächsten Donnerstag ist eine Rekonstruktion der Tat vor Ort geplant, dann werden sich vielleicht auch aufgrund der Besichtigung der Räumlichkeiten neue Hinweise ergeben. Für heute kommt Charlotte einfach nicht weiter, die Informationen der Staatsanwaltschaft lassen ebenfalls keine eindeutigen Rückschlüsse auf den Tatablauf zu und Roman schweigt zu alledem.

Ein Blick auf die Armbanduhr unterbricht ihre Gedanken und lässt sie in Richtung Bibliothek sprinten. In drei Minuten muss sie die Oberarztsitzung leiten. Der Chef hat sich für heute kurzfristig abgemeldet und ihr diese Aufgabe übertragen. Ach du meine Güte, Sitzungsvorbereitung sieht anders aus. Aber was soll's, da müssen sie jetzt alle gemeinsam durch. Nachdem sie etwa fünf Minuten alleine in der menschenleeren Bibliothek gewartet hat, ist Charlotte verärgert und ruft erzürnt den Kollegen Raimund an.

»Sag mal, wo bleibt ihr denn alle, ich sitze hier doof rum und keiner kommt. Habt ihr die Sitzung etwa vergessen?«, schimpft sie in den Telefonhörer. Angesichts des Unverständnisses am anderen Ende der Leitung wird ihr mit einem Schlag bewusst, dass sie heute Morgen im Gespräch mit Frederick zugestimmt hat, die heutige Sitzung ausfallen zu lassen. »Meine Güte« – manchmal zweifelt Charlotte an sich selbst. Ist sie womöglich auf dem besten Wege zur Demenz? Early-onset Alzheimer, eine Form frühzeitigen Hirnabbaus, die im mittleren Lebensalter einsetzt und dann rasch fortschreitet. Es beginnt schleichend. Anfangs sind die Betroffenen verzweifelt über den langsamen, aber stetigen Verlust ihrer geistigen Fähigkeiten, bis sie ihn selbst nicht mehr bemerken. Das wär's ja noch. Aber sie würde es vermutlich als Letzte wahrnehmen, wenn sie irgendwann zunehmend Schwachsinn von sich gäbe, wie grauenhaft. Würde Pascal sie verlassen oder vielleicht vorher sie ihn?

»Kommst du mit zum Lunch?«, unterbricht Margits Stimme ihre trüben Gedanken.

»Mensa oder Resti?«, will Charlotte wissen.

»Luis und ich hatten an asiatisch gedacht. Was meinst du, hast du Lust?«

»Klar, asiatisch immer.«

Auf dem Weg zum Mittagessen diskutiert Charlotte den Fall Gallino mit den beiden Kollegen. Margit ist Biologin und arbeitet seit fünf Jahren in der Institutsabteilung für forensische Genetik. Genau wie ihr Kollege Luis untersucht sie den ganzen Tag lang Spuren und gibt die Ergebnisse in die nationale Datenbank ein. Spuren von Gegenständen, von Tatorten und natürlich von menschlichen Körpern, seien sie noch am Leben oder schon tot. Alles wird akribisch geprüft, um Beweismaterial zu sammeln. Das Spurenbild im Gallino-Fall ist offenbar wenig aufschlussreich, auch weil kein Tatwerkzeug gefunden wurde. Von den bloßen Tatortspuren konnten neben Blutspuren des Opfers ausschließlich Mischspuren bestimmt werden, also zahlreiche DNA-Profile von unterschiedlichen Personen. Auch Jakobs DNA war dabei und natürlich die der verstorbenen Gallino. Das ist nicht verwunderlich, hatten sich doch viele Menschen im Klub aufgehalten. An Chiaras Leichnam war neben ihrer eigenen DNA allerdings ausnahmslos die DNA von Jakobs nachgewiesen worden, sowohl an zahlreichen Hautstellen als auch vaginal in Form von Spermien. Die Kleidung der Toten war unbeschädigt und ihre Untersuchung hatte Mischprofile ergeben, unter denen sich auch DNA von Jakobs abgrenzen ließ.

Die beiden Kollegen zeigen sich relativ unbeeindruckt von dem Fall und kommen immer wieder auf ganz andere Themen zu sprechen. Charlotte kann sich dagegen auf nichts anderes konzentrieren, aus bloßer Höflichkeit nickt sie jedoch ab und zu mit dem Kopf, um wenigstens interessiert zu wirken. Schließlich wollen die beiden Biologen sie noch zu einer gemeinsamen Forschungsstudie befragen, was Charlotte mit der Gegenfrage nach einem Dessert mit Espresso geschickt abwürgen kann. Sie schlendern zur Cafeteria und ziehen auf dem Weg dorthin noch Geld aus dem Bankomat, um wieder genug Bares zur Verfügung zu haben. Der ewig gleiche Ablauf, wenn sie zum gemeinsamen Mittagessen unterwegs sind. Routine hat ja bekanntlich etwas Beruhigendes, geht es Charlotte durch den Kopf. Manchmal kommt es ihr allerdings so vor, als wären sie alle kleine menschliche Roboter, die von monetär orientierten Institutionen programmiert wurden. Bei solchen Gedankenspielen muss sie dann immer irgendwann an Pascal denken und sehnt sich sofort in seine Nähe. Er ist für sie eine Art Außerirdischer mit Kontakt zum Universum. Ist sie mit ihm zusammen, fühlt sie sich extrem lebendig, ganz anders als häufig bei ihrer Arbeit mit den Kollegen. Wenn sie in den Ferien sind, verstärkt sich dieses Empfinden noch, und sie möchte nie wieder ohne ihren Geliebten sein, keinen einzigen Moment. Zu Hause angekommen schafft sie es dann doch immer wieder, sich in ihrer Welt auch ohne ihn zurechtzufinden. Ein wenig fühlt sie sich mit ihm wie in einem Märchen, wie in einer Art Verzauberung, die sie jedes Mal lösen muss, um erneut in den beruflichen Alltag eintauchen zu können.

Plötzlich kommt Charlotte ein Gedanke und sie erstarrt. Roman hasst seine Eltern, besonders seine Mutter, und er gibt ihr die Schuld daran, dass ihm ein Unterarm fehlt. Rasch wählt sie die Nummer von Kurt Meininger, der nach zwei Klingelzeichen abnimmt und sie freudig fragt, womit er ihr behilflich sein könne.

»Du hast doch bestimmt wieder eine plötzliche Eingebung, gib's zu Charlotte. Es würde mich jetzt wirklich sehr wundern, wenn du um diese Uhrzeit bei mir anrufst und mir keine Lösung im Fall Gallino präsentieren kannst«, neckt er sie freundlich lachend. Dann hält er inne.

»Sag mal, lieber Kurt«, tastet sich Charlotte langsam an ihre Idee heran. »Hat Roman Jakobs dir gegenüber vielleicht erwähnt, wie seine Kindheit verlaufen ist? Also, weißt du zufällig, ob er grundsätzlich eher ein gesundes oder ein krankes Kind gewesen ist? Und wann hat er seinen Unterarm verloren, als Kind oder als Erwachsener?«, möchte sie ganz genau wissen.

Der Staatsanwalt ist verunsichert. Er denkt nach, blättert hörbar in den Unterlagen und räuspert sich nach einer ganzen Weile des Schweigens.

»Die üblichen Fragen zur Kindheit hat er beantwortet, aber mir war da nichts Besonderes aufgefallen, ehrlich gesagt. Das Gutachten vom forensischen Psychiater, der ihn befragt hat, haben wir natürlich noch nicht. Aber warte mal, ich kann dir ein paar Dinge aus dem Befragungsprotokoll mitteilen, wenn dir das weiterhilft«, bietet er Charlotte an, die dankend annimmt. Nach einem weiteren Moment der Stille meldet er sich wieder und fasst zusammen: »Roman Jakobs musste am 15. Januar vor knapp zwanzig Jahren ganz eilig notoperiert werden. Damals sind die Gewebefetzen, die vom noch vorhandenen Unterarmrest des Vierjährigen herabhingen, chirurgisch so versorgt worden, dass dem Jungen zumindest ein Unterarmstumpf rekonstruiert werden konnte. Bei diesem Spitalaufenthalt wurde aufgrund der unklaren Umstände die Kinderschutzgruppe involviert. Es konnte aber offenbar klargestellt werden, dass es sich um einen tragischen Unfall gehandelt hatte. Der Junge hat angeblich unbeaufsichtigt mit einem Campinggaskocher experimentiert. Reicht dir das?«, möchte der Staatsanwalt von Charlotte wissen. Kurt Meininger, der Charlotte mittlerweile seit vielen Jahren kennt und ihre spezielle Art und vor allem ihre extrem genaue Arbeitsweise zu schätzen weiß, kann sich noch keinen Reim darauf machen, warum die Rechtsmedizinerin das alles wissen möchte.

»Das ist schon sehr interessant, vielen Dank. Aber gibt es Angaben zum vorherigen Krankheitszustand oder zu den Jahren danach?«, hakt sie noch einmal nach.

»Ach Charlotte, du nun wieder. Ich kann dir das auch alles in Kopie zusenden, wenn du möchtest. Hat das für den Fall denn überhaupt eine Bedeutung?«, stellt er die Gegenfrage und spürt eine gewisse Unlust, das ganze Medizinzeugs weiter zu studieren.

»Klar hat es das, Kurt. Sonst würde ich doch nicht fragen«, antwortet Charlotte leicht pikiert und löst damit eine Art Schuldgefühl beim Staatsanwalt aus, dem er sofort nachgibt und im Protokoll weiterliest. Tatsächlich findet er noch eine aus seiner Sicht interessant klingende Stelle, über die er sie informiert.

»Hier werden Arztberichte erwähnt. Der Junge ist mit ständig wechselnden körperlichen Symptomen, deren Ursachen nie gefunden werden konnten, immer mal wieder im Spital gewesen. Aber offenbar jeweils nur für ein paar Tage, und dann konnte er gesund und munter wieder nach Hause entlassen werden. Also alles nichts Schlimmes, Charlotte, bist du jetzt zufrieden?«, hofft er auf Entlastung und lauscht irritiert dem zustimmenden Brummeln am anderen Ende der Leitung. Charlotte genießt diesen Augenblick, in dem sie eine Art Genugtuung verspürt. In einem solchen Moment scheint sich plötzlich all ihre Anstrengung auf dem zum Teil extrem harten beruflichen Weg gelohnt zu haben.

»Kurt, versteh doch«, setzt sie wieder an, »Jakobs ist ein Opfer von Kindesmisshandlung durch seine Mutter geworden. Ein typischer Fall von Münchhausen by proxy. Zwanzig Jahre später scheint er sich an der Frau gerächt zu haben, die er wahrscheinlich am meisten geliebt hat. Wenn er und die Gallino insgeheim ein Paar waren, was man ja den DNA-Spuren zufolge durchaus auch annehmen könnte, muss diese Frau in Roman äußerst schmerzhafte Gefühle hervorgerufen haben oder das Ganze war tatsächlich ein tragischer Unfall«, beendet sie ihre Erklärungen. Meininger ist jetzt verwirrt und erschöpft zugleich und sehnt sich nur nach einem kühlen Feierabendbier.

Am Morgen der gemeinsamen Tatortbegehung erscheint Charlotte als Erste vor dem Klub. Ein wenig Frühnebel senkt sich über der noch unbelebten Langstraße, in der das bunte Treiben immer erst gegen Mittag beginnt, um bis tief in die Nacht hinein anzudauern. Während Charlotte vor dem Eingang auf die anderen von Polizei und Staatsanwaltschaft wartet, geht ihr die Szene aus der Mordnacht wieder durch den Kopf. Sie sieht den jungen Mann auf dem Video inmitten der anderen Leute, die ihm wie auf Kommando Platz machen, und fragt sich, warum. Warum weichen sie Roman Jakobs aus, was hatte er an sich?

»Guate Morge Charlotte, wartest du schon lange da in der Kälte?«, kommt eine warm klingende männliche Stimme von der Seite. Ueli Roth, ein äußerst gut aussehender Brandtouroffizier, ergreift ihre beiden Oberarme, zieht sie sanft zu sich und küsst sie zur Begrüßung auf die Wangen. Sein Atem duftet nach Kaffee und Zigarettenrauch, eine Mischung, die Charlotte schlagartig aus ihren Gedanken reißt.

»Guate Morge Ueli, nein, nein, ich bin grad erst gekommen. Mit dem Velo hab ich's ja nicht weit, und es geht fast ausschließlich bergab«, entgegnet sie fröhlich.

Während die beiden sich ein wenig befangen über die Zürcher Verkehrssituation unterhalten, trudeln nach und nach auch die anderen Beteiligten ein. Staatsanwalt Meininger hat bei seiner Ankunft eine junge, auffallend schöne Frau an seiner Seite, die er allen als Carla Ruger vorstellt.

»Selbstverständlich muss Frau Ruger noch sehr viel lernen, deshalb habe ich sie heute zu ihrer ersten Tatortbegehung mitgenommen«, erklärt er die Situation betont förmlich.

Die Frau wirkt unsicher, sie streicht sich ständig eine blonde Haarsträhne hinters Ohr, die immer wieder ins Gesicht zurückfällt, und lächelt verlegen. Sie trägt eine braune lederne Aktentasche, die sie sich fest unter den Arm geklemmt hat, als könnte die Tasche sie vor einem möglichen Zusammenbruch bewahren. Als Charlotte ihr die Hand gibt, treffen sich für einen Moment ihre Blicke und eine warme Welle durchfährt sie. Rasch zieht sie ihre Hand zurück und wendet sich leicht verwirrt der nächsten Person zu, als wäre nichts gewesen. Die Kriminaltechnik ist heute durch Eleonore Hinges vertreten, eine routinierte Polizeifotografin mit auffallend lockiger Mähne und einem unvergleichlich strahlenden Lächeln. Nach einer allgemeinen Begrüßungsrunde ergreift der rapportierende Polizist das Wort und fasst alle wesentlichen Ermittlungsergebnisse kurz zusammen. Anschließend verschwindet die Gruppe im Klub.

Die Klubräume sind nur schemenhaft zu erkennen, hinter der schummrigen Beleuchtung verbirgt sich eine riesige Tanzfläche, dunkelrot gestrichene Wände schaffen eine warme Atmosphäre. Rechts und links von der Tanzfläche sind langgezogene Bartresen zu sehen. An den Seiten stehen diverse gemütliche Sitzgelegenheiten und einzelne kleine Beistelltischchen. Neben dem Tresen auf der rechten Seite befindet sich eine Tür. Als sie darauf zusteuern, geht Charlotte direkt hinter der Staatsanwaltsanwärterin, die etwas ungeschickt auf ihren hochhackigen schwarzen Wildlederpumps vorauswackelt. Ganz unvermittelt blickt sie sich kurz nach Charlotte um, streicht sich wieder ihre Haarsträhne hinters Ohr und lächelt verlegen, ihre rehbraunen Augen geradewegs auf Charlotte gerichtet. Diese kann die Geste nicht sofort einordnen und schaut verschämt zu Boden. Irgendwie ist die Frau ihr nicht geheuer, sie passt in ihrem Outfit so gar nicht an diesen Tatort, findet Charlotte. Sie gehen weiter und erreichen das Büro der Klubbesitzerin. Hier war ihr unbekleideter Leichnam blutverschmiert aufgefunden worden. Ein heller kleiner Raum mit mehreren antiken Möbelstücken. Am

Fenster steht ein bogenförmiger beigefarbener Schreibtisch, an den weißen Wänden lehnen zwei ebenfalls weiße Regale, darin stehen Aktenordner ordentlich aneinandergereiht. Auch der Schreibtisch wirkt aufgeräumt. Der Teppichfußboden ist von reichlich Blut durchtränkt. Charlottes Blick fällt beiläufig auf vier im Quadrat angeordnete kantige kleine Vertiefungen im Teppichboden, die wie Abdrücke eines Möbelstücks aussehen. Vom Büro führt ein schmaler, dunkler Flur zu einer Küchenzeile. Gerade als Charlotte von der Küchenzeile in das angrenzende Wohnzimmer gehen will, bleibt sie ruckartig stehen, dreht sich noch einmal um und schaut zurück in den Flur. Ein kleiner Holztisch steht dort wie zufällig abgestellt. Doch nicht der Tisch ist Charlotte im Vorbeigehen aufgefallen, sondern eine Art Hebel, der seitlich heruntergeklappt und dadurch zum Teil verdeckt ist. Charlotte hat unterbewusst ein leichtes Aufblinken wahrgenommen. Sie geht zurück zu dem Tisch, und da ist sie eindeutig erkennbar, die blankgeschliffene scharfe Metallklinge, die am Hebelarm angebracht ist. Bei genauer Betrachtung kann Charlotte erkennen, dass hier eine Jugendstilschneidemaschine für Wurst und Käse ganz dicht an die Wand geschoben wurde. Ein antikes Möbelstück mit Sammlerwert. Weit und breit sind keine Blutspuren zu erkennen, dennoch ist Charlotte ganz sicher, dass sie das Tatwerkzeug gefunden hat.

»Du hattest natürlich mal wieder recht, liebe Charlotte«, übermittelt Margit ihr am nächsten Morgen telefonisch die Resultate der genetischen Spurenanalyse vom Tisch und von der Metallklinge. Sie spricht langsam und bedächtig und Charlotte genießt jeden ihrer Sätze. »Am Schneidwerkzeug konnte sogar noch Blut nachgewiesen werden, obwohl die Klinge augenscheinlich gereinigt worden ist«, fährt die Biologin fort. »Die weibliche DNA stammt eindeutig und ausschließlich von unserem Opfer, dieser Gallino. Auch das Blut an der Klinge stammt von ihr. Am Tisch fanden sich sonst nur Mischspuren, aus denen nichts Eindeutiges abgegrenzt werden kann. Vor allem konnte rein gar nichts von diesem Jakobs nachgewiesen werden«, beendet Margit ihre Mitteilung und drückt damit ein gewisses Unverständnis aus. Charlotte hakt nach, sie will es genauer wissen.

»Wurden die Abriebspuren vom Hebel auch schon ausgewertet?«

»Was denkst du eigentlich, was wir hier so den lieben langen Tag treiben, hä?«, fragt Margit gereizt zurück. »Glaubst du denn wirklich, dass nur du so viel arbeitest, liebe Frau Doktor? Klar haben wir die Hebelspuren auch schon ausgewertet, und für sie gilt dasselbe, nix Verwertbares, nix von Jakobs, nothing, niente, nada.«

Charlotte bedankt sich betont höflich für die Resultate und wünscht Margit noch einen schönen Tag. Warum in diesem Institut immer nur alle so angespannt sind und jede Äußerung als persönlichen Angriff empfinden, kann sie sich nicht erklären. Irgendwie stehen die Mitarbeitenden ständig unter Strom und vermitteln einander den Eindruck, sie könnten jeden Moment einen Kurzschluss erleiden. Dabei sind die Arbeitsbedingungen doch der reinste Luxus. Große helle Büros, ein perfekt ausgestatteter Pausenraum sowie jede Menge anderer Annehmlichkeiten, die täglich auf sie warten. An einem unzureichend ausgestatteten Arbeitsumfeld kann diese Gereiztheit also beim besten Willen nicht liegen. Vielleicht ist es der tägliche Umgang mit menschlichen Schicksalen, der seine Spuren bei den Experten hinterlässt. Während sie in einen der knackigen Äpfel beißt, die den Mitarbeitenden täglich frisch zur Verfügung stehen, kehrt Charlotte mit ihren Gedanken zurück zum Fall und gelangt zu dem Schluss, dass Roman Jakobs keine Spuren hinterlassen hat, weil er alles fein säuberlich geplant hatte, hinterhältig und heimtückisch. Zwar ist nun klar, dass er kein Tatwerkzeug bei sich geführt hat, aber das muss nicht zwangsläufig bedeuten, dass die Tat ungeplant geschehen ist. Ihr kommt in den Sinn, dass sie noch immer nicht weiß, warum die Menge am Anfang plötzlich auseinandergewichen ist, als Jakobs vor dem Klub erschien, und sie schaut sich das Video noch einmal ganz genau an. Der Mann mit der Kapuzenjacke und der Unterarmprothese steuert auf den Eingang zu, Charlotte hält den Film an, spult zurück, spielt die Szene noch einmal ab, noch einmal und noch einmal. Und dann kann sie es plötzlich sehen. Seine rechte Hand nestelt an einem grau-weißen gewellten Kabel, das von seinem

Ohr ausgehend am Hals langläuft und in der Kapuzenjacke verschwindet. Das war es also, was die Menschenmenge dazu brachte, Roman sofort vorbeizulassen. Sie hielten ihn offenbar für einen der Security-Mitarbeiter des Klubs.

Dass Jakobs tatsächlich einer von Gallinos Bodyguards war, erfuhr Charlotte erst viel später und rein zufällig aus einem Nebensatz von Urs Kläppli, der sie wegen eines ganz anderen Falls angerufen hatte. Sie erfuhr es, lange nachdem sie ihr Gutachten an die Staatsanwaltschaft abgesendet hatte. Immer wieder sind es fehlende Informationen, die ihr die Arbeit erschweren, so etwas gehört leider zum Alltag ihrer Sachverständigentätigkeit. Unter Berücksichtigung der damaligen Ermittlungsergebnisse hatte Charlotte zur Frage des Tatablaufs eine kaltblütige Vorgehensweise beschrieben, etwas anderes war für sie gar nicht in Betracht gekommen. Den Umstand, dass die Bekleidung unversehrt geblieben und am Leichnam keine Kampfspuren nachgewiesen worden waren, hatte sie einer akuten Bedrohungssituation zugeordnet, in der sich die Frau völlig überraschend befunden haben musste. Allein aufgrund der Spurenlage und der Obduktionsergebnisse sowie der Ergebnisse der Tatortbegehung war sie zu dem Schluss gekommen, dass der Täter die Frau zur Entkleidung gezwungen, die unbekleidete, wehrlose Frau gewaltsam auf den Schneidetisch gedrückt und den Hebel mit der kalten scharfen Metallklinge über ihrem Hals gesenkt haben musste, vor, während oder nachdem er mit seinem Glied vaginal in sie eingedrungen war. Warum dies in jener Nacht geschah, ist nie bekannt geworden. Jakobs hatte sich noch während der Untersuchungshaft in seiner Zelle das Leben genommen, ohne jemals etwas zum Tatablauf und den genauen Umständen geäußert zu haben.

Noch oft denkt Charlotte an diesen jungen Mann, der als Kind schreckliche Erfahrungen machen musste, die er womöglich durch sein Medizinstudium hatte verarbeiten wollen. In stillen Momenten läuft es ihr manchmal eiskalt den Rücken hinunter, wenn ihr Zweifel hochkommen, ob nicht alles vielleicht ganz anders war. Kein eindeutiges Tötungsdelikt, so wie sie es überzeugend behauptet hatte, sondern ein tragischer Unfall, wie von dem jungen Mann angegeben. Vielleicht wollte er an diesem Abend einfach nur mit der Frau zusammen sein, die er von Herzen liebte. Der Hebel des Schneidetisches könnte zufällig aufgeklappt gewesen sein, weil zuvor eventuell die Klinge poliert worden war. Als Roman und Chiara sich zum Liebesspiel vereinten, waren sie womöglich zusammen am Holztisch angekommen, wobei Chiara mit Schwung bäuchlings auf dem Tisch und ihr Hals direkt auf der scharfen Metallklinge landete. Der junge Mann, der von hinten in seine Liebste eingedrungen war und diese fest umschlungen hielt, muss bei diesem Anblick schockiert und völlig verzweifelt gewesen sein. Seine heimliche große Liebe lag plötzlich tot vor ihm, wo er doch als ihr Bodyguard eigentlich die Aufgabe hatte, sie zu beschützen. Möglicherweise war er in Panik geraten und hatte schließlich vor lauter Angst, man würde ihm sowieso nicht glauben, keine weiteren Aussagen mehr gemacht. Die Veränderungen am Leichnam wären bei dieser Geschichte dieselben gewesen, die Spuren am Tatort und am Schneidetisch auch. Die Wahrheit kennen letztlich nur die beiden, und die können sie nicht mehr erzählen.

Zwischenfall

Anna Lena Weber ist Mutter von zwei kleinen Kindern und hat immer wahnsinnig viel um die Ohren. Heute Morgen geht es ihr allerdings sehr schlecht und sie schafft es kaum, aus dem Bett zu kommen, weil ihr Rücken sie mal wieder plagt. Dieses Herumtragen der Kinder ist eine ziemlich anstrengende Sache, wenn man im vierten Stock ohne Fahrstuhl wohnt. Leider bleibt einem nun mal nichts anderes übrig, auch wenn der Körper sich dagegen schmerzhaft wehrt. Am liebsten würde sie zum Orthopäden gehen, um sich Schmerzmittel verschreiben und ein Rezept über Krankengymnastik ausstellen zu lassen. Dr. Kneissl ist momentan aber mal wieder in den Skiferien, weshalb sie sich entschließt, zu ihrem Hausarzt Dr. Stricker zu gehen. Wahrscheinlich ist der wie so oft total überfordert, aber wenigstens muss sie bei ihm nie so lange warten. Die Kinder werden sonst unruhig und nehmen das halbe Wartezimmer auseinander, was die Arzthelferinnen in den Wahnsinn treibt und auch bei den Mitpatienten nicht so gut ankommt. Als sie an der Reihe ist, kann sie sich kaum aus dem Stuhl erheben, so stark sind die Rückenschmerzen mittlerweile geworden, und sie schlurft langsam in den altmodischen Behandlungsraum, in dem der Doktor sie bereits schief grinsend erwartet.

Auch Charlotte möchte an manchem Morgen lieber im Bett bleiben, wenn der Wecker klingelt. Nicht, dass sie sich vor der Arbeit drücken will, das ist es nicht. Aber manche Tage sind eben anders als die anderen und irgendwie findet sie es eine blöde Idee, einfach so zu tun, als gäbe es diese Unterschiede nicht. Wenn sie an einem Fall dran ist und sich in ihn hineinkniet, dann wäre es ihr am liebsten, sich mit nichts anderem intensiv zu beschäftigen. Hat sie diesen Fall dann abgeschlossen, würde sie sich vorzugsweise eine kleine Pause gönnen, um sich zu sammeln, bevor sie den nächsten übernimmt. Das wäre ein Arbeitsleben nach ihrer Vorstellung. Als hätte sie eine Hauptrolle im Sonntagabend-»Tatort«. In der Realität sieht ihr Job allerdings völlig anders aus. Nicht ein Fall nach dem anderen trudelt bei ihr ein, sondern eine ganze Menge Fälle kommen auf einen Schlag und beschäftigen sie alle gleichzeitig. Nach einem Fallabschluss sind es noch zig andere, die dringend bearbeitet werden müssen. Es ist schwierig, den Überblick zu behalten und es gibt Tage, an denen beschleicht sie ein Gefühl von langsam aufsteigender Lähmung, dem sie am liebsten nachgeben würde. Entspannt im Bett zu liegen, sich gelegentlich mit kleinen Leckereien füttern und mit unterhaltsamen Dingen bespaßen zu lassen, um dann zwischendurch wieder erschöpft in einen entspannten Schlaf einzutauchen, das ist eine wundervolle Vorstellung. Wahrscheinlich würde sie nach einer gewissen Zeit starke Rückenschmerzen bekommen vom vielen Herumliegen, und Rückenschmerzen sind das Allerletzte, was sie gebrauchen kann. Die kennt sie zur Genüge. Gegen Rückenschmerzen hilft manchmal rein gar nichts, und das ist dann zum Verrücktwerden.

Ihre Morgengymnastik tut ihr gut. Während der Yogaübungen gehen ihr die seltsamsten Dinge durch den Kopf, bevor sich die Gedanken langsam verflüchtigen, um dem absoluten Nichts Platz zu machen. Eine nahezu endlose Abfolge des Sonnengrußes ist hervorragend geeignet, um sich meditativ dem Körper zu überlassen. Unter der Dusche wäscht sich Charlotte danach die letzten zurückgelassenen Geistesgüter aus dem Kopf und der rituelle kalte Schauer zum Schluss bringt sie zurück auf die Erde, verbindet sie wieder mit festem Grund.

Als sie kurz vor sieben mit ihrem Velo am Institut ankommt, steht Vanessa, eine der Weiterbildungsassistentinnen, schon draußen vor dem Haupteingang und raucht hastig eine Zigarette. Die beiden Frauen begrüßen sich höflich, und bevor Charlotte mit ihrem Badge die elektronische Verriegelung der schweren metallenen Eingangstür öffnen kann, spricht Vanessa sie mit gepresster Stimme an:

»Hast du nachher mal Zeit? Ich würde gerne mit dir sprechen. Es ist wirklich sehr dringend!«, sagt sie und betont dabei das vorletzte Wort ihres Satzes.

»Wenn es unaufschiebbare Probleme gibt, die du mit mir besprechen möchtest, finden wir auf jeden Fall eine passende Gelegenheit«, antwortet Charlotte ruhig. »Ich schaue gleich in meine Agenda und schreib dir dann ein E-Mail mit einem Termin, okay?« Charlotte öffnet die Tür und macht Andeutungen, Vanessa zuerst einzulassen, die steht jedoch wie angewurzelt an ihrem Platz und macht eine etwas steife Bewegung mit ihrer rechten Hand, als wolle sie sich für die aufmerksame Geste bedanken.

»Ich rauche lieber noch eine, sorry, bin grad echt total im Stress.«

»Okay, dann bis später«, verabschiedet sich Charlotte von ihr mit einem leicht unangenehmen Gefühl und geht kurz zum Empfang, um in ihr Fach zu schauen. Die Empfangssekretärin ist um diese Uhrzeit noch nicht an ihrem Platz, aber die Fächer sind häufig trotzdem schon gefüllt. Meistens finden sich von morgens bis abends Unterlagen oder Postsendungen in Charlottes Fach, obwohl sie mehrmals am Tag am Empfang vorbeikommt und das Fach dabei regelmäßig leert. Heute Morgen liegen auch schon wieder ein paar Sachen darin, die Charlotte schnell durchblättert. Bei einem länglichen, noch verschlossenen Brief mit handgeschriebener Anschrift und ohne Absender hält sie inne und stutzt. Eigentlich sollte die Empfangssekretärin die gesamte Post geöffnet und grob durchgeschaut haben, bevor sie sie den Ärzten ins Fach legt. Bis auf die privaten Schreiben natürlich, aber die sollten nach Möglichkeit sowieso nicht ans Institut gesendet werden. Charlotte nimmt alles mit in ihr Büro und kocht sich erst mal einen starken Espresso, den sie heiß dampfend ohne Zucker trinkt. Diese morgendliche Ruhe im Institut ist herrlich. Wenn um 8 Uhr der tägliche Morgenrapport startet und die Fälle der letzten 24 Stunden besprochen werden, gleicht der Laden einem Ameisenhaufen. Zwei der Ärzte sind immer abwechselnd rund um die Uhr im Einsatz, ein Tag- und ein Nachtdienst. Von einem zum nächsten Rapport sammeln sich viele neue Fälle an. Wenn es keine Morgenbesprechungen gäbe, würde niemand mehr den Überblick besitzen, auch Charlotte nicht, und die braucht ihn unbedingt. Außerdem werden die Weiterbildungsassistenten auf diese Weise mit den wesentlichen Abläufen vertraut gemacht und erlernen wie nebenbei das notwendige Handwerkszeug. Als es heftig und ungestüm an ihre Bürotür klopft, ist Charlotte gerade im Begriff, sich den auffälligen Brief näher anzuschauen und schreckt regelrecht auf.

»Ja, bitte«, sagt sie leise, um sich selbst wieder zu beruhigen. Es ist Irene, die ihr die neuesten Gutachten zur finalen Unterschrift persönlich vorbeibringt. Sicher wird sie gleich mit einer Bitte rausrücken, denkt Charlotte. Das macht sie nämlich zu gerne, weil sie genau weiß, dass sie am frühen Morgen von Charlotte so ziemlich alles bekommen kann, wonach ihr gerade der Sinn steht. Vielleicht nicht unbedingt 5000 Franken mehr Lohn, aber einen Bonus hatte sie anlässlich eines solchen Überfalls schon einmal ergattern können. Sekretärinnen sind eine ganz eigene Spezies, geht es Charlotte durch den Kopf, während sie Irene erwartungsvoll anstarrt. Immer haben sie so einen lasziven Touch, nicht nur in der Stimme, ihr ganzes Gebaren erscheint erotisiert und wirkt auf sie wie ein Ablenkungsmanöver. Das trifft selbstverständlich nicht auf alle zu, aber die zwei Damen in der Forensik sind tatsächlich sehr speziell.

»Einen wunderschönen guten Morgen wünsche ich dir, liebe Charlotte«, flötet es zuckersüß aus Irenes dunkelrot geschminktem Mund. »Mein Sohn und ich hatten letzte Nacht einen Disput. Es ging um unsere Reise in die Wüste, die wir diesen Winter unternehmen werden, du erinnerst dich sicher, ich hatte dir davon erzählt.«

Ehe Charlotte sich die Angelegenheit vor Augen führen und etwas dazu sagen kann, sprudelt Irene weiter.

»Tobi hat jedenfalls beschlossen, dass wir anstelle der reinen Kameltour unbedingt noch einen Abstecher nach Rabat und Marrakesh machen müssen, um uns dort das Bazarleben anzuschauen und den städtischen Trubel zu genießen. Weil ich dem Jungen rein gar nichts abschlagen kann – weißt du ja –, habe ich zugestimmt, und nun werden wir halt vier, anstelle der geplanten drei Wochen unterwegs sein.«

Aha, es geht also um Ferien, da hat Charlotte doch gar nicht so weit danebengelegen.

»Für das Sekretariat ist das aber überhaupt kein Problem, weil Beatrice sich schon bereit erklärt hat, ihre Ferien um eine Woche nach hinten zu verschieben, also alles paletti«, wittert Irene Charlottes Bedenken und spricht hastig weiter. »Ich brauch nur noch deine Unterschrift auf diesem unbedeutenden Urlaubszettel hier.« Sie wedelt mit dem gelben Bogen vor Charlottes Augen herum und setzt ihr allerschönstes Lächeln auf, das ihre weiß blitzenden Zähne freilegt.

»Wie könnte ich dir einen so geschickt vorgetragenen Wunsch abschlagen, liebe Irene, sag mir bitte, wie?«, sagt Charlotte in leicht ironischem Tonfall, während sie Irene direkt in die schwarz umrahmten Augen schaut, deren lange Wimpern mehrmals heftig klimpern.

»Gar nicht, meine Liebe, gar nicht«, haucht Irene ihr siegesgewiss entgegen und hält ihr noch immer das Blatt zur Unterschrift hin. Nachdem sie es ihr überreicht hat, macht sie einen kleinen Schritt von Charlotte weg, knickt in der Hüfte seitlich ein und stemmt beide Hände in die schmale Taille, sodass nun sämtliche kunstvoll manikürten, heute knallrot lackierten Fingernägel auf dem türkisfarbenen Shirt ruhen und dort ein harmonisches Farbgemisch abgeben, auf das Charlotte wie beiläufig ihren Blick richtet. Eigentlich müsste jetzt tosender Applaus von ihr kommen, denkt sie, aber ihre rechte Hand umschließt fest den edlen Montblanc Kugelschreiber, mit dem sie immer unterschreibt, und die Linke liegt flach auf der Schreibtischplatte. Trotzdem, Irenes Auftritte sind einfach sensationell, absolut filmreif, und ihre Inszenierungen sind kaum zu überbieten. Während Charlotte unterschreibt, sagt sie in extra strengem Tonfall:

»Ich verlasse mich darauf, dass Beatrice mit deinen Plänen einverstanden ist und sich nicht benachteiligt fühlt. Andernfalls wäre ich leider gezwungen, diese Entscheidung zurückzunehmen, auch kurzfristig, das muss dir klar sein, Irene.«

»Sicher, völlig klar«, entgegnet Irene ernst, dreht sich schwungvoll um und wackelt lasziv mit ihrem locker in der Hand gehaltenen unterschriebenen Urlaubszettel aus dem Büro. Charlotte hört ihre klickernden Absätze noch, als sie längst auf dem Gang unterwegs ist.

Charlotte hasste diesen Zickenkrieg im Sekretariat, der nicht selten ganz plötzlich ausbrach, wenn es um die Frage der Gleichberechtigung ging. Die beiden Frauen erledigten ihre Aufgaben grundsätzlich zur Zufriedenheit aller, vergaßen aber auch nie, sich nebenbei genug Zeit für Privates zu nehmen. Mal waren es die letzten Urlaubsreisen, über die sie sich austauschten, dann planten sie neue Reisen über das Internet, gingen zusammen zum Rauchen vor die Tür oder tranken genüsslich Kaffee, wobei sie sich gegenseitig ihre neuesten Errungenschaften präsentierten. Charlotte kannte den Arbeitsalltag der beiden Frauen in- und auswendig, sie hatte schließlich die Stellenbeschreibungen verfasst, die Bewerbungsgespräche geführt, sie ausgesucht und eingestellt. Schleierhaft war ihr allerdings, wie es die beiden schafften, sich neben ihren vielen Aufgaben während der Dienstzeit noch so ausgiebig zu vergnügen. Das ging immer so lange gut, bis sich ganz plötzlich eine der beiden benachteiligt fühlte und lauthals nach dem Feldherrn schrie, sodass der Direktor zur Schlichtung schreiten musste. Der delegierte das wiederum gerne an Charlotte, da sie aus seiner Sicht als Frau bei den Sekretärinnen einen größeren Einfluss besaß.

Charlotte seufzt laut auf, nimmt wieder den mysteriösen Brief ohne Absender in die Hand und schaut auf ihre Armbanduhr. Mit Schrecken stellt sie fest, dass sie zur Morgenbesprechung muss. Sie legt den Brief in die oberste Schreibtischschublade und schließt diese ab.

Als Erstes präsentiert Annabelle einen Fall von häuslicher Gewalt aus ihrem Nachtdienst. Ein Ehemann und Vater von drei kleinen Kindern hat versucht, seine Frau anlässlich eines Streits vom Balkon zu stoßen, nachdem er sie durch die ganze Wohnung geprügelt hat. Nachbarn holten schließlich die Polizei, die gerade noch rechtzeitig eintraf, bevor die Frau aus dem fünften Stock fiel.

»Im Spital durfte ich zunächst nicht zu ihr, weil sie noch im OP lag«, berichtet Annabelle der Gruppe. »Nach etwa einer halben Stunde habe ich sie mir dann im Aufwachraum angeschaut. Ihr Körper ist übersät von Hämatomen und Abschürfungen, aber geformte Verletzungen konnte ich nicht entdecken. Wir benötigen also keinen 3D-Scan, denke ich. Ich habe allerdings die Röntgen- und CT-Aufnahmen aus dem Spital mitgenommen, die wir uns gemeinsam anschauen sollten. Ich kann nicht allein entscheiden, ob Lebensgefahr vorlag.« Während sie die Dateien mit den Aufnahmen hochlädt, geht ein lautes Gemurmel durch die Gruppe.

»Was gibt's da anzumerken?«, fragt Charlotte streng. »Tom, kannst du das bitte für alle hörbar vortragen?«

Als Tom nicht reagiert und keine Anstalten macht, ihr zu antworten, ergänzt sie:

»Annabelle hat den Fall sehr gut präsentiert, und ihr Anliegen sollte von uns ernst genommen werden. Also, was gibt's von eurer Seite dazu zu sagen?«

Nach einem weiteren kurzen Schweigen poltert Tom plötzlich los:

»Dass wir jetzt alle zusammen die Bilder anschauen müssen, finden wir halt total blöd. Auf meinem Schreibtisch stapeln sich die Fälle und wir besprechen in aller Ruhe jeden Fall haarklein, als hätten wir sonst nix zu tun.«

Charlotte ist schockiert über diese Bemerkung und sucht nach den richtigen Worten.

»Meine Lieben«, beginnt sie gereizt, »das kann doch wohl nicht wahr sein, was hier jetzt passiert. Mir ist absolut bewusst, wie viel ihr alle zu tun habt, und ich bin wahnsinnig stolz auf jede und jeden von euch, wenn ich mir unsere Fallzahlen anschaue. Die Staatsanwaltschaft gibt auch immer wieder äußerst positive Rückmeldungen, was sehr erfreulich ist.« Sie macht eine kurze Pause und spricht dann mit etwas lauterer Stimme weiter, während ihr Blick von einer zur anderen Person wandert:

»Aber gleichzeitig sind wir nun mal ein Ausbildungsinstitut, immerhin das größte weit und breit, und müssen für unseren Nachwuchs im Fach sorgen. Wer dazu keine Lust hat oder seine Arbeit vorschiebt, wenn es darum geht, Kolleginnen und Kollegen fachlich zu unterstützen, der sollte sich eine andere Arbeitsstelle suchen. Tut mir leid, dass ich so deutlich werden muss, aber so sehe ich die Sache und unser Direktor übrigens auch.«

Es ist mucksmäuschenstill im Rapportraum und die meisten Gesichter blicken beschämt zu Boden. Nur Annabelle schaut in die Runde und Charlotte erwidert ihren Blick mit einem aufmunternden Nicken. Annabelle fährt daraufhin mit ihrer Fallpräsentation aus der letzten Nacht fort.

»Im Thorax-CT sehen wir Rippenfrakturen, die zum Teil zu Anspießungen des Lungengewebes geführt haben müssen, da sich linksseitig ein Pneumothorax entwickelt hat.« Sie zeigt mit dem Laserpointer auf die Luftansammlung im Pleuraspalt und den bereits etwas zurückgewichenen Lungenflügel. Das Team ist nun hochkonzentriert und alle schauen gespannt auf die Images, die in Großformat auf der Leinwand zu sehen sind.

»Aus meiner Sicht lässt sich durch diesen einseitigen und auf dem Bild recht kleinen Pneumothorax noch keine Lebensgefahr postulieren, aber da bin ich halt unsicher«, beendet Annabelle ihre Präsentation und schaut fragend in die Runde. Immer noch Schweigen. Schließlich ist es wieder Tom, der die Stille durchbricht und in besserwisserischem Ton doziert:

»Da der Pneu sich weiterentwickelt und es sich wohl um einen Spannungspneumothorax handelt, der auf der linken Seite liegt und damit das Herz zusätzlich beeinträchtigt, muss in diesem Fall Lebensgefahr konstatiert werden. Außerdem ist der Versuch, jemanden vom Balkon zu stürzen, eine versuchte Tötung, das nur nebenbei«. Als niemand dazu etwas sagt, übernimmt Charlotte wieder.

»Bezüglich der Lebensgefahr stimme ich Tom zu. Was den Tatbestand der versuchten Tötung angeht, so ist das eine juristische Würdigung, zu der wir nichts beitragen können. Wir haben keine Verletzungen, die das geplante Vorhaben des Ehemannes belegen. Halten wir uns also bitte, wie immer, an die Fakten. Vielen Dank für die sehr gute Fallpräsentation, Annabelle.«

Im weiteren Verlauf der Besprechung bleibt die Stimmung angespannt. Eine der drei heutigen Obduktionen wird allgemein als besonders aufwendig und schwierig eingeschätzt, weil es sich um einen Todesfall beim Hausarzt handelt. Da keiner sich freiwillig meldet, übernimmt Charlotte diesen Fall zusammen mit einer Assistenzärztin. Nachdem die Fälle besprochen, die Obduktionen verteilt und sämtliche Aufgaben koordiniert wurden, verlassen alle Anwesenden hektisch den Rapportraum. Nur Vanessa scheint schon wieder an ihrem Stuhl festzukleben und rührt sich nicht. Sie schaut Charlotte erwartungsvoll an, die diesem Hundeblick nur schlecht ausweichen kann.

»Also gut, dann komm bitte heute direkt nach der Mittagspause in mein Büro, damit wir dein Anliegen besprechen können, okay?«, spricht Charlotte in ihre Richtung, obwohl sie ihr, wie angekündigt, eigentlich ein E-Mail schreiben wollte.

»Hast du denn jetzt sofort wirklich gar keine Zeit?«, fragt Vanessa mit weinerlicher Stimme. »Es ist echt total dringend, Charlotte.«

Charlotte, die direkt nach dem Rapport von Chantal im Obduktionssaal und am Mittag im Kinderspital erwartet wird, lässt sich ihren Zeitdruck nicht anmerken und antwortet mit ruhiger Stimme:

»Bis 13.30 Uhr sind es nur noch knapp vier Stunden, Vanessa, du schaffst es bestimmt, die Zeit sinnvoll zu verbringen. Du kannst sie zum Beispiel auch nutzen, um dein Anliegen vorzubereiten und mögliche Lösungsansätze zu formulieren. Ich freu mich jedenfalls auf unser Gespräch.« Charlotte dreht sich zur Tür und steuert auf ihr Büro zu. Hinter sich nimmt sie das betont laute Aufstöhnen von Vanessa wahr, die sich nur langsam vom Stuhl erhebt, um dann sofort in Richtung Raucherecke zu stürzen. Draußen angekommen steckt sie sich mit zitternden Fingern eine Zigarette an und gibt sich ihrem Gefühl der Machtlosigkeit hin. Gerade als sie Eckehard ansprechen will, der ebenfalls genüsslich an seiner Filterzigarette zieht und danach den Dampf aus allen Gesichtsöffnungen entweichen lässt, kommt ihr dieser seltsame Typ zuvor.

»Watt issn los, Vanessa-Schatz, haste Probleme, oder warum machste so 'ne Vissage, wa?«, berlinert er sie an. Vanessa zieht heftig an ihrer Zigarette und schaut leicht skeptisch zu Ecki rüber. Der IT-Spezialist aus Deutschland ist ein kettenrauchender Kaffeetrinker, wie es sie wahrscheinlich nur im versumpften Berlin gibt, denkt sie. Auch sie ist aus Deutschland, allerdings aus Hamburg, und sie kennt eine Menge Leute in Berlin, weil sie schon häufig auf Partys dort war. Ziemlich verkommenes Pflaster, findet sie. Nach anfänglichem Zögern wendet sie sich schließlich doch vertrauensvoll an Ecki und lässt sich über ihre Situation am Institut aus.

»Ach, Ecki, das ist doch immer derselbe Scheiß hier, oder findste etwa nich'? Der Paulmann rennt im Institut rum wie 'n Irrer und is' für keine Sau ansprechbar. Die Fahl hat nie Zeit und is' immer nur voll streng unterwegs und die Kollegen versaufen in ihrer Arbeit. Keiner kümmert sich um uns Neue. Aber Dienste müssen wir schon gleich am Anfang machen, und zwar ganz schnell alleine. Ich hasse diesen Stress hier! So kann ich nich' weitermachen, das sag ich dir. Und keiner hört einem zu.«

»Nu werd' ma' nich' komisch, Mädchen. Mal ma' 'n Teufel nich' anne Wand. Woanders isset ooch nich' besser, kann ick dir sagen. Det gloobste vielleicht nich', aber det is' so. Det is' hier der janz normale Wahnsinn, ehrlich. Ick würd an deiner Stelle ma' janz locker bleiben, nich' so jestresst tun, det bringt doch nüscht», rät ihr Ecki und kippt den ganzen Kaffee in einem Schluck hinunter. Er drückt mit seinen vergilbten Fingern die Kippe im Aschenbecher aus und zwinkert ihr beim Fortgehen noch kurz zu.

Das Gespräch hätte sie sich echt schenken können. Der Typ ist nicht von dieser Welt, der versteht überhaupt nichts. Ist ja auch nur ein IT-ler, die leben irgendwo in ihrem virtuellen Kosmos und kriegen sonst nichts mit. Eins weiß sie jedenfalls: Hier kann sie nicht länger bleiben, lieber geht sie zurück nach Hamburg und sucht sich eine Assistelle im Krankenhaus, als diesen Wahnsinn noch länger mitzumachen. Die spinnen doch alle total, die Leute hier. Voll krass, dass sie den Umzug aus Deutschland auf sich genommen hat für diese kalte Hölle. Das sollen die noch zu spüren bekommen...

Chantal wirkt ein wenig verpeilt, als sie sich die Plastikschürze über den Kopf zieht, die ihr der Präparator freundlicherweise hinten in der Taille zubindet. Nachdem sie sich bei Reinhold mit einem Nicken bedankt hat, fragt sie ihn verstört und leicht gereizt, wieso eine weibliche Leiche auf ihrem Tisch aufgelegt wurde.

»Ich habe doch den Fall mit dem älteren Mann, der bei seinem Hausarzt war, Reinhold, oder nicht? Der Typ mit der fraglichen Vergiftung.«

»Das ist der Leichnam von Frau Weber, liebe Chantal, und dein Name steht oben auf dem Etikett, zusammen mit dem deiner Chefin, die übrigens schon einige Zeit auf dich wartet. Ehrlich gesagt weiß ich nicht so recht, worüber du dich bei mir beschwerst«, entgegnet Reinhold ein wenig pikiert und schleift unbeirrt an einer Messerklinge weiter, dass die Funken fliegen.

Charlotte mag den Präparator sehr gerne und arbeitet am allerliebsten mit ihm zusammen. Reinhold ist ein stämmiger Mittvierziger mit leichtem Bauchansatz und lichtem, angegrautem Haar. Seine Arme und Hände sind kräftig, er packt gut zu und hat bisher noch jeden Leichnam auf den Obduktionstisch gewuchtet. Fehler passieren ihm so gut wie nie. Aber wenn ihm einer unterläuft, dann ist er stets ohne Umschweife bereit, ihn anzusprechen und zu benennen, während sich die meisten anderen am Institut mit so etwas äußerst schwertun. Sie sind immer nur darauf bedacht, die Fehler bei anderen zu suchen und dann voller Genugtuung laut und deutlich auf diese hinzuweisen.

Chantal schaut verschüchtert zu Charlotte und beginnt rasch mit dem Diktat der äußeren Besichtigung. Als sie damit fertig ist und ihr Skalpell gerade für die Präparation ansetzt, unterbricht Charlotte das Schweigen und möchte wissen:

»Was ist dir denn bei der äußeren Besichtigung aufgefallen? Hast du dir schon überlegt, woran die Frau gestorben sein könnte?«

»Also, mir ist nichts aufgefallen, dir denn? Ich dachte ja eh, dass ich den Mann habe, der beim Hausarzt gestorben ist. Hab mich wohl vertan. Die Vorgeschichte von ihr hier kenn ich noch gar nicht«, antwortet die Assistentin und lässt ihr Skalpell rasant in die Haut einsinken.

»Chantal«, ruft Charlotte jetzt laut. »Das ist der Leichnam der 38 Jahre alt gewordenen Frau und Mutter von zwei Kindern, die wegen Rückenschmerzen bei ihrem Hausarzt war. Eine grundsätzlich gesunde Frau im mittleren Lebensalter geht zum Hausarzt und kommt nicht mehr lebend dort raus. Du musst dir doch vor der Obduktion überlegen, was ihr passiert sein könnte. Danach richtet sich das Vorgehen bei der Autopsie. Hast du denn gar keine Idee dazu?«

Chantal ist nun komplett verunsichert und tritt von einem Bein auf das andere, während sie den Griff des Skalpells nervös in ihrer Hand dreht.

»Sie kann eine Lungenembolie gehabt haben, ein geplatztes Aortenaneurysma, einen Herzinfarkt oder ein Magengeschwür«, spricht sie ihre Gedanken laut aus. »Da gibt es viele Gründe, warum man mit Rückenschmerzen plötzlich sterben kann.«

»Super, das sind grundsätzlich sehr gute Überlegungen, alles richtig, aber hast du denn die CT-Bilder heute Morgen gar nicht gesehen?«, möchte Charlotte von der Assistentin wissen. Als keine Reaktion von der jungen Frau kommt, fährt sie fort:

»Auch wenn du die CT-Bilder nicht mehr im Kopf hast, wäre ich froh, wenn du in Zukunft deine Gedanken zum Fall vor der Obduktion mit deiner zweiten Obduzentin besprechen würdest«, gibt sie ihr zu bedenken. »Jetzt wollen wir doch mal sehen, welche von deinen genannten Diagnosen wirklich zutrifft«, ermuntert sie die Kollegin schließlich.

Bevor Charlotte mit dem Skalpell zu schneiden beginnt, nimmt sie die Hautlupe zur Hand, legt das LED-beleuchtete Glasfenster mit eingravierter Skala auf die Haut des Leichnams und schaut konzentriert durch das Okular. Zentimeter für Zentimeter fährt sie mit der Lupe auf der Haut über den Rumpf, bis sie auf der Schulter der Verstorbenen, relativ nah beim Nacken, hängenbleibt und am Rädchen für die Schärferegulation dreht. Ein winzig kleiner Punkt ist dort zu sehen, den Charlotte mit einem Kugelschreiber umkreist. Dann sucht sie weiter – und Bingo! Auf der anderen Seite befindet sich noch so ein Punkt, den sie ebenfalls einkreist. Chantal steht währenddessen regungslos neben Charlotte und schaut ihr interessiert zu.

Ohne ein Wort zu wechseln, beginnen die beiden Frauen mit der Präparation der Haut, die sie jeweils seitlich vom Leichnam herunterklappen. Chantal schneidet die Bauchdecke längs durch und schaut in die Bauchhöhle, dann tastet sie sich bis zum Zwerchfell hoch und fährt mit ihrer rechten Hand an der Kuppel entlang, während die linke von oben nach unten über die Rippen fährt.

»Beidseits siebter Zwischenrippenraum, ein eindeutiger Zwerchfelltiefstand«, spricht sie nun laut in Charlottes Richtung. Der Befund scheint ihr nicht wirklich weiterzuhelfen. Dann sticht sie mit ihrem Skalpell beherzt zwischen den Rippen hindurch in den Brustkorb, wobei hörbar Luft entweicht. Einmal rechts, einmal links. Anschließend schaut sie durch die auf diese Weise entstandenen kleinen schlitzartigen Öffnungen und murmelt:

»Die Lungenflügel sind bereits zurückgesunken. Wie kann das denn sein?«

Charlotte springt jetzt ein, weil sie merkt, dass Chantal nicht weiterkommt.

»Wir haben die Todesursache gefunden, ziemlich rasant hast du das erledigt, ich muss schon sagen.«

Chantal legt ihre Stirn in Falten, traut sich aber nicht, die Aussage ihrer Vorgesetzten zu hinterfragen. Stattdessen präpariert sie munter weiter und schneidet das Herz heraus. Es wiegt 260 Gramm und ist damit im Normbereich. Die Lungengefäße lassen sich mühelos aufschneiden und sind alle frei von Blutgerinnseln, die Magenschleimhaut ist einwandfrei strukturiert. Die Autopsie verläuft sehr ruhig, die beiden Frauen sind in ihre Arbeit vertieft.

Letztlich steht fest, dass es keine Lungenembolie, kein geplatztes Aortenaneurysma, kein Herzinfarkt und kein Magengeschwür war, woran die Frau verstarb. Auch das Hirn ist mit einem Gewicht von 1200 Gramm regelhaft schwer und in seinem Aufbau unauffällig, genau wie die übrigen Organe.

»Wir haben nichts gefunden, was den Tod der Frau verursacht haben könnte«, sagt Chantal nun sichtlich enttäuscht zu Charlotte, die sie erwartungsvoll anblickt. »Was schlägst du vor, was sollen wir jetzt tun?«

»Also Chantal, wenn du das nicht weißt, kann ich dir jetzt auch nicht weiterhelfen. Nachdem du bereits am Anfang der Obduktion die Todesursache gefunden hast, solltest du nun allerdings noch den Rücken sezieren«, schlägt Charlotte vor und macht sich parat, den Leichnam zusammen mit Reinhold umzudrehen.

»Aber wieso denn den Rücken? Da war doch nix«, wundert sich Chantal, die mit Charlottes Kugelschreiberkringeln über den Schultern des Leichnams nichts anzufangen weiß.

Charlotte schweigt und präpariert stattdessen die Haut langsam herunter. Als sie bei den Markierungen im Schultergürtel angekommen ist, findet sie kaum erkennbare kleine Einblutungen, die bis in die Tiefe reichen.

»Was ist das?«, will Chantal von Charlotte wissen, die das Gewebe entlang eines schmalen Kanals hochkonzentriert weiterpräpariert. Der Kanal reicht bis in die Brusthöhle hinein, dasselbe findet sich auf der anderen Seite. Chantal schaut noch immer gebannt zu Charlotte, die jetzt gelassen feststellt:

»Der Arzt hat offenbar einen gravierenden Fehler gemacht.«

Chantal steht regungslos neben der obduzierten Leiche und sieht Charlotte aufmerksam und ein wenig ungläubig an. Ihre aufgerissenen Augen erzeugen bei Charlotte den Eindruck, als habe die Assistentin soeben einen Heiligenschein über Charlottes Kopf entdeckt und warte nun, dass ihre Chefin gen Himmel abhebt.

»Das sind Einstichstellen von Injektionsnadeln, die ich da präpariert habe. Die Stichkanäle reichen beide bis in die Brusthöhle. Der Hausarzt hat der armen Frau etwas direkt in die Lungenspitzen gespritzt, das wahrscheinlich nicht für diesen Ort gedacht war. Sie verstarb an den Einstichen«, erklärt Charlotte und zieht sich Plastikschürze und Gummihandschuhe aus. Während sie sich die Hände wäscht, ergänzt sie mit einem Blick zu Chantal, die noch immer regungslos neben dem Leichnam steht:

»Wir haben es hier nicht mit einem natürlichen Tod zu tun, sondern mit einem ärztlichen Behandlungsfehler, womöglich mit einer fahrlässigen Tötung.«

Chantals Gedanken überschlagen sich, sie ist einfach nicht imstande, sie zu ordnen.

»Hast du den Tox-Zettel schon ausgefüllt?«, wendet sich nun Reinhold an sie und unterbricht damit ihr Kopfkino.

»Mach ich sofort«, entgegnet sie verdattert und starrt danach eine halbe Ewigkeit auf das Formular, das sie schon mindestens hundertmal ausgefüllt hat. Endlich kreuzt sie auf dem Blatt alle möglichen Substanzen an, nach denen in der Abteilung für Toxikologie gefahndet werden soll. »Vielleicht hat der Arzt ja ein Schmerzmedikament in die Brusthöhle gespritzt, das die Frau nicht vertragen hat«, murmelt sie vor sich hin. »Oder er war ihr Liebhaber und wollte sie aus dem Weg räumen, indem er sie vergiftet«, geht die Fantasie mit ihr durch wie Pferde bei Gewitter.

»Du solltest auf jeden Fall die Krankenunterlagen vom Hausarzt noch bei der Staatsanwaltschaft bestellen«, unterbricht Charlotte diesen Wahnsinn und holt sie zurück auf den Boden. »Wir müssen sehen, was Dr. Stricker dokumentiert hat«, hört sie ihre Chefin beim Weggehen noch sagen. Chantal putzt zunächst ausgiebig ihren Arbeitsplatz, um sich innerlich zu sammeln. Obduktionen mit Charlotte sind für sie meistens sehr anstrengend, weil diese Frau immer so viel fragt, nachhakt und alles ganz genau wissen will. Sie kramt ihr Zeug zusammen und bedankt sich mit einem zugepusteten Handkuss bei Reinhold für die Zusammenarbeit. Der ruft ihr lachend hinterher:

»Ganz meinerseits, war mir ein Vergnügen. Und iss mal was zum Mittag, du machst einen hungrigen Eindruck auf mich.«

Als Chantal in ihr Büro kommt, trifft sie auf ihren Bürokollegen Gregor, der gerade eine Leichenschau diktiert.

»Ich müsste mal eben mit der Staatsanwaltschaft telefonieren, ist das okay für dich?«, versucht sie die Zusammenarbeit zu koordinieren. Gemeinschaftsbüros sind immer eine echte Herausforderung, gerade weil so viel diktiert und telefoniert werden muss. Dauernd quatscht einer, nie kann man sich in Ruhe konzentrieren.

»Klar, kein Problem, ich wollte mir sowieso gerade einen Tee kochen, möchtest du vielleicht auch einen?«, bietet ihr Gregor freundlich an.

»Oh ja, das wäre klasse. Am liebsten einen Ingwertee«, gibt sie ihre Bestellung auf. Kaum hat sie die Nummer des zuständigen Staatsanwalts gewählt, ertönt auch schon dessen Stimme.

»Grüezi, Herr Bode, schön, dass ich Sie noch vor dem Mittag erwische. Also, Frau Weber starb an den Folgen der ärztlichen Behandlung von Dr. Stricker, das steht für uns fest.«

Herr Bode hört sich Chantals Schilderungen ganz in Ruhe an und scheint schockiert zu sein. Ein tödlicher Hausarztbesuch, das klingt unangenehm in seinen Ohren, denn er hat gerade heute Morgen überlegt, ob er sich wegen seines chronischen Hustens in ärztliche Behandlung begeben sollte.

»Dann müssen wir dem lieben Herrn Dr. Stricker wohl doch noch genauer auf den Zahn fühlen oder eher noch den Strick um den Hals legen«, entgegnet der Staatsanwalt ein wenig steif und lacht über seinen eigenen Witz, während Chantal vor lauter Aufregung nur Bahnhof versteht. »Der Hausarzt schien mir bei der ersten Einvernahme so gänzlich unschuldig zu sein. Starb die Frau tatsächlich an den Spritzen, verstehe ich das richtig?«, hakt er noch mal nach, um sicherzugehen.

»Ja, so ist es. Wir lassen ihr Blut noch auf Medikamente untersuchen, das dauert aber eine Weile«, warnt die Ärztin Herrn Bode. Doch statt zu motzen, verfügt der Staatsanwalt die Freigabe des Leichnams und verabschiedet sich zwar freundlich, doch sehr abrupt von ihr. Ihm ist gerade klar geworden, dass er seinen Husten auf gar keinen Fall ärztlich behandeln lassen wird.

Endlich in ihrem Büro angekommen, hofft Charlotte auf ein paar ruhige Minuten. Als Erstes zieht sie die Einmalhandschuhe über und holt den Brief aus der Schreibtischschublade, den sie dort vorsorglich unter Verschluss gehalten hat. Die Anschrift ist mit Kugelschreiber geschrieben worden, die Schrift wirkt ungelenk, jeder einzelne Buchstabe scheint dem Absender Mühe gemacht zu haben. Sie öffnet den Umschlag mit einem scharfen Skalpell und zieht ein weißes DIN-A4-Blatt heraus, das sie auf eine Plastikfolie legt. Auf dem Blatt sind einzelne, aus Zeitungsartikeln ausgeschnittene Buchstaben aufgeklebt, die zu Worten zusammengesetzt wurden. Sie liest:

»HALT DICH AUS UNSEREN ANGELEGENHEITEN RAUS, DIE GEHEN NIEMANDEN ETWAS AN, DICH SCHON GAR NICHT. DU WIRST SONST MIT DEM LEBEN DAFÜR BEZAHLEN.«

Eine Drohung. Ein anonymes Schreiben. Ein Hinweis ohne verwertbare Einzelheiten. Sie weiß nicht so recht, was sie damit anfangen soll. Sie kann es spontan keinem Fall zuordnen, aber sie kann es auch nicht ignorieren. Schließlich faltet sie das Papier wieder zusammen und steckt es zurück in den Umschlag. Jetzt muss sie erst mal los. Die Untersuchung im Kinderspital steht an. Heute Abend wird sie bei der Staatsanwaltschaft anrufen und nachfragen, was man in so einem Fall am besten macht.

Schon wieder regnet es und ein eiskalter Wind bläst Charlotte ins Gesicht, als sie sich auf ihr Velo schwingt, um ins »Kispi« zu düsen. Um halb zwölf soll sie in der Chirurgischen Klinik sein, sie muss also pressieren. Der halbe Tag ist erst vorbei, dabei war sie heute schon auf zahlreichen Baustellen unterwegs. Die täglichen Dienstgeschäfte mit den vielfältigen Aufgaben der Personalführung und der Verpflichtung zur Aus-, Fort- und Weiterbildung zu kombinieren, kommt an manchen Tagen einem Hochseilakt auf Stöckelschuhen gleich. Fast erscheint es unmöglich, am Abend lebend nach Hause zu kommen.

Jetzt rauscht sie Full Speed die Universitätsstraße runter und biegt mit Schuss links in die Gloriastraße ein. Die Tramschienen schneidet sie dabei fast im rechten Winkel, damit ihr Vorderrad bloß nicht im Schienenstrang landet. So etwas kann nämlich übel ausgehen. So manche Dinge können bekanntlich übel ausgehen, selbst diejenigen, bei denen man am wenigsten damit gerechnet hätte.

Ernstfall

Es ist exakt 11.30 Uhr, als Charlotte gehetzt in der Chirurgischen Klinik des Kinderspitals ankommt. Die Belegschaft ist offenbar gerade beim Mittagessen, eine Ärztin oder einen Arzt kann sie weit und breit nicht entdecken. Aber Rolf Schnyder, der leicht überhebliche Polizeifotograf, mit dem sie so manches Mal aneinandergerät, erwartet sie freudestrahlend vor dem Stationszimmer. Charlotte wundert sich, dass niemand für die Spurennahme gekommen ist, sie hatte sich schon auf Dorothea Hedinger gefreut, eine äußerst sympathische und versierte Kriminaltechnikerin.

»Na, Frau Doktor, hast du denn schon zu Mittag gegessen, oder gibt's bei dir heute mal wieder nur einen Schokoriegel während der Velofahrt?«, zieht er sie lachend auf.

»Ach hör auf, Rolf, manchmal weiß ich echt nicht mehr, wo mir der Kopf steht«, winkt Charlotte ab. »Wie sieht's denn bei dir so aus, alles okay, du cooler Siech? Bei euch oben ist ja seit Längerem ganz schön was los, erzählt man sich. Hab gehört, es gibt bei euch schon fast so viele Wechsel wie bei uns. Stimmt das?« stichelt sie jetzt fröhlich zurück.

»Da gaht no vill Wasser d'Limmät abè. Du kennst doch die Truppe, alles Individualisten, genau wie bei euch. Seit der neue Chef im Amt ist, herrscht allerdings Ruhe im Karton, ehrlich, Charlotte, das ist echt kein Witz. Aber über meine Witze lachst du ja eh nie«, neckt er sie weiter.

»Stimmt absolut. Trotzdem, das mit dem neuen Chef freut mich, dann geht's ja bald bergauf«, gibt Charlotte bestätigend zurück. Rolf lächelt sie schief an und nimmt mit einer entschuldigenden Geste sein klingelndes Handy aus der Jackentasche.

Charlotte geht die heutige Untersuchung durch den Kopf, wegen der sie sich hier im Kinderspital zusammenfinden. Es geht um die dreijährige Marie Rudnik, die vor zwei Tagen als Notfall mit schweren akuten Blutungen aus Scheide und After eingeliefert wurde. Der behandelnde Chirurg hatte Charlotte gegenüber angedeutet, dass mit der Familie irgendetwas nicht stimmt. Charlotte beschäftigt sich in der Forensik seit vielen Jahren schwerpunktmäßig mit Kindern. Sie sieht das unendliche Leid, das diese hilflosen und abhängigen Geschöpfe auszuhalten haben, und hört zum Teil völlig abstruse Geschichten von Erziehungsberechtigten, die richtigerweise auch Fürsorgepflichtige genannt werden. Diese beiden Begriffe beinhalten Rechte und Pflichten, die Eltern gegenüber ihren Kindern haben, wobei Eltern deshalb Eltern genannt werden, weil sie älter sind als ihr Nachwuchs. Charlotte fragt sich oft, ob es reicht, einfach älter zu sein, um Verantwortung für einen Menschen übernehmen zu können. Eine Gesellschaft, in der eine so wichtige Aufgabe wie das Umsorgen von Abhängigen unter Wahrung von Rechten und Pflichten sehr häufig von Menschen übernommen wird, die damit völlig überfordert sind, hat logischerweise enorme Probleme. Zählt man zu den Überforderten auch noch die Gestörten und die eiskalten Kriminellen hinzu, so wird das wahre Ausmaß der Kindesmisshandlung erst richtig deutlich. Zwei ihrer Kollegen aus Deutschland veröffentlichen unlängst ein Buch über diese Problematik, das allein schon aufgrund seines provokativen Titels für erhebliches Aufsehen sorgte. Charlotte empfindet es als ein riesiges Gesellschaftsproblem, was Kindern zugemutet wird. Am schlimmsten ist es für sie, wenn Kinder in ihren Familien benutzt werden, sei es als Glücksbringer oder als Handelsware.

    Seit sie ihre Kinderwunschphase überstanden und ihre Familienplanung endgültig abgeschlossen hat, geht es ihr mit diesen Fällen etwas besser. Sie fühlt sich ruhiger, nicht mehr persönlich so stark betroffen. Pascal und sie hatten anfänglich gar nicht an eine Familiengründung gedacht. Beide waren dermaßen voneinander angezogen, dass sie mit sich genug beschäftigt und zu zweit völlig ausgelastet waren. Nach ein paar Jahren sprachen sie ab und zu über Kinder. Zuerst redeten sie über die Kinder aus der Nachbarschaft, dann über die ihrer Freunde und Geschwister und schließlich über die Möglichkeit, eigene Kinder großzuziehen. Aber nie konnten sich beide wirklich vorstellen, was das für ihr Leben und vor allem für ihre Partnerschaft bedeuten würde. Pascal war es einfach nicht möglich sich auszumalen, einen Säugling mit in sein Atelier zu nehmen und dort während seiner Schaffensphase zu betreuen, und Charlotte konnte sich ein Leben ohne ihre Arbeit als Rechtsmedizinerin erst recht nicht vorstellen. Jetzt, da sich die Thematik auf natürlichem Wege erledigt hat, ist sie gelassener geworden, aber niemals weniger engagiert.

»Das war der Hinniger, unser neuer Chef, liebe Charlotte«, unterbricht Rolf Schnyder ihre Gedanken betont freundlich und zieht vielsagend beide Augenbrauen hoch. Dann räuspert er sich und kratzt geräuschvoll in seinem Dreitagebart am Kinn herum.

»Wenn ma' vom Tüfel red'... ah nei, sonen Seich! Jetzt git's scho' wieda Überstunde wege' dem. Komm, erzähl mir lieber mal, was das heute für eine Untersuchung ist, weißt du schon Details?«

»Es geht um ein kleines Mädchen, das vor zwei Tagen mit Verletzungen eingeliefert wurde. Sie hat die Operation nur knapp überlebt. Die Chirurgen haben sofort eine Meldung an die Kinderschutzgruppe gemacht, und die Gruppe hat sich für eine Anzeige entschieden, deshalb sind wir hier, mehr weiß ich auch noch nicht«, erläutert Charlotte kurz die Vorgeschichte. »Staatsanwalt Kurt Meininger kommt auch noch, auf ihn sollten wir unbedingt warten, bevor wir loslegen. Hast du schon medizinisches Personal auf Station entdeckt?«

»Leider nein«, antwortet Rolf etwas entnervt. »Und ich steh schon seit elf hier. Von der Pflege war mal ganz kurz eine gewisse Anja da, sonst niemand.« Er nestelt an seiner großen Fototasche, zieht eine Packung Zigaretten heraus, schaut zu Charlotte herüber und bietet ihr provokativ lächelnd eine an. Er weiß genau, dass sie nicht raucht, aber es macht ihm immer große Freude, diese toughe Rechtsmedizinerin ein bisschen hochzunehmen. Charlotte hält ihren Kopf schief und lächelt zurück. Dann sagt sie etwas, womit er nicht gerechnet hat:

»Du warst beim Coiffeur, oder? Irgendwie vermisse ich deine kleinen neckischen Locken im Nacken.«

Rolf steckt die Packung Zigaretten in seine Brusttasche und schaut Charlotte verwundert an. Er spricht mit sanfter, leiser Stimme:
»Übrigens lässt Doro dich herzlich grüßen und entschuldigt sich. Sie musste heute Vormittag kurzfristig zu einem Einsatz nach Dübendorf ausrücken. Dir bleibt leider nichts anderes übrig, als dich mit mir zu begnügen, liebe Charlotte.« Dann wendet er sich ab und verschwindet schnellen Schrittes in Richtung Raucherkabine.
Charlotte blickt ihm nach und weiß genau, dass sie heute gut zusammenarbeiten werden. Sie setzt sich auf den einzigen Stuhl, der verloren vor dem Stationszimmer steht, und wartet, dabei versucht sie, ihre innere Anspannung durch tiefe Atemzüge langsam loszulassen. Ihr Zeitplan ist mal wieder äußerst straff organisiert, jede Minute zählt. Wenn es nach ihr ginge, könnten sie sofort anfangen, aber bevor das Team nicht komplett ist, geht das eben nicht. Nach etwa zehn Minuten kommt Rolf mit Staatsanwalt Meininger im Schlepptau zurück. Im selben Moment geht die Tür neben dem Stationsbüro auf und ein junger, groß gewachsener blonder Arzt mit schüchternem Blick kommt heraus. Er geht mit schlaksigen Bewegungen auf sie zu, bleibt vor ihr stehen und zögert einen Moment. Dann begrüßt er sie:
»Gute Taach, mein Name ist Alf Van Galen, ich bin hier Stationsarzt.« Sein Akzent ist eindeutig niederländisch, sein Verhalten höflich formell. »Sie sind wege die kleine Marie gekome, nehme ich an.« Er schaut von einer zur anderen Person und ist unsicher, wen er gezielt ansprechen soll. Schließlich streckt Charlotte ihm ihre Hand zur Begrüßung hin und stellt sich ebenfalls kurz vor. Jetzt ist er sichtlich erleichtert und erzählt ohne weiteres Nachfragen von Maries Situation, die ihm sehr nahegegangen zu sein scheint.
»Bei Aufnahme im Notfall vor zwei Taache hatte ich ook Dienst und habe die Notoperazion mit unsere Chef zusamme durchgeführt. Noch nie habe ich solche Verletzungen bei einem Kleinkind gesehen. Wir haben uns entschieden, die Kinderschutzgruppe einzuschalte, weil wir uns die Entstehung von die Verletzungen nicht erklären konnte. Außerdem kamen uns die Eltern von die Kleine extrem auffällig vor.«

»Können Sie uns beschreiben, was Ihnen an den Eltern aufgefallen ist«, will der Staatsanwalt genauer wissen und baut sich direkt vor dem Arzt auf, als könne er dadurch auf Augenhöhe mit ihm reden. Dr. Van Galen macht unwillkürlich einen Schritt zurück, obwohl Kurt Meininger ihm nur bis zum Kinn reicht, und überlegt kurz. Dann spricht er stockend:

»Die Mutter ... sie schien völlig unbeteiligt zu sein. Sie hatte nach die OP gar keine Interesse, von uns zu erfahren, wie es ihre Tochter geht. Das war äußerst seltsam. Noch dazu, weil wir die Eltern direkt bei die Aufnahme gesaacht hatten, dass die Kleine lebensgefährlich verletzt wurde.« Er macht eine kurze Pause und schaut zu Charlotte, bevor er weiterspricht. »Auf die Mutter schien das keinerlei Eindruck zu machen. Na, und der Vater wirkte die ganze Zeit so ingespannen, angespannt, meine ich. Anfangs wollten sie beide gleich wieder nach Hause fahren. Wir habe ihne daraufhin empfohle, wenigstens die OP abzuwarte.«

Der junge Arzt schüttelt verzweifelt den Kopf und sagt abschließend:

»Das ist eine ganz schreckliche Geschichte, wenn Sie mich fragen. Richtig droevig macht mich das, also traurig.«

Vom Ende des Ganges kommt hastig eine Krankenschwester auf die Gruppe zugelaufen. Ihr brauner Pferdeschwanz wippt im Takt ihrer schnellen Schritte und ihre Arme schwingen seitlich mit.

»Hallo, allerseits, ich bin Schwester Anja. Wenn Sie so weit sind, führe ich Sie gerne zu der kleinen Marie«, spricht sie leicht außer Atem. »Sorry für die Verspätung, wir hatten noch einen Notfall.«

Anja und Charlotte betreten zusammen das Patientenzimmer, während Rolf und Meininger erst einmal draußen warten. Die Kleine schläft, ihr rechter Daumen klemmt zwischen den Zähnchen im leicht geöffneten Mund. Anja geht zu Marie ans Bett und weckt sie sanft, indem sie der Kleinen liebevoll über die Stirn streicht. Charlotte wartet erst einmal im Hintergrund. Marie öffnet die Augen und zeigt ansonsten keinerlei Reaktion. Nachdem Anja ein wenig zu der Kleinen gesprochen hat, wobei das Mädchen keinen Ton von sich gab, streicht sie ihr immer wieder zärtlich über die leicht geröteten Wangen und herzt die Kleine. Charlotte nähert sich langsam und spricht nun auch zu dem Kind. Marie reagiert kaum, während ihre Augen sehr interessiert schauen. Ganz langsam richtet sich ihr Oberkörper auf, bis sie im Bett sitzt. Charlotte gibt Rolf ein Zeichen, dass er jetzt auch ins Zimmer kommen soll. Alle drei Erwachsenen stehen an Maries Bett und zeigen ihr die Fotoausrüstung, bis die Kleine anfängt, die Fototasche selbstständig zu inspizieren. Für die nächste Stunde herrscht geschäftiges Treiben im Krankenzimmer. Es werden immer wieder Fotos geschossen, Marie darf währenddessen ab und zu den skalierten Messwinkel halten. Einzelne Hautstellen werden mit sterilen Wattestäbchen abgerieben, die durch Kochsalz befeuchtet werden, um die trockenen Hautzellen besser aufnehmen zu können. Konzentriert steckt sie das Mädchen, an deren kleinen Händchen die Latexhandschuhe schlackern, zurück in die Kartonschachteln. Marie fasst zunehmend Vertrauen und kooperiert hervorragend mit dem Team. Alles verläuft in einer Seelenruhe, die Charlotte irgendwie stutzig macht. Körperliche Untersuchungen von Kindern sind grundsätzlich eher schwierig. Zum einen spielt natürlich Angst vor dem Unbekannten eine Rolle, zum anderen haben die betroffenen Kinder in der Regel etwas derart Belastendes erlebt, dass der Umgang davon bestimmt und erschwert wird. Charlotte inspiziert wie beiläufig den gesamten Körper von Marie und darf sogar das Operationsgebiet genau anschauen. Sie ist erschüttert, als sie den körperlichen Zustand des Kindes sieht, lässt sich aber nichts anmerken. Die Dreijährige hat an mehreren Stellen blaue Flecken, was bei Kleinkindern ihrer Altersgruppe im Grunde nicht selten ist und vor allem nicht zwingend auf körperliche Misshandlung zurückgeführt werden muss. Allerdings sind es Körperregionen, die eindeutig für Verletzungen durch dritte Hand sprechen, da sich Kinder in diesem Alter an jenen Stellen nicht durch Unfälle verletzen. Maries Handrücken sind flächig blau unterlaufen und geschwollen. Die Rück- und Innenseiten ihrer Oberschenkel weisen ebenfalls dunkelblaue Hämatome auf. Dass Marie während der Untersuchung nicht allzu sehr fremdelt, irritiert Charlotte genauso wie der Umstand, dass das Kind kein Wort redet. Mit drei Jahren sollte das Mädchen in seiner Muttersprache eigentlich schon bestens sprechen können. Das Gehör ist bei ihr sehr gut ausgebildet, das hat Charlotte untersucht, und auch die Stimmbildung ist grundsätzlich vorhanden, da Marie beim Betasten der dunkelblauen Hämatome ganz leicht aufgestöhnt hat. Laute kann sie von sich geben, aber etwas stimmt nicht mit ihrer Art zu reagieren, etwas ist dem Kind womöglich verloren gegangen.

»Hat Marie in den letzten Tagen mal etwas gesagt, oder war sie immer so ruhig?«, fragt sie die Krankenschwester. Anja bestätigt, dass auch die Experten von der Kinderschutzgruppe besorgt über das Verhalten des kleinen Mädchens waren, das bisher tatsächlich völlig stumm geblieben ist. Aber am auffälligsten sei die Beziehung zwischen Marie und ihren Eltern. Als sie mit der Untersuchung fertig sind, verabschieden sich die drei von Marie und das Mädchen winkt zum Abschied. Draußen auf dem Gang berichtet Anja:

»Es konnte keinerlei emotionale Beziehung zwischen Eltern und Kind festgestellt werden. Keine Gesten der Liebe, keine Verbindung, verstehen Sie, was ich meine? Eiseskälte herrscht da. Deshalb und aufgrund der abstrusen Geschichte, die die Eltern erzählt haben, wurde schließlich eine Anzeige erstattet.«

»Was haben die Eltern denn für eine Geschichte erzählt?«, mischt sich Meininger ein, der die ganze Zeit draußen gewartet hat.

»Die Mutter hat berichtet, Marie habe, wie so häufig, ein Bad genommen. Ihr Mann sei dann zu der Kleinen in die Wanne gestiegen, um sie zu beaufsichtigen und mit ihr zu spielen. Na ja, jedenfalls sei Marie beim Spielen mit ihrem Popo auf der Mischbatterie des Wasserhahns der Badewanne gelandet«, erzählt Anja die Geschichte ungläubig. »Der Vater habe das Kind noch festhalten wollen, als es auf den Wannenrand gestiegen und wenig später abgerutscht sei.«

Meininger schaut Charlotte fragend an, die entsetzt ihren Kopf schüttelt.

»Was für eine Geschichte. Da fallen mir gleich mehrere Dinge ein, die dringend geklärt werden müssen. Kurt, wir brauchen unbedingt so schnell wie möglich die Genehmigung zur Wohnungsbesichtigung. Um eine Inaugenscheinnahme der Räumlichkeiten kommen wir nicht herum«, setzt Charlotte den Staatsanwalt unter Druck und wendet sich der Krankenschwester zu:

»Herzlichen Dank für Ihre Unterstützung, Schwester Anja. Ohne Sie wäre die Untersuchung niemals so reibungslos verlaufen. Können wir die Eltern momentan im Spital antreffen oder kommen sie erst später?«, fragt sie Anja bei der Verabschiedung. Gerne würde Charlotte einmal miterleben, wie die Eltern sich mit dem Kind verhalten.

»Nein, vormittags sind sie eigentlich nie hier. Am späten Nachmittag kommt die Mutter, vielleicht, aber der Vater eher nicht. Gestern war er jedenfalls nicht mit dabei«, entgegnet Anja mit trauriger Stimme. Dann verabschiedet sie sich hastig und schreitet schnellen Schrittes von dannen, wobei ihr Pferdeschwanz wieder heftig wippt. Dr. Van Galen ist nicht mehr zu sehen, als sich alle auf dem Gang versammeln. Er hatte in der Zwischenzeit höchstwahrscheinlich wichtigere Dinge zu tun.

Kurt Meininger ist bis jetzt nicht auf Charlottes Vorschlag einer Tatortbesichtigung eingegangen. Er steht noch immer bewegungslos am selben Fleck und starrt sie an.

»Die Risse in Scheidenkanal und angrenzender Dickdarmwand wurden mit vielen Einzelknopfnähten versorgt. Sie sehen gut aus und scheinen komplikationslos zu verheilen«, berichtet Charlotte ihre Befunde, während sie den Staatsanwalt direkt anschaut. »Der arterielle Blutverlust konnte nur durch den sofortigen chirurgischen Eingriff rechtzeitig gestoppt werden. Es bestand also auf jeden Fall Lebensgefahr, Kurt, das steht fest.« Meininger scheint langsam wieder zu sich zu kommen, wartet einen Moment ab und fragt dann mit leicht verzerrter Miene, als spüre er eine Katastrophe herannahen:

»Was sagst du zu der Entstehung der Verletzungen, hast du dazu schon eine Idee?«

»Derartige Rissverletzungen entstehen durch sogenannte Pfählungsvorgänge, also durch das gewaltsame Eindringen von Gegenständen in Scheide und After«, antwortet Charlotte bildhaft.

»Autsch!«, stöhnt der Staatsanwalt jetzt auf und verzerrt sein Gesicht wie vor Schmerz. Kopfschüttelnd fragt er Charlotte: »Kann so etwas überhaupt durch einen Unfall passieren oder steht deiner Einschätzung nach eine willentliche Handlung im Vordergrund?«

»Wenn du mich fragst, war hier jemand absichtlich am Werk, aber das ist nur eine Vermutung, Beweise habe ich dafür natürlich nicht. Noch nicht. Deshalb brauchen wir so schnell wie möglich einen Durchsuchungsbeschluss für die Wohnung der Familie, Kurt. Wir müssen uns ein Bild vom vermeintlichen Unfallort machen und wir müssen dringend schauen, ob weitere Geschwister in der Familie leben. Am besten gehen wir gleich heute noch dorthin oder spätestens morgen früh«, übt Charlotte weiter Druck auf den Staatsanwalt aus, der sehr mitgenommen wirkt. Seit seine Frau mit den Kindern ausgezogen ist, geht es mit ihm sichtlich bergab. Er wirkt häufig abwesend, pflegt sich nicht mehr wie früher und ist oft fahrig. So derangiert wie heute hat Charlotte ihn allerdings noch nie gesehen.

»Das geht einem ganz schön nah, wenn Kinder leiden, gell?«, fragt sie ernst in sanftem Tonfall und berührt kurz seine Schulter. Eine kleine Geste, etwas, das auch ihr gut tut. »In solch kritischen Fällen zählt jede Minute, weil die Eltern natürlich alles tun werden, um die Spuren zu beseitigen. Ich weiß, es ist hart, als Allererstes die Eltern zu verdächtigen, aber dieser Fall lässt uns keine andere Wahl, Kurt. Etwas stimmt nicht mit der Familie, etwas ist faul. Weißt du, es ist nicht nur diese schreckliche Pfählungsverletzung, die mir Sorgen bereitet.«

Meininger ist jetzt ganz Ohr und deutet Charlotte mit einer wedelnden Handbewegung an, dass er mehr wissen möchte.

»Die Kleine ist übersät von Hämatomen, besonders an Stellen, die eindeutig für Fremdhandlungen sprechen. Ihr Leid geht wahrscheinlich schon seit längerer Zeit und ...«, Charlotte macht eine Kunstpause, um Meiningers Interesse weiter zu schüren.

»Was und, Charlotte? Mach's doch bitte nicht so spannend«, fleht er sie an.

»Ob die Familienverhältnisse wirklich so sind, wie sie zu sein scheinen, müssen wir dringend durch eine DNA-Analyse überprüfen, Kurt«, gibt Charlotte ihren letzten Hinweis für heute. Der Staatsanwalt ist nun so aufgeschreckt, dass ein Besichtigungstermin für den nächsten Morgen um 6 Uhr vereinbart wird. Den Termin hat er bewusst so früh angesetzt, weil es ein Überraschungsbesuch werden soll, bei dem, so ist zu hoffen, möglichst beide Eltern zu Hause sein werden.

»Herr Schnyder, Sie müssten dann natürlich nicht dabei sein und auch Frau Hedinger nicht unbedingt. Wo ist Frau Hedinger heute überhaupt? Ich hab sie gar nicht gesehen«, fällt Meininger erst jetzt auf. Irgendwie ist das heute nicht sein Tag.

»Ja, gut, Herr Meininger, dann lassen wir das Frau Dr. Fahl alleine machen. Frau Hedinger hatte heute leider keine Zeit«, erklärt Rolf dem Staatsanwalt noch kurz die Lage, während er mal wieder hektisch sämtliche Jackentaschen nach seinen Zigaretten absucht.

Als er sie endlich gefunden hat und in Charlottes Richtung schielt, winkt sie mit einer gespielten Drohgebärde ab und verabschiedet sich eilig von den Männern. Sie muss pressieren, denn im Institut wartet Vanessa mit ihrem wichtigen Anliegen bestimmt schon vor ihrem Büro. Charlottes Gefühl sagt ihr, dass es kein einfaches Gespräch werden wird.

Mit ihrem Velo heizt sie den Berg hinauf, strampelt gegen den eiskalten Westwind an und fühlt dabei Schweißperlen langsam den überhitzten Rücken hinabrinnen. Wenigstens der Regen hat mittlerweile aufgehört. Handschuhe könnte sie jetzt gut gebrauchen, aber die hat sie heute Vormittag im Büro liegenlassen. Während sie sich körperlich ins Zeug legt, geht ihr die kleine Marie durch den Kopf. Ihre Wunden an den zarten Körperstellen werden wieder heilen, aber die Narben in der kindlichen Seele bereiten Charlotte große Sorgen.

Während sie ihr Velo im Unterstand anschließt, spürt sie den stieren Blick von Paulmann, der sich seit einiger Zeit angewöhnt hat, zu Pausenzeiten an seinem Fenster zu stehen und von dort aus genau zu beobachten, wer wann das Institut verlässt und wieder zurückkehrt. Seine persönliche Stechuhr liefert an manchen Tagen ganz unvermittelt Ergebnisprotokolle, die den Betroffenen dann vorgehalten werden. Das hat mittlerweile dazu geführt, dass sich einige Mitarbeitende vor lauter Panik ihr Essen von zu Hause mitbringen, um diesen äußerst unangenehmen Momenten aus dem Weg gehen zu können.

Eigentlich mag Charlotte ihren Chef, der ein ganz eigener Typ ist. Gleichzeitig beschleicht sie seit einiger Zeit zunehmend der Verdacht, mit ihm könnte vielleicht irgendetwas passiert sein. Diese Überwachungsmasche kommt ihr komisch vor, das war nicht von Anfang an so gewesen. Aufgrund ihrer freigeistigen Erziehung reagiert sie sehr sensibel auf rigide Arbeitsstrukturen und hasst jegliche Art von Angstmacherprinzip. Gegen militärische Kommandotöne reagiert sie aus Prinzip abweisend, sie zieht es vor, ihre Führungsrolle höflich und bestimmt wahrzunehmen, niemals respektlos. Ob das Team das zu schätzen weiß, kann sie nicht sagen, sie schätzt in jedem Fall die Mitarbeitenden und respektiert sie auch. Leider gibt es dabei zunehmend einen Haken, und das ist ihr Verhältnis zu Oliver Paulmann. Sie kann es sich nicht so richtig erklären, etwas hat sich zwischen ihnen verändert. Bisher ist sie in dieser Angelegenheit zurückhaltend gewesen, am liebsten würde sie sich aber mal mit ihm über alles unterhalten, wenn sein straffer Zeitplan das nur zuließe.

Vor dem Eingang steht tatsächlich wieder Vanessa und raucht, genau wie am frühen Morgen. Dieses Mal geht sie als Erste durch die Tür, als Charlotte sie ihr wieder aufhält.

»In zwei Minuten sehen wir uns«, sagt Charlotte etwas außer Atem zu Vanessa und fragt noch:

»Kommst du in mein Büro oder möchtest du den Besprechungsraum nutzen?«

»Ist mir egal, ich komme auch in dein Büro, wenn ich einen Kaffee mitbringen darf«, gibt Vanessa zurück.

»Dann also bis gleich in meinem Büro. Kaffee kannst du selbstverständlich mitbringen, ist ja klar«, sagt Charlotte, wundert sich kurz über Vanessas Aussage und wirft einen schnellen Blick in ihr Fach. Nichts drin, das ist ja mal eine Überraschung.

Kurz nachdem sie ihre Tasche abgestellt und ihren Mantel ausgezogen hat, klopft es auch schon und Vanessa kommt mit einem Kaffeebecher in der Hand herein. Die beiden Frauen setzen sich in die beiden weichen, mit dunkelgrünem Stoff bezogenen Sessel und schauen einander in die Augen. Für einen Moment steht alles still. Dann durchbricht Vanessa das Schweigen mit einem Redeschwall, der ohne Punkt und Komma über Charlotte hereinbricht. Sie spricht mit schriller Stimme über ihre Gefühle bei der Arbeit, die sie unglücklich machen und an denen sie zu verzweifeln droht. Zwischendurch weint sie und lacht dann wieder laut auf, gestikuliert wild und aggressiv und beendet ihren Ausbruch erschöpft mit den Worten:

»Jetzt weißt du endlich, was los ist. Wenn das nicht besser wird, muss ich Konsequenzen ziehen, leider.«

Charlotte ist nicht sicher, ob sie wirklich alles richtig verstanden hat. Sie kann bei Vanessa Wut, Aggression, Enttäuschung und Verzweiflung wahrnehmen, alles elementare Gefühle, deren Ursprung sie allerdings nicht ohne Weiteres mit der Arbeit in Verbindung bringen kann. Vanessa ist seit knapp einem Jahr am Institut und ihr bisher nie wirklich aufgefallen, weder positiv noch negativ. Charlotte hatte immer den Eindruck, alles laufe ganz prima bei ihr. Deshalb kann sie ihre Verwunderung über den emotionalen Ausbruch der Assistentin auch nicht verbergen und spricht mit betont ruhiger Stimme:

»Ehrlich gesagt, weiß ich nicht recht, ob ich alles richtig verstanden habe, Vanessa, aber ich danke dir auf jeden Fall für deine Offenheit und Ehrlichkeit.«

Charlotte versucht Zeit zu gewinnen, zugleich überkommt sie das Gefühl, dass ihr die Situation entgleitet. Die Stimmung bedrückt sie, macht ihr regelrecht Angst. Leider kann sie nicht fassen, was es genau ist, das sie dermaßen beunruhigt. Vielleicht ist es das dunkle Flackern in Vanessas Augen, das etwas Undurchdringliches besitzt und das es genau deshalb um jeden Preis zu verstehen gilt. Geschickt versucht sie, ihre Unsicherheit zu überspielen und fasst die wesentlichen Dinge, die sie verstanden zu haben glaubt, in ernstem Ton zusammen.

»Du beschwerst dich über die schlechte fachliche und persönliche Betreuung, das habe ich verstanden. Die Dienste werden für dich dadurch zum Spießrutenlaufen und jede Obduktion erhält den Charakter einer persönlichen Prüfung. Kannst du mir in diesem Zusammenhang vielleicht sagen, wie du das Mentor-System empfindest? Wie beurteilst du es? Und wie hast du die Zusammenarbeit mit deinem Mentor Frederick bisher erlebt? Als äußerst erfahrener Oberarzt ist er für deine Weiterbildung der erste Ansprechpartner. Wie versteht ihr euch?«

Vanessa rutscht tiefer in den Sessel und zieht einen Schmollmund.

»Er kümmert sich auch nicht wirklich gut um mich, finde ich«, sagt sie mit weinerlicher Stimme und schiebt mit ihrer rechten Hand den linken Ärmel ihres engen Sweatshirts ein wenig hoch, sodass für einen kurzen Moment ihr Unterarm zu sehen ist, bevor sie den Ärmel schnell wieder herunterzieht. Beim Blick auf Vanessas Unterarm durchfährt Charlotte ein kalter Schauer. Sie verkneift sich eine Reaktion und ermuntert Vanessa stattdessen, ihre Beziehung zu Frederick genauer zu beschreiben. Es wird deutlich, dass die beiden sich in der Vergangenheit häufig privat getroffen haben. Vanessa war offenbar mehrmals bei Frederick zu Hause, worüber sich Charlotte sehr wundert, da der Oberarzt ein extrem zurückgezogenes Leben lebt und als Eigenbrötler verschrien ist. Sie versucht herauszuhören, ob die zwei vielleicht eine Liebesbeziehung haben, kann aber Vanessas Aussagen nicht einordnen. Charlotte beschließt, umgehend mit Frederick zu sprechen, damit die Angelegenheit für sie klarer wird.

»Ich schlage vor, dass wir einen zweiten Versuch mit einem anderen Mentor wagen, was hältst du von einer Betreuung durch Tom? Ihn könnte ich mir ebenfalls sehr gut an deiner Seite vorstellen«, sagt sie und beißt sich innerlich sofort auf die Zunge, weil diese Formulierung auch in ihren Ohren zweideutig klingt. Zunächst reagiert Vanessa gar nicht darauf, doch dann stampft sie heftig mit beiden Füßen auf den Boden und brüllt los:

»Das Gespräch mit dir bringt rein gar nichts, Charlotte. Hätte ich mir ja denken können. Erst hast du nie Zeit, dann quetscht du mich irgendwo dazwischen, und jetzt gibst du sowieso mir die Schuld und schüttelst mich einfach ab. Dann geh ich halt zu Professor Paulmann, der hält wenigstens was von mir und nimmt mich ernst. So schnell geb ich nicht auf, ich nicht. Aber zieh dich warm an, das kann ich nur empfehlen!«

Sie springt aus dem Sessel, ohne Charlottes Reaktion abzuwarten, reißt die Tür auf und schmettert sie derart zu, dass sich ein schweres Buch aus dem Regal selbstständig macht und donnernd zu Boden fällt.

Charlotte bleibt einen Moment geschockt im Sessel sitzen. Dann erhebt sie sich, noch immer beunruhigt über die heftigen Reaktionen von Vanessa, und geht zu dem fetten Psychiatrieschinken, den sie ins Regal zurückstellen will. Als sie das Buch vom Boden aufhebt, fällt ihr die Überschrift auf der aufgeschlagenen Seite ins Auge, die da lautet: »Borderline-Persönlichkeitsstörungen«. Charlotte ist nicht abergläubisch, doch sie ist auch kein Mensch, der an Zufälle glaubt, dafür hat sie schon viel zu viel erlebt. Eine Weile starrt sie die aufgeschlagenen Seiten an und überlegt, was sie als Nächstes tun soll. Die Narben an Vanessas Unterarm als Folgen von Selbstverletzungen, ihre emotionale Instabilität, ihr sprunghaftes, impulsives, zum Teil manipulatives Verhalten und ihr Wutausbruch. Alles Zeichen einer Persönlichkeitsstörung, bei der es sich tatsächlich um einen Borderline-Typ handeln könnte. Dann klappt sie das Buch zu und stellt es zurück ins Regal. Sie wählt Fredericks Nummer.

»Hallo, Frederick, ich bin's, Charlotte. Sag, hast du einen Moment Zeit? Ich würde mich gerne kurz mit dir unterhalten«, wählt sie eine lockere Einleitung. Als er fragt, worum es geht, erklärt sie: »Es gibt ein ernstzunehmendes Problem im Ausbildungsbereich, das wir dringend lösen müssen.« Frederick ist einverstanden. Charlotte bedankt sich und legt auf. Irgendwie fühlt sie sich unwohl. Schon wieder diese innere Unruhe, die sie überkommt und ihr das unangenehme Bauchgefühl beschert. Heute ist ein extrem anstrengender Tag. Augenblicklich fällt ihr auch wieder der Drohbrief ein, um den sie sich unbedingt kümmern muss. Vielleicht sollte sie ihren Chef noch heute einschalten und ihn über ihre beängstigenden Gedanken informieren. Aber eins nach dem anderen, jetzt erst mal Frederick, vielleicht kann der schon für Beruhigung sorgen.

»Komm rein«, ruft Charlotte, als es an ihrer Bürotür klopft. »Setz dich bitte, möchtest du etwas trinken?«

»Nein danke, bitte leg gleich los, ich habe nachher noch ein Angehörigengespräch«, macht Frederick seinen Zeitdruck deutlich.

»Ich möchte dich nicht lange aufhalten, Frederick, aber glaub mir, es ist sehr wichtig.« Charlotte setzt sich wieder in denselben Sessel, in dem sie bereits eben gesessen hat, und hofft, dass dieses Gespräch besser verlaufen wird.

»Bitte sag mir, wie du die Zusammenarbeit mit Vanessa empfindest«, sucht Charlotte nach einem Einstieg und fährt dann fort: »Du hattest ja vor Kurzem angedeutet, dass du sie nach wie vor im Dienst unterstützt. Wie läuft's deiner Meinung nach?«

Frederick ist nun sichtlich nervös, schaut aus dem Fenster und reibt sich die Hände. Er druckst herum, bewegt sich unruhig auf dem Sessel hin und her, wippt mit dem rechten Bein und sagt dann endlich mit heiserer Stimme:

»Die Sache mit Vanessa ist tatsächlich nicht so einfach. Können wir das vielleicht ein anderes Mal besprechen, wenn ich mehr Zeit habe?«, bittet er Charlotte. »In einer halben Stunde…«, setzt er an, doch Charlotte macht eine abwehrende Handbewegung und fällt ihm schroff ins Wort.

»Nein, Frederick, das können wir leider nicht, denn ich habe ein ganz ungutes Gefühl bei der Sache. Ich habe nämlich den Eindruck, als wäre schon lange ein Gespräch nötig gewesen. Jetzt können wir es auf gar keinen Fall mehr aufschieben.«

Der Oberarzt schaut sie erschrocken an und schlägt dann beide Hände vors Gesicht.

»Okay, Charlotte. Also, Vanessa war von Anfang an immer so hilflos und leidend. Wenn ich ihr fachliches Zeug erklärt habe, verstand sie trotzdem nichts und fragte immer wieder nach. Sie tat mir leid, da hab ich sie halt irgendwann mal zu 'nem Bier am Abend überredet.« Er macht eine Pause, streicht sich durch sein leicht gewelltes volles Haar und spricht weiter. »Das hätte ich auf keinen Fall tun dürfen, danach ging's erst richtig los mit den Problemen.« Er berichtet von Hilflosigkeit, Angst, Wut und schließlich großen Schuldgefühlen. Ein Chaos, in das er hineingesteuert ist und aus dem er keinen Ausweg mehr sieht.

»Wir sind uns zu nahe gekommen, haben eine Liebesbeziehung angefangen und ich konnte mich nicht mehr abgrenzen. Bin immer tiefer in ihre Stimmungsschwankungen mit reingezogen worden und hab einfach keinen Ausstieg gefunden. Dann hab ich vor ein paar Tagen doch den Mut und die Kraft gehabt, mich von ihr zu trennen. Jetzt ist aber alles noch schlimmer geworden. Ihre Anrufe, ihr Flehen, ihre Verzweiflung und all das«, beschreibt er erschöpft die verfahrene Situation.

»Meine Güte, Frederick, das hast du die ganze Zeit mit dir rumgeschleppt und nichts gesagt. Warum bist du damit nie zu mir gekommen?«, fragt Charlotte erschrocken. »Und wann wärst du damit mal zu mir gekommen, möchte ich gerne wissen?« Aber Frederick antwortet nicht, sondern schaut betroffen zu Boden. Es ist ihm alles unangenehm und er scheint sich vor ihr zu schämen.

»Jetzt müssen wir dringend etwas unternehmen«, beschwichtigt Charlotte ihn. »Noch weiß ich allerdings nicht, was.«

Während sie eine ganze Weile schweigend zusammensitzen, durchfährt Charlotte ganz plötzlich ein schrecklicher Gedanke. Sie springt auf wie von der Tarantel gestochen, stellt sich vor Frederick hin und fragt:

»Sammelst du eigentlich immer noch Schusswaffen?«

»Jaaaaa?«, entgegnet Frederick, noch unsicher, ob er Charlottes Interesse richtig gedeutet hat, und dann schauen beide in die weit aufgerissenen Augen ihres Gegenübers. »Oh nein«, sagt er leise. »Du denkst jetzt nicht, was ich denke... das glaub ich nicht, das kann ich mir nicht vorstellen.«

»Und wenn doch, Frederick?«, fragt Charlotte ernst. »Stell dir vor, mit einer deiner Waffen passiert so eine Katastrophe.«

Charlotte stürmt zum Telefon und wählt Professor Paulmanns Nummer, während Frederick gesenkten Hauptes aus dem Büro schleicht. Sie weiß genau, dass ihr Chef schwerwiegende Personalprobleme unbedingt selbst in die Hand nehmen will. Die vielen

Jahre Erfahrung an seiner Seite haben durchaus ihr Gutes bewirkt, wenn es darum geht, strategisches Handeln einzusetzen. Mit der Zeit hat sie gelernt, alles etwas gelassener zu nehmen, in Gefahrensituationen aber dringend auf ihn zu setzen. Schon manches Mal waren sie mit dem Institutskahn auf hoher See unterwegs gewesen und Oliver Paulmann hatte bei vollem Seegang ganz plötzlich ins Steuer gegriffen und wild gerudert, anstatt Ruhe zu bewahren und sich auf die Crew zu verlassen. Das war seine Art, Verantwortung zu übernehmen, und nicht immer erschloss sich ihr der Hintergrund. In das aktuelle Problem muss sie ihn auf jeden Fall einbeziehen, auch wenn sie schon ahnt, dass er ihr nicht vertrauen und ganz sicher nicht auf sie hören wird.

»Charlotte«, tönt es laut in den Hörer. »Gut, dass du dich meldest, ich hätte dich ohnehin gleich zu mir bestellt. Rate mal, wer gerade bei mir war?«

»Chef, ich rate jetzt mal nichts, sondern würde gerne sofort in dein Büro kommen, wenn's geht. Kann ich?«, betont sie ihr Anliegen am Ende lieber doch noch als Frage. Oliver konnte ein Vorhaben, und sei es aus Sicht der anderen Person noch so wichtig und sinnvoll, schon allein deshalb ablehnen, weil man ihn nicht vorher gefragt hatte.

In dem Moment, als sie an seine Bürotür klopfen will, reißt er schon die Tür auf und spricht in strengem Ton eine kurze Begrüßung aus. Während sie sich hinsetzt, fordert er sie auf: »Na, dann schieß mal los. Ich bin gespannt, wie du dich aus diesem Schlamassel rausreden willst.«

Sie versucht ihren Ärger über diese Provokation zurückzuhalten und beginnt die Problematik mit Vanessa zu schildern. Weit kommt sie allerdings nicht, da fällt er ihr schroff ins Wort:

»Jaja, war mir klar, dass du eine ganz andere Geschichte auftischen wirst, aber du kennst mich gut genug, Charlotte, die kaufe ich dir leider nicht ab. Die Assistentin war nämlich gleich nach dem Gespräch mit dir bei mir und hat sich über dich und deine zurückweisende Art beschwert. Ich möchte gerne wissen, wie du so nachlässig mit den Mitarbeitenden deines Teams umgehen kannst? Stell dir mal vor, die anderen Abteilungsleiter würden das auch so machen. Was meinst du, was hier los wäre am Institut, hä? Wir könnten gleich dicht machen«, herrscht er sie an. Charlotte gelingt es trotz mehrerer Versuche einfach nicht, ihre Vanessa betreffenden Befürchtungen loszuwerden. Sie kann nicht zu ihrem Chef durchdringen mit ihrer Horrorvision einer bewaffneten Katastrophe. Paulmann hat sich sein Bild bereits gemacht und weicht keinen Zentimeter mehr davon ab. Das kennt sie von ihm und weiß sich nicht zu helfen. Nach zwanzig Minuten verlässt sie resigniert und völlig erledigt sein Büro. Ohne ihren Vorgesetzten im Rücken kann sie auf gar keinen Fall eine fürsorgerische Unterbringung für Vanessa veranlassen, auch wenn sie als Ärztin rein rechtlich dazu in der Lage wäre und die Indikation dafür aus ihrer Sicht auf der Hand liegt.

Entmutigt fährt Charlotte am Abend durch die Kälte nach Hause. Im Bauch hat sie noch immer ein mulmiges Gefühl, weil sie nicht zu Paulmann durchdringen konnte. Sie hat ihn gewarnt, das hat sie. Frederick war ihr Zeuge, als sie Paulmann anrief. Alles hat sie ihrem Chef gegenüber geäußert, ihre Bedenken, ihre Ängste und die Umstände, die für ihre Befürchtungen sprachen. Nichts davon wollte er wirklich wissen. Stattdessen negierte er alles und beschwerte sich obendrein über sie, weil er weitere Probleme im Team befürchtet, für die er sie verantwortlich macht. In letzter Zeit ist ihr aufgefallen, dass er kein Vertrauen in ihre Führungsfähigkeiten mehr besitzt, aber sie hat einfach noch nicht herausgefunden, woran das liegt. Das muss sie bei Gelegenheit unbedingt mit ihm besprechen, aktuell kann sie nichts weiter tun. Nur hoffen kann sie jetzt noch. Hoffen, dass ihre Prophezeiung falsch ist.

Als sie zu Hause eintrifft, klingelt das Telefon. Es ist ihre Mutter Anne, die jeden zweiten Abend um etwa dieselbe Zeit bei ihr anruft, um sich nach ihr zu erkundigen. Charlotte hat ein sehr enges Verhältnis zu ihren Eltern und versteht sich gut mit ihnen. Da sie keine Geschwister hat, konzentriert sich die elterliche Liebe allein auf sie, was sich nicht immer ganz unbeschwert anfühlt für Charlotte.

»Dein Vater hat alles genau geplant. Die Tour durch den Westen Kanadas führt uns an ganz viele Plätze, an denen wir als junges Paar schon waren, bevor wir dich hatten«, erzählt ihre Mutter freudig über den noch in weiter Ferne liegenden Sommerurlaub.

»Aber Mama, ihr fahrt doch erst in zwei Jahren, wieso plant Papa das alles jetzt schon so akribisch?«, möchte sie von ihrer Mutter wissen, wobei sie im Moment eigentlich gar keine Kraft mehr hat, sich mit diesen Dingen zu beschäftigen. »Das hat doch alles noch so viel Zeit«, ergänzt sie, während ihre Gedanken um Paulmann und um die Sache mit Vanessa kreisen, was sie aber nicht mit ihrer Mutter besprechen möchte.

»Du weißt doch, wie dein Vater ist. Unsere Pensionierung bedeutet für ihn einen riesigen Einschnitt, dem er unbedingt gut vorbereitet begegnen will«, erklärt ihr Anne. »Für mich ist das genauso absurd wie für dich, aber ich kann gut damit umgehen und freu mich einfach mit ihm. Die Apotheke verkaufen wir am besten schon im nächsten Jahr, und seine Dozentur kann er auf kleiner Flamme so lange weiter brutzeln, wie ihn die Uni lässt. Gönnen wir ihm doch den Spaß, mich stört das nicht.«

Ihre Eltern kennen sich seit der Schulzeit und sind als junge Leute sehr viel gereist. Direkt nach dem Abitur waren sie damals mit Interrail durch die Schweiz gekommen und hatten sich auf dem Rückweg in das kleine Land verliebt. Zu Hause angelangt hatten sie sich um Stipendien für Auslandsstudienplätze beworben. Anne bekam einen Studienplatz für Pharmazie an der Uni Zürich und Johannes an der ETH für Biologie. Mit zwanzig wurde Anne dann schwanger, weshalb sich das Paar entschied, in der Schweiz sesshaft zu werden und nicht zurück nach Norddeutschland zu gehen. Charlotte war in Zürich geboren worden und kennt die Heimat ihrer Eltern von zahlreichen Sommeraufenthalten sehr gut. Sie ist froh, dass sie nicht im kühlen Norden, sondern im schönen Zürich aufgewachsen ist, wo die Temperaturen durchschnittlich deutlich höher liegen.

»Morgen kommen wir zu euch zum Nachtessen«, beendet sie das Gespräch. »Grüß Papa bitte ganz lieb von mir und sag ihm, er soll uns seine Reiseplanung detailliert präsentieren, damit Pascal und ich genau wissen, was ihr Globetrotter in zwei Jahren vorhabt«, lacht sie nun laut und verabschiedet sich herzlich von ihrer Mutter.

Vielleicht ist Vanessa der Wechsel von Deutschland in die Schweiz nicht so gut bekommen, denkt sie nach dem Telefongespräch und nimmt sich vor, die Assistenzärztin bei nächster Gelegenheit danach zu fragen.

Sonderfall

Als Wolf eines Morgens erwachte, wusste er plötzlich, dass er seine akademische Karriere gerne in einem anderen Land fortsetzen wollte. Deutschland war ihm zu eng geworden, alle namhaften Forschungskollegen kannte er gut, zu gut für seinen Geschmack. Es war Zeit, seine Fühler auszustrecken und sich im Ausland zu bewerben. Er war ein absoluter Bergfan, weshalb seine Wahl ziemlich schnell auf den kleinen wunderschönen Bergstaat im Herzen Europas fiel. Es hatte schon Kollegen gegeben, die den Weg in die Schweiz angetreten hatten und, abgesehen von ein paar Schwierigkeiten bei der sozialen Akklimatisierung, eigentlich sehr zufrieden waren. Natürlich würde er nicht alleine gehen. Christa musste ihn unbedingt begleiten, ohne sie wollte er auf gar keinen Fall seine Heimat verlassen. Vielleicht sollten sie vor der Migration noch schnell heiraten, das wäre sicher eine gute Maßnahme. Heiraten wollte Wolf ja sowieso, aber Christa tat sich immer ein wenig schwer mit dem Gedanken. Sie war um einiges jünger als Wolf und wollte sich womöglich noch nicht so festlegen in ihrer Partnerwahl. Christa studierte Pharmazie und hatte ebenfalls Ambitionen, sich akademisch weiterzuentwickeln. Pharmazie war natürlich wie geschaffen für eine Schweizer Karriere. Wo gab es mehr Pharmaindustrie als dort? Wolf sah somit eine große Chance, dass Christa sein Vorhaben positiv aufnehmen und sogar unterstützen würde. Er musste es nur geschickt anstellen, dann ginge sicher alles gut.

Manchmal wusste er nicht so recht, wie er mit Christa umgehen sollte. Sie war immer für Überraschungen gut, aber das faszinierte ihn eben auch besonders an ihr. Außerdem wusste er, dass er alles von ihr haben konnte, wenn er sie nur sexuell stimulieren und ordentlich begehren würde. Das fiel ihm leicht. Er hatte Sex auch sehr gern, obgleich er zugeben musste, dass Christa manchmal schon ziemlich außergewöhnliche Ideen hatte. Aber tagsüber war er ja in seiner Uni vor ihrer Zügellosigkeit sicher und konnte sich intellektuell mit den wissbegierigen Studierenden austoben. Als Professor für Wirtschaftswissenschaften mit dem Schwerpunkt Volkswirtschaftslehre sollte es für ihn kein Problem sein, einen Lehrstuhl in der Schweiz zu ergattern. Er war sehr überzeugt von sich und seinen Fähigkeiten, weshalb er auch sofort seine Bewerbung schrieb, als er an diesem Morgen zufällig eine Ausschreibung für einen Lehrstuhl an der Wirtschaftswissenschaftlichen Fakultät der Universität Zürich entdeckte. Er glaubte nicht an das Schicksal, aber das hielt er nun für einen echten Wink mit dem Zaunpfahl, den er nicht übergehen durfte.

Christa kam direkt nach der Vorlesung zu ihm und freute sich auf den gemeinsamen Kinoabend. Der Film war ihr egal, Hauptsache war, ganz nah bei Wolf zu sitzen und seinen Atem zu spüren, der immer schneller wurde, wenn sie sich eng an ihn schmiegte. Seine sich steigernde Erregung erregte sie gleichermaßen und sie gab sich dem Gefühl gerne hin. Sexuell waren beide sofort voneinander angezogen gewesen, auch wenn sie zunächst nicht sehr viele andere Dinge hatten, die sie miteinander teilen konnten. Christa war es egal, ob sie sich über spezielle Themen gut unterhielten, Hauptsache, der Sex war gut. Eine Familie wollte sie sowieso noch lange nicht gründen, sondern erst einmal ordentlich Spaß haben, bevor Kinder sie ans Haus fesseln würden. Und mit Wolf, diesem urigen Professor, der immer heiß auf sie war, machte ihr das Zusammensein sehr viel Freude, obwohl er deutlich älter war als sie. Der Altersunterschied interessierte sie ebenfalls nicht. Mit diesem geilen Bock konnte sie sich aktuell so einiges vorstellen. Ihre sexuellen Fantasien schienen grenzenlos zu sein und deren Umsetzung erregte sie jedes Mal aufs Neue. Wolf war offen für alles, das schätzte sie besonders an ihm. Er war nicht wie die Typen in ihrem Alter, mit denen sie sich im Bett zu Tode langweilte. Wolf hatte Esprit. Er ließ sich führen, war experimentierfreudig und er liebte ihre aufreizenden Utensilien. Erst gestern hatte sie sich wieder neue Reizwäsche besorgt, die sie explizit für ganz heiße Nummern ausgesucht hatte. Dieses Schnürkorsett mit den passenden Strapsen und den hoch reichenden Lacklederstiefeln hatte sie heute Abend im Gepäck, für die Zeit nach dem Kinobesuch, bei dem sie sich erst mal langsam aufwärmen würden. Wolf und sie waren nun schon seit fast zwei Jahren ein Liebespaar und immer noch steigerte sich ihre Lust aufeinander. Um 18 Uhr erreichte sie das Haus, in dem Wolf wohnte, und er stand schon wartend vor dem Eingang. Nach einer heftigen Umarmung und einem langen tiefen Zungenkuss machten sie sich auf den Weg zum Kino.

Als das Ehepaar Rudnik knapp anderthalb Jahre später in Zürich eine angemessene Wohnung fand, waren beide voller Vorfreude auf ihr neues Leben. Doch nachdem die anfängliche Aufregung der frischgebackenen Eheleute Christa und Wolf Rudnik der Alltagsroutine gewichen war, begann Christa unzufrieden zu werden. Das drückte sich vor allem darin aus, dass ihre Sexpraktiken eine zunehmend aggressive Note bekamen. Nach regelmäßigen Besuchen diverser elitärer Swinger-Klubs und etlicher teurer Prostituierter aller Couleur, die das Paar auch zu Hause empfing, wünschte sich Christa immer abstrusere Befriedigungsformen. Wolf tat alles, um seine anspruchsvolle Ehefrau zufriedenzustellen, doch gelang ihm das immer weniger.

Wolf ist gerade dabei, sein Jackett anzuziehen, da klingelt es an der Wohnungstür. Christa ist in der Küche zugange und kocht den Morgenkaffee. Sie öffnet die Tür. Vor ihr stehen mehrere Unbekannte, von denen einer mit einem Schreiben in der Hand vor ihren Augen herumwedelt und kaum verständliches Juristendeutsch faselt.

»Wolf, kommst du mal bitte? Ich glaube, die Herrschaften möchten zu dir«, ruft Christa betont laut in Richtung Schlafzimmer, aus dem nun Wolf Rudnik langsam auf die Wohnungstür zu schlurft.

»Ja bitte, was kann ich für Sie tun?«, fragt er gelangweilt in die Runde.

Staatsanwalt Meininger, der wie immer zu dieser frühen Stunde noch nicht im Vollbesitz seiner geistigen Kräfte ist, stottert irgendwas von Wohnungsdurchsuchung und hält dem Professor seinen richterlichen Durchsuchungsbeschluss hin. Der nimmt ihn mit zittrigen Händen entgegen und sucht mit einem wirren Blick seine Ehefrau, die jedoch inzwischen in der Wohnung verschwunden ist.

»Kommen Sie doch bitte rein«, sagt Wolf und tritt einen Schritt zur Seite. Staatsanwalt Meininger betritt als Erster die Wohnung, gefolgt von seinem Assistenten, dann kommt eine Polizeibeamtin, zuletzt Charlotte.

Der Staatsanwalt spricht mit ruhiger Stimme und klärt die Eheleute über die rechtlichen Bestimmungen auf. Beiden wird eröffnet, dass sie beschuldigt werden, ihre Tochter, die kleine Marie, misshandelt zu haben.

Charlotte hat sich inzwischen ins Badezimmer begeben, in dem Maries Unfall passiert sein soll. Sie schaut sich suchend um, wobei ihre Augen an der Toilettenbürste hängen bleiben, die ganz neu zu sein scheint, während deren Halterung einen deutlich älteren Eindruck macht. Sie untersucht daraufhin auch noch die Bürste und geht anschließend ins Wohnzimmer, wo mittlerweile Wolf Rudnik mit der Polizistin sitzt und äußerst genervt zu sein scheint. Er macht einen unterdrückt aggressiven Eindruck, als Charlotte ihn nach der Klobürste fragt.

»Die ist neu gekauft, stimmt's?«, fragt sie ihn direkt und setzt nach: »Wann wurde sie denn im Bad angebracht und wo befindet sich eigentlich das Vorgängermodell?«

Wolf Rudnik schaut sie böse an: »Sonst haben Sie keine Probleme, ja?«, blafft er sie an.

Nun trommelt Staatsanwalt Meininger alle am Esstisch zusammen, während das Ehepaar im Wohnzimmer sitzen bleiben muss.

»Sie beharren beide auf ihrer Geschichte vom Badewannenunfall, liebe Charlotte. Keine Chance, etwas anderes aus ihnen herauszubekommen, leider.«

»Das muss dir doch nicht leid tun, Kurt«, lächelt Charlotte den Staatsanwalt an. »Lass mich doch bitte ganz kurz mit der Mutter des Kindes sprechen, ich habe nur ein paar wenige Fragen und eine ganz vage Idee.«

»Deine Ideen kenne ich zur Genüge«, seufzt er, »aber gut, meinetwegen.«

»Frau Rudnik«, beginnt Charlotte das Gespräch mit der Ehefrau, »als Ärztin interessieren mich besonders Ihre Schwangerschaft und Geburt sowie die Ergebnisse der regelmäßigen Vorsorgeuntersuchungen der kleinen Marie.«

Frau Rudnik schaut Charlotte auf einmal direkt in die Augen und fängt an zu weinen. Erst laufen einzelne Tränen über ihre Wangen, dann werden es mehr und mehr, bis die Frau zu einem heftig schluchzenden Elend verkümmert und kein verständlicher Ton mehr aus ihr herauskommt. Charlotte fühlt sich in ihrem Verdacht bestätigt. Sie bricht das Gespräch ab und fragt abschließend nur noch:

»Frau Rudnik, sind Sie damit einverstanden, dass wir von Ihnen und Ihrem Mann eine Speichelprobe nehmen? Wir benötigen die, damit wir die Spuren aus dem Badezimmer zuordnen können«, sagt sie und behält den eigentlichen Grund lieber für sich.

In Charlottes Kopf schwirren die ganze Zeit schemenhafte Bilder eines anderen Falls herum, der sie stark an die Verletzungen von Marie erinnert. Auch dort ging es um ein Mädchen im Kleinkindalter mit schwerwiegenden Scheiden- und Darmverletzungen, die durch Pfählung mit dem Griff einer Toilettenbürste hervorgerufen worden waren.

Als Charlotte im Institut eintrifft, hat sie mal wieder ein Bewerbungsgespräch zu führen. Personalgeschäfte gehören in ihrer leitenden Funktion zu den Hauptbeschäftigungen, und irgendwie findet sie diese Gespräche auch jedes Mal interessant. Vor allem dann, wenn die Kandidatinnen oder Kandidaten besondere Persönlichkeiten sind, die ein Team beleben können. Nach dem heutigen Gespräch, das leider nicht den passenden Kandidaten gebracht hat, trifft sie auf ihren Chef, der sie ganz unvermittelt auf dem Gang anspricht, als er zufällig in dem Moment aus seinem Büro geschossen kommt, in dem der Gast entschwindet.

Wer war das denn?«, fragt Oliver Paulmann, »Scheint ja ein ganz flotter Typ zu sein. Werden wir ihn nehmen, Charlotte?«

»Wohl eher nicht, Chef«, antwortet sie im Vorbeigehen. »Er passt nicht in unser Team. Wir hätten keine Freude mit ihm, denke ich.«

Paulmann gibt sich mit dieser Antwort nicht zufrieden und macht abrupt einen großen Sprung vorbei an Charlotte und stellt sich ihr in den Weg. Mit hochrotem Kopf baut er sich vor ihr auf und ereifert sich:

»So nicht, liebe Charlotte! Wenn wir hier nur zur Freude wären, sähe sicher alles anders aus, sind wir aber nicht. Vielleicht würde genau dieser Kollege unser Ärzteteam besonders gut verstärken, wieso hast du dich einfach gegen ihn entschieden?«, fragt er sie provozierend. »Mir hat zumindest sein Stechschritt gefallen, mit dem er das Institut verlassen hat. Beim nächsten Bewerbungsgespräch will ich persönlich dabei sein, ist das klar?«, lässt er sie verärgert wissen, bevor er den Weg wieder freigibt und in seinem Büro verschwindet.

Charlotte leitet die Abteilung seit mehreren Jahren, ist als Paulmanns Stellvertreterin im Einsatz und hat dennoch das Gefühl, nichts alleine entscheiden zu können. Irgendwie hängt Paulmann sich in alles hinein. Vom Kauf einer Kaffeemaschine für den Aufenthaltsraum bis hin zu der Frage, ob die Vase am Empfang eher in Grün oder vielleicht doch lieber in Grau gehalten sein soll. Gerade die kleinsten Kleinigkeiten sind es, die ihn besonders interessieren, auch wenn er in seiner Position gewiss ganz andere, schwerwiegendere Probleme zu lösen hätte. Da ihr Institut die größte Weiterbildungsstätte für ihr Fachgebiet in der Schweiz ist, gibt es Zeiten, da hat Charlotte mehrere Bewerbungsgespräche in einer Woche zu erledigen, und es erscheint ihr schier unmöglich, jedes Mal auch noch Paulmann mit seinen diversen Terminen dabei zu berücksichtigen. Das Institut genießt aufgrund seiner technischen Innovationen mit großartigen Forschungsmöglichkeiten nicht nur in der Schweiz einen hervorragenden Ruf. Interessierte Personen bewerben sich aus dem gesamten deutschsprachigen Raum, was unter anderem durch die breite Präsenz auf nationalen und internationalen Fachtagungen zu erklären ist. Innerhalb Europas gehört das Zürcher Institut mit seiner Personalstärke locker an die Spitze. Doch als Charlotte von Paulmann die Leitungsstelle angeboten bekam, musste sie trotzdem sehr lange über dieses Angebot nachdenken, bevor sie es schließlich annahm. Einerseits empfand sie es als eine große Ehre, direkt an Paulmanns Seite arbeiten zu dürfen, andererseits wusste sie aus Erfahrung mit ihm, dass die Aufgabe nicht leicht werden würde. Pascal hatte ihr damals vorgehalten, dass sie es wahrscheinlich irgendwann bereuen würde, es nicht wenigstens probiert zu haben. Ehrgeizig, wie sie nun mal ist, will sie es natürlich auch gut machen, jetzt muss sie da durch.

Natürlich gab es auch gelegentlich Unruhe im Team – nichts Ungewöhnliches bei so vielen unterschiedlichen Charakteren. Die körperlich und emotional zum Teil anstrengende Tätigkeit war sicher auch ein Grund dafür, dass es immer mal wieder zu Krankheitsfällen kam, aber im Großen und Ganzen lief die Sache rund. Ab und zu schlugen sie sich mit einer reduzierten Truppe durch, was sich auch auf die Stimmung im Team auswirkte, weil dann alle mehr zu tun hatten. Aber das war nichts Besonderes, sondern ein typisches Phänomen von Schichtdienstleistenden, die rund um die Uhr erreichbar sein müssen. Die Assistenzärzte litten wohl immer am meisten, weil sie sich ihrer Sache noch nicht sicher waren und vor Ort trotzdem einen sattelfesten Eindruck bei Polizei und Staatsanwaltschaft hinterlassen mussten. Dass dadurch hin und wieder Überforderungsgefühle aufkamen und Unmut geäußert wurde, überraschte niemanden. So eine Reaktion wie die von Vanessa neulich war allerdings außergewöhnlich und bisher nie dagewesen.

»Wo ist Vanessa überhaupt abgeblieben?«, fragt sich Charlotte, als sie an den Büros vorbeigeht.

Seit dem schwierigen Gespräch ist sie nicht mehr zur Arbeit gekommen und fehlt somit seit mehr als einer Woche. Nachdem Charlotte ihren Chef vor einer möglichen Überreaktion von Vanessa gewarnt, er sie aber nicht ernst genommen hat, ist glücklicherweise nichts vorgefallen. Im chaotischen Berufsalltag hat Charlotte ihre Bedenken beiseitegeschoben, um Platz für andere wichtige Dinge zu schaffen, aber ganz beruhigt fühlt sie sich in dieser Angelegenheit noch immer nicht.

Ihr Diensthandy klingelt bereits das dritte Mal, als sie es aus der Kitteltasche zieht und in diesem Moment unsanft von jemandem im Vorbeigehen angerempelt wird. Es ist Frederick, der eilig im Flur an ihr vorbeihuscht und in seinem Büro verschwindet. Char-

lotte überlegt kurz, ob sie ihm hinterhergehen und sich nach Vanessas Befinden erkundigen soll, letzten Endes ist er ja noch immer ihr Mentor. Dann entschließt sie sich allerdings, zunächst an ihr immer noch klingelndes Diensthandy zu gehen, da sie mal wieder Hintergrunddienst hat.
»Rechtsmedizin, Fahl, guten Tag«, spricht Charlotte in das Telefon. »Aha, ja, da sind Sie völlig richtig verbunden. Ich fahre sofort los, muss aber noch einen kurzen Umweg machen und bin wahrscheinlich in etwa einer Stunde bei Ihnen.« Sie legt auf und macht sich unverzüglich auf den Weg zu ihrem Auto. Sie gibt den Damen vom Sekretariat noch kurz Bescheid, dass sie jetzt ausrücken muss und Tom sie im Institut vertreten soll. Irene schaut sie mit einem mitleidigen Blick von der Seite an und winkt ihr mit der rechten Hand zu, wobei die zahlreichen Armbänder geräuschvoll klimpern. Den linken Daumen hält sie zudem aufmunternd in die Höhe, sodass Charlotte sich verstanden fühlen darf.

Der kleine Umweg führt sie nach Hause, wo sie dringend die Theaterkarten für heute Abend aus dem Briefkasten holen muss, damit sie nachher direkt vom Institut in die Vorstellung fahren kann. Sie tastet hektisch nach ihrem Briefkastenschlüssel. Kurz darauf hat sie alles beieinander und will sich gerade mit den Karten auf den Weg machen, da registriert sie von Weitem etwas Dunkelgraues, Fellartiges auf dem Abtreter vor der Haustür. Im Nu steht sie direkt davor und erkennt, dass es sich um ein totes Nagetier ohne Kopf handelt. Wahrscheinlich ist es ein liebevolles Geschenk des Katers ihres Nachbarn Herrn Rüti, der ihr seine frisch geköpfte Trophäe in bester Absicht überlassen wollte. Sie mögen sich, Charlotte und der Alte Fritz, obgleich sie auf diese Art von Geschenken lieber verzichtet hätte. Sie nimmt ein Paar Einmalhandschuhe aus ihrer Jacke und streift es sich rasch über, um das tote Nagetier zu entsorgen. Bei näherer Inspektion identifiziert sie den recht unangenehm duftenden Kadaver als Ratte und stellt zudem fest, dass der Kopf nicht abgebissen, sondern fein säuberlich und glatt mit einem scharfen Instrument abgetrennt wurde. Sofort läuft ihr ein eiskalter Schauer den Rücken hinunter, weil ihr nun der Drohbrief in den Sinn kommt, wegen dem sie in einer Stunde bei einem

Spezialisten der Polizei erscheinen soll. Er hat sie gebeten zu kommen, weil er ihr die neuesten Ermittlungsergebnisse in Bezug auf die Urheberschaft des Briefes mitteilen will. Soll das womöglich eine weitere Warnung sein, damit sie sich aus irgendwelchen kriminellen Machenschaften raushält, die mit einem ihrer aktuellen Einsätze zu tun haben? Sie tütet die Ratte in einen verschließbaren Minigrip-Beutel und fährt damit eilig zu dem Experten.

»Wollen Sie etwa damit sagen, dass Sie anhand der Klebstoffzusammensetzung, mit dem die einzelnen Buchstaben auf das Papier aufgeklebt wurden, die Täterschaft eingrenzen können?«, fragt Charlotte den Leiter des Sondereinsatzkommandos »Internationale Kriminalität« beeindruckt und ein wenig ungläubig.

»Tja, Frau Dr. Fahl, nicht nur im Institut für Rechtsmedizin hat es Experten, auch wir von der Polizei können mit Spezialisten aufwarten«, teilt ihr Nico Egger in stolzgeschwelltem Brustton mit. »Unsere Chemiker vom wissenschaftlichen Dienst haben Methylendiphenylisocyanate, abgekürzt MDI, im verwendeten Klebstoff nachweisen können. Das sind chemische Verbindungen aus der Gruppe der aromatischen Isocyanate, und die sind, wie Sie als Ärztin sicher wissen, für uns Menschen nicht ganz ungefährlich, weshalb sie nach EU-Verordnung in Klebstoffen auch keine Verwendung mehr finden sollten. So sind wir auf einen ausschließlich in Russland erhältlichen Klebstoff gestoßen, der auch nicht über das Internet bestellt werden kann.«

»Entschuldigen Sie bitte, wenn ich das jetzt so sage, aber das klingt gewissermaßen sagenhaft«, entfährt es Charlotte voller Anerkennung und Begeisterung.

»Vielen Dank für die Blumen, Frau Fahl«, freut sich der Experte. »Zusätzlich gibt es von unserer Abteilung für Grafologie noch einen weiteren Hinweis. Die handgeschriebenen Buchstaben können einem Menschen zugeordnet werden, dessen Muttersprache sich des kyrillischen Alphabets bedient. Es verdichtet sich somit die Annahme, dass es sich um einen Fall handelt, bei dem es um Personen aus dem russischen Umfeld geht. Hilft Ihnen das bei der Suche nach dem passenden Fall irgendwie weiter? Arbeiten Sie an einem solchen Fall?«

Charlotte konzentriert sich auf all ihre noch offenen Fälle und schüttelt dann enttäuscht den Kopf.

»Ehrlich gesagt, steh ich noch ein bisschen auf dem Schlauch. Natürlich werde ich weiter darüber nachdenken«, versichert sie dem Beamten und lässt vor ihrem inneren Auge alle offenen Fälle ablaufen. »Eine Vermutung habe ich tatsächlich, der muss ich allerdings erst noch weiter nachgehen, bevor ich Ihnen Bescheid geben kann«. Ihr ist soeben eine Idee gekommen. Charlotte verabschiedet sich freundlich bei Herrn Egger, der sie sichtlich beeindruckt hat.

Als Charlotte wieder im Institut ist, kann sie es kaum erwarten, die weiteren Untersuchungsergebnisse im Fall der kleinen Marie zu erfahren. Dann, endlich, die Biologin Margit kommt mit den Resultaten:

»Ich habe extra eine Doppelschicht eingelegt«, eifert sie sich.

»Und?«, entfährt es Charlotte etwas unwirsch.

»Nichts Spezielles, eigentlich«, antwortet Margit. »Im Badezimmer sind ausschließlich die DNA-Merkmale der drei Familienmitglieder Wolf, Christa und der kleinen Marie anzutreffen, keine Fremd-DNA. An der Toilettenbürste ist nichts und zwar rein gar nichts, das spricht dafür, dass dieses Ding direkt aus der Verpackung kommt und noch nie im Einsatz war. Noch nicht mal beim Auspacken sind verwertbare Spuren entstanden. Aber, etwas anderes ist noch sehr interessant.«

»Jetzt komm schon zur Sache«, Charlotte hält es kaum noch aus.

»Na ja, also, die Eltern sind nicht die Eltern, das Mädchen nicht ihre Tochter und die Familie somit keine Familie.«

»Genau das hatte ich vermutet«, murmelt Charlotte in sich hinein. »Die kleine Marie ist also nicht die leibliche Tochter der Rudniks. Und die fehlende Toilettenbürste ist mit Sicherheit das Tatinstrument, aber die ist ja nun leider verschwunden.« Charlotte wählt eine Telefonnummer im Kinderspital und hat direkt Maries behandelnden Arzt, Dr. Van Galen, am Apparat.

Als sie ihm die Neuigkeiten mitteilt und ihn fragt, ob er ein wenig Russisch spricht, versteht er nicht ganz und fragt erstaunt zurück:

»Sie meinen, die kleine Marie spricht vielleicht gar kein Deutsch und redet deshalb nicht mit uns?«

Wenig später ruft er zurück und bestätigt Charlottes Vermutungen. Nun wird ihr etwas mulmig, hier hat sie es mit einer ganz anderen Nummer zu tun als gedacht, möglicherweise einer sehr viel größeren.

»Herr Egger, ich bin's nochmal, Charlotte Fahl aus der Rechtsmedizin. Sagen Sie, haben Sie auch Spezialisten, die sich um organisierte Kriminalität mit Kindern kümmern? Ich denke da an einen russischen Kinderporno-Ring, wenn Sie wissen, was ich meine.«

Erst sehr viel später, nachdem die Verletzungen der kleinen Marie längst abgeheilt waren und die Rudniks den Tatablauf gestanden hatten, waren sie auch bereit, Namen zu nennen. Neben ihrer Verurteilung mussten sie allerdings auch noch in ein Zeugenschutzprogramm aufgenommen werden, da sie jetzt selbst in Lebensgefahr schwebten. Die russische Mafia schätzt Kunden wie die Rudniks nicht besonders. Was das alles für Charlotte bedeutet, möchte sie sich lieber gar nicht genau vorstellen.

Als sie am Abend zu Hause ankommt und Pascal in der Küche bei den Vorbereitungen zum Nachtessen antrifft, traut sie sich endlich, ihn zu fragen. Lange hat sie damit gewartet, weil er nie wieder von sich aus auf das Thema zu sprechen gekommen ist. Pascal schaut sie etwas verunsichert an, als er zugibt, dass die Frau mit dem östlich klingenden Akzent noch zweimal in seinem Atelier aufgetaucht ist und sie sich ausgiebig unterhalten haben.

Zufall

»Du könntest diese Zeit der Ruhe und Entspannung wirklich sehr gut gebrauchen, glaub mir, liebe Charlotte«, hört sie ihren alten Freund David am Telefon sagen. Er ist Versicherungsvertreter und steht als Selbstständiger unter Dauerstress, dem er ab und zu mit den seltsamsten Freizeitvergnügungen zu entfliehen versucht.

»Ob du es schaffst, auf diesem Retreat die Erleuchtung zu erleben oder endgültig zu erwachen, kann ich dir natürlich auch nicht sagen, aber versuchen könntest du es zumindest. Für mich war es eine ganz wichtige Zeit dort«, ergänzt er seine Empfehlung.

Charlotte möchte schon gerne mal ausspannen und sich Zeit für ihr geliebtes Yoga nehmen. Auch Meditation kann sie sich gut vorstellen, nur, ob sie die vielen anderen Menschen in solch einem Camp aushält, ist sie sich noch unsicher.

»Ich überleg mir das, David, ehrlich. Und falls ich wirklich hinfahren sollte, gebe ich dir auf jeden Fall Bescheid.«

Es liest sich schon ziemlich interessant, denkt sie, als sie den Link öffnet, den ihr David vorhin zugesendet hat. Zurzeit möchte sie auch lieber alleine Ferien machen, seit Pascal so geheimnisvoll mit dieser Geschichte um die schöne Unbekannte getan hat. Einen gemeinsamen Urlaub kann sie sich im Moment überhaupt nicht vorstellen. Doch ob es dafür gleich ein Retreat sein muss mit Schweigegelübde und anderen seltsamen Umständen, kann sie noch nicht sagen. Erst mal vertieft sie sich in die ausführlichen Beschreibungen, vielleicht ist sie danach ein wenig schlauer.

Es geht um den Weg nach innen, zum eigenen Kern, auf dem sich ein Mensch selbst begegnen kann. Mitten in der weitläufigen Natur des deutschen Ostens wartet ein modern restauriertes altes Gehöft mit viel Land drum herum auf etwa dreihundert Personen, die für zwei Wochen gemeinsam auf der Selbstsuche sein werden. Das Ganze passiert natürlich nicht einfach so. Vor Ort hat es eine kleine Gruppe von spirituell lebenden »Meisterinnen und Meistern«, die den Suchenden auf deren Wegen behilflich sein werden. Gemeinsam wird meditiert, mit dem Körper gearbeitet, entspannt, biologisch vollwertig gegessen und alkoholfrei getrunken sowie natürlich auch tiefsinnig diskutiert und geschwiegen. Von allem ist für jede und jeden etwas dabei, so zumindest verspricht es die Ankündigung. Die Unterbringungsart kann frei gewählt werden. Vom individuellen Schlafplatz in einem Zelt oder einem Camper über ein Mehrbettlager bis hin zur etwas luxuriöseren Variante eines Ein- oder Zweibettzimmers ist alles möglich. Die Verpflegung ist im Preis inbegriffen und auch die spirituelle Anleitung durch Erfahrene wird durch den Kompaktpreis gedeckt. Klingt alles ganz nett, und wenn Charlotte sich jetzt vorstellt, ganz alleine mit ihrem Einpersonenzelt in diese weitläufige Natur zu fahren, spürt sie sogar ein wenig aufkeimende Vorfreude. Was die Gruppensituation angeht, denkt sie, so kann sich jeder Mensch vor Ort schließlich zurückziehen, wenn das Gefühl von Enge ihn beschleicht.

Zwei Tage, bevor sie abfährt, telefoniert sie noch einmal mit David, der sich darüber freut, dass er sie inspirieren konnte. Er wünscht ihr zwei wunderschöne Wochen.

»Alles Gute auf dem Weg zu dir selbst, kann ich nur sagen, und bleib unbedingt, wie du bist, denn alles andere wäre sehr schade«, gibt ihr langjähriger Freund seinen letzten Ratschlag, bevor er mit den Worten »Und erhol dich bitte endlich mal von deiner Arbeit« seine Empfehlungen beendet.

Hilda hat Angst, große Angst sogar, denn sie weiß, dass sie sich auf eine Erlebnisreise begibt, von der sie nicht mehr zurückkehren wird, jedenfalls nicht mehr an ihren Ausgangspunkt. Klar, sie hat sich das Ganze reiflich überlegt, aber am Tag ihrer Abfahrt spürt sie nun doch eine gewisse Unsicherheit aufkommen. Mal abgesehen davon, dass ihr Vorhaben ein klein wenig kriminell ist, findet sie es zudem noch schwierig, weil dabei so viele Menschen um sie herum sein werden. Sie ist nicht die Erste, die das so erleben wird, aber eine von Wenigen wird sie sein. Nur einzelne Auserwählte bekommen diese Chance. Leider wird sie nicht erfahren, wie die vielen anderen Menschen hinterher auf ihren Weg reagieren werden.

Viele werden ihre Entscheidung wahrscheinlich nicht verstehen, manche sie sogar dafür verurteilen, aber es wird bestimmt auch Menschen unter den Teilnehmenden geben, die ihre Handlung absolut nachvollziehen können. Schließlich hat Lady Gaga mit ihrem neuesten Erfolgssong »Till It Happens To You« voll ins Schwarze getroffen. Niemand sollte über Handlungen eines anderen Menschen urteilen, ohne je in derselben Situation gewesen zu sein. Hildas Leben ist nun mal Hildas Leben und nicht das Leben irgendeines anderen Menschen.

Als das Taxi auf dem Gehöft ankommt, ist sie dennoch sehr erschrocken, die Menschenmassen zu sehen. Hilda steigt aus dem Wagen, bittet den Taxifahrer, ihr Gepäck zur Anmeldung zu tragen, und verabschiedet sich bei der Bezahlung von ihm mit einem Spruch, den er wohl niemals vergessen wird:

»Leben Sie wohl, vor allem aber leben Sie in Würde.«

Hilda lässt sich ihr Einzelzimmer im Nebengebäude zeigen und richtet sich schon mal gemütlich ein. Warme Farben bieten eine angenehme Atmosphäre, der Raum ist hell und sauber, all das vermittelt ihr ein wohliges, geradezu heimeliges Gefühl. Hier wird sie die nächsten Tage verbringen, vielleicht die wichtigsten Tage ihres ganzen Lebens.

Klaus ist bereits zum dritten Mal dabei und kennt sich supergut mit allem aus. Der 38-jährige Elektroingenieur reist immer wieder gerne zu sich selbst, vielleicht auch deshalb, weil er bisher nicht das Gefühl hat, jemals wirklich bei sich angekommen zu sein. Er hat sein Zelt direkt neben dem von Charlotte aufgeschlagen und grüßt sie mit einem zackigen:

»Hallo, Frau Nachbarin, auf ein gutes Zusammenwohnen!«

Sie nickt ihm freundlich zu, wobei sie versucht, die Andeutung eines Lächelns auf ihre Lippen zu zaubern, was ihr angesichts der Nähe zu diesem seltsam anmutenden Typen nur bedingt gelingen will.

Pünktlich um 4 Uhr nachmittags treffen sich alle Teilnehmenden zur ersten gemeinsamen Meditation in einem riesigen Raum, in dessen Mitte drei goldbestickte Kissen wie königliche Throne liegen. Sie werden nach und nach von den Meditationsanleitern besetzt, die durch Erleuchtung ausgewiesen sind und nun geduldig lächelnd in die noch etwas unruhig babbelnde Menschenmenge schauen. Dann schlägt der eine Anleiter mit einem hölzernen Schlaginstrument gegen eine kupferfarbene Klangschale vom Ausmaß eines Viehtrogs. Ein tiefer hallender Ton durchdringt das Stimmengewirr. Er schwillt an, um im Nachgang leise auszuschwingen, bis er nicht mehr zu hören ist. Danach lässt ein anderer Anleiter zwei kleine Metallschellen an einem Lederband drei Mal gegeneinander ditschen, sodass wiederum ein Ton erklingt, dieses Mal ein extrem heller. Hierauf murmelt der dritte Anleiter ein paar fremdländisch klingende Laute vor sich hin und die Menschenmasse wird mucksmäuschenstill. Eine Gruppenmeditation in so großem Rahmen ist schon ein spezielles Erlebnis, das findet nicht nur Charlotte.

Das Nachtessen ist äußerst gewöhnungsbedürftig. Im ersten Moment wirken die auf zahllosen Platten aufgetürmten Berge undefinierbarer Nahrungsmittel wie halbrohes Fleisch, erst beim Hineinbeißen lassen sie sich als vegane Speisen enttarnen. Diese Köstlichkeiten tragen den vielsagenden Namen *WieFleischProdukte*. Appetit macht das nicht gerade, das finden jedenfalls Klaus, Charlotte und Hilda, die sich zufällig am Buffet getroffen und zu dritt an einen Tisch gesetzt haben. Schweigend starren sie auf ihre kleinen Salathäufchen, dann beginnt Klaus das Gespräch, das er geschickt auf die Veranstaltung lenkt. Von nun an unterhält er die zwei Frauen ohne Punkt und Komma und holt kaum Luft zwischen seinen Schachtelsätzen. Sein gewaltiger Rededrang stoppt nicht mal, als Hilda und Charlotte sich zu einem Nebengespräch durchringen können. Der Typ ist eindeutig an einer Logorrhoe erkrankt, die wahrscheinlich Ausdruck einer noch gravierenderen psychischen Störung ist, denkt Charlotte, während Hilda den Eindruck hat, bei Klaus handele es sich um einen total vereinsamten Einzelgänger, dem sonst niemand auf der ganzen Welt zuhört. Wie es auch immer um den armen Klaus bestellt sein mag, die zwei Frauen entschließen sich endlich, sich mit ihrem Tee an die frische Luft zu setzen, und lassen den Redner alleine am Tisch zurück, dem dies nicht aufzufallen scheint. Während sie hinausgehen, bemerkt Charlotte bei ihrer neuen Bekannten einen etwas unsicheren Gang, obwohl während des Retreats weit und breit keine alkoholischen Getränke angeboten werden. Vielleicht hat sie sich ihre Fröhlichkeit auf ihrem Zimmer angetrunken, wäre ja durchaus verständlich, geht es Charlotte durch den Kopf.

Hilda und Charlotte verstehen sich prima. Die wesentlich jüngere Frau aus Hameln hat einen ganz speziellen, leicht schrägen Humor, den man auch als Galgenhumor bezeichnen könnte, er gefällt Charlotte ganz vorzüglich. Immer wenn es darum geht, einen Kommentar zu einer in der nahen Zukunft gelegenen Entwicklung abzugeben, macht Hilda daraus sprachlich ein ultimatives Inferno, schließt eine eigene Beteiligung jedoch kategorisch aus. Sie vermittelt den Eindruck, als lebe sie stets im Moment und nach ihr solle gefälligst die Sintflut kommen.

Je später der Abend, desto müder die Gäste – das scheint zumindest auf ein spirituell angehauchtes Retreat zuzutreffen. Im Zelt kann Charlotte Klaus weiter zuhören, der jetzt zwar nicht mehr pausenlos redet, dafür aber ununterbrochen laut schnarcht. Ein Elend ist das! Verzweifelt sucht sie ihre gelben Earplugs, die sie vom letzten USA-Flug mitgebracht und in ihr Reisenecessaire gepackt hat. Doch trotz der Schaumstoffstöpsel grummelt noch immer weit entfernt ein Grizzlybär in ihren Ohren. Gegen Mitternacht kann sie ihn endlich ausblenden und fällt in einen wohlverdienten Tiefschlaf. Gegen 3 Uhr ist es mit dem Schlafen definitiv wieder vorbei, weil sich zum einen der Untergrund in Charlottes Zelt auf einmal so anfühlt, als würde sie mit ihrer Isomatte auf hoher See treiben, und zum anderen ihr Schlafsack so aussieht, als hätte sie die hohe See bereits durchquert. Offenbar hat es kurz nach Mitternacht zu regnen begonnen, der Regen ergießt sich in wasserfallartigen Strömen über ihr Zelt und hat die Zeltplane bereits zum Nachgeben gebracht. Was für ein Urlaub ist das bloß, zu dem sie sich von einem ihrer besten Freunde hat inspirieren oder besser: überreden lassen? Aktuell wünscht sie sich nichts sehnlicher, als wieder zu Hause in Zürich Höngg in ihrem flauschig weichen Bett zu liegen und dem ruhig atmenden Pascal an ihrer Seite beim Schlafen zuzuschauen. Gegen 5 Uhr morgens entschließt sie sich, ihre Joggingsachen aus dem Auto zu holen und einen Lauf durch die wunderschöne, duftende Natur zu unternehmen, die nach dem heftigen Regenguss aus allen Poren dampft.

Die Tage ziehen sich so dahin, der Weg nach innen scheint versperrt und die Erleuchtung in weite Ferne gerückt zu sein. Von den etwa 300 Mitmenschen, die sich zum Teil laut stöhnend bis erbärmlich schreiend in den gemeinsamen Entspannungszirkeln präsentieren, scheint ihr die schräge Hilda der einzige halbwegs normale Mensch zu sein. Jedenfalls verbringen die beiden Frauen sehr viel Zeit zusammen. Häufig sitzen sie in Hildas Zimmer, weil Hilda sich körperlich nicht so fit fühlt, wie sie selbst sagt. Sie spricht Charlotte immer wieder auf das Leben in der Schweiz an, besonders scheint sie sich für Zürich zu interessieren. Sie hat einiges gelesen über diesen pittoresken Ort am See, der aktuell als zweitteuerste Stadt der Welt direkt hinter Singapur rangiert und in dem so vieles möglich zu sein scheint, was an anderen Orten verboten ist. Warum Hilda gerade das besonders betont, vermag Charlotte nicht wirklich einzuordnen.

»Leider wird es mir niemals möglich sein, alles anzuschauen, denn dafür habe ich nicht das Geld«, sagt Hilda traurig zu Charlotte. »Hätte ich nur so viel gehabt, um ein einziges Mal dorthin zu reisen, hätte ich sogar auf die Rückfahrkarte verzichtet.« Sie bricht jetzt in schallendes Gelächter aus, was Charlotte seltsam findet, aber dann doch als außergewöhnliches Kompliment für ihre Geburtsstadt auffasst.

Als Charlotte am fünften Tag ihres Aufenthalts nach dem frühmorgendlichen Joggen in den Frühstücksraum kommt, herrscht anstelle des sonstigen Schweigens helle Aufregung. Alle Teilnehmenden reden wild durcheinander und immer wieder fällt das Wort »Tod«. Mit Entsetzen im Gesicht kommt Klaus auf Charlotte zugestürmt und will sie in den Arm nehmen, was diese höflich, aber bestimmt abzuwehren weiß.

»Was ist hier los?«, fragt sie Klaus stattdessen.

»Weißt du es denn wirklich noch nicht, Charlotte? Hilda…, ich dachte, du bist mit ihr befreundet. Du müsstest es doch eigentlich als Allererste erfahren haben.«

»Was müsste ich längst wissen, Klaus?«, fragt Charlotte jetzt schroff, um dem Spuk ein Ende zu bereiten. In ihrem Kopf fängt alles an, sich zu drehen. Ein Todesfall während ihrer Ferienzeit. Und dann auch noch der Tod desjenigen Menschen, der ihr als einziger sympathisch erschienen war. Es handelt sich hier eindeutig um ein Missverständnis, da ist sich Charlotte sicher.

»Hilda ist tot«, stammelt Klaus jetzt und kann sich kaum beruhigen. »Sie wurde heute Morgen von einer Zimmernachbarin leblos in ihrem Bett aufgefunden. Ist das nicht schrecklich? So eine junge Frau, einfach tot, das geht doch nicht mit rechten Dingen zu«, lamentiert er weiter.

Also doch kein Missverständnis, sondern ein grausamer Zufall. Charlotte sprintet zur Anmeldung und spricht mit einem der Veranstalter. Sie erfährt, dass die Polizei schon unterwegs ist und auch ein Arzt alarmiert wurde. Alles sei wie immer perfekt organisiert, niemand brauche sich ernsthaft Sorgen zu machen. Nach einigen Erklärungen zu ihrer Person und ihrer beruflichen Funktion schafft sie es schließlich, in Hildas Zimmer zu gelangen und sich ein eigenes Bild von der Lage zu machen.

Zunächst sieht alles nach einem ruhigen Morgen im Bett aus. Die junge Frau liegt zugedeckt und wie entspannt schlafend da, auf ihrem Nachttisch ein wenig Verpackungsmüll und ein leeres Glas sowie drei bis vier Bücher quer und längs übereinandergestapelt. Der Leichnam von Hilda ist noch sehr warm, alle Gelenke lassen sich mühelos und frei bewegen, der Tod trat also vor noch gar nicht langer Zeit ein. Nichts deutet auf ein dynamisches Geschehen wie beispielsweise eine vorangegangene Kampfhandlung hin. So kann sowohl ein plötzlicher, unerwarteter Tod als auch ein detailliert geplanter aussehen. Ein überraschender Tod im Schlaf in diesem zarten Alter kann nur durch ein zentrales oder kardiales Geschehen verursacht sein, also entweder durch einen Atemstillstand nach einem epileptischen Anfall, eine akute Herzrhythmusstörung oder eine Hirnblutung. Natürlich lassen sich Erstickungen durch weiche Bedeckung auch relativ simpel kaschieren und Intoxikationen können ebenfalls sehr entspannt aussehen.

Charlotte inspiziert das Verpackungsmaterial und erkennt die leere Hülle einer sehr edlen Schweizer Schokolade. Eine Genießerin war die liebe Hilda also, das ist schon mal klar. Dann überfällt sie der Mut der alten Pathologen und sie tippt mit der Zeigefingerspitze auf den Grund des Glases, in dem bis auf einen minimalen Flüssigkeitsrest am Boden mit bloßem Auge nichts zu sehen ist, und leckt an ihrem Finger. Bäh! Etwas extrem Bitteres hat Hilda da zu sich genommen, abscheulich, schlimmer als jede bittere Medizin.

In diesem Moment geht die Zimmertür auf und ein uniformierter Polizist stürmt auf sie zu, gefolgt von einem Mann mit grauen Schläfen und tiefen Furchen auf der Stirn, der ihr irgendwie bekannt vorkommt.

»Wer sind Sie denn, wenn ich fragen darf?«, fährt Sie der Polizist unsanft an, während der andere ihm locker auf die Schulter klopft, um ihn zu beruhigen.

»Das ist meine Kollegin Frau Dr. Charlotte Fahl aus Zürich«, teilt er ihm locker lächelnd mit und wendet sich direkt an sie. »Was für eine nette Überraschung, Charlotte. Habt ihr euren Zuständigkeitsbereich mittlerweile derart ausgedehnt?«, scherzt er und kommt auf sie zu, um sie kurz an sich zu drücken.

»Das nenn' ich aber wirklich eine Überraschung, was für ein Zufall, Mike, auch wenn der Anlass sicher kein erfreulicher ist«, erwidert Charlotte freudig überrascht, während sie sich umarmen.

»Ach, na ja, so schlimm ist das hier nun auch wieder nicht, liebe Charlotte, da gibt es wesentlich Schlimmeres, sogar bei euch in der idyllischen Schweiz, nehme ich mal an, oder?« Er packt seine Utensilien aus und bereitet sich versiert auf die Leichenuntersuchung vor.

»Du bist zwar eine ehrenwerte Fachkollegin«, sagt Mike zu ihr, während er ans Bett herantritt, »aber zur Leichenschau muss ich dich leider aus dem Zimmer schicken, da du ja als Privatperson hier bist, oder etwa nicht?«, er lacht noch einmal laut auf und beginnt schon mit der Arbeit.

»Klar, kein Problem. Kann ich dich danach noch einmal kurz sprechen, oder hast du es sehr eilig?«, fragt Charlotte. »Ich würde mich wirklich sehr gerne als Kollegin mit dir über diesen Todesfall unterhalten.«

»Klar, Charlotte, das machen wir. Ich habe zwar wahnsinnig viel zu tun, wie du wahrscheinlich auch, wenn du nicht gerade in den Ferien bist, aber ich freue mich auf jeden Fall, dich zu sehen. In etwa einer halben Stunde komme ich zu dir auf den Flur und wir können uns bei einem Kaffee im Frühstücksraum unterhalten, versprochen«, antwortet Mike und schließt die Zimmertür hinter sich.

Mike und sie kennen sich von diversen rechtsmedizinischen Veranstaltungen wie Workshops, Kongressen oder internationalen Fachtagungen. Die Gruppe der deutschsprachigen Kolleginnen und Kollegen ist recht überschaubar, und ab dem Facharztstatus kennen sich eigentlich so gut wie alle, zumindest vom Sehen.

Nach einer Weile tritt Mike auf den Flur, verabschiedet sich von dem Polizeibeamten und geht mit Charlotte in den zurzeit leeren Frühstücksraum, in dem sie in Ruhe Kaffee trinken und sich unterhalten können. Mike kommt ohne Umschweife zum Thema und fragt Charlotte ganz direkt:

»Was hattest du eigentlich für eine Beziehung zu der Verstorbenen, wenn ich dich das fragen darf?«

»Was für eine… na, also… im Grunde gar keine«, stottert Charlotte. »Wir sind hier in so einer Art Selbsterkennungscamp, und Hilda und ich haben uns rein zufällig kennengelernt. Wir haben viel zusammen gelacht und uns auch sehr angeregt unterhalten, mehr nicht.« Charlotte wirkt jetzt nachdenklich und traurig zugleich.

»Ich frage dich das alles nur deshalb, weil ich im Nachlass der Verstorbenen unter anderem einen Brief gefunden habe, der an dich persönlich adressiert ist«, sagt Mike zu ihr und übergibt ihr ein verschlossenes Kuvert.

»Ein Brief an mich?… Ich versteh nicht…, vielen Dank«, antwortet Charlotte verdattert. »Was habt ihr denn überhaupt herausgefunden bei der Untersuchung, woran starb Hilda, werdet ihr sie obduzieren?«

»Das war eindeutig ein Suizid, da obduzieren wir so gut wie nie. Macht ihr das etwa in der Schweiz?«, will Mike wissen.

»Ja, natürlich untersuchen wir Todesfälle von jungen Menschen, die während ihrer Ferien im Bett versterben. Das tun wir auch dann detailliert, wenn alles wie ein Suizid aussieht.« Dass auch in der Schweiz der Kostendruck an ihrer Branche nicht vorbeigeht, erwähnt sie jetzt lieber nicht und betont stattdessen: »Ehrlich gesagt, kann ich mir beim besten Willen nicht vorstellen, das nicht zu tun. Womit hat sich Hilda denn das Leben genommen, weißt du das ganz sicher?«, fragt Charlotte provozierend.

»Für aufwendige ergänzende und extrem teure chemisch-toxikologische Analysen gibt doch der Staat kein Geld aus, wenn ein Suizid vorliegt. Warum auch? Außerdem rücken wir recht regelmäßig hierhin aus, wenn du verstehst, was ich meine. Dir als Schweizerin und noch dazu als Zürcherin dürfte das ja hinlänglich bekannt sein«, fügt er noch an, zwinkert verschwörerisch mit dem rechten Auge und erhebt sich abrupt zu einer eiligen Verabschiedung. Sie drücken sich ein weiteres Mal ganz kurz und gehen dann auseinander. Noch immer hält Charlotte den Briefumschlag ein wenig verwirrt in den Händen.

In ihrem Zelt, das die Sonne mittlerweile wieder gut durchgetrocknet hat, legt sie sich auf ihre Isomatte und öffnet den Brief.

»Liebe Charlotte«, beginnt das Schreiben, das Hilda kurz vor ihrem Tod an sie verfasst hat. »Manchmal geschehen Zeichen und Wunder, ob wir sie nun Zufall, Schicksal, Fügung oder sonst wie nennen mögen. Es gibt Dinge zwischen Himmel und Erde, die wir Menschen einfach nicht erklären können und dies vielleicht auch gar nicht erst versuchen sollten. Unsere Begegnung zähle ich dazu.

Als ich vor fast genau zehn Jahren die Diagnose einer Friedreich-Ataxie erhielt, wusste ich absolut nichts damit anzufangen. Ich war das soundsovielte Mal bei einem dieser sogenannten Spezialisten zur Untersuchung gewesen, weil keiner erklären konnte, wieso ich einen so auffälligen Gang hatte und mich ab und zu ein wenig seltsam bewegte. Schon in der frühen Kindheit lachten immer alle über meine Tollpatschigkeit, aber niemand ahnte damals, dass ich schwer und vor allem unheilbar krank bin. Dir muss ich ja nichts weiter erklären, da du als Ärztin sicher genau Bescheid weißt, was für eine tragische Lebensgeschichte ich vor mir gehabt hätte.

Da ich mich über die vielen Jahre mittlerweile zu einer Expertin auf dem Gebiet der angeborenen neurologisch-degenerativen Erkrankungen fortgebildet habe, kam ich aufgrund der mir in Aussicht gestellten grausamen Entwicklung vor einiger Zeit zu dem Schluss, mein Leben lieber eigenhändig zu beenden, bevor ich langsam, aber sicher dahinvegetiere. Allerdings wollte ich auf gar keinen Fall jemand anderen damit belasten, weshalb ein Sprung aus der Höhe oder vor den Zug absolut nicht infrage kam. Mit Strom kenne ich mich nicht aus, Seilknoten bekomme ich niemals sinnvoll gebastelt und für Schuss- und Stichwaffen bin ich einfach zu ungeschickt und habe auch keine ausreichende Erfahrung damit. Eine Vergiftung erschien mir das Passende zu sein, aber womit? Du als Ärztin hast bestimmt viele Ideen, wie ein Mensch ruhig und sicher aus dem Leben scheiden kann. Aber ich traute den im Internet genannten Methoden einfach nicht über den Weg. Bis ich eines Tages auf die Homepage dieses Vereins stieß, der bei dir in Zürich seinen Hauptsitz hat und auch Menschen im Ausland hilft, bei denen dieses Vorgehen verboten ist oder nicht unterstützt wird. Am liebsten wäre ich ohne Rückfahrkarte in deine Heimatstadt gereist. Du erinnerst dich sicher noch an meine Formulierung, denn deinem Blick konnte ich entnehmen, dass du damit nicht viel anzufangen wusstest. Wie auch immer, mein Geld reichte hinten und vorne nicht für eine solche Unternehmung, und so erfuhr ich dann von diesem Retreat, wo mutige Menschen sich für ein Sterben in Würde einsetzen, reiste hierher und lernte dann auch noch dich kennen.

Durch das Zusammentreffen mit dir habe ich die allerschönsten letzten Tage meines Lebens verbracht. Dadurch, dass ich dir als Zürcherin und dann auch noch in deiner Funktion als Ärztin, sogar Rechtsmedizinerin, begegnet bin, konnte aus dem für mich kriminell anmutenden Akt letztlich doch eine legitime Handlung werden. Du wirst deine Schweigepflicht nicht durchbrechen und zurück in deine Heimat reisen, in der mein Tun völlig legal ist. Die Begegnung mit dir versöhnt mich mit meiner eigenen Handlung, die mir selbst nicht leicht fiel, und das ist das schönste Abschiedsgeschenk, was ich mir überhaupt machen konnte. So etwas hätte ich mir nicht mal erträumen können. Letztendlich habe ich postum zwar doch einen Menschen, also dich, in mein Vorhaben miteinbezogen, aber in deinem Fall habe ich sehr großes Glück gehabt. Es fühlt sich an, als wärst du mir zum Abschied geschickt worden.

Vielen herzlichen Dank und mach's gut, du eigentlich mir Unbekannte, die du mir einen solch großen Dienst erwiesen hast.

Herzlichst, Hilda«

Charlotte schluckt die Spucke, die sich im Mund angesammelt hat, einmal laut hörbar hinunter. Sie ist sich des Ausmaßes dieser seltsamen Begegnung noch nicht ganz sicher, spürt aber eine gewisse Übelkeit und ahnt bereits deren Ursache. Das Ganze fühlt sich für sie wie ein Missbrauch an. Hätte Hilda den Mut gehabt, von ihrem Vorhaben zu berichten, würde es Charlotte jetzt eindeutig besser gehen.

Die letzten Tage ihrer absonderlichen Ferien verbrachte Charlotte zurückgezogen in Ruhe und absolutem Schweigen. Sie ging frühmorgens regelmäßig Joggen, beteiligte sich an allen Meditations- und Yogakursen, ließ die Workshops zur Körperarbeit bewusst ausfallen und fühlte sich in der Menschenmenge vollkommen unsichtbar. Auf diese Weise war es letztlich doch eine Reise nach innen geworden, auch wenn sie die äußeren Umstände am liebsten für immer vergessen würde.

Beim Eintreffen zu Hause erwartet sie Pascal mit einem sehnsuchtsvollen Blick und beide fallen sich wortlos in die Arme. Zwei Wochen können sehr lang sein.

Herzfall

Ueli Achenbach, seit vierzig Jahren ein treuer Mitarbeiter in einer der angesehensten Metallverarbeitungsbetriebe des Kantons Aargau, hatte vor ein paar Wochen seinen allerletzten Arbeitstag und freute sich nun darauf, zusammen mit seiner Ehefrau Rosa seine langersehnte Pension zu genießen. Der 65-jährige Schlosser und Schweißer war ein Mann, der die Hitze liebte, weshalb das Paar einen Urlaub in Thailand plante. Heute liegt sein Körper leicht verzerrt auf dem flauschigen Teppichboden des Wohnzimmers und fühlt sich sehr kalt an.

Zu Mittag hatte es Gemüse mit Reis gegeben, von Rosa Achenbach selbst zubereitet. Gemeinsam aßen die Achenbachs meistens gegen 12 Uhr und Ueli hatte besonders guten Appetit. Es ging ihm blendend, er freute sich sichtlich an seiner neuen Lebenssituation. All die letzten Jahre hatte er nie Zeit gehabt, mit seiner geliebten Frau Rosa zu Mittag zu essen. Immer hatte sie ihm belegte Brote in einer Plastikbox mitgegeben, in die sie auch Gurkenscheiben, Radieschen und ein paar Zwiebeln einpackte.

Rosa kannte es nicht anders, als den Tag über allein zu Hause zu sein. Als die Kinder Susi und Konrad noch klein gewesen waren, hatte sie sich um sie gekümmert und die Tage von morgens bis abends mit ihnen verbracht. Nachdem beide vor fast zehn Jahren ausgezogen waren, fand sie sich nach und nach damit ab, ihre Zeit allein zu verbringen. Natürlich war sie nicht die ganze Zeit ohne Gesellschaft, sie traf Freundinnen und ging mit ihnen zum Shoppen und Wellnessen. Ein schönes Leben hatte sie sich eingerichtet, bis dann vor ein paar Wochen alles ganz anders wurde.

Ueli hatte sich in den letzten Jahren zunehmend auf seine Pensionierung gefreut und bereits viele Pläne geschmiedet für die Zeit nach seiner Berentung. Er beabsichtigte, ganz viel Zeit mit seiner Rosa zu verbringen, die ihn so lange hatte entbehren müssen.

Heute Morgen waren beide trotz des Regens in aller Frühe in den Wald gegangen, um Pilze zu sammeln. Im Frühsommer gibt es besonders schmackhafte Pilze, das wussten die beiden Experten und gingen deshalb nie im Herbst, wenn sich all die anderen Menschen auf Pilzsuche machten. Maipilze waren Uelis Lieblingsspeise, er genoss sie am allerliebsten in einer Gemüsepfanne mit gerösteten Zwiebeln.

Heute hatten sie einen ganzen Korb voller Maipilze ergattert und Rosa bereitete ihre legendäre Gemüsepfanne zu, während Ueli im Wohnzimmer Zeitung las. Als um 12 Uhr das Mittagessen auf dem Tisch stand, strahlte die Maisonne lieblich ins Esszimmer und erhellte den sonst eher düsteren Raum. Die Achenbachs aßen zusammen und tranken jeder einen Schluck Weißwein dazu. Nur ein kleines Glas gönnten sie sich, schließlich war heute Freitag.

Nach dem Essen hatte Rosa den Tisch abgeräumt und sich zum Abwasch in die Küche begeben, während Ueli sich für einen kurzen Schlaf auf das Sofa im Wohnzimmer legte. Rosa schloss die Tür zur Küche, damit sie Ueli mit der Radiosendung nicht störte, die sie mittags immer so gerne hörte. Ueli konnte Schlagermusik nicht leiden, für ihn war sie Gedudel. So kam es, dass Rosa, die ihre Musik auf volle Lautstärke gestellt hatte, während sie abwusch, Ueli nicht hörte, als er laut nach ihr rief.

Zuerst konnte Ueli die Zahlen auf seiner Armbanduhr nicht mehr erkennen, als er schauen wollte, ob es Zeit zum Aufstehen war. Tränen liefen ihm als Rinnsale aus beiden Augen und seine Spucke zog sich im Mund zusammen. Heiß war es ihm geworden, unglaublich heiß, dabei liebte er doch sonst die Hitze so und konnte es meist nicht heiß genug haben. Er rief laut nach seiner Ehefrau, die ihm etwas gegen die schrecklichen Kopfschmerzen bringen sollte. Plötzlich musste er erbrechen und etwas Warmes entleerte sich schwallartig in seine Hose. Er zitterte jetzt so stark, dass er kaum noch ruhig auf dem Sofa liegen konnte, und bekam nur noch äußerst schlecht Luft. Als er mitsamt den Kissen auf den Boden fiel, entfernte sich auf einmal alles um ihn herum und es wurde ganz dunkel und still. Sein Angstgefühl ließ nach, sein Körper fing an, sich zu entspannen.

Als Rosa Ueli am Boden liegend fand, sagte sie etwas zu ihm, doch anstelle eines Lautes kam nur schaumiges Zeug aus seinem Mund. Sie schaute Ueli lange an und starrte auf den Schaum, der sich über das Kinn zum Hals seinen Weg gebahnt und dort schleimige Fäden gezogen hatte. Dann ging sie zum Telefon und rief Dr. Landner an, den Hausarzt der Familie.

»Was ist genau passiert, Rosa? Ist dem Ueli noch übel? Wie geht es ihm mittlerweile?«, fragt Dr. Landner, als er etwa zwei Stunden später abgehetzt vor der Haustür der Achenbachs steht und Rosa ihm wie in Trance und völlig verheult die Tür öffnet.

»Ueli«, sagt sie nur ganz leise und geht voraus ins Wohnzimmer, wo der Leichnam ihres Ehemannes noch immer am Boden liegt.

»Aber das ist ja furchtbar!«, entfährt es dem Arzt, der seinen Doktorkoffer auf den Boden stellt und eilig sein Stethoskop heraushohlt. Er setzt das untere Ende auf Uelis Brustkorb auf und schaut konzentriert auf seinen Koffer. Bis er merkt, dass Ueli noch immer ein Hemd und einen Pullover trägt, durch den sich der Schall des Herztons nicht bahnen will, braucht es eine Weile. Erst als er ihm die Oberbekleidung etwas nach oben schieben will, merkt er, was eigentlich vorgefallen ist, und richtet sich kerzengerade auf. Er schaut Rosa ernst an und sagt in sorgenvollem Ton:

»Rosa, dein Ueli ist tot, da kann ich leider nichts mehr tun.«

»Aber was machen wir denn jetzt?«, fragt Rosa ihren Hausarzt vertrauensvoll, der selbst nicht so recht weiß, was nun weiter geschehen soll.

»Ehrlich gesagt, weiß ich nicht, woran dein Mann gestorben ist«, fasst er seine Gedanken nach einer kurzen Überlegungspause zusammen. »Er war so lange nicht bei mir in der Sprechstunde. Ging es ihm denn gut oder hatte er Probleme, wie war das denn in letzter Zeit, kannst du mir etwas dazu sagen?«

»Er war gesund, ihm ging's sehr gut. Er freute sich über seine Pensionierung. Wir wollten in den Ferien nach Thailand fahren«, sagt sie traurig und setzt sich gedankenverloren aufs Sofa.

»Es tut mir sehr leid, Rosa. Ich denke, ich telefoniere jetzt mal mit der Polizei, damit sie den Leichnam abholen kann«, teilt er der traurigen Witwe mit.

Frau Achenbach sieht nicht ein, was der Doktor mit der Polizei möchte und ist absolut dagegen.

»Rosa, wir müssen die Polizei holen, weil ich den Totenschein nicht ausfüllen kann, begreifst du das denn nicht?«, versucht der Hausarzt sie zu überzeugen. Doch Rosa versteht nur Bahnhof respektive Polizei und möchte jetzt ganz sicher keine fremden Leute in ihrem Haus haben. Eine Weile streiten die beiden über dieses Thema, letztlich aber setzt sich der Arzt durch. Als wenig später die Polizeibeamten an der Haustür klingeln, will Rosa sie auf einmal nicht mehr hineinlassen.

»Frau Achenbach, mein Name ist Gurtenschläger, ich komme von der Polizei und möchte Ihnen gerne helfen. Herr Dr. Landner hat uns verständigt, dass Sie Ihren Ehemann tot im Wohnzimmer aufgefunden haben, darf ich mal einen Blick dort hineinwerfen?«, fragt der Beamte höflich nach. Frau Achenbach ist außer sich vor Wut und schlägt wild um sich. Dr. Landner ergreift ihre beiden Handgelenke und hält sie fest.

»Rosa, der Polizist will dir doch nur helfen, beruhige dich bitte«, versucht er beschwichtigend auf sie einzuwirken. Als er sie losgelassen hat, um eine Beruhigungsspritze aufzuziehen, schlägt sie ihm mit voller Kraft ins Gesicht, sodass der Arzt kurz taumelt, bevor er sich wieder fängt. Der Polizeibeamte, der sich im Wohnzimmer den Leichnam von Herrn Achenbach flüchtig angeschaut und die Staatsanwaltschaft sowie die Rechtsmedizin verständigt hat, eilt dem Hausarzt zu Hilfe. Beide Männer halten die um sich schlagende und tretende Witwe fest, damit der Doktor die Spritze setzen kann. Sogleich wird Rosa ruhiger und Herr Gurtenschläger führt sie zu einem Stuhl im Esszimmer. Dort setzen sich alle drei an den Esstisch und unterhalten sich darüber, was in den letzten Stunden passiert ist, der Polizist hält die Aussagen schriftlich fest.

Gegen 18 Uhr erscheint endlich Charlotte. Sie führt die Leichenschau durch und kommt zu dem Schluss, dass der Leichnam dringend obduziert werden muss.

»Nein, auf gar keinen Fall«, schreit Frau Achenbach jetzt wieder laut und fängt an zu toben. »Sie nehmen ihn auf gar keinen Fall auseinander, das lasse ich nicht zu. Nur über meine Leiche. Wir waren mehr als dreißig Jahre verheiratet, können Sie sich das überhaupt vorstellen? Da lasse ich meinen Mann doch nicht aufschneiden, sind Sie verrückt geworden?«

Charlotte kennt diese Reaktionen gut und versteht sie auch bis zu einem gewissen Grad. Auch sie kann sich nicht vorstellen, ihren Lebensgefährten Pascal obduzieren zu lassen, aber das muss sie ja Gott sei Dank auch nicht. Jedenfalls nicht in diesem Moment. Aktuell muss sie es schaffen, Frau Achenbach ein besseres Gefühl zu geben, damit diese neben ihrem Verlustschmerz nicht auch noch schwere Schuldgefühle entwickelt, weil sie ihren Ehemann aufschneiden lässt.

»Schauen Sie Frau Achenbach«, setzt Charlotte an, »ich kann mir sehr gut vorstellen, dass Sie den plötzlichen Tod Ihres Ehemannes überhaupt noch nicht richtig verstanden haben. Aber weil auch Sie irgendwann wissen wollen, woran ihr Mann so unerwartet verstarb, möchten wir Ihnen gerne helfen. Ihr Hausarzt ist zu der Einschätzung gekommen, dass Ihrem Mann eigentlich nichts gefehlt hat, sodass es für immer unklar bleiben würde, warum er heute von Ihnen ging. Wenn Sie aber erfahren, dass er, sagen wir, einen Herzinfarkt hatte, dann können auch Sie beruhigt sein, denn daran hätte niemand etwas ändern können. Verstehen Sie, was ich meine?«, hakt Charlotte noch einmal sanft nach.

»Ja«, antwortet die Frau, die sich mittlerweile wieder gefasst hat. »Tun Sie Ihre Pflicht. Finden Sie heraus, woran mein Mann gestorben ist. Auch ich würde das natürlich sehr gerne wissen.« Frau Achenbach ist jetzt ganz ruhig geworden, fast ein wenig zu ruhig, findet Charlotte.

Am nächsten Morgen steht Charlotte als Erste am Stahltisch und schaut sich den über Nacht durchgekühlten Leichnam von Herrn Achenbach noch einmal ganz genau an. Selbst bei besten Lichtverhältnissen, die dank der neuen LED-Saalbeleuchtung herrschen, und unter Zuhilfenahme ihrer geliebten Hautlupe kann sie außen am Leichnam nichts Auffälliges feststellen. Keinerlei Hinweise auf eine mechanische Fremdeinwirkung, keine Erstickungszeichen, keine Anhaltspunkte für eine Stromeinwirkung, rein gar nichts.

Reinhold wetzt die Messer, Annabelle zieht sich eine Plastikschürze über den Kopf, die ihr Charlotte hinten in der Taille zubindet. Dann sind alle startklar und führen hochkonzentriert die Obduktion durch. Als Annabelle das Herz präpariert, stößt sie plötzlich eine Art Freudenschrei aus:

»Jawohl, ich hab's«, ruft sie siegesgewiss und zeigt Charlotte und Reinhold ihre Trophäe. Ein kleines dunkelrotes Blutgerinnsel hat eine der Herzkranzarterien vollständig abgedichtet und damit die weitere Durchblutung verhindert. Das Herzmuskelgewebe, das sich in Blutstromrichtung hinter dem Gerinnsel befindet, hat kein Blut mehr erhalten, also auch keinen Sauerstoff, und ist dadurch abgestorben.

»Tatsächlich ein Herzinfarkt«, entfährt es Charlotte erleichtert, die der Ehefrau ja bereits eine Andeutung gemacht hatte. »Ein klarer Herzfall also, wie schön. Dann kannst du den Staatsanwalt beruhigen und das Gutachten heute noch auf die Post schicken«, motiviert sie die Assistenzärztin, die sich immer noch sichtlich über ihre Entdeckung freut.

Es mag Außenstehenden höchst befremdlich erscheinen, wenn Rechtsmediziner sich lautstark über ein Blutgerinnsel freuen, aber dahinter steckt lediglich das Glück der Entdecker. Als Christoph Kolumbus Amerika entdeckte, soll er seine Freude auch laut kundgetan haben, nichts anderes passiert im Obduktionssaal. Das Schicksal der Menschen, um dessen Aufklärung es dort geht, gerät dabei nie in Vergessenheit, doch wird es manchmal ganz kurz beiseitegeschoben, um Platz für die Freude zu machen, die in dem Gefühl bestärkt, einen kleinen Sieg errungen zu haben.

Charlotte kann nicht erklären, warum, aber in diesem Fall tut sie es einfach, ohne weiter darüber nachzudenken. Sie ordnet eine chemisch-toxikologische Untersuchung von Blut und Urin des Verstorbenen an. Irgendwie hat sie ein ungutes Gefühl bei dem Fall. Vielleicht ist es die Ehefrau, die ihr suspekt erschien oder die scheinbare Eindeutigkeit der Befunde. In vermeintlich eindeutigen Fällen ist sie es meistens, die dem Frieden nicht trauen will.

Als am späten Abend das Telefon klingelt und Charlotte eigentlich schon gar keine Lust mehr hat, den Hörer abzunehmen, da ihre offizielle Arbeitszeit schon lange vorbei ist, entschließt sie sich in letzter Minute, doch noch dranzugehen. Es ist Professor Dr. Schöngartner, der Leiter der toxikologischen Abteilung.

»Charlotte, guten Abend. So spät noch im Büro?«, neckt er sie ein wenig und wird dann sofort ernst. »Du hattest heute Morgen Blut und Urin von einem Achenbach, Ueli bei uns zur Analyse abgegeben, stimmt's?«

Charlotte bestätigt das und hört nun ganz gespannt zu, wie der Professor referiert, dass es tatsächlich einen auffälligen Befund gibt.

»Wir haben mithilfe einer äußerst schnellen und sensitiven Flüssigchromatographie-Tandem-Massenspektrometrie, auch LC-MS/MS genannt, sogenannte Alkaloide im Blut des Verstorbenen festgestellt. Wenn du verstehst, was ich meine«, unterbricht er kurz seinen Bericht.

»Nicht unbedingt, aber du wirst es mir sicher noch ausführlich erklären«, gibt Charlotte ehrlicherweise zu und ist schon ganz ungeduldig.

»Also, die meisten Alkaloide sind für den menschlichen Organismus giftig, so etwa das quartäre Ammoniumsalz von 2-Methyl-3-oxy-5-amino-tetrahydrofuran, das in gewissen Konzentrationen tödlich sein kann. Es ist bekannt als Amanita muscaria oder einfacher als Muscarin«, beendet Professor Schöngartner sein Fachchinesisch.

»Muscarin, du meinst das Pilzgift?«, kann endlich auch Charlotte mitreden. »Dann hat der gute Mann also Pilze zu sich genommen, wie zum Beispiel einen Fliegenpilz?«, will sie wissen.

»Nun ja, mit einem ist es nicht getan, würde ich sagen. Die bei ihm festgestellte Konzentration spricht für ein üppiges Pilzgericht, wobei es sich auch um heimische Risspilze gehandelt haben könnte. Die stehen zuhauf bei uns in tieferen Lagen in Wäldern unter Buchen oder Linden und enthalten um ein Vielfaches mehr Muscarin als der Gemeine Fliegenpilz«, führt der erfahrene Toxikologe sein Expertenwissen vor. Es macht Charlotte stets große Freude, sich mit diesem kenntnisreichen Chemiker zu unterhalten, der bisher noch keine Frage von ihr unbeantwortet gelassen hat.

»Walter, du hast mir sehr geholfen und dem Staatsanwalt Arbeit beschert«, lacht Charlotte in den Hörer. »Vielen herzlichen Dank, ich werde sofort eine Mageninhaltsanalyse durchführen und nach Pilzen fahnden. Einen schönen Abend wünsche ich dir und auf bald.«

Sie legt beschwingt auf und geht mit einem Umweg über die Bibliothek, aus der sie das große Pilzbestimmungsbuch mitnimmt, in den Asservatenkeller, um den Topf mit dem aufgehobenen Mageninhalt von heute Morgen herauszuholen. Im Keller ist alles dunkel und sie muss warten, bis der Bewegungsmelder der automatischen Lichtanlage reagiert und anspringt. Das dauert immer ein wenig und führt dazu, dass man sich zunächst durchs Dunkle tasten muss. Viele ihrer Kollegen mögen das gar nicht gern und haben sich schon häufig darüber beschwert, vor allem wenn sie nachts zu den Leichenkühlfächern mussten. Aber daran konnte Charlotte bisher nichts ändern und ihren Chef, Professor Paulmann, interessiert es einen feuchten Kehricht, da er ja nachts sowieso nie arbeitet.

Als sie den sauer riechenden Nahrungsbrei durch einen Siebturm laufen lässt, kann sie bereits im oberen Grobsieb unzerkaute Pilze entdecken, die sie mit einer Pinzette herauspickt und auf ein Kunststoffbrett legt. Mit einem scharfen Skalpell zerschneidet sie die großen Stücke und legt sie unter das Lupenmikroskop. Sofort kann sie unterschiedlich geformte Sporen erkennen, ein Beweis dafür, dass Herr Achenbach kurz vor seinem Tod tatsächlich ein Pilzgericht gegessen hat. Die großen Pilzstücke wäscht sie nun gründlich und schaut sich ihre Konfiguration genauer an. Zum Teil findet sie noch ganze Pilzhüte, die wenige Zentimeter breit und halbkugelig geformt sind. Die schmalen und dicht gedrängt stehenden Lamellen sind am Stiel gerade angewachsen. Dem Pilzbestimmungsbuch nach zu urteilen könnte es sich um Maipilze handeln, was auch zur Jahreszeit gut passen würde. Jetzt muss sie nur noch schauen, welche Pilze zur selben Jahreszeit wachsen und dem Maipilz zum Verwechseln ähnlich sehen. Bingo! Sie findet den Ziegelroten Risspilz, genau, wie Walter, der Chemieexperte, es zu ihr gesagt hat. Und sie liest, dass Risspilze tatsächlich erheblich mehr Muscarin enthalten als Fliegenpilze und somit zu den tödlichen Giftpilzen zählen.

Beim erneuten Blick durch das Mikroskop schaut sie sich Pilzstückchen für Pilzstückchen an, kann aber keine Unterschiede feststellen. Alle Sporen sind elliptisch geformt und glattwandig, ihre Größe beträgt lediglich wenige Mikrometer und sie sehen mehr oder minder gleich aus. Nach ungefähr einer Stunde bleibt ihr Blick dann aber doch an einzelnen, deutlich größeren Sporen hängen, die außerdem leicht nierenförmig gebogen sind.

»Da sind sie«, entfährt es Charlotte siegesgewiss, und sie spürt neben ihrer Erschöpfung eine unbändige Freude aufkommen. Sie hat zweifellos Teile von Ziegelroten Risspilzen gefunden, jenen Pilzen, die den frisch gebackenen Rentner das Leben kosteten. Jetzt muss sie an eins der Lieblingssprichwörter ihres ehemaligen Chefs denken, der so häufig zu ihr sagte:

»Denk daran, Charlotte, manche Menschen haben Läuse und Flöhe.«

Als sie auf ihr Velo steigt, ist es Mitternacht und eine Eiseskälte macht sich breit, die erst am Morgen durch die ersten Sonnenstrahlen wieder langsam verschwinden und einer angenehmen Frühlingstemperatur weichen wird.

»Das glaub ich jetzt nicht«, entfährt es Staatsanwalt Rubens leicht aggressiv, als Charlotte ihm am nächsten Morgen Bericht erstattet.

»Dann hat die Ehefrau den armen Kerl vergiftet?«, will er von ihr wissen. »Wieso hat denn ihre Assistentin gestern behauptet, der Rentner sei an einem Herzinfarkt gestorben?«, fragt er nun empört. »Liegt vielleicht eine Leichenverwechslung vor in Ihrem ehrenwerten Haus?«

»Herr Rubens, ich bitte Sie, manche Dinge sind nun mal nicht ganz so banal, wie sie zunächst scheinen mögen«, pariert sie seine kleine Provokation, bevor sie ihren Punkt macht.

»Ich kann Ihnen auf Ihre Frage, ob die Frau ihren Ehemann absichtlich vergiftet hat oder das Ganze ein tragischer Unfall war, leider keine abschließende Antwort liefern, das müssen Ihre Ermittlungen ergeben. Was ich Ihnen sicher sagen kann, ist, dass Herr Achenbach ein Pilzgift in seinem Körper hatte, an dessen Konzentration er ganz sicher verstorben wäre, wenn er nicht auch noch einen Herzinfarkt erlitten hätte, der von seiner Ausdehnung her eindeutig tödlich war. Ob der Herzinfarkt eine Folge der Vergiftung war, kann ich nicht mit hinreichender Sicherheit sagen. So etwas nennt sich im Fachjargon überreitende Kausalität und lässt sich nicht einfach wegdiskutieren. Gemeint ist der Umstand, dass über keines der Einzelphänomene bei der Entstehung des Endresultats, also in diesem Fall des Sterbevorgangs, hinweggedacht werden kann. Ich hoffe, ich konnte Ihnen weiterhelfen«, sagt Charlotte betont fröhlich zu dem schweigenden Staatsanwalt und wünscht ihm noch einen angenehmen Tag.

Dass mit der Ehefrau etwas nicht stimmte, war Charlottes allererstes Bauchgefühl gewesen, als sie an jenem Abend zur Leichenschau gekommen war. Aber was genau ihr an der Witwe verdächtig erschien, kann sie bis heute nicht sagen, und ein Bauchgefühl zählt vor Gericht nun mal nicht viel.

Als sie zu Hause eintrifft, ruft sie als Erstes ihre Mutter Anne an, um sich zu vergewissern, dass es ihren Eltern so kurz vor der Pensionierung auch wirklich gut miteinander geht.

Notfall

Seit Oliver Paulmann am heutigen Morgen mit starker Übelkeit aufgewacht ist und von seiner Frau Kamillentee anstelle eines starken Espressos vorgesetzt bekommen hat, gehen ihm viele Gedanken durch den Kopf. Bereits gestern Abend nach dem Geschäftsessen und dem äußerst schwierigen Personalgespräch fühlte er sich nicht wohl und war für seine Verhältnisse recht spät und völlig erschöpft ins Bett gegangen. Und dann war da wieder dieser schreckliche Traum, der sich seit vielen Jahren immer ähnlich wiederholt und aus dem er jedes Mal schweißüberströmt aufschreckt. Es geschieht zu Hause auf dem Hof seiner Eltern, dass er sich heftig mit seinen Brüdern streitet, weil sie ihn mal wieder nicht mitspielen lassen wollen. Während sein vier Jahre älterer, wesentlich größerer, hübscherer und erfolgreicherer Bruder Rüdiger den jüngsten Bruder Bernd zum Fußballspielen einlädt, wird Oliver von ihm abgewiesen. Als der daraufhin verkrampft versucht, sich dennoch beim Fußballspiel einzubringen, ist es Bernd, den er dabei aus vollem Lauf umstößt und so schwer am Bein verletzt, dass Bernds rechter Unterschenkel in mehrere Teile zertrümmert wird. In diesem Moment rastet Rüdiger total aus und schlägt so lange auf Oliver ein, bis dieser das Gefühl hat, sterben zu müssen, und laut schreiend aufwacht. Hanna, die diese Situation schon häufig miterleben und ihren Mann regelmäßig beruhigen durfte, war heute Morgen von seiner auch äußerlich spürbaren inneren Unruhe in aller Frühe aufgewacht und aufgestanden, um ihm einen Kamillentee zu kochen, der nun heiß dampfend vor ihm steht. Er trinkt ihn in kleinen Schlucken und denkt dabei über seine Familie nach, die er schon so lange nicht mehr gesehen hat. Es war für ihn damals nicht so leicht gewesen, den Hof zu verlassen, aber dort zu bleiben, hätte für ihn ausschließlich Unterordnung bedeutet, und wahrscheinlich wäre er nie aus dem Schatten seines älteren Bruders herausgetreten. Selbst als Rüdiger später schwer krank wurde, war es Oliver nicht möglich gewesen, endlich Frieden zu schließen. Das hing ihm seit vielen Jahren nach, auch wenn er es nicht wahrhaben wollte.

Nach einem kleinen Frühstück fährt er mit seinem beigefarbenen Mercedes E-Klasse direkt vor das Institutsgebäude, um sich angesichts seiner quälenden körperlichen Schwäche den Weg vom Parkhaus zu ersparen. Am liebsten würde er sich natürlich nicht die Blöße geben, aber um diese frühe Uhrzeit ist bis auf den Präparator Reinhold sowieso noch niemand da, der ihn beobachten und womöglich auslachen könnte. Reinhold fährt Paulmanns Wagen bestimmt sofort ins Parkhaus, sodass es gar nicht auffallen wird, wenn der Alltag im Institut beginnt.

Aber auch Charlotte ist heute besonders früh dran, weil sie in Ruhe ein Gutachten diktieren will, das dringend auf die Post muss. Es ist erst fünf Minuten nach sieben, als sie gerade den letzten Abschnitt diktiert und ein Kollege aus der Psychiatrischen Universitätsklinik bei ihr anruft. Er teilt ihr mit, dass er sich im Auftrag einer ihrer Assistenzärztinnen meldet, die gestern Abend auf seiner Station aufgenommen wurde.

»Es handelt sich um Ihre Mitarbeiterin Frau Vanessa Hoffmann, die mich gebeten hat, Ihnen persönlich mitzuteilen, dass sie für längere Zeit nicht mehr an ihren Arbeitsplatz zurückkehren wird«, erklärt er ihr in ruhigem Tonfall.

»Um Gottes Willen, was ist passiert?«, entfährt es Charlotte, die sich sofort an ihre schlimmsten Gedanken erinnert, die seit dem Gespräch mit Vanessa in ihrem Hinterkopf schlummern.

»Nun, das ist zwar sehr persönlich«, fährt der Psychiater fort, »aber Frau Hoffmann ist es wichtig, dass ich Ihnen ein paar Details mitteile, damit Sie informiert sind. Wir haben die Patientin gestern Nacht notfallmäßig stationär aufnehmen müssen, da sie sich etwas anzutun drohte. Nachbarn hatten offenbar Schüsse gehört und die Polizei verständigt.«

»Oh nein, das ist ja schrecklich, wurde sie verletzt?«, fragt Charlotte beängstigt. Der Kollege aus der Psychiatrie verneint dies, sagt aber sonst nichts weiter.

»Ich danke Ihnen für diese einerseits zwar beunruhigende, andererseits aber auch entwarnende Mitteilung«, spricht Charlotte nun ihre Anteilnahme aus. »Bitte richten Sie Frau Hoffmann die allerbesten Genesungswünsche aus und grüßen Sie sie herzlich. Sobald sie Besuch empfangen möchte, kann sie sich gerne bei uns melden. Ich werde sicher vorbeikommen und bestimmt auch einige ihrer Kolleginnen und Kollegen, denke ich. Ich hoffe sehr, dass ihr geholfen werden kann.«

Nun ist es der Psychiater, der sich höflich bei ihr für das entgegengebrachte Interesse bedankt und, bevor er auflegt, noch eine Frage stellt.

»Sagen Sie, kann es sein, dass die Arbeit in der Rechtsmedizin für manch eine Person als belastend empfunden wird?«

Charlotte empfindet den Wortlaut der Frage als äußerst sensiblen Anstoß, sich zusammen mit der Leitung einmal Gedanken zu diesem Thema zu machen. Sicher kann jede berufliche Tätigkeit für einen Menschen als belastend empfunden werden, weil dieses Empfinden letztlich eine persönliche Angelegenheit ist. Aber die Arbeit in der Forensik ist tatsächlich aus mehrerlei Gründen sehr speziell und kann ohne Weiteres das Gemüt belasten. Für den Moment ist sie dennoch um eine Antwort verlegen, weil sich in ihr auch eine Art Schuldgefühl breitmacht. Schließlich bedankt sie sich für diesen Gedankenanstoß und verabschiedet sich höflich von dem ärztlichen Kollegen.

Charlotte ist traurig und froh zugleich. Sie hat die Not von Vanessa seit dem Gespräch gespürt und unterschwellig dauernd Angst gehabt, dass irgendetwas Schreckliches passieren könnte. Erst war die Assistentin eine ganze Weile lang krankgeschrieben und Charlotte hatte sich fest vorgenommen, nach ihren Ferien bei Vanessa nachzufragen, wie es ihr geht. Jetzt ist es dafür zwar zu spät, aber die junge Frau ist nicht mehr allein mit ihren Gedanken und Gefühlen und erhält professionelle Unterstützung. Was das für ihr Team bedeutet, ist eine andere Sache. Den Ausfall muss Charlotte umgehend der Direktion mitteilen. Vielleicht kann sie eine zeitlich begrenzte Vertretungsanstellung bewirken, damit keine allzu große Mehrbelastung für die anderen entsteht. Nachdem sie Paulmanns Nummer gewählt und ein Klingelzeichen abgewartet hat, legt sie den Hörer wieder auf und beschließt, ihn in seinem Büro aufzusuchen. Solche Dinge sollten besser persönlich besprochen werden, findet sie.

Oliver Paulmann sitzt an seinem Schreibtisch und fühlt sich schrecklich unwohl. Während er versucht, E-Mails zu beantworten und einem Telefonklingeln nachzugehen, peinigt ihn ein grauenhafter Schmerz im Brustkorb und sein Magen ist dabei, sich umzudrehen. Die aufkommende Übelkeit ist das eine, aber die schrecklichen Schmerzen sind fast nicht zum Aushalten. Außerdem scheint die Luft knapp zu werden und der Schultergürtel zieht sich dermaßen zusammen, dass beide Arme zu verbrennen drohen. Alles schießt durch ihn hindurch, seine Gedanken, seine Gefühle, die stechenden Schmerzen, seine gesamte Lebensenergie ist offensichtlich im Begriff, sich in einem einzigen Moment aufzulösen. Rüdigers Gesicht erscheint vor seinem inneren Auge, als es an seine Bürotür klopft. Er ist nicht in der Lage, darauf adäquat zu reagieren und stößt stattdessen einen animalischen Laut aus, den Charlotte auf dem Gang als Botschaft zum Eintritt interpretiert. Als sie ins Büro kommt und sein aschfahles Gesicht mit den eingefallenen Augen und dem scharf abgegrenzten weißen Dreieck um Mund und Nase sieht, erschrickt sie fürchterlich und stürmt auf ihn zu.

»Chef, was ist passiert, geht's dir gut?«, fragt sie ihn besorgt und ergreift seinen linken Oberarm. Just in diesem Moment beginnt Paulmann mit weit aufgerissenen Augen und leicht geöffnetem Mund langsam von seinem Bürostuhl zu rutschen und auf den Boden zu gleiten, wo er röchelnd liegen bleibt.

»Ich … Charlotte … meine Arme, meine Brust … Luft, ich bekomme keine Luft mehr, und die Sache mit Rüdiger …«, stammelt er noch, bevor er das Bewusstsein verliert.

»Einen Rettungswagen ins Institut für Rechtsmedizin bitte, und zwar so schnell wie möglich!«, spricht Charlotte laut und deutlich in ihr Smartphone, nachdem sie die 144 gewählt hat.

»Ins Institut für Rechtsmedizin? Wieso denn dann so schnell wie möglich, soll das ein Witz sein?«, scherzt der junge Mann in der Einsatzzentrale, erkundigt sich nach einer kurzen Besinnungszeit dann aber ganz seriös nach ihrem Namen und weiteren Informationen zum Patienten.

»Dr. Charlotte Fahl, es handelt sich um den Direktor des Instituts, Herrn Professor Oliver Paulmann. Er ist 58 Jahre alt, deutlich übergewichtig und hat Symptome, die zu einem Herzinfarkt passen«, antwortet Charlotte, während sie in die Eingangshalle sprintet, um nach dem Defibrillator zu greifen. Sie schreit einmal ganz laut um Hilfe, was durch alle Stockwerke hallt, und rennt zurück zu Paulmann, um sofort mit den Reanimationsmaßnahmen zu beginnen. Alles läuft gleichzeitig ab, keine Sekunde darf verschenkt werden, und doch muss sie ganz ruhig bleiben, geht es ihr ständig durch den Kopf. Es hat keinen Sinn, jetzt noch nach einem Zweithelfer zu suchen, im Institut ist höchstens Reinhold unterwegs, der aber im Keller beschäftigt ist und bestimmt nichts von ihrem Hilferuf mitbekommen hat. Nachdem sie den schlaffen, schwergewichtigen Körper ihres Chefs mit Mühe in eine Rückenlage gebracht hat, an seinem Hals keinen Puls mehr tasten kann und auch auf Ansprache keinerlei Reaktion von ihm erhält, zerreißt sie sein superteures Designerhemd und fängt sofort mit einer Herzdruckmassage an. »Staying alive, staying alive«, geht ihr der schnelle Liedrhythmus der Bee Gees durch den Kopf, den sie mit ihrem Stempelgriff direkt auf Paulmanns Brustbeinmitte überträgt, sodass sich der gesamte Brustkorb mehrere Zentimeter nach unten senkt und zahlreiche Rippen mit einem laut knackenden Geräusch nachgeben. Das Geräusch irritiert sie einen Moment lang, aber es hält sie nicht davon ab, mit voller Kraft weiterzudrücken. Schweißperlen rinnen ihr von der Stirn und tropfen direkt auf Paulmanns Brust. Ob es Angstschweiß oder der Schweiß ihrer körperlichen Anstrengung ist, kann sie nicht unterscheiden. Nach drei Zyklen inklusive zwischenzeitlichen Atemspenden durch die Nase bastelt sie rasch die Elektroden zurecht und lässt den Modus des Defibrillators einmal ablaufen. Das Gerät registriert offenbar ein Kammerflimmern und »paced« saftig. Sofort danach drückt und beatmet Charlotte eifrig weiter, bis sie durch das Eintreffen der Rettungskräfte in ihrem regelmäßigen Modus unterbrochen wird.

Die Mannschaft löst sie ohne Umschweife ab und eine der Rettungssanitäterinnen zieht diverse Spritzen auf, während sie Charlotte höflich, aber bestimmt anweist, sich vom Patienten zu entfernen, um Platz für den Notfalleinsatz zu machen. Dann drückt sie die Spritzen der zusätzlich herbeigeeilten Notärztin in die Hand, die sie in die vom zweiten Rettungssanitäter eingelegten Braunülen an Oliver Paulmanns Unterarmen appliziert. Danach übernimmt die Ärztin das von der Sanitäterin gereichte gebrauchsfertige Intubationsbesteck und legt einen dicken Tubus in Paulmanns Mundhöhle, der sogleich in seinem Hals verschwindet. Alles geht in Windeseile vonstatten, die drei Experten arbeiten geschmeidig Hand in Hand. Als sie Paulmann auf eine Transportbahre geschnallt haben und mit dieser durch die Eingangshalle nach draußen düsen, bedankt sich die Notärztin im Laufen noch bei Charlotte mit den anerkennenden Worten:

»Sie haben ihm eindeutig das Leben gerettet, Frau Kollegin, Chapeau! Das war wirklich eine Glanzleistung. Ein paar Minuten später und Sie hätten keinen Chef mehr gehabt.«

Charlotte bleibt emotional und körperlich total erschöpft in der Halle zurück. Sie schaut verdattert dem Rettungsteam mit der Bahre hinterher, auf der ihr Chef liegt, und lässt den letzten Satz der Notärztin in sich nachklingen. Plötzlich taucht Reinhold neben ihr auf und umfasst von hinten ganz fest ihre Schultern. Er hatte im Keller das Martinshorn gehört und war auf den Hof gelaufen, um die Rettungskräfte hereinzulassen.

»Das war haarscharf, Charlotte, du hast wirklich supergut reagiert, echt klasse!«, spricht auch er ihr seine Anerkennung aus und ergänzt: »Das hätte ganz anders ausgehen können, stell dir vor.«

»Es ging alles wahnsinnig schnell, in Nullkommanix hatte ich total vergessen, was ich eigentlich von ihm wollte, und fing an, ihm sämtliche Rippen zu brechen«, lacht sie jetzt gelöst auf und freut sich über den bisherigen Ausgang der Geschichte. Schließlich ist es Charlotte, die die gesamte Ärzteschaft regelmäßig alle zwei Jahre zum Reanimationskurs schickt. Für manche ist es nach ewigen Zeiten wieder das erste Mal, für andere eine erfolgversprechende Wiederauffrischung. Doch in jedem Kurs lernen alle wieder etwas dazu, was sie danach zwar so gut wie nie anwenden müssen, es aber eben doch anwenden können sollten, wie sich heute mal wieder gezeigt hat. Für Rechtsmediziner scheint das Sterben ganz weit weg zu sein, während der Tod den beruflichen Alltag prägt.

Jetzt müssen am Institut erst mal alle miteinander überlegen, wie es ohne den Direktor weitergehen kann. Charlotte hat als seine Stellvertreterin wohl oder übel zusätzliche Leitungsaufgaben zu übernehmen, während Tom sich als ihr Stellvertreter verstärkt mit ihren Aufgaben beschäftigen muss. Das bedeutet einen Engpass im Oberarztteam, der sich bis zur Assistentenschaft auswirken wird. Grundsätzlich ist jeder Mensch ersetzbar, so heißt es, aber im Ernstfall wird allen ganz schnell bewusst, dass dieser Satz einen Haken hat.

»Ich darf Ihnen am Telefon keine Auskunft geben, das wissen Sie doch am besten, Frau Dr. Fahl«, spricht die Stationsärztin der kardiologischen Intensivstation in tadelndem Ton zu Charlotte, als sich diese am folgenden Tag nach dem Gesundheitszustand ihres Chefs erkundigt. »Natürlich verstehe ich Ihr gesteigertes Interesse, aber kommen Sie doch am besten in zwei Tagen mal zu Besuch. Herr Professor Paulmann wird sich bestimmt sehr darüber freuen. Momentan ist er sowieso noch viel zu schwach. Übermorgen sieht die Welt bestimmt schon wieder ganz anders aus.« Diese Ärztin handelt vorbildlich, denkt Charlotte, auch wenn sie auf etwas mehr Informationen gehofft hat. Das Wichtigste aber hat sie erfahren: Oliver Paulmann lebt und es scheint ihm gar nicht so schlecht zu gehen. Charlotte plant ihren Besuch für den übernächsten Tag ein und setzt sich wieder an das Mordfallgutachten, das sie gerade in Arbeit hat.

»Du bist es, Charlotte, meine Lebensretterin, na endlich lässt du dich hier blicken!«, empfängt sie Paulmann am übernächsten Nachmittag, als sie an sein Bett tritt. Er ist sichtlich hocherfreut über ihren Besuch. Eine ungewohnte Begrüßung für ihren Chef, die sie ein wenig verunsichert, aber Charlotte freut sich natürlich ebenfalls und strahlt ihn an. »Das war haarscharf, ist dir das klar?«, fährt er nun in ernsterem Ton fort. »Ehrlich gesagt, wollte ich von den Ärzten gar nicht hören, was sie gefunden haben und wie schlimm es um meine Gefäße bestellt ist. Als Rechtsmediziner kann ich mir das sowieso sehr gut bildlich vorstellen. Der Clou ist nun aber, dass sie nichts gefunden haben, verstehst du? Einen Hinterwandinfarkt haben sie natürlich gesehen, aber keinen Grund dafür, rein gar nichts. Sie gehen von einem vorübergehenden Verschluss durch einen Koronarthrombus aus, der sich anschließend wieder verflüchtigt hat. Ein Thrombus, der wieder verschwindet, und das, obwohl ich nicht mal rauche, unglaublich, oder wie findest du das?« Er holt kurz Luft, um dann in einen besinnlicheren Tonfall zu wechseln. »Wie auch immer. Ich habe wirklich nicht die geringste Ahnung, wie ich dir danken soll. Du hast mir ein zweites Leben geschenkt, weißt du das? Eines, das mir zwar noch recht fremd ist, aber auf das ich in jedem Fall besser aufpassen werde, das verspreche ich«, teilt er ihr seine neuesten Erkenntnisse mit.

Was hat er da alles in drei einzelne Sätze verpackt? Charlotte kann es noch gar nicht fassen. Oliver Paulmann bedankt sich bei ihr. Er spricht von einem Geschenk, einem zweiten Leben, und das tut er mit einer Achtsamkeit und Demut, die sie bei ihm bisher nicht wahrgenommen hat.

»Oliver, ich bin so froh, dass du lebst«, antwortet Charlotte ihm aus tiefstem Herzen. »Und dass es dir den Umständen entsprechend sogar recht gut geht, zumindest machst du den Eindruck. Wie wirst du hier versorgt, benötigst du irgendetwas Spezielles, was ich dir vorbeibringen soll?«, möchte sie von ihrem Chef wissen.

»Oh ja, Charlotte, mir fehlt hier viel, sehr viel sogar«, entgegnet er lächelnd, »aber du kannst da wohl nichts ausrichten, fürchte ich. Falls du an einen Laptop oder andere Arbeitsutensilien denkst, die du mir vorbeibringen möchtest, muss ich dich enttäuschen. Diese Dinge werde ich nämlich für längere Zeit meiden. Hanna kommt jeden Tag vorbei und die drei Monster haben auch schon ihren Besuch angekündigt. Sogar Bernd hat sich gemeldet und mir erzählt, dass er es von Mama erfahren hat«, sagt er gedankenverloren und zeigt eine tiefe Rührung über die Fürsorge seines jüngeren Bruders.

Charlotte hat keine Ahnung, von wem Paulmann da spricht, aber sie freut sich über seine Mitteilung und streicht in einer Geste überschwänglichen Glücksgefühls kurz über seinen rechten Unterarm, der mit mehreren Braunülen versorgt entspannt auf der Bettdecke ruht. Paulmann lächelt sie sanft an, als wolle er ihr rückmelden, dass sie keine Angst mehr um ihn zu haben braucht.

»Weißt du, als Rüdiger vor einigen Jahren verstarb, habe ich mich nicht gemeldet, obwohl meine Mutter damals alle über seinen schlechten, nein, seinen äußerst kritischen Gesundheitszustand informiert hatte«, erzählt er weiter. »Das werde ich mir wahrscheinlich niemals verzeihen können«, beendet er seine Gedanken.

»Im Moment solltest du dich ausschließlich über dein neues Leben freuen, wie du es bezeichnest, und dir keine Sorgen über Vergangenes machen, sondern nach vorne schauen«, gibt Charlotte eine positive Empfehlung und realisiert, dass sie eigentlich gar nichts Privates über ihren Chef weiß und er nichts über sie. Wer auch immer diese Menschen sein sollen, von denen er da spricht, sie ist total gerührt, dass er ihr diese Dinge anvertraut.

»Was die Arbeit im Institut angeht, so kannst du dich jedenfalls voll und ganz auf uns verlassen«, möchte sie Oliver beruhigen. »Deine Crew steht parat und steuert den Kahn gekonnt durch alle Turbulenzen. Komme, was da wolle.« Sie benutzt ihr seemännisches Lieblingsbild und denkt dabei unweigerlich an ihren Großvater mütterlicherseits. Der hatte sie nicht nur in die Molkerei mitgenommen, sondern war mit ihr auch häufig auf der Nordsee unterwegs. Mit einem kleinen Fischkutter klapperten sie verschiedene Inseln ab und ließen sich manchmal einfach treiben, um zu schauen, wo sie stranden würden. Einmal war der Himmel von einer Minute auf die andere ganz plötzlich schwarz geworden und ein tosender Sturm aufgezogen. Charlotte hatte es mit der Angst bekommen, doch ihr Großvater hielt sie fest auf seinem angewinkelten rechten Arm, während er mit beiden Füßen wie verwurzelt am Schiffsdeck klebte und den anderen Arm um den Mast geschlungen hielt. Das Boot schaukelte wie verrückt, die Wellen schlugen über die Reling, der Regen klatschte ihnen ins Gesicht, doch sie standen wie ein Fels in der Brandung und ihr Opa lachte laut. Hinterher erklärte er ihr, dass es stets besser ist, im Chaos Ruhe zu bewahren und alles genau zu beobachten, anstatt hektisch dagegen anzukämpfen. Oliver unterbricht ihre Erinnerungen und sagt:

»Oh ja, da bin ich mir ganz sicher, liebe Charlotte. Davon abgesehen, dass ihr das für längere Zeit tatsächlich auch tun müsst, weiß ich genau, dass es euch hervorragend gelingen wird. Schließlich hab ich die Crew zusammengestellt und an Bord geholt«, übernimmt er ihre Seemannsmetaphern und macht eine raumumgreifende Geste mit den Armen, so als wolle er ihr die Erdkugel demonstrieren.

»Für mich bedeutet das alles hier einen Rückzug und eine längere Auszeit.« Paulmann lehnt sich entspannt und sichtlich erschöpft zurück, lässt per Knopfdruck das Kopfteil des Bettes langsam nach unten gleiten und schließt seine Augen. Dann seufzt er einmal kurz auf und fällt in einen sanften Schlaf. Charlotte, die diesen langsamen Bewegungen unauffällig, aber aufmerksam gefolgt ist, erhebt sich aus ihrem Stuhl und verlässt bewegt das Krankenzimmer. Auf dem Gang kommt ihr Paulmanns Ehefrau Hanna entgegen, die sie direkt anspricht.

»Frau Fahl, wie schön, Sie zu sehen, waren Sie bei Oliver?«, erkundigt sie sich erfreut und deutet sogleich auf zwei Stühle, die an einem kleinen runden Tisch in einer seitlichen Flurbucht stehen. »Bitte lassen Sie uns doch kurz setzen und sprechen«, äußert sie ihren Wunsch.

Hanna meint in Charlottes Reaktion ein kurzes Zögern erkennen zu können und setzt sich als Erste auf einen der Stühle, sodass sie die Ärztin dabei beobachten kann, wie diese sich umentscheidet und auf den anderen Stuhl setzt. Offenbar mag die Kollegin ihres Mannes ihr die Bitte nicht abschlagen, denkt Hanna, und beginnt ohne Umschweife mit ihrem Anliegen.

»Frau Dr. Fahl, mein Mann und ich, wir schulden Ihnen sehr viel. Deshalb möchte ich mich von ganzem Herzen bei Ihnen für Ihren Einsatz bedanken. Ohne Sie wäre ich jetzt Witwe und unsere drei Kinder Halbwaisen, das ist uns absolut bewusst.«

»Das ist sehr nett von Ihnen, Frau Paulmann, vielen Dank, aber glauben Sie mir, auch ich bin heilfroh, dass alles so glimpflich abgegangen ist«, antwortet Charlotte mit Rührung in der Stimme.

»Da ist noch etwas, das Sie wissen sollten«, setzt Hanna nach. »Oliver ist nicht mehr der Alte, wenn Sie verstehen, was ich meine.«

Sie schaut ihr Gegenüber durchdringend an und entnimmt den kleinen Gesten der Aufmerksamkeit, dass sie fortfahren kann.

»Dieser schwerwiegende Zwischenfall, so nenne ich das jetzt mal, hat bei Oliver dazu geführt, dass er etwas Belastendes losgelassen hat. Ich verstehe noch nicht genau, was mit ihm passiert ist, aber dass etwas passiert ist, steht außer Frage. Er scheint wie erlöst zu sein von einem schweren Ballast.« Als daraufhin keine Reaktion von Charlotte kommt, erhebt sich Hanna und streckt ihr zum Abschied die rechte Hand entgegen, die diese ergreift, kurz drückt und wieder freigibt, ohne einen Ton zu sagen. Sie scheint alles verstanden zu haben und ihr nicht mitteilen zu wollen, was sie darüber denkt. Eine geheimnisvolle Frau, diese Rechtsmedizinerin, aber absolut sympathisch, denkt Hanna und nimmt dieses Gefühl mit ins Krankenzimmer, wo sie Oliver ruhig schlafend antrifft.

»Ein ganz blöder Todesfall im Freien an einer Brücke über der Limmat wurde uns gemeldet, während du weg warst«, empfängt Tom Charlotte bei ihrer Ankunft im Institut. »Der junge Mann war wohl schon seit längerer Zeit von seinem älteren Bruder vermisst worden, und ausgerechnet heute findet ihn ein Jogger. Der wollte seinen Augen nicht trauen, als er etwas von der Brücke baumeln sah.«

»Und wer ist rausgefahren?«, erkundigt sich Charlotte bei ihrem Kollegen, der sie im Institut vertreten und gerade Hintergrunddienst hat.

»Gregor«, antwortet er gehetzt und muss schon wieder ans Telefon gehen, das unaufhörlich in seiner Kitteltasche klingelt.

»Alles klar, dann halt mich bitte auf dem Laufenden«, entgegnet sie Tom, der ihr kurz zunickt, während er ins Telefon spricht. Sie steuert direkt auf Paulmanns Sekretariat zu, in dem Julia mit Kopfhörern an ihrem Schreibtisch sitzt und mit ihren flinken Fingern die Tastatur zum Klackern bringt. Als sie Charlotte im Türrahmen entdeckt, zieht sie sich mit einer hektischen Bewegung die Hörer vom Kopf und fragt sofort nach Paulmann.

»Wie geht es ihm?«, möchte sie wissen und schaut ein wenig verängstigt zu Charlotte auf.

»Nicht schlecht«, antwortet diese und verzieht ihren Mund zu einem Lächeln. »Wir müssen uns unbedingt zusammensetzen, um die vereinbarten Termine durchzugehen, die ich für Professor Paulmann wahrnehmen muss. Hast du kurz einen Moment?«, fragt sie in geschäftigem Tonfall.

»Ja, klar. Ich bin sofort für dich da, muss nur noch rasch diesen wichtigen Brief an die Oberstaatsanwaltschaft zu Ende tippen. Möchtest du in der Zwischenzeit vielleicht einen Kaffee trinken?«, fragt die Sekretärin und springt auf, um zur Maschine zu gehen.

»Nein, vielen Dank, Julia. Dann erledige ich auch kurz noch ein, zwei Sachen und bin in fünf Minuten wieder bei dir, in Ordnung?«, versichert sich Charlotte und geht zu ihrem Büro, wo Tom gerade im Begriff ist, an die Tür zu klopfen.

»Ah, gut, dass ich dich treffe«, spricht er sie an. »Gregor hat Probleme vor Ort und wäre heilfroh, wenn du vorbeikommen könntest. Sie wollen den Leichnam direkt freigeben lassen und sperren sich gegen eine Obduktion, weil sie ganz sicher sind, dass es sich um einen Suizid handelt.«

»Ich kümmere mich darum«, antwortet Charlotte leicht gehetzt, »allerdings kann ich gerade nicht rausfahren, ich rufe den zuständigen Staatsanwalt an, wer ist es?«

»Dreimal darfst du raten«, witzelt Tom leicht genervt. »Natürlich unser Liebling, Marc Häusler, der mit dem Sparwahn«, er lacht laut auf und düst weiter, als sein Handy erneut klingelt.

Charlotte sitzt in ihrem Büro und lässt den Krankenbesuch bei ihrem Chef noch einmal vor ihrem inneren Auge ablaufen. Einen Herzinfarkt ohne Korrelat hatte er erlitten. So etwas gibt es natürlich, genauso wie es einen Koronarthrombus gibt, der keinen Herzinfarkt hervorruft. »Aber was war wirklich die Ursache für diesen Herzinfarkt?«, fragt sie sich. Ihr geht die Pilzgeschichte durch den Kopf, bei der auch alle von einem Herzinfarkt ausgegangen waren. Dort wurde zwar ein Blutgerinnsel gefunden, das zu einem Gefäßverschluss geführt hatte, aber es gab auch noch das Muscarin.

»Hallo, Oliver, ich bin's schon wieder, wie geht's dir heute?«, fragt Charlotte ihren Chef, als sie am Folgetag noch mal kurz bei ihm vorbeischaut.

»Besser, liebe Charlotte, viel besser. Überhaupt habe ich das Gefühl, dass es mir von Tag zu Tag besser geht. Aber mal ehrlich, führst du etwas im Schilde, oder warum sorgst du dich dermaßen um mich?«, fragt er sie verschmitzt lächelnd und scheint doch langsam wieder der Alte zu werden.

»Nein, das tue ich nicht. Ich habe mir nur Gedanken gemacht, weil die Ärzte bei dir nichts gefunden haben, was den Herzinfarkt erklärt«, sagt sie zu ihm und schaut ihn durchdringend an.

»Ach, na ja, da mach dir mal nicht so viele Gedanken. Aber weißt du, worüber ich nachgedacht habe?«, fragt er sie interessiert. »Was hast du eigentlich an jenem Morgen um diese frühe Uhrzeit von mir gewollt, bevor du mein Leben gerettet hast?«

»Personalgeschäfte, ist aber nicht so wichtig, dass wir es jetzt besprechen müssen«, antwortet Charlotte beschwichtigend.

»Um wen geht es?«, möchte er trotzdem wissen, und Charlotte erzählt ihm von Vanessa.

»Was? Das ist doch nicht wahr. Frau Hoffmann war am Abend noch spät bei mir im Büro, als ich gerade vom Geschäftsessen kam, um meine Sachen zu holen und nach Hause zu fahren«, teilt er ihr verdutzt mit und berichtet, dass sich die Assistentin bei ihm erneut über die schlimme Arbeitssituation beschwert hatte. Er hatte sie daraufhin kurzentschlossen zu einem Feierabendbier eingeladen, weil er nach dem fettreichen Nachtessen sowieso einen Absacker gut gebrauchen konnte. Dabei hatte er ihr offenbar erklärt, dass er unter diesen Umständen ihren Vertrag nicht verlängern werde.

»Und wie hat sie darauf reagiert?«, will Charlotte wissen.

»Sie wurde sehr geschmeidig, wenn du verstehst, was ich meine, aber die Nummer zieht bei mir ja nicht, wie du sicher weißt«, betont er seine Widerstandskraft gegen weibliche Anmache.

»Wie ist das alles ganz genau abgelaufen?«, fragt Charlotte nach Details.

Er versucht sich an alles zu erinnern, und an der Stelle, an der er ihr von seinem Toilettengang erzählt, hakt sie plötzlich nach.

»Wie lange warst du abwesend? Und was hast du getrunken?«

»Vielleicht maximal drei Minuten. Und als ich zurückkam, habe ich nur noch den letzten großen Schluck Bier genommen und mich höflich von ihr verabschiedet«, gibt Paulmann die Einzelheiten wieder.

Charlotte überlegt einen Moment lang und fragt Oliver dann, ob vielleicht noch Blut und Urin vom Aufnahmetag existieren, aber da kann ihr der Chef nicht weiterhelfen. Nachdem sie bei der Stationsärztin nachgefragt und einen abschlägigen Bescheid erhalten hat, kommt sie mit einer Schere zurück ins Krankenzimmer.

»Dann muss ich dir mal eben eine Haarprobe entnehmen, tut mir leid.« Sie steuert direkt auf ihn zu und hält die Schere an seinen Kopf.

»Wenn's sein muss. Du glaubst doch nicht wirklich, dass mich diese Frau umbringen wollte, oder doch?«, fragt er sie jetzt etwas verängstigt.

»Das hast du gesagt. Ich möchte lediglich eine Ursache für den Herzinfarkt finden. Du weißt doch, wie hartnäckig ich sein kann«, gibt sie lachend zurück und schneidet ihm eine bleistiftdicke Haarsträhne ab, die sie ganz dicht an der Kopfhaut entfernt. Dann umwickelt sie die Strähne mit einem dünnen Faden und packt sie in einen Streifen Alufolie ein, den sie wiederum in einen Minigrip-Beutel steckt.

Nach persönlicher Rückfrage in der Kardiologie kann der Toxikologe Professor Schöngartner schließlich doch noch eine Urinprobe Paulmanns vom Aufnahmetag ergattern. Als die Untersuchungsergebnisse vorliegen, ruft er Charlotte an, um ihr die Ergebnisse mitzuteilen.

»Du hattest mal wieder den richtigen Riecher, Charlotte«, leitet er seine Mitteilung ein. »Die pharmakologisch-toxikologischen Auswertungen des gelben Saftes unseres Institutsdirektors sind äußerst interessant. Wir konnten den aktiven Metabolit N-Desmethyl nachweisen. Kennst du den?«, provoziert er sie schelmisch.

Nachdem Charlotte dies verneint, fährt er fort.

»Unser Herr Direktor wollte sich offenbar eine schöne Nacht mit seiner Ehefrau machen, du verstehst?«

Charlotte überlegt einen Moment, bevor sie nachfragt.

»Kann es sein, dass man ihm das Mittel, von dem du sprichst, beabsichtigt untergemischt hat, etwa in einem Bier?«, möchte sie wissen.

»Sildenafil gibt es tatsächlich auch als Schmelztabletten, die sich in Flüssigkeit auflösen lassen. Aber wer sollte unserem Direktor Viagra verabreichen, wenn nicht seine Frau?«, fragt er lachend und gibt damit sein Unverständnis zu erkennen.

»Das ist eine andere Frage, die unter Umständen niemals beantwortet werden kann. Warten wir's ab. Auf jeden Fall hast du mir mal wieder weitergeholfen, das hatte ich erwartet«, bedankt sie sich bei dem Professor.

Paulmann kann es nicht fassen, als Charlotte ihm am Folgetag die Information weiterleitet. Viagra gehört absolut nicht zu seinen bevorzugten Substanzen, allenfalls Vitaminpillen nimmt er von Zeit zu Zeit.

»Und du glaubst allen Ernstes, dass diese Hoffmann mir das Zeug untergemischt hat, um mich zu verführen?«, fragt er sie ungläubig und schüttelt immer wieder seinen Kopf.

»Wenn man das Mittel überdosiert, kann es in Einzelfällen durchaus zu einem Myokardinfarkt kommen, das zumindest wurde in verschiedenen Studien beschrieben«, teilt sie ihm mit und wartet seine weitere Reaktion ab. Als er nicht reagiert, fährt sie fort. »Da du selber sagst, dass es nicht zu deinen täglichen Medikamenten gehört, musst du es ja von irgendwoher haben.«

Paulmann möchte nicht, dass diesem Verdacht weiter nachgegangen wird, obwohl er sich tatsächlich auch keinen Rat weiß. Weil er einen Reputationsschaden befürchtet, den sie nicht gebrauchen können, gibt er Charlotte eine Anweisung:

»Ich sehe die Schlagzeile förmlich vor mir: ›Assistenzärztin flirtet mit Institutsdirektor zwecks Vertragsverlängerung und tötet ihn fast dabei‹, das könnte den Medienfuzzis so passen. Nein, Charlotte, es reicht. Bitte stell deine Nachforschungen ab sofort ein, du musst nicht hinter allem einen Kriminalfall wittern, wir lassen es dabei bewenden. Frau Hoffmann hat ohnehin schon genug eigene Sorgen, denke ich.«

Auf dem Weg zurück ins Institut radelt Charlotte am COOP vorbei und erledigt rasch ihren Einkauf. Sie besorgt Leckereien für das Nachtessen mit Pascal, und als sie ein paar Mangos in den Korb legt, fällt ihr die Anweisung ihres Chefs wieder ein, die sie nur schwer befolgen kann. Falls sie Vanessa einen Besuch abstatten wird, kann sie sich höchstwahrscheinlich nicht zurückhalten, sie nach dem Abend mit ihrem Chef zu fragen.

Abfall

Familie ist nicht immer ein Segen, zuweilen ist sie sogar ein Fluch. Darüber kann man mit den meisten Menschen nicht reden, weil sie diesen Umstand sowieso von vornherein abstreiten und folglich froh sind, wenn sie nicht darauf angesprochen werden. Was innerhalb der vier Wände des Schutzraums Familie passiert, der manchmal den berühmt-berüchtigten schwedischen Gardinen gar nicht so unähnlich ist, soll Privatsache bleiben und geht niemanden etwas an. Zumindest war das bis vor einigen Jahren auch in der Schweiz noch so. Es geschieht zumeist nach und nach, dass sich in Gesellschaften ein Bewusstsein für die Schutzbedürftigkeit von gefährdeten Personen entwickelt. Ist es einmal da, werden über das Rechtssystem Anpassungen vorgenommen und Sanktionierungen bestimmt. Auch für die weltweite Problematik der sogenannten häuslichen Gewalt geschah das so. Seit zum Beispiel der Artikel 189 des Schweizerischen Strafgesetzbuches aus einer sexuellen Nötigung im häuslichen Umfeld ein Offizialdelikt machte, um das sich der Staat auch dann kümmert, wenn das Opfer keine Anzeige erstatten möchte, hat sich die Situation von zusammenlebenden Paaren merkbar verändert. Aber auch Kinder, die in einer Lebensgemeinschaft mit Erwachsenen wohnen und von diesen abhängig sind, bekommen seit einiger Zeit mehr Gehör. Das spiegeln unter anderem die vom Schweizerischen Bundesamt für Statistik publizierten Zahlen wider, denen zufolge diese Delikte langsam abnehmen. Es ist aber eben noch gar nicht so lange her, dass aus dem Privaten etwas Offizielles wurde.

Für Aaron und Christoph, sie wurden beide Ende der 1980er-Jahre geboren, kamen solche juristischen Entscheidungen ohnehin viel zu spät. Sie hatten in ihrer Kindheit nichts zu lachen. Beide Elternteile gehörten zur Drogenszene des damals international berüchtigten Platzspitz-Parks im Herzen Zürichs, standen ständig unter Strom, waren immer »voll drauf« und schlugen sich nicht nur gegenseitig die Köpfe ein. Auch die Jungen wurden mit einbezogen, und zwar buchstäblich von Geburt an. Sie litten beide unter einem Entzugssyndrom, weil ihre extrem junge Mutter auch während der Schwangerschaften keine Drogenpause einlegen wollte. Später gewöhnten sie sich daran, dass es bei ihnen zu Hause oft so richtig zur Sache ging, sie versuchten das Beste daraus zu machen, solange sie nur überlebten. Durch das Eingreifen eines genervten, couragierten Nachbarn, der sich aufgrund des andauernden Radaus gestört fühlte und deshalb den Ämtern Bescheid gab, war es für die Kinder erst so richtig schlimm geworden. Aaron kann sich nicht mehr daran erinnern, wie oft er und sein Bruder in immer neuen Familien und Heimen untergebracht wurden, manches Mal auch getrennt voneinander. Als er fünf Jahre alt war, starb der Vater, der zwar ohnehin nicht so häufig zu Hause gewesen war, den die Söhne aber trotzdem geliebt hatten. Die Mutter erzählte damals, er sei bei Freunden zu Besuch gewesen und habe irgendetwas an deren Fensterbrett reparieren wollen, wobei er aus dem fünften Stock in den betonierten Hof gefallen sei. Jahre später erzählte Christoph seinem Bruder, er solle den Quatsch auf gar keinen Fall glauben. Die Geschichte stinke zum Himmel und er sei sich sicher, dass der Vater mal wieder völlig zugedröhnt gewesen und deshalb aus dem Fenster gefallen sei. Christoph wusste stets alles besser, er war schließlich auch der Ältere von beiden.

Als Christoph neun Jahre alt und Aaron gerade eingeschult worden war, lebten sie mal wieder zu Hause bei ihrer leiblichen Mutter. Eines Mittags machte Aaron eine schreckliche Entdeckung, als er von der Schule heimkam. Seine Mutter, die ihm eigentlich die Tür hätte öffnen sollen, schien nicht zu Hause zu sein. Aaron überlegte angestrengt, wie er in die verschlossene Wohnung gelangen könnte, und kletterte schließlich ziemlich halsbrecherisch am Regenrohr entlang auf den Balkon im ersten Geschoss. Dort schlug er mit einem Tontopf die Glastür zu Bruch. Durch die spitzen und äußerst scharfen Scherbenreste, die noch im Türrahmen steckten, wand er seinen kleinen schlanken Körper geschickt in das Wohnzimmer, wo seine Mutter, anstatt wie sonst auf dem

Sofa zu liegen, am Fernsehkabel hängend von der Decke baumelte. Das war ein Schock! Am liebsten hätte Aaron sie sofort von dort oben weggeholt, aber er war natürlich viel zu klein. Auch als er auf einen Stuhl kletterte, der vorher umgekippt neben dem Esstisch gelegen hatte, reichten seine Hände nur bis zum Bauch der Mutter. Er schlug mit seinen Fäusten darauf ein und schrie immer wieder ganz laut »Mama«, aber die Mutter rührte sich nicht mehr. Aaron weinte und weinte und konnte damit gar nicht mehr aufhören. Als gegen späten Nachmittag endlich sein Bruder Christoph von der Schule nach Hause kam, fand dieser den völlig erschöpften Aaron neben den baumelnden Füßen der Mutter auf dem Teppichboden schlafend.

»Ey, Aaaron«, er stieß dem Kleinen einen Fuß in die Seite und weckte ihn damit unsanft auf. »Was is' denn hier los? Hast du Mama so doll geärgert, dass sie sich umgebracht hat wegen dir?«, schrie er ihn an und schüttelte dabei den kleinen Körper des Bruders.

Jetzt weinte Aaron erst recht bitterlich und rief wieder laut nach seiner Mutter.

»Hör auf zu heulen, du Penner«, motzte Christoph ihn weiter an. »Sag lieber, was wir jetzt machen sollen.«

Unter großer Anstrengung versuchten die beiden gemeinsam, den mittlerweile stocksteifen Körper der Mutter von der Zimmerdecke zu befreien, was letztlich nur gelang, indem Christoph mit einer Zange bewaffnet das Stromkabel durchkniff. Mit einem lauten Rumms schlug der Körper auf den Boden auf.

»Jetzt beschwert sich bestimmt wieder der alte Fettsack von unten, sollst mal sehen«, überlegte Christoph, »der kann dann auch gleich die Bullen holen, lass uns lieber abhauen.« Nachdem sie ein paar Sachen in ihre Rucksäcke gestopft hatten, rannten sie von zu Hause weg, auch wenn Aaron lieber bei seiner Mutter geblieben wäre. Es sollte nicht das einzige Mal bleiben, dass der Ältere den Jüngeren demütigte und über ihn bestimmte.

Nachdem sich Charlotte bei Julia entschuldigt und den Besprechungstermin noch einmal um zehn Minuten verschoben hat, ruft sie Staatsanwalt Häusler an, der bereits nach dem ersten Klingelzeichen abnimmt.

»Häusler«, brummt er ins Telefon, und Charlotte flötet, nachdem sie ihn freundlich begrüßt hat, wie beiläufig ein paar Fragen in den Apparat.

»Sagen Sie, handelt es sich bei dem Erhängten um den Tramchauffeur Nico Weiler oder um den Drogensüchtigen Christoph Würmli, wissen Sie das schon? Ich frage nur, weil beide seit ungefähr derselben Zeit vermisst werden. Oder ist es womöglich jemand ganz anderes, der da an der Brücke aufgehängt wurde?«, beendet sie ihre Fragerei.

»Ehm, also, das wissen wir noch nicht genau, Frau Dr. Fahl. Wer der Erhängte war, meine ich. Eigentlich gehen wir davon aus, dass es sich um ... wie heißt der Tote nochmal?«, hört sie den Staatsanwalt nun zu jemand anderem sprechen. »Genau, das hier soll die Leiche vom KFZ-Mechaniker Rafael Seibold sein. Sein älterer Bruder Daniel hat ihn vor etwa vier Wochen als vermisst gemeldet, und wir haben Anzeichen dafür, dass er es ist. Aber wie kommen Sie denn darauf, dass er aufgehängt wurde?«, fragt er ganz verdattert zurück.

»Ach so, Sie sind sich vor Ort also gar nicht sicher, um wen es sich handelt und wissen auch nicht, wer ihn dorthin gehängt hat, verstehe«, provoziert sie freundlich weiter und wartet seine Reaktion ab.

»Frau Dr. Fahl, das sieht hier alles eindeutig nach einem Suizid aus, wieso fragen Sie denn so etwas Absurdes?«, hakt Staatsanwalt Häusler nun leicht unwirsch nach.

»Ach, das sind nur meine üblichen Fragen, Sie kennen mich doch. Bei einem Erhängten kann man ohne ergänzende Untersuchungen nie wirklich sagen, ob er das selbst getan hat. Vor allem dann nicht, wenn man noch nicht mal sicher ist, um wen es sich eigentlich handelt und der Leichnam darüber hinaus an einem öffentlich zugänglichen Platz hängt. Aber nichts für ungut, Herr Häusler, es hat mich einfach interessiert zu erfahren, bevor ich es morgen in allen Zeitungen nachlesen muss. Ich wollte Sie nicht verunsichern«, betont sie am Ende und verabschiedet sich höflich. Danach geht sie zu ihrer Verabredung mit der Direktionssekretärin.

Im Planungsgespräch mit Julia erfährt sie detailliert, wo sie in den nächsten Tagen erwartet wird, auf welchem Weg sie dorthin kommt und wen sie dort treffen soll.

»Mir ist ehrlich gesagt noch völlig schleierhaft, wie ich das alles in meinen total vollen Terminkalender pressen soll, aber dabei kannst du mir natürlich auch nicht helfen«, seufzt Charlotte und schaut mit ratloser Miene zu Julia hinüber, die sie mitfühlend anlächelt.

»Hoffen mir mal das Beste, liebe Charlotte. Vielleicht ist unser Chef ja bald wieder da«, versucht Julia sie und auch sich selbst ein wenig zu beruhigen.

Auf dem Weg in ihr Büro kommt Charlotte der laut pfeifende Gregor entgegen, der gerade die frisch gedruckten Etiketten von einem neu aufgenommen Leichnam aus der Anmeldung geholt und einen Obduktionstermin im Buch vermerkt hat.

»Sag bloß, es hat geklappt?«, fragt sie ihn lächelnd, doch anstatt zu antworten, lächelt er zurück und hält den rechten Siegerdaumen hoch. Auch Gregor weiß, dass es nicht selbstverständlich ist, dass Ermittlungsbehörden den Empfehlungen von Rechtsmedizinern folgen. Alle sind dem zunehmenden Spardruck ausgesetzt und erhalten ihre Anweisungen von unterschiedlichen Institutionen. Aus diesem Grund kommt es nicht selten vor, dass Ärzte, Juristen und Polizisten am Ereignisort über Sinnhaftigkeit und Nutzen kostspieliger Untersuchungen diskutieren.

»Heute wollten sie echt am falschen Ende sparen«, gibt er nun doch eine Antwort, und Charlotte weiß genau, wie es sich für ihn anfühlt, dass seine Stimme am Tatort nicht erhört wurde. Auch wenn sich prinzipiell alle Experten gegenseitig respektieren und in Bezug auf die gemeinsamen Ziele einig sind, kollidieren vielfach die individuellen Interessen, und dann heißt es ruhig bleiben und zusehen, dass man zumindest ungeschoren davonkommt.

»Du hast alles richtig gemacht«, bestärkt sie ihren Oberarzt. »Manchmal hat man einfach keine Chance. Aber merk dir, vor nichts haben sie so viel Angst wie vor Negativschlagzeilen, deshalb zieht die Verunsicherungsnummer eigentlich am Ende immer«, rät sie ihm, bevor sie in ihrem Büro verschwindet, um sich konzentriert ihrer Terminplanung widmen zu können.

»Der sieht aus wie Ötzi«, entfährt es Annabelle, als sie zusammen mit Nicole den mumifizierten Leichnam auf den Stahltisch wuchtet.

»Du hast recht«, stimmt ihr die Präparatorin zu und notiert Körpergröße und -gewicht auf einem Zettel. »Nur, dass der hier nicht im ewigen Eis rumlag, sondern von 'ner Brücke baumelte, ergänzt sie dann, und beide Frauen müssen unweigerlich lachen.

»Na, was ist denn so lustig?«, will Tom wissen, der im Begriff ist, sich dicke Gummihandschuhe für die Obduktion anzuziehen. »Gefiel dir der Typ nicht, oder warum hast du mit ihm Schluss gemacht?«, witzelt er, seinen Blick auf Nicole gerichtet, die diesen blöden Spruch seit Jahren hört und deshalb gar nicht mehr zur Kenntnis nimmt.

»Was sagst du zur Liegezeit?«, unterbricht Annabelle die etwas angespannte Situation, indem sie sich an ihren Oberarzt wendet.

»Du meinst wohl eher zur Hängezeit«, versucht dieser erneut, die Frauen zum Lachen zu bringen, was ihm aber einfach nicht gelingen will.

»Bei den warmen Temperaturen der letzten Zeit ist er wahrscheinlich recht schnell ausgetrocknet. Außerdem können wir von einem ordentlichen Luftzug dort unten am Fluss ausgehen. Beides zusammen bedeutet, dass die Mumifikation ziemlich rasch vonstattengegangen sein kann. Stimmst du mir zu?«, versucht es Annabelle noch einmal bei Tom.

»Ein paar Wochen braucht das schon«, antwortet Tom nun ganz seriös. »Was sagst du denn zu den CT-Befunden?«, möchte er von Annabelle wissen, die dabei ist, die Befunde der äußeren Leichenbesichtigung zu diktieren. Sie unterbricht ihr Diktat und überlegt einen kurzen Moment, bevor sie ihm antwortet:

»Die Flüssigkeit in Magen und Dünndarm erinnert an verschlucktes Wasser. Schauen wir mal, ob es sich dabei tatsächlich um Limmatwasser handelt, das wäre echt der Knaller.« Dann hätte sie endlich mal einen spannenden Kriminalfall auf dem Tisch, so etwas ist ihr während des ersten Weiterbildungsjahres noch nicht vergönnt gewesen, denkt sie und fährt mit ihrem Diktat fort.

»Ist der Leichnam denn schon identifiziert?«, fragt Nicole jetzt in die Runde.

»Nee, es gibt 'nen Verdacht, aber dafür benötigen wir noch ein Stück Zehenhaut. Kannst du die vielleicht asservieren?«, bittet Annabelle die Präparatorin, die mit ihrem Skalpell ruck, zuck ein Stück vom Zeh wegschneidet und in ein Plastikröhrchen steckt.

»Aber auf den CT-Schädelaufnahmen konnten doch auf frühere Frakturen zurückgehende Knochenstellungen abgegrenzt werden, die sehr individuell aussehen«, wendet Tom ein. »Die müssen unbedingt mit Spitalaufnahmen von diesem Seibold verglichen werden, der das hier sein soll.«

»Ist heute Morgen längst geschehen«, entgegnet Annabelle und ergänzt: »Der ist es nicht. Aber vor ungefähr 'nem Monat hatte uns doch so'n komischer Typ Röntgenbilder von seinem angeblich vermissten Bruder vorbeigebracht, als wir 'ne unbekannte männliche Leiche in 'nem Keller gefunden hatten, die auch nich' mehr so gut aussah, weißte noch?«

»Ja, klar, an die Bilder kann ich mich gut erinnern. Und?«, fragt Tom interessiert zurück.

»Die passen, und zwar perfekt«, antwortet Annabelle mit Stolz in der Stimme und lässt sich von Nicole ein frisches Skalpell reichen, damit sie mit der Autopsie loslegen kann. »Die Zehenhaut haben wir nur zur Sicherheit genommen, um den Verwandtschaftsgrad überprüfen zu können. Muss ja nicht stimmen, dass Aaron Würmli der leibliche Bruder von dem Toten ist. Hat's schließlich alles schon gegeben«, lächelt sie jetzt Tom an, der ihr Lächeln schüchtern erwidert. Na also, geht doch, denkt sie und schneidet beherzt in die steife dunkelbraune Lederhaut.

Aaron und Christoph waren zwei ungleiche Brüder. Nicht nur wegen des Alters, sondern auch wegen der sehr unterschiedlichen Erfahrungen, die beide gemacht hatten. Christoph war oft gemein zu seinem kleinen Bruder und bestimmte über ihn. Wenn nicht alles so lief, wie er wollte, fing er an, den Kleinen zu quälen, bis der schließlich aufgab. Innerlich gab Aaron aber nie auf, das wollte er dem Älteren nur nicht zeigen.

Vor ein paar Monaten hatten die Brüder beim Ausgehen die flotte Janine kennengelernt, und Aaron hatte das erste Mal die besseren Karten besessen. Janine war mit ihm nach Hause gegangen und nicht mit Christoph. Das war neu, so etwas hatte es bisher nicht gegeben. Hinterher klopfte Christoph Sprüche und machte sich lustig über die saublöde Schlampe, wie er sie nannte, doch Aaron hatte sich erstmals in seinem Leben wirklich verliebt.

An einem frühen Morgen vor ein paar Wochen war er vom Ausgang zurück nach Hause gekommen und wollte sich in sein Bett legen. Da lagen aber schon Christoph und Janine und steckten ineinander fest. Aaron drosch sofort auf Christoph ein, der sich daraufhin schnellstens aus dem Staub machte.

Am Morgenrapport sind alle gespannt, und dem gesamten Team ist klar, dass dieser Todesfall ein Paradebeispiel für jede Weiterbildungsveranstaltung ist.

»Stellt euch mal vor, Staatsanwalt Häusler hätte den Leichnam, wie zunächst geplant, tatsächlich vor Ort freigegeben. Dann hätte Gregor einen Totenschein für diesen Rafael Seibold ausgestellt«, freut sich Tom wie ein kleines Kind an der Geschichte. »Der ist aber laut Polizeiermittlungen momentan gerade in einem Überraschungsurlaub auf Bali. Die Schlagzeilen wären der Hammer geworden«, setzt er noch nach und landet damit einen Lacher, der das gesamte Team mitreißt. Jetzt übernimmt Annabelle und fasst die Ergebnisse zusammen:

»Bei der Mumie handelt es sich aufgrund der Vergleichsbilder eindeutig um den 27 Jahre alt gewordenen Christoph Würmli. Nachdem wir im CT Hinweise auf einen Ertrinkungstod gefunden hatten und im MRT keine Einblutungen in die Halsweichteile festgestellt werden konnten, untersuchten wir den Inhalt von Magen und Dünndarm, wo wir eindeutig Limmatwasser nachgewiesen haben. Es sieht also ganz danach aus, dass der Mann ertrunken ist.«

»Ach du je, also echt ein Tötungsdelikt?«, fragt Gregor dazwischen.

»Schwer zu sagen, aber warum sollte jemand einen Menschen aufhängen, wenn er ihn tot gefunden hat?«, stellt Frederick die Gegenfrage.

»Wie sieht es mit Vitalzeichen aus?«, möchte Charlotte vom Obduktionsteam wissen. »Können wir belegen, dass der Mann bereits tot war, als er aufgehängt wurde? Beides sind schließlich Erstickungsvorgänge, und er könnte nach dem Ertrinken lediglich bewusstlos gewesen und erst durchs Erhängen verstorben sein.«

»Na ja, bei Ötzi konnten sie sogar sagen, dass man ihn mit einem Pfeil erschossen hat, bei unserem Leichnam ist das schon schwieriger, ehrlich gesagt«, gibt Tom seine Stellungnahme ab. »Vitalzeichen des Ertrinkens in Form von verschlucktem Wasser haben wir gefunden, für das Erhängen fehlen sie uns. Keine punktförmigen Einblutungen, wir können also davon ausgehen, dass man eine Leiche aufgeknüpft hat, um die Tötung zu verschleiern und sie wie einen Suizid aussehen zu lassen.«

»Hätte ja auch fast geklappt«, gibt Gregor seine noch immer vorhandene Frustration zu erkennen.

»Gab's irgendwelche Kampfspuren am Leichnam?«, möchte Frederick noch wissen.

»Jawohl, damit können wir dienen«, freut sich Annabelle sichtlich. »Neben einem frischen Nasenbeinbruch und einer Jochbeinfraktur rechts gab es jede Menge Einblutungen im Fettgewebe. Außerdem waren zwei Fingernägel frisch abgebrochen. Ein Kampf hat also ganz sicher stattgefunden.«

»Na, das ist doch etwas. Wer geht morgen früh zur Vernehmung des jüngeren Bruders?«, möchte Charlotte wissen. Doch keiner der Ärzte meldet sich, alle haben mal wieder viel zu viel zu tun.

»Gut, dann werde ich das machen, bin also morgen erst gegen Mittag zurück im Institut«, beendet Charlotte die Sitzung und alle springen auf, um ganz schnell an ihre Arbeit zu gehen.

»Am Abschleppseil, mit dem der Körper des Christoph Würmli aufgehängt wurde, konnte Ihre DNA nachgewiesen werden«, hält Meininger dem Tatverdächtigen Aaron Würmli vor, der damit der Hauptverdächtige in dem Fall ist. »Würden Sie uns bitte schildern, was aus Ihrer Sicht am Abend des 17. April dieses Jahres geschah?«, bittet der Staatsanwalt den jungen Mann.

»Wir haben uns gestritten«, fängt Aaron an zu erzählen. »Christoph hatte Sex mit meiner Freundin Janine. Ich hab die beiden am Morgen dabei erwischt. Am Abend bin ich dann runter zur Limmat, wo er immer abhängt, und hab ihn da gefunden. Er war alleine, wieder mal total zugedröhnt. Ich bin auf ihn zu, hab ihn zur Rede gestellt, aber er hat immer nur gelacht und blöd getan. Das war schon immer so. Immer hat er mich ausgelacht, aber dieses Mal wollte ich, dass das ein Ende hat. Ich hab ihm eins aufs Maul gegeben und dann noch eins und noch eins. Und irgendwann fiel er kopfüber ins Wasser.« Aaron Würmli hört auf zu sprechen, er möchte jetzt lieber eine Zigarette rauchen.

»Bitte erzählen Sie uns erst, was dann weiter geschah, Herr Würmli!«, bestimmt der Staatsanwalt und schaut Aaron Würmli mit einem prüfenden Blick an. Der bleibt ruhig sitzen und fährt fort.

»Na, was soll schon passiert sein?«, antwortet er mit einer Gegenfrage und erzählt weiter, als niemand darauf reagiert. »Ich hab seinen Kopf genommen, aus dem Wasser gezogen und ihn dann so oft wieder reingesteckt, bis er endlich aufgehört hat zu lachen. Auf einmal lag er da, hat keinen Mucks mehr gemacht. Ich hab plötzlich an unsere Mutter denken müssen und dann kam mir die Idee mit dem Seil.« Er macht eine kurze Pause und erzählt seine Geschichte dann einfach weiter, ohne noch mal befragt worden zu sein.

»Ich hab das Abschleppseil aus dem Rucksack genommen, ihn auf die blöde Brücke gezogen, die Scheißschlinge um den Hals gelegt und seinen schlaffen Körper runtergestoßen. Wie so'n Abfallsack hat er da gehangen, aber man konnte ihn nicht sehen, weil davor die Büsche waren.«

»Also hatten Sie das alles geplant, wenn Sie das Abschleppseil schon im Rucksack dabei hatten?«, fragt Meininger jetzt dazwischen, um nach typischen Mordmerkmalen zu suchen.

»Geplant? Aufs Maul wollte ich ihm eine geben, damit er endlich aufhört, über mich zu lachen«, wird Aaron jetzt laut. »Ich hab gedacht, wenn er da hängt, dann glauben alle, dass er sein Scheißleben selbst beendet hat«, spricht er jetzt wieder leiser und schaut betreten zu Boden.

Charlotte hat schon einigen Einvernahmen beigewohnt, um der Staatsanwaltschaft Hinweise zu geben, nach welchen Einzelheiten gefragt werden muss, damit die Analyseergebnisse sinnvoll genutzt werden können. In diesem Fall schweigt sie allerdings und schafft es kaum, ihre zähe Spucke hinunterzuschlucken, die sich während der Erzählung des Täters in ihrem Mund angesammelt hat.

Rückfall

Früher hatte sich Leyla Aslan das Leben in der Schweiz immer ganz wundervoll vorgestellt, wenn ihr Mann Tarik ihr von einer gemeinsamen Zukunft inmitten von luxuriösen Shoppingmalls und Kühen auf grünen Almen vorschwärmte. Auch er war noch nie dort gewesen, aber sein Vater hatte ihm schon von dem wunderschönen Alpenland erzählt, das er ein paar Mal auf dem Weg nach Deutschland durchquert hatte.

»Irgendwann wirst du es schaffen und in die Schweiz auszuwandern, mein Sohn, da bin ich mir ganz sicher«, hatte er verheißungsvoll zu Tarik gesprochen.

Tarik war ein junges Fußballtalent, dem die Welt offenzustehen schien. Lange spielte er für seinen Heimatverein Bursaspor, bevor er gegen Zahlung einer hohen Ablösesumme zu Gençlerbirliği Ankara wechselte. Seine Karriere am türkischen Fußballhimmel schien erst richtig loszugehen. Eines Tages rief ein Agent vom FC Basel bei seinem Manager an und bot genug Geld, um Tarik Aslan in die Schweiz zu locken.

Leyla war der Familie von Tarik schon vor langer Zeit versprochen worden und heiratete ihn an ihrem sechzehnten Geburtstag. Jetzt waren die beiden seit fünf Jahren ein Ehepaar und fleißig dabei, eine Familie zu gründen, was ihnen bisher allerdings noch nicht so recht gelingen wollte. An Tarik konnte es nicht liegen. Er war gerade mal 23 Jahre jung, ein hoch bezahlter Profifußballer, athletisch durchtrainiert, gesund und munter und immer spitz wie eine Rakete. Leyla war erst 21, über ihre Zwangsehe mit Tarik nicht ganz so glücklich und in ihrem Inneren ausgesprochen lernbegierig. Sie hatte eine Ausbildung zur Reiseverkehrskauffrau abgeschlossen und arbeitete seit Kurzem in einem riesigen Reisebüro in Ankara. Dort hatte sie ab und zu reichlich Stress auszuhalten, der sich womöglich negativ auf ihre Empfängnisfähigkeit auswirkte. Das zumindest wurde von den Familienangehörigen allseits spekuliert. Alles werde sich ändern, versprach Tarik ihr, wenn sie erst einmal in der Schweizer Großstadt Basel lebten und sie nicht mehr arbeiten müsse, weil er genug für die ganze Familie verdiene. Dann könnten sie sich in Ruhe auf die Familienplanung konzentrieren und ihren gemeinsamen Nachwuchs herbeizaubern.

So einfach, wie er sich das vorgestellt hatte, wurde es natürlich nicht. Tarik trainierte täglich rund um die Uhr und absolvierte an den Wochenenden Wettkampfspiele, während Leyla alleine zu Hause herumsaß und Däumchen drehte. Erschwerend kam hinzu, dass beide kein Deutsch konnten und Schwierigkeiten beim Erlernen von Schweizer-Deutsch hatten. Nachdem Leyla einen Sprachkurs bei der Migros-Klubschule absolviert hatte, konnte sie wenigstens ein wenig besser verstehen, wenn Menschen sie ansprachen, aber vom Lesen, Schreiben oder gar Sprechen war sie noch immer meilenweit entfernt. Die beiden jungen Leute kannten kaum jemanden in Basel, also konzentrierten sie sich sehr stark auf das Leben zu zweit. Während Tarik in erster Linie Kontakt zu seinen Fußballkollegen hatte, fing Leyla an, vereinzelte Außenkontakte zu pflegen. Die Bekanntschaft zu ihrer etwa gleichaltrigen Nachbarin Jacqueline intensivierte sich, als die Nachbarin sie eines schönen Tages auf einen Schrebergarten in Zürich ansprach, den sie von ihren kranken Eltern hatte übernehmen müssen. Ob Leyla vielleicht Lust habe, ihr in dem Garten ein wenig zur Hand zu gehen, hatte sie gefragt und erklärt, dass sie die Arbeit neben der Versorgung ihrer zwei kleinen Kinder komplett überfordere. Leyla zögerte zunächst, da Zürich eine Stunde von Basel entfernt liegt und sie außerdem von Gartenarbeit keine Ahnung hatte. Schließlich willigte sie aber doch ein, weil sie sich dadurch ein wenig Abwechslung in ihrem eintönigen Leben versprach. Nach ersten Arbeitseinsätzen, die ihr sehr gut gefallen hatten, fuhr sie regelmäßig mit dem Zug nach Zürich in den Garten von Jacqueline, und zwar auch dann, wenn diese keine Zeit hatte und nicht mitkommen konnte. Hierhin zog Leyla sich zurück. Sie genoss die Ruhe und die sinnvolle Beschäftigung, jetzt ließ sich das Leben zumindest ein bisschen besser aushalten als zuvor. Eigentlich sehnte Leyla sich tagtäglich in ihre Heimat zurück. Vor allem sehnte sie sich nach ihrer Arbeit im Reisebüro in Ankara, wo sie mit so vielen Kolleginnen zusammen gewesen war und nicht nur Stress, sondern auch immer sehr viel Spaß gehabt hatte. Am liebsten würde sie dorthin entfliehen und dieses Leben mit Tarik in der Schweiz einfach hinter sich lassen, aber das war für sie noch nicht einmal im Ansatz vorstellbar.

Als sie an einem frühlingswarmen Sonnentag mal wieder alleine im Garten von Jacqueline und ihrer Familie vor sich hin arbeitete und dabei war, in der Hocke sitzend das Blumenbeet aufzuhacken, um dies vom wild wuchernden Unkraut zu befreien, traf sie auf Boris beziehungsweise Boris traf auf sie. Es war das erste und zugleich letzte Mal, dass die beiden einander begegneten. In diesem Moment wurde ihr schlagartig klar, dass es ein riesengroßer Fehler gewesen war, die Türkei zu verlassen und in die Schweiz zu kommen. Alles war in dem ihr fremden Land ganz anders gelaufen, als sie es sich vorgestellt hatte. Und auf einmal war nichts mehr sicher in ihrem Leben, mehr noch: ihr Leben war einfach nicht mehr sicher.

Boris ist die Pubertät nicht wirklich gut bekommen. In dieser für ihn schweren Zeit hatte alles an seinem jugendlichen Körper ganz plötzlich angefangen zu sprießen und sich zu verändern. Nichts war mehr so geblieben wie vorher, bis er am Ende nicht mehr der war, den er kannte, nicht mehr er selbst, so zumindest fühlte es sich für ihn an. Erst waren es die komisch gekräuselten schwarzen Haare, die sich nach und nach überall auf seinem Körper breitmachten. Dann erkannte er seine Stimme nicht mehr wieder und fand einfach nicht den richtigen Ton. Und schließlich wurde seine sexuelle Lust so unerträglich, dass ein angenehmer Umgang damit für ihn unmöglich wurde. Ein Ausweg war ihm nicht bekannt, eine Rettung schien nicht in Aussicht zu stehen. Die jungen Mädchen in seinem Alter fanden seine Art alles andere als lustig, und lustvoll schon gar nicht. An junge Frauen kam er nicht heran und ältere vermochten ihn nicht zu erregen. Deshalb versuchte er an Mädchen seines Alters zu gelangen, um sich dann an ihnen sexuell zu vergehen. Zwei, drei Mal hatte das ganz gut geklappt, obwohl er ziemlich grob hatte werden müssen. Aber die Mädels wehrten sich so gut wie nie und keine von ihnen konnte sich überwinden ihn anzuzeigen, bis er eines Tages auf Gabriella traf, bei der er sich tüchtig verschätzt hatte. Sie leistete heftigsten Widerstand gegen seinen Vergewaltigungsversuch und fügte ihm üble Verletzungen zu. Danach lief sie voller Wut direkt zur örtlichen Polizeistation, wo sie Anzeige gegen Boris erstattete. Das hatte gesessen, und nun saß er. Er war wegen versuchter Vergewaltigung angeklagt worden, vor den Jugendrichter gekommen und wurde rechtskräftig verurteilt.

Nachdem seine Gefängnisstrafe verbüßt war, hatte er keinen einzigen Rückfall mehr erlitten. Sein Leben war in völlig neue Bahnen geraten, vor allem, als er Jacqueline kennen- und bald auch lieben lernte. Durch sie hatte er erfahren, wie es sich anfühlte, sich auf einen Menschen einzulassen, ohne diesen machtvoll unterdrücken zu müssen. Sie heirateten, bekamen ihre beiden wundervollen Töchter Stefanie und Michelle und lebten von nun an ein geradezu paradiesisches Familienleben mitten in Basel. Klar, sie hatten viel zu tun und waren mit eigenem Haus, Arbeit, den Kindern und jetzt auch noch dem Kleingarten der Schwiegereltern ordentlich beschäftigt, aber Boris war mit seinem Leben glücklich und mit seiner Familie äußerst zufrieden. Bis er an jenem frühlingswarmen Sonnentag zum Garten hinausfuhr, um nach dem Rechten zu schauen.

Als die Nachricht zum Ausrücken sie am späten Nachmittag erreicht, ist Charlotte gerade dabei, Chantal beim Gewebezuschnitt im Histolabor zu unterstützen und ihr die Schnitt- und Einbetttechniken zu erklären. Soeben positioniert sie mit einer anatomischen Pinzette ein etwa ein Zentimeter langes Gefäßresektat aufrecht in der Kapsel zum Einbetten, damit Querschnitte der Arterie im Gefäßdurchmesser angefertigt werden können.

»Na klar fahre ich raus, ich habe ja mal wieder Hintergrunddienst«, antwortet sie der Assistenzärztin am Telefon, die sich danach erkundigt hat, ob vielleicht jemand anders in die Kleingartensiedlung fahren soll, weil Charlotte doch gerade so beschäftigt sei.

»Chantal, es tut mir leid, aber ich muss zu einem außergewöhnlichen Todesfall in eine Kleingartensiedlung. Es ist ja eigentlich auch schon ganz schön spät, und du kannst langsam Feierabend machen. Sollen wir uns den Zuschnitt morgen wieder vornehmen?«, fragt sie die Assistenzärztin, die noch ein wenig unsicher in diesen Arbeitsschritten ist.

»Das ist doch okay für heute, vielen Dank, Charlotte«, antwortet Chantal verständnisvoll und legt sich ein Stück Lebergewebe zurecht. »Ich mach das hier noch rasch allein fertig, und falls ich unsicher sein sollte, frage ich dich morgen, ob du zum Abschluss alles nochmal kurz kontrollieren kannst.«

»Prima!«, stimmt Charlotte zu und geht auf dem Weg zu ihrem Wagen noch schnell im Sekretariat vorbei, um die Damen über ihren Einsatz zu informieren. Gerade als sie zu sprechen ansetzt, ist Irene im Begriff, ihrer Kollegin Beatrice ihre frisch designten, sprich: violett lackierten und ziemlich langen künstlichen Fingernägel zu präsentieren. »Die Dinger sitzen bombenfest, hier, zieh mal dran«, zwitschert sie Beatrice zu und verfällt in ein leises Kichern. Da will Charlotte natürlich nicht stören und steuert geradewegs auf die Kellertreppe zu, die ins Parkhaus führt.

Bei der Eingabe der genannten Adresse der Kleingartensiedlung in ihr Navigationsgerät merkt sie bereits, dass dieses Unterfangen schwierig wird. Es gibt zwischen fünfzig und sechzig Kleingartensiedlungen in der Stadt Zürich, und fast zehn davon liegen in der genannten Region. Nach einer ganzen Weile kann sie das Areal Breitenstein vom Familiengartenverein Zürich-Wipkingen über die Hönggerstraße, also ihre Heimatroute, erreichen und stellt ihren Jeep an der Ecke Breitensteinstraße zum Kloster Fahr-Weg ab. Von dort aus sucht sie in der aufkommenden Dämmerung nach einem Polizeifahrzeug oder wenigstens ein paar Streifenbeamten, die sie zum genannten Gartenhäuschen bringen können. Doch wo normalerweise immer jemand auf sie wartet, wenn sie zu einem Tatort ausrückt und am genannten Punkt erscheint, ist heute weit und breit kein Mensch zu sehen. Sie nimmt sich ihre schwere metallene Maglite Taschenlampe mit dem extralangen Griff aus dem Auto und sucht die einzelnen Gärten ab. Mit dieser Lampe könnte sie sich im Ernstfall effektvoll zur Wehr setzen, weil sie auch als Schlaginstrument sehr gut geeignet ist. Trotz des hellen

LED-Lichtkegels ist nichts zu entdecken, was wie eine Ansammlung von Menschen aussieht, absolut nichts. Das kann doch gar nicht wahr sein, so etwas gibt es doch gar nicht. Da wird eine Rechtsmedizinerin an einen Leichenfundort gerufen und niemand ist da, noch nicht mal eine Leiche. Als sie drauf und dran ist umzukehren und wieder ins Institut zurückzufahren, ruft plötzlich eine männliche Stimme laut:

»Hier! Kommen Sie hierher, Frau Doktor. Sie sind doch die Ärztin von der Rechtsmedizin, oder nicht?«, fragt ein Polizeibeamter sie verunsichert.

»Nein, ich komme zum Blumengießen vorbei, da das Gießen in der Dunkelheit bekanntlich wirksamer ist«, scherzt Charlotte mit dem jungen Beamten, der sie äußerst skeptisch mustert.

»Charlotte«, ertönt in diesem Moment eine zweite männliche Stimme und sie erkennt sofort Kurts Krächzen, das er seit der Untersuchung im Kinderporno-Fall durch die vielen Einvernahmen entwickelt hat. »Hier sind wir, hier hinten bei der Regentonne«, gibt er ihr zusätzliche Informationen, damit sie sich besser orientieren kann. In diesem Kleingartenareal herrscht stockfinstere Nacht. Es gibt keinerlei künstliche Beleuchtung, was ja durchaus seinen Reiz haben mag, wenn man die Ruhe und Abgeschiedenheit in der Natur schätzt. Bei einer Leichenschau ist schlechtes Licht allerdings äußerst unangenehm, weil es meist darauf ankommt, die bekannte Nadel im Heuhaufen zu finden.

Als sie die Menschengruppe erreicht, die aus drei Streifenpolizisten, einem Brandtouroffizier, dem Staatsanwalt Kurt Meininger und zwei weiteren, ihr unbekannten Männern besteht, schaut Charlotte sich suchend nach einem Leichnam um.

»Die Tote liegt hier hinten neben der Regenonne, aus der sie die beiden Männer da hinten herausgezogen haben wollen. Die Frau«, fasst der Brandtouroffizier die Vorgeschichte zusammen, »habe in der mit reichlich Regenwasser gefüllten Tonne gehockt, auch der Kopf sei komplett unter Wasser gewesen, sagen die Männer.«

»Um wen handelt es sich bei den Männern?«, fragt Charlotte den Offizier, der kurz auf seine Aufzeichnungen schaut und dann berichtet:

»Der eine ist ein gewisser Boris Ortlieb, dessen Schwiegereltern der Kleingarten gehört, und der andere soll dessen Nachbar Tarik Aslan sein, ein Türke, bei dem es sich offenbar um den Ehemann der Verstorbenen handelt«, schließt er seine Ausführungen ab.

»Und die Frau soll wie genau in der Tonne gewesen sein, als die Männer sie herausgezogen haben wollen?«, will es Charlotte ganz genau wissen, die sich das Ganze nicht richtig vorstellen kann. Sie hat während ihrer langjährigen Berufstätigkeit als Rechtsmedizinerin zwar schon sehr häufig in diverse Kleingartensiedlungen ausrücken müssen und die unterschiedlichsten Leichenkonstellationen dort angetroffen, aber eine erwachsene Frau, die in einer Regentonne ertrunken sein soll, erscheint ihr irgendwie unglaubwürdig. Zu ihren Kleingartenfällen zählen sowohl ein älterer Herr, der mit seinem elektrisch betriebenen Rasenmäher über das Kabel fuhr und am Stromschlag starb, als auch eine steinalte Dame, die bei über 30 Grad Celsius Rosen schnitt und einen tödlichen Hitzschlag erlitt, außerdem ein junger Mann, der, während er in seinem Birnbaum die obersten Äste auslichtete, von einem Blitzschlag tödlich getroffen wurde, und eine mittelalte Frau, die beim Pflaumenpflücken von der Leiter fiel und unglücklich auf ihren Kopf stürzte, sodass sie einen letalen Schädelbruch erlag. Dann gab es da noch das Kleinkind, das beim Burgenbauen eine tödliche Dosis Rattengift geschluckt hatte, und schließlich die drei jungen Angler, die ihre Fische zunächst draußen im Garten und nach dem Einsetzen strömenden Regens in der Hütte weiter gegrillt hatten, bis sie langsam, aber sicher an einer Kohlenmonoxidvergiftung zugrunde gingen. Auch ein Tötungsdelikt findet sich unter diesen außergewöhnlichen Parzellenfällen, einer jener Morde, die Charlotte wohl niemals vergessen wird, weil das Ereignis sie damals an ihre Mutter erinnerte, die auch immer so gerne allein im Garten übernachtete. Ein obdachloser Junkie hatte sich in eine Gartenlaube zurückgezogen, um es sich dort gemütlich zu machen. Leider hatte er dabei eine Laube erwischt, die nahezu ständig von einer älteren Frau bewohnt wurde, da diese fast täglich in ihrem Garten arbeitete. Der Typ hatte sich dort eingenistet, während sie kurz zum

Einkaufen war, und als sie zurückkam und ihn quasi auf frischer Tat ertappte, stach er sie brutal nieder.

»Bevor ich mir den Leichnam genauer anschaue, möchte ich einen Blick auf die Regentonne werfen. Könnten Sie mir bitte mal das Licht halten?« Charlotte drückt dem Brandtouroffizier die Maglite in die Hand und inspiziert die schwarze Gartentonne. Es handelt sich um ein etwa 300 Liter fassendes Kunststoffgefäß, das ungefähr einen Meter in der Höhe, achtzig Zentimeter in der Breite und etwas mehr als einen halben Meter in der Tiefe misst. Der Wasserspiegel befindet sich etwa zehn Zentimeter unterhalb des Tonnenrandes. Die Umgebung der Tonne ist nicht befeuchtet, das Wasser wirkt klar und ohne Schwebeteilchen.

Charlotte wendet sich als nächstes dem Leichnam zu, der in der Nähe der Tonne in Rückenlage am Boden liegt. Die langen dunklen, leicht gewellten Haare sind nass und auch die Kleidung ist wasserdurchtränkt. Nur die Schuhe, ein paar beigefarbene Stoffturnschuhe, stehen trocken neben der Tonne.

»Sie ist sehr jung«, sagt Charlotte leise und entledigt den Leichnam seiner Kleidung, wobei sie die maximal ausgebildete Totenstarre mit einigem Kraftaufwand durchbrechen muss. Während der Untersuchung ist es mucksmäuschenstill, trotz der Menschengruppe, die Charlotte von nah und fern gespannt zuschaut. Sieben Männer sind in diesem Garten versammelt, drei stehen direkt um den Leichnam der jungen Frau herum und die übrigen vier, zwei Streifenbeamte sowie die Männer Aslan und Ortlieb, sind etwas weiter entfernt am Gartenhaus positioniert. Alle warten gespannt auf die Ergebnisse der Leichenschau. »Ich kann am Leichnam der jungen Frau bis auf die Nässe nichts Auffälliges feststellen«, teilt Charlotte ihre Befunde mit. »Die Nässe kann bedeuten, dass die Geschichte mit der Frau in der Tonne stimmt. Ich würde aber gerne eine Nachstellung durchführen, wofür wir den aktuellen Wasserstand am Tonnenrand einzeichnen, die Tonne und den Leichnam mitnehmen und morgen alles in unserer Garage im Institut nachstellen müssen. Bei der Dunkelheit bringt das heute hier sowieso nichts mehr. Was sagen die Männer denn, um wieviel Uhr sie die Frau aus dem Wasser gezogen haben wollen?«, fragt

Charlotte in Richtung des Brandtouroffiziers, der daraufhin angestrengt seine Aufzeichnungen durchblättert, wobei er langsam seinen Kopf hin und her bewegt.

»Ah ja, da haben wir's«, antwortet er und tippt auf die Passagen mit den Angaben zur Leichenfundzeit. »Sie haben beide übereinstimmend angegeben, gegen 18 Uhr zusammen im Garten eingetroffen zu sein. Da der Ehemann offenbar seine Frau zu Hause vermisste und dann seinen Nachbarn nach dem Garten fragte, ist dieser mit ihm zusammen in die Parzelle gefahren. Dort haben sie die Ehefrau von Aslan gesucht und schließlich etwa zehn Minuten später tot in dieser Tonne entdeckt. Beide gehen von einem Selbstmord aus, da die junge Frau sehr unglücklich gewesen sei.«

»Woran wollen die beiden denn erkannt haben, dass die Frau wirklich tot war?«, fragt Charlotte weiter, doch der Brandtouroffizier weiß darauf keine Antwort.

»Wir werden heute Nacht beide Zeugen, also die womöglich Beschuldigten, vernehmen und wissen dann morgen mehr, Charlotte«, versucht Staatsanwalt Meininger sie zu beruhigen und beendet die Untersuchungen vor Ort.

»Wir müssen dann morgen vor der Obduktion unbedingt noch Spuren vom Leichnam nehmen, vor allem Abstriche aus dem Ano-Genitalbereich. Ein Sexualdelikt ist hier nicht ausgeschlossen, auch wenn die Männer einen Suizid durch Ertrinken vermuten«, bestimmt Charlotte das Vorgehen. »Ehrlich gesagt, halte ich die Geschichte mit dem Selbstmord für unglaubwürdig, aber das ist mal wieder nur mein berühmtes Bauchgefühl«, flüstert sie Kurt Meininger nun sehr leise ins Ohr, der daraufhin schmunzelt und Charlotte liebevoll mit seinem Ellenbogen in die Seite stupst.

»Dein Bauchgefühl kenne ich und schätze es sehr, das weißt du ja«, entgegnet er ihr zum Abschied«, bevor sie in ihren klapprigen Jeep einsteigt und mit röhrendem Motor davonfährt.

An jenem Abend ist sie zu müde, um noch etwas zu essen, auch wenn Pascal mit dem Nachtessen mal wieder auf sie gewartet hat. Charlotte macht sich parat für die Nacht und verschwindet ohne ein Wort im gemeinsamen Schlafzimmer. Pascal verspürt nach wie vor ein schlechtes Gewissen wegen seiner Heimlichtuerei mit der fremden Frau, die ihn ein paar Mal in seinem Atelier aufgesucht hat. Irgendwie kann er es selbst nicht erklären, warum er Charlotte nichts davon erzählen mochte. Nachdem er der schönen Unbekannten bei ihrem zweiten Besuch eine Absage hinsichtlich einer privaten Malausbildung erteilt hatte, erschien sie tatsächlich ein drittes Mal bei ihm und bat ihn, ihm beim Malen zuschauen zu dürfen. Er hatte kurz gezögert, war dann aber bereit zuzustimmen. Sie fragte viel, während er sich an das Porträt einer bekannten Schweizer Politikerin machte, das er gerade in Arbeit hatte. Ihre Fragen bewegten sich ganz langsam und behutsam weg vom Malen und hin zu seinem Privatleben mit Charlotte, wobei sie sich ausgiebig nach der ungewöhnlichen Arbeit seiner Lebensgefährtin erkundigte. Viel konnte er ihr dazu gar nicht sagen, weil ihn diese sonderbar anmutende Tätigkeit seiner Liebsten meistens so sehr abschreckte, dass er sich fast nie danach erkundigte. Sie sprachen äußerst selten über Charlottes Fälle, und wenn, dann nur, weil Charlotte etwas von ihm wissen wollte, wie etwa seine Einstellung zu einer speziellen Tat oder sein Gefühl zu einem bestimmten Handlungsablauf. Dabei gingen sie selten ins Detail des konkreten Falls, vielmehr blieben sie abstrakt und diskutierten auf der Ebene des Betrachtens grundsätzlicher menschlicher Abgründe. Diese Frau wollte mehr wissen, viel mehr, als er imstande war, darüber zu sagen. Nach dem letzten Besuch war sie dann nicht mehr wiedergekommen, weshalb er sie schlicht und einfach vergessen hatte.

Als Pascal sich spät in der Nacht neben Charlotte legt, atmet diese fast lautlos und bewegt ihren Körper keinen Mikrometer, auch dann nicht, als er ihr ein wenig von der Daunendecke klaut, um sich selbst damit zuzudecken.

»Die Abstriche habe ich genommen, soll ich dann erst mal das CT fahren?«, fragt Annabelle Charlotte, die in der Garage dabei ist, die schwarze Regentonne mit Wasser zu befüllen, um hinterher eine Nachstellung der beschriebenen Position des Leichnams durchzuführen. Laut Angaben der beiden Männer habe die junge Frau in der Tonne gehockt, wobei auch der Kopf unter Wasser gewesen sei. Als Hinweis auf einen Suizid hatten die Männer die

Turnschuhe gewertet, die trocken neben der Regentonne standen und die sich die Frau offenbar vor ihrem Gang in die Regentonne abgezogen hatte.

»Ja, das ist gut, ich komme dann gleich rüber und wir befunden die Bilder zusammen. Ein MRT benötigen wir bei ihr grundsätzlich nicht, es sei denn, wir haben im CT Hinweise auf Gewalt gegen den Hals«, entgegnet Charlotte, während sie den Wasserhahn abstellt und den langen Zollstock für die Fotodokumentation zurechtlegt.

Im CT sind die Lungenflügel überbläht, das Zwerchfell steht tief und es zeigt sich eine Art Milchglaspattern des Lungengewebes. Der Hals ist unauffällig, und auch der restliche Körper weist keinerlei Auffälligkeiten auf. Der typische Körper einer jungen Frau, die am Beginn ihres Lebens stand, als sie, auf welche Art und Weise auch immer, in der Regentonne ertrank.

»Damit haben wir Hinweise auf einen Ertrinkungstod, das ist wirklich spektakulär. Hast du in der Literatur mal nach Suiziden in einer Regentonne geschaut?«, fragt Charlotte die Assistenzärztin.

»Ob du es glaubst oder nicht, habe ich tatsächlich und bin sogar fündig geworden«, antwortet Annabelle stolz. »Ein einziger Fall wurde beschrieben, somit ist es also nicht ausgeschlossen, dass die junge Türkin Selbstmord beging, auch wenn uns dieser Umstand noch nicht so recht überzeugen will.«

Bei der Obduktion finden die beiden Ärztinnen keinerlei Auffälligkeiten, der Körper der jungen Frau ist gesund, auch einer Familienplanung stand nichts im Wege, jedenfalls nichts, was sie mit bloßem Auge hätten erkennen können. Nach sorgfältigem Verschluss des Leichnams und Reinigung des Autopsietisches verabschieden sich die Obduzentinnen freundlich von Nicole, die heute Saaldienst hat und eine Obduktion nach der anderen durchführen muss. Reinhold hat Ferien und Gitta ist im Asservatenlabor beschäftigt. Drei Präparatoren sind eine extrem knappe Besetzung bei rund 600 Leichenöffnungen im Jahr, aber die Stellensituation gibt nun mal nicht mehr her, und auch eine Halbtagskraft als Unterstützung würde das Budget sprengen. Es hilft alles nichts, so müssen die Ärzte halt ein wenig mitmachen bei der Leichenversorgung. Schaden kann es ja nicht, wenn sie sich geschickt anstellen und sich gut auskennen. So können sie im Notfall sogar alleine eine Obduktion durchführen. Falls es mal zu einer Katastrophe mit Massen an Leichen kommen sollte, wären sie zumindest gut dafür gewappnet.

»So, mein Lieber, heute komme ich sogar persönlich vorbei, um mir die Ergebnisse im Fall der Regentonnenfrau abzuholen«, formuliert Charlotte ihr Anliegen am nächsten Morgen gut gelaunt und Luis lächelt auch fleißig zurück.

»Ja, das ist gut, dann spare ich mir den Anruf, und du kannst dir gleich den neuen VisiGen Biotechnologie-Sequenzierer anschauen. Damit sind auch wir endlich im Zeitalter des *next generation sequencing* angekommen«, freut sich Luis über das superteure Gerät.

Charlotte und Luis bestaunen die brandneue Apparatur, mit der das gesamte Genom sequenziert werden kann, und freuen sich gemeinsam darüber, dass diese moderne Technologie auch in der Forensik von Nutzen ist, wenn auch in anderem Zusammenhang als in der Krebsforschung.

»Dein Regentonnenfall ist übrigens ziemlich kompliziert und hat uns reichlich Kopfzerbrechen beschert«, schwenkt Luis nun zu den Ergebnissen in Charlottes Fall über. »Im Scheidenkanal konnten in der Tat Spermien nachgewiesen werden. Aber halt dich fest, sie stammen nämlich von zwei Männern, so ist zumindest die DNA-Mischspur zu interpretieren. Den Spermien siehst du ja leider nicht an, wem sie gehört haben«, scherzt Luis fröhlich weiter.

»Ach nee«, entgegnet Charlotte nachdenklich und formuliert sogleich ein weiteres Anliegen. »Aber über *cell picking* könnt ihr doch sicher feststellen, welche DNA zu welchem Spermium gehört oder nicht? Und falls ja, könnt ihr dann nicht auch anhand der unterschiedlichen Spermienzustände angeben, ob der Geschlechtsverkehr mit beiden Männern zu unterschiedlichen Zeiten erfolgte? Und falls wiederum ja, ist es dann vielleicht feststellbar, welcher eher und welcher später stattgefunden hat?«, interessiert sich Charlotte für die unterschiedlichen Möglichkeiten.

»Margit hat mir schon so oft gesagt, dass man sich bei dir auf alles Mögliche vorbereiten soll, aber diese Fragen sind jetzt echt der Hammer, Charlotte. Es wäre wahnsinnig cool, wenn wir das alles könnten, de facto geht das aber leider nicht. Immerhin können wir dir zwei saubere männliche DNA-Muster liefern, die hoffentlich mithilfe der Polizei den Verursachern zuzuordnen sind. Wann aber welche Ejakulation stattfand, da müsst ihr euch wohl oder übel auf die Aussagen der Typen verlassen, so sie denn überhaupt eine Aussage dazu machen werden«, antwortet Luis jetzt wesentlich ernsthafter als vorher und wünscht Charlotte einen angenehmen Tag.

»Na super«, entfährt es Kurt Meininger am Telefon, der die Einvernahmen mit den beiden Männern noch in der Nacht nach dem Leichenfund durchgeführt hat. »Von Sex hat keiner der Herren etwas gesagt, aber da werden wir natürlich noch mal nachhaken, sobald der DNA-Abgleich mit den Spuren erfolgt ist und grünes Licht anzeigt. Falls beide mit der jungen Frau Geschlechtsverkehr hatten, wird die Sache extrem unübersichtlich, denn bei beiden werden wir niemals herausfinden, ob es einvernehmlich war oder nicht«, beendet er frustriert seinen Gedankengang.

»Das ist ja das Schlimme«, entgegnet nun Charlotte, die noch nicht mal sicher sagen kann, ob die Frau wirklich freiwillig in das Regenfass stieg, um sich das Leben zu nehmen. Wenn man sich die Körperproportionen der beiden Männer vor Augen führt, wäre auch denkbar, dass der Kopf der kleinen zarten Frau unter Wasser gedrückt wurde, ohne dass dies zwangsläufig Spuren an Körper oder Kopf hinterlassen müsste. Keiner der Umstände erfüllt somit eindeutig einen Tatbestand.

Nach mehrmaligen Vernehmungen und Vorhaltungen von Spurenlage und möglichen Tatumständen durch den unnachgiebigen Staatsanwalt war es fünf Monate später schließlich doch möglich, wenigstens einen der Männer zu einem ausführlichen Geständnis zu bringen. Boris Ortlieb gestand die Vergewaltigung, die Vorwürfe eines Ertränkens bestritt er bis zuletzt. Tarik Aslan, der ebenfalls in Untersuchungshaft gesessen hatte, verließ wenig später die Schweiz und ging zurück nach Ankara.

Zerfall

Wenn man bedenkt, dass alles irgendwann zu Staub zerfällt, sogar der menschliche Körper, dann kann man sich eigentlich beruhigt zurücklehnen und entspannen. Asche zu Asche, Staub zu Staub, kein bisschen Dreck hinterlassen wir, selbst wenn wir zu Lebzeiten meistens unglaublich viel Müll produziert haben. Manche Leiche stellt vor ihrer vollständigen Zersetzung durchaus ein Umweltproblem dar und kann schlimmstenfalls sogar als Sondermüll bezeichnet werden. Wenn dann aber irgendwann die Reste der Haarpracht, der letzte Knochensplitter und schließlich der allerletzte Zahnstumpf zu Humus verrottet sind, erholt sich die Erde doch immer wieder von der Belastung. Dafür braucht es, je nachdem, einiges an Zeit. Bei radioaktivem Material spricht man von Halbwertszeit und meint den Zeitraum, in dem es zur Hälfte zerfallen ist. Das gilt auch für chemisch aktive Stoffe wie Medikamente oder andere ehemals inkorporierte Fremdstoffe, wenn sie in einen aktiven Kreislauf gelangen. Nach dem Tod bauen sich diese gespeicherten Substanzen aber oft nicht mehr in bedeutendem Maße ab, weshalb sie auch noch nach Jahren in Resten organischen Körpergewebes nachgewiesen werden können. Kommt es also viel später einmal zu Erkenntnissen in einem speziellen Todesfall, weil sich etwa ein Täter, in der Annahme, es sei Gras über die Sache gewachsen, aus Versehen verquatscht, so kann auch lange nach einem unentdeckten Mordfall die Tat ans Tageslicht gelangen. Das muss allerdings nicht zwangsläufig bedeuten, dass man den Täter dann auch tatsächlich überführen kann.

Silvia Örtle ist mit Leib und Seele Hausärztin. In ihrer eigenen Praxis ist sie die Chefin und sie erfreut sich an dieser Selbstständigkeit. Während des Studiums hatte sie noch ganz andere Pläne gehabt, sie wollte eine Koryphäe auf dem Gebiet der Transplantationschirurgie werden. Doch dann wurde sie von Marco abgehängt, der in ihr Leben getreten und verantwortlich für den kurz darauf geborenen Julian und die zwei Jahre später hinzugekommene Mia war. Danach war Schluss mit der Karriere, selbst wenn sie wieder hätte einsteigen wollen, auf diesem Gebiet hatte sie längst den Anschluss verpasst.

Charlotte war so ganz anders gewesen. Diese toughe Frau hatte Silvia mit ihrer Hartnäckigkeit und ihrem Durchhaltewillen kräftig imponiert. Zwar schien sie irgendwie einsam zu sein, aber immerhin verfolgte sie auch nach dem Medizinstudium eisern und strebsam ihre Ziele. Nachdem sie diesen seltsamen Künstler kennengelernt und sich offenbar tatsächlich Knall auf Fall in den Typen verliebt hatte, wurde der Kontakt der beiden Frauen spärlicher. Die Zweisamkeit hielt die Verliebten total umschlungen, außerdem sprach Charlottes neuer Lover immer nur Französisch, weil er aus dem Welschland kam, und das fand Silvia total affig und blöd. Ihr Schulfranzösisch war eigentlich ganz passabel, aber sie sah es gar nicht ein, mit einem Schweizer in Zürich Französisch zu sprechen, der schließlich auch Deutsch in der Schule gelernt hatte. Nachdem sie mit diesem Pascal zusammengezogen war, hatte Charlotte sich gar nicht mehr gemeldet und Silvia wollte ihr um keinen Preis der Welt hinterherlaufen. Außerdem hatte sie ja sowieso genug Kontakte und als Mutter von zwei kleinen Kindern auch immer jede Menge zu tun. Nach dem Anruf heute Morgen weiß sie aber nicht wirklich weiter und erinnert sich auf einmal an ihre ehemalige Kommilitonin, die mittlerweile eine anerkannte Kapazität auf dem Gebiet der Rechtsmedizin geworden ist.

»Kennst du mich noch, Charlotte?«, beginnt sie unsicher das Telefonat, wird dann aber sofort ruhiger, als die Frau am anderen Ende lauthals losprustet und voller Freude ihren Vornamen in den Hörer schreit.

»Das gibt's doch nicht, Silvi! Das ist ja eine fantastische Überraschung, wie komme ich denn zu der Ehre, wie geht's dir?«, freut sich Charlotte sichtlich über den Anruf und lauscht aufmerksam den Ausführungen ihrer ehemaligen Studienkollegin.

»Bei mir gibt's privat eigentlich nichts Neues«, fasst Silvia die letzten rund neun Jahre zusammen. »Meine Praxis läuft prima, unsere Kinder werden immer selbstständiger und Marco ist mit seiner leitenden Oberarztstelle in der Chirurgie im Unispital auch ganz glücklich. Hat halt total viele Hintergrunddienste, aber das kennst du ja bestimmt selbst ganz gut.«

»Oh ja, da kann ich ausnahmsweise mal mitreden«, entgegnet Charlotte und erzählt ganz kurz von ihrem privaten Alltag, ihrer Kalifornien-Tour im vorletzten Sommer und von Pascals neuer Ausstellung, die zwar erst im übernächsten Jahr stattfindet, für die er aber rund um die Uhr arbeitet.

Nachdem sie sich gegenseitig auf den neuesten Stand gebracht und gehörig gelacht haben, wird das Gespräch nun ruhiger und Silvia bringt ihr eigentliches Anliegen vor.

»Stell dir vor, ich erhalte heute Morgen einen Anruf von einem meiner Patienten aus einem Nachbardorf, der sich mit mir über den länger zurückliegenden Todesfall einer meiner ehemaligen Angestellten unterhalten will, weil er ganz plötzlich einen gewissen Verdacht hegt«, beginnt Silvia ihre Geschichte und spricht nach einer kurzen Pause weiter. »Der Witwer der Verstorbenen ist vor Kurzem nach einem Schlaganfall in ein Rehazentrum gebracht worden und der besagte Patient hat ihn dort besucht. Sie seien ins Gespräch gekommen, hätten sich dann kurz gestritten, als es um Simone, also die Verstorbene, gegangen sei. Und in diesem Streitgespräch habe der Witwer ganz unvermittelt eine seltsame Andeutung gemacht, sodass mein Patient noch einmal tiefer nachgebohrt habe. Jetzt hegt er jedenfalls den Verdacht, der Witwer habe seine damalige Ehefrau vor sechs Jahren vergiftet und den Todesfall wie ein natürliches Geschehen aussehen lassen. Bis heute habe niemand eine Straftat vermutet, aber nun sei das ganz anders, meinte mein Patient. Verstehst du? Er möchte, dass der Fall untersucht wird, und wollte von mir wissen, wie er nun weiter vorgehen soll, weil ich doch schließlich Ärztin sei. Da habe ich natürlich sofort an dich gedacht und bin mir sicher, dass du uns weiterhelfen kannst. Kannst du doch, oder etwa nicht?«, fragt Silvia leicht verunsichert.

»Silvi, das ist eine extrem komische Geschichte, die dein Patient dir da erzählt hat und in die du dich offenbar involvieren lässt.

Ich kann mir kaum vorstellen, dass wir nach so langer Zeit noch etwas ausrichten können, aber versuchen sollten wir es natürlich. Ist dein Patient in irgendeiner Weise psychisch auffällig?«, möchte Charlotte die Umstände abklären.

»Nein, er ist ein ganz normaler Typ mit leichtem Bluthochdruck, beginnender koronarer Herzkrankheit und vielleicht noch einer akuten Gicht, aber im Kopf ist der völlig klar, da kannst du mir vertrauen«, versichert sie ein wenig entrüstet und überlegt zugleich insgeheim, ob sie womöglich etwas übersehen haben könnte.

»Also Silvi, lass uns das mal bei einem Kaffee oder Mittagessen genau beraten, damit ich mir danach das weitere Vorgehen überlegen kann. Ich müsste noch viel mehr Details wissen, die ich aber nicht so gerne am Telefon mit dir besprechen würde«, erklärt Charlotte der Kollegin, und die beiden Ärztinnen verabreden sich für den morgigen Tag zum Lunch.

Hannes Brauer ist mit Ende vierzig körperlich bereits schwer angeschlagen und fühlt sich wie ein Wrack. Ob er schlechtes Erbgut abbekommen oder einfach zu viel gearbeitet hat, weiß er nicht, aber sein Körper fühlt sich an, als hätte er die Hundert bald erreicht. Auf dem Bau herrscht ein hartes Arbeitsklima, das ist altbekannt, und auch die Flüssignahrung ist nicht nur gesund, aber dass er mal so enden würde, damit hatte er nun wirklich nicht gerechnet. Sein Freund Rudi ist auch nicht mehr der Alte, so schlecht wie Hannes geht es dem aber nicht. Bis vor etwa acht Jahren haben beide noch in der Altherrenmannschaft gekickt, irgendwann hing die blöde Wampe aber dermaßen über der Hose, dass es nicht mal mehr zum Auswechselspieler reichte. Außerdem waren auch die Beine nicht mehr flink genug, das Skelett trotz gut ausgebildeter Muskeln völlig ruiniert.

Als vor vier Wochen dann ganz plötzlich erst der rechte Arm, dann das Bein und Sekunden später die gesamte rechte Körperhälfte taub wurden, stürzte Hannes beim Zementmischen in die Baugrube und blieb dort wie ein dicker Käfer auf dem Rücken liegen. Sofort eilten ihm drei seiner Kollegen zu Hilfe und redeten auf ihn ein. Alois verlangte ständig, er solle doch mal pfeifen, das gehöre doch zu seiner Lieblingsbeschäftigung auf der Baustelle, aber Hannes konnte den Mund nicht mehr so richtig bewegen. Peter stupste ihn andauernd an der rechten Seite an und wollte ihn zum Aufstehen bewegen. Keine Chance, sein Körper fühlte sich an wie ein Sack Zement und blieb reglos und völlig schlaff im Sand liegen. Als Bruno ihn fragte, was denn eigentlich passiert sei, wollte Hannes so gerne alles erzählen, aus seinem schiefen Mund traten jedoch nur unverständliche Laute hervor, über die er sich selbst wunderte. Im Kopf hatte er ganz klar, was er den Jungs berichten wollte, auch wenn es darin hämmerte wie in einem Stahlwerk und schwankte wie auf einem Schiff in Seenot. Sein Gesprochenes hörte sich auch für ihn wie Kauderwelsch an, ohne Sinn und Verstand. Schemenhaft nahm er die drei wahr, die aussahen, als tanzten sie hinter einem orientalischen Schleier. Noch nie, nicht mal nach einer Kiste Feldschlösschen, hatte er sich dermaßen desolat gefühlt.

Mit dem Rettungshubschrauber flogen sie ihn in die Stroke Unit des Universitätsspitals Zürich, eine spezielle Notfallaufnahme für Menschen nach Schlaganfall. Dort stachen sie ihn mit spitzen Nadeln in die Unterarme und in den Hals und verlegten zahlreiche Schläuche, durch die farbige Flüssigkeiten in seinen Körper liefen. Danach schlief er tief und fest, seinem Gefühl nach mehrere Tage lang. Insgesamt behielten sie ihn zwei Wochen dort, bewegten und massierten seinen schlaffen Körper, bis er halbwegs wieder selbst aufstehen und sich mithilfe einer Krankenschwester auch eigenhändig waschen konnte. Beim Sprechen klang jetzt alles wieder weniger verwaschen und das Gesagte machte Sinn, aber Hannes musste sich bei allem höllisch konzentrieren, was ihn sehr anstrengte und ihm besonders seinem Besuch gegenüber unangenehm war.

Sein alter Kumpel Rudi hatte manchmal das Geschick, so lange in irgendwelchen Wunden herumzustochern, bis bei Hannes die Birnen durchbrannten und er richtig sauer wurde. Jetzt hatte der Blödmann ihn doch tatsächlich auf seine zweite Frau Ida angesprochen und behauptet, sie könne ohne Hannes auf keinen Fall alleine klarkommen mit den beiden Jungs, die ihr immer auf der Nase herumtanzten. Ganz uneigennützig hatte er ihm angeboten, sich verstärkt um Ida und die Jungs zu kümmern, solange Hannes hier in der Reha bleiben müsse. Was für ein scheinheiliges Angebot von Rudi, der wahrscheinlich nur auf eine solche Gelegenheit gewartet hatte. Es gab immer wieder Leute, die die korpulente Ida unterschätzten, weil sie als Gastwirtstochter hinterm Tresen schaffen musste und ihre Schulausbildung früher abgebrochen hatte. Wenn sie diese eiserne Frau jedoch näher kennenlernten, gaben sie ganz schnell ihre Vorurteile auf. Rudi hatte Ida anfangs gar nicht so gemocht, weil er sein Leben lang in Simone verliebt gewesen war und ihr noch immer hinterhertrauerte. Die hatte sich damals nämlich für Hannes entschieden, und wenn sie nicht ständig mit diesem blöden Abnehmquatsch beschäftigt gewesen wäre, hätte es für Hannes auch immer so weitergehen können. Das mit den vielen Diäten hatte ihn über die Jahre total fertig gemacht und irgendwann konnte er es einfach nicht mehr ertragen.

Wie gut erinnerte er sich an jenen schwarzen Tag vor sechs Jahren. Sie waren gerade mit der Morgenroutine beschäftigt: Frühstücken, die Kinder fertig machen, Pausenbrote schmieren – das Übliche eben.

»Simone, hast du die Kinder schon versorgt?«, hatte er laut durchs Haus gerufen und sich gewundert, als er keine Antwort auf seine Frage erhielt. Stattdessen hörte er einen dumpfen Schlag und die beiden Jungs, die laut um Hilfe schrien, dass es durchs ganze Haus gellte. Er stürzte aus dem zweiten Stock im Laufschritt die Treppenstufen hinunter, bis er in der Küche ankam, wo seine Frau bewusstlos am Boden lag. »Simone«, schrie er jetzt, in die »Mama, Mama«-Rufe der Kinder einstimmend, und rüttelte vergebens an ihrem schlaffen Körper. Elias und Luca heulten um die Wette, während Hannes wild auf Simones Brustbein herumdrückte. Nach ein paar Minuten lief er zum Telefon und verständigte den Notarzt. Für Simone kam jedoch jede Hilfe zu spät. Beim Eintreffen der Rettungskräfte konnte zwar noch ein Kreislauf festgestellt werden, doch kaum war der Rettungswagen mit Geheul und blinkendem Blaulicht im Unispital angelangt, versagte ihr Herz und hörte auf zu schlagen. Auch nach einstündigen Reanimationsmaßnahmen war es unmöglich gewesen, dieses erschöpfte Herz wieder in Gang zu bekommen, und ihr Tod wurde offiziell bescheinigt.

Silvia kann sich ebenfalls noch genau an diesen Tag erinnern. Damals hatte sie zwei Tage lang vergebens versucht, ihre Arzthelferin telefonisch zu Hause zu erreichen, nachdem diese einfach nicht mehr zur Arbeit erschienen war. Erst drei Tage nach Simones Tod hatte sie einen Anruf in der Praxis erhalten. Es war Herr Brauer, der sich meldete, um ihr mitzuteilen, dass seine Frau nicht mehr zur Arbeit kommen könne, doch Silvia verstand kein Wort.

»Was heißt das, Herr Brauer?«, wollte sie von ihm wissen. »Hat Ihre Frau die Stelle bei mir gekündigt, oder wie soll ich das verstehen?«

Herr Brauer hatte keinen weiteren Laut von sich gegeben und stattdessen unvermittelt aufgelegt. Am Abend war Silvia dann bei den Brauers zu Hause vorbeigefahren. Hannes Brauer hatte die Haustür einen kleinen Spalt breit geöffnet und ihr, ohne sie hineinzubitten, mit tonloser Stimme mitgeteilt, dass seine Frau vor drei Tagen ganz plötzlich verstorben sei. Auch auf weiteres Nachfragen hatte sie keine zusätzlichen Informationen erhalten, der Witwer hatte ihr einfach die Tür vor der Nase zugeschlagen. Simone Brauer war gerade mal 39 Jahre alt geworden und seit etwa fünf Jahren bei Silvia als Arzthelferin im Einsatz gewesen. In dieser Zeit hatte sich die Mutter von zwei Kindern nie krank gemeldet und auch sonst über keinerlei körperliche Beschwerden geklagt. Ja gut, ab und zu hatte sie verlauten lassen, dass sie ein paar Kilo abnehmen wolle, obwohl sie eigentlich recht schlank war, aber welche Frau in dem Alter wollte das nicht, und Silvia hatte sich nichts weiter dabei gedacht. Das plötzliche Hinscheiden der jungen Frau war nicht weiter abgeklärt worden. Auf Nachfrage beim Notarzt, der den Tod festgestellt hatte, erfuhr Silvia, dass dieser ein akutes Linksherzversagen diagnostiziert und einen Herzinfarkt vermutet hatte. Das sei gar nicht mal so selten bei Frauen in dem Alter, klärte er sie auf. Eine Obduktion hatte Herr Brauer abgelehnt, obwohl der Notarzt ihm eine pathologische Sektion ans Herz gelegt hatte. Von einer rechtsmedizinischen Untersuchung war nie die Rede gewesen, da der Notarzt keine Veranlassung für einen Polizeieinsatz gesehen hatte. Silvia hatte völlig verdattert den Hörer aufgelegt und nie erfahren, woran ihre Mitarbeiterin verstorben war. An einen plötzlichen Herzinfarkt konnte sie in diesem Fall nicht recht glauben, aber grundsätzlich war das natürlich möglich. Dass Hannes Brauer direkt nach der Beerdigung wieder geheiratet hatte, war Silvia durch die Lappen gegangen, außerdem interessierte sie sich nicht besonders für Dorfklatsch und Tratsch. Sechs Jahre später wird sie nun von den Vermutungen des Rudi Rüdisüli überrascht und fühlt sich dadurch absolut überfordert.

»Also, wie genau hat dieser Herr R. von seinem Freund erfahren, dass der seine Frau umgebracht hat?«, will Charlotte wissen, als sie am Tag nach ihrem Telefonat mit Silvia beim Kaffee sitzt. Doch ihre alte Freundin kann zu alldem gar keine präziseren Angaben machen und schlägt vor, dem Herrn einfach einen Besuch abzustatten.

»Beim letzten Besuch in der Reha«, beginnt Rudi Rüdisüli wenig später ganz aufgeregt mit seiner Geschichte, »da hat der Hannes plötzlich einen hochroten Kopf bekommen, als wir es mal wieder mit der Simone hatten.«

»Entschuldigung, wenn ich nachfrage«, unterbricht Charlotte den Mann kurz, um ihn von Anfang an in richtige Bahnen zu lenken, damit er nicht unnötig ausschweifend erzählt und dennoch vom Wesentlichen berichtet. »Was genau haben Sie besprochen, als es um die Verstorbene ging?«

Jetzt steigt Rüdisüli die Schamröte ins Gesicht, und anstatt an der Stelle wieder einzusteigen, an der er von Charlotte unterbrochen wurde, berichtet er langatmig von seiner Jugendliebe Simone und von der harten Zeit, nachdem sich diese wunderschöne Frau für seinen Freund Hannes entschieden hatte.

»Während der Schulzeit waren Hannes und ich ganz oft mit Simone unterwegs. Radfahren, Schwimmen, Bergsteigen, einfach alles haben wir zu dritt unternommen, sogar zum Tanzen sind wir zusammen ausgegangen. Sie war das schönste Mädchen im ganzen Dorf und hatte sich uns beide ausgesucht. Geliebt haben wir sie wie verrückt, doch eines Tages waren Hannes und Simone dann ein Paar geworden und kurz danach kam auch schon Elias zur Welt, zwei Jahre später der Luca.«

Charlotte muss innerlich grinsen, äußerlich bleibt sie aber entspannt. Verstohlen wirft sie einen Blick auf ihre Armbanduhr und registriert, dass Rudi Rüdisüli seit nunmehr 23 Minuten über seine Liebe zu Simone spricht. Silvia geht durch den Kopf, dass sie Mia heute noch zum Reiten fahren muss. Dann kommt Rudi endlich wieder in der Jetztzeit an und wird ganz wütend, als er den Frauen berichtet:

»Hannes hat auf einmal wieder von Simones unsäglichem Schlankheitswahn angefangen und wie der die Ehe zerstört hat. Immer hätte sie nur ihre Diäten im Kopf gehabt, das sei ihm total auf den Zeiger gegangen, weil an 'ner Frau was dran sein muss, hat er behauptet. Na ja, und dann bekommt er eben diesen knallroten Kopf, wo seine Augen fast rausspringen, und schreit mich an: ›Simone hat doch selbst Schuld an ihrem Tod. Was hat sie auch so'n elendes Abnehmzeugs gefressen? Das konnte ich doch nicht wissen, dass die gleich davon stirbt, wenn ich ihr ein paar mehr von diesen Schlankheitspillen in den Kaffee gebe.‹ Genauso hat er es gesagt, ich schwör's.«

»Er hat also gesagt, er habe seiner damaligen Frau irgendwelche Schlankheitspillen in den Kaffee gegeben, den sie dann auch getrunken hat?«, hakt Charlotte noch mal nach, wobei sie schon überlegt, was für Schlankheitspillen das wohl gewesen sein können, die so rasch zum Tode führten. Rudi Rüdisüli kratzt sich leicht verunsichert am Kopf, nickt dann aber und blickt hilflos zu den beiden Ärztinnen.

»Können Sie da jetzt was machen?«, fragt er, seine Augen starr auf Charlotte gerichtet, die dem Blick standhält und nach einer kurzen Pause gegengefragt:

»Sehen Sie, Herr Rüdisüli, genau das überlege ich eben ganz angestrengt. Sind Sie sicher, dass Sie ihrem langjährigen Freund das antun und Ihre Aussage vor der Staatsanwaltschaft wiederholen wollen?«

Wie aus der Pistole geschossen erhält sie ein eindeutiges Ja, das noch lange in ihren Ohren widerhallt. Nach einer kurzen Aufklärung über das weitere Vorgehen verabschieden sich die Frauen von dem noch immer aufgebrachten Mann. Silvia muss sich nun total beeilen, um Mia pünktlich abzuholen und sie zum Reitstall zu chauffieren. Charlotte fährt direkt zur Staatsanwaltschaft, wo sie glücklicherweise sofort einen Gesprächstermin mit Kurt Meininger erhält, dem sie den Sachverhalt ausführlich schildert.

»Boah, echt krass«, entfährt es Raimund, als er bei seiner allerersten Exhumierung in weißem Ganzkörperkondom und Gummistiefeln am soeben geöffneten Grab steht und in die dunkle Höhle hinabschaut. Vom Sarg ist auch nach sechs Jahren noch einiges übrig, vor allem die verschnörkelten Messinggriffe und die aufwendig lackierten Holzverzierungen schmücken den zerfallenen Rest. Vorsichtig platzieren sie unter die sterblichen Überreste eine große, schwere Plane, bevor das Ganze von einem Kran nach oben geholt und neben der Grabhöhle auf dem Grasboden abgelegt wird. Raimund entfernt behutsam die Holzreste vom Leichnam und säubert den Aushub, von dem er an verschiedenen Stellen Bodenproben nimmt. Nachdem er die Proben in viele kleine Kunststoffgefäße gefüllt und diese sauber etikettiert hat, schaut er sich die übriggebliebenen, von Stofffetzen bedeckten Reste des Leichnams an, die er fein säuberlich fotografiert und dokumentiert. Endlich gibt er dem Bestatter ein Zeichen, dass der Leichnam in den Transportsarg verbracht und ins Institut gefahren werden kann.

Im CT können keine Frakturen, keine Fremdkörper und keine sonstigen Knochenauffälligkeiten festgestellt werden. Anhand des noch vorhandenen Gebisses wird der Leichnam mithilfe von Röntgenaufnahmen aus dem Jahr vor Simone Brauers Ableben eindeutig identifiziert. Da keinerlei Weichgewebe mehr vorhanden ist, werden die schulterlangen, insgesamt 28 Zentimeter langen Kopfhaare inklusive der erhaltenen Haarwurzeln asserviert. Die chemisch-toxikologische Analyse kann womöglich Auskunft geben über bestimmte Gewohnheiten Simone Brauers, das heißt über verschiedene inkorporierte Substanzen in den gut zwei Jahren vor ihrem Ableben, da Haare etwa einen Zentimeter pro Monat wachsen. Diese Erkenntnis ist nicht neu, wurde aber erst durch die illegalen Machenschaften einer sportlichen Berühmtheit der breiten Öffentlichkeit bekannt. Seither hat sich auf dem Gebiet der Haaranalytik extrem viel Neues entwickelt, und dank intensiver Forschungsaktivitäten sind die immer sensibler werdenden Analysegeräte mittlerweile zu Unglaublichem in der Lage. Das wiederum wissen die Wenigsten, was vielleicht auch ganz gut so ist.

»Deine Fälle sind mir noch immer die Liebsten«, schmeichelt Professor Schöngartner Charlotte, die es gar nicht abwarten kann, die neuesten Erkenntnisse zum Tod der jungen Frau vor sechs Jahren zu erfahren. Mit Stolz in der Stimme fährt der Toxikologe fort, ausführlich die angewandte Methodik zu erklären, die letztlich zu unfassbaren Ergebnissen geführt hat.

»Nachdem wir die in Alkohol gewaschenen und in jeweils einen Zentimeter Länge geschnittenen Segmente der noch gut erhaltenen dicken Kopfhaare der Verstorbenen einzeln getrocknet und in flüssigem Stickstoff zu feinem Pulver zermörsert haben, wurden die Samples mit einem Elektrochemilumineszenz-Immunoassay analysiert«, erläutert er weitschweifig sein Vorgehen. Charlotte, die es grundsätzlich liebt, wenn der Professor seine Vorträge durch allerlei technische Details bereichert, kann ihre Neugier in diesem speziellen Fall nur schwer unterdrücken und räuspert sich laut.

»Soll ich fortfahren?«, witzelt der Experte, bevor er ihr mitteilt, dass der Nachweis einer letalen Vergiftung eindeutig erbracht werden konnte.

»Es ist uns sogar möglich, den genauen Zeitpunkt der tödlichen Aufnahme der maßlos überdosierten Schilddrüsenhormone festzustellen, da nach der Aufarbeitung der Haarwurzeln, die Gott sei Dank noch vorhanden waren, ein eindeutiger überdimensionierter Peak im Vergleich zu den sechs Monaten davor nachzuweisen war«, beschließt er seine Ausführungen und Charlotte ist mal wieder völlig platt.

»Jetzt erzählen Sie uns mal der Reihe nach, wie das alles vor sechs Jahren passiert sein soll«, fordert Meininger den Beschuldigten auf, der es noch gar nicht fassen kann, was ihm da heute widerfährt. Ein Staatsanwalt besucht ihn in der Reha und behauptet, er habe von einem Zeugen erfahren, dass er, Hannes Brauer, vor nunmehr sechs Jahren seine Ehefrau aus dem Weg geräumt haben soll.

»Das ist doch totaler Quatsch«, entfährt es dem Patienten entrüstet, bevor er sich höflich für seinen unangenehmen Ausbruch beim Staatsanwalt entschuldigt.

»Spinnt denn der Rudi jetzt völlig, oder warum erzählt er einen so groben Unfug?«, möchte er von Kurt Meininger wissen. Der bleibt aber professionell ganz ruhig und schaut Brauer mit ernster Miene lange an. Dann endlich ist es soweit und Brauer fängt an zu weinen, wobei sein schwerer Körper rhythmisch zuckt. So lange hatte er geglaubt, ihm könnte nichts passieren. Jetzt nach dem Schlaganfall hat er das Gefühl, seine grausame Tat würde sich an ihm rächen. Alles ist durch dieses blöde Ereignis auf dem Bau aus den Fugen geraten, sein ganzes Leben steht plötzlich auf der Kippe.

»Immer wollte sie nur abnehmen, nichts anderes hat sie mehr interessiert«, berichtet er dem Staatsanwalt und schüttelt sich heftig. »Dabei habe ich sie doch so geliebt, das können sie mir glauben. Aber stellen Sie sich mal vor, sie leben jahrelang an der Seite eines Menschen, den sie begehren und mit dem sie Sex haben wollen, und dieser Mensch weist sie ständig zurück. Immer hat sie nur ihre Diäten im Kopf. Schrecklich war das, glauben Sie mir. Und reden konnten wir darüber gar nicht, das war einfach unmöglich. Als sie dann anfing, diese scheußlichen Pillen zu fressen, da hat's mir gereicht. Erst hab ich nur ein paar mehr in ihren Kaffee getan, damit sie endlich mal Erfolg hat. An einem Morgen habe ich es nicht mehr ausgehalten und ihr die ganze Packung da reingemischt«, gibt er nun seine Tat zu und ist auf einmal richtig wütend und verzweifelt.

Staatsanwalt Meininger muss unweigerlich an seine Exfrau und seine langjährige Ehe mit Marietta denken. Auch er hatte seine Frau geliebt und auch er war eines Tages von ihr abgewiesen worden. Er denkt darüber nach, wieso es ihm gelungen war, diese schrecklichen Schmachgefühle auszuhalten und einfach weiterzuatmen.

Idealfall

Nicht alle Menschen sind mit ihrem Schicksal einverstanden und längst nicht alle sind gar voll und ganz mit ihm zufrieden. Was dem einen eine krumme Nase, dem anderen kurze Beine und dem dritten dicke Zehen sind, mögen für andere Personen ein ausladender Hintern, breite Finger oder schiefe Zähne sein. Viele Menschen hadern mit ihrem Äußeren, mal abgesehen von all den schlimmen inneren Befindlichkeiten. Treffen diese unzufriedenen Geschöpfe auf Menschen, die ebenfalls mit ihrem Schicksal hadern, so ergibt das Ganze einen blubbernden, recht zähen Brei, in dem alle gleichermaßen feststecken. Kaum ein Mensch schafft es dann noch, sich selbst frei von verfestigten Maßstäben und Kategorien ganz neu zu definieren und so zufrieden zu sein, wie Gott ihn schuf.

Letztlich hat die Medizin die Lösung schon gefunden, indem sie sich der plastischen Chirurgie gegenüber nicht länger verschlossen zeigt. Gottgegeben muss noch lange nicht ein ganzes Leben halten, alles kann man heutzutage regulieren. Sicher, manches zahlt nicht gerade die Krankenkasse. Aber hat ein Mensch unter seinem Äußeren schwer zu leiden und kann es nicht in Einklang bringen mit seiner inneren Realität, dann zahlt sogar die Krankenversicherung, da sie den Menschen gern gesund und munter halten möchte. Ein anerkanntes Krankheitsbild wurde sogleich geschaffen und beforscht, und mittlerweile hat man in der Wissenschaft erkannt, dass lange nicht alles, was wir sehen, von allen gleich bewertet wird. Body Image ist das Zauberwort, und wer sein Body Image nicht erträgt, der leidet unter einer Body-Image-Störung, was nicht unbedingt so schwer zu verstehen ist. Das aber mag für den einen Menschen heißen, dass sein rechtes Bein gefühlsmäßig nicht zum Rest des Körpers gehört, weshalb nur eine Amputation der als Fremdkörper empfundenen Extremität Abhilfe schaffen kann. Für den anderen Menschen bedeutet es, dass er sich im falschen Körper aufhält, er Probleme mit seiner Geschlechtsidentität hat. Auch hier lässt sich inzwischen chirurgisch eingreifen, Mann kann zu Frau und Frau zu Mann wechseln. Leider vermag eine Operation den Menschen nicht im Handumdrehen in einen Glückspilz zu verwandeln, aber die innere Befindlichkeit kann durchaus nach dem Change genesen, sodass ein Leben mit einer neuen Identität potenziell Zufriedenheit bedeutet.

Marvin Liebherr, das dritte Kind und der zweite Sohn von René und Debora, ist von Geburt an irgendwie anders, ganz eigen und ziemlich unkonventionell. Der Schimmer seiner karamellfarbenen Haut verleiht ihm einen zarten Glanz, als trüge er die karibische Sonne in seinem Herzen. Seine mandelförmigen kakaobraunen Augen schauen mit sehnsuchtsvollem Blick neugierig in die Welt hinaus. Sein glänzendes dunkles Haar, das ihm bis zum Hintern reicht, trägt er am allerliebsten offen herunterwallend. Dass die Leute in seiner Kindheit deshalb manchmal scherzend Mary zu ihm sagten, genoss er insgeheim sogar. Weil viele Kinder Marvin seltsam fanden, ihn aber niemals wirklich richtig einzuordnen wussten, hieß er an der Schule bald nur noch Marvy, als Ausdruck seines Alleseins. Nicht Fisch, nicht Fleisch, machte er ihnen manchmal richtig Angst, sodass kaum einer mit ihm spielen wollte. Im Extremfall war er für die Jungs die schwule Tunte, während er für die Mädchen, die sich fast alle irgendwann in ihn verliebten, ein sagenhafter Märchenprinz zu sein schien. So märchenhaft, dass schließlich keine mit ihm lange zusammenbleiben wollte.

Marvy hat seinen neuen Namen dankbar angenommen, weil dieser spiegelt, wie er das Leben sieht, außerdem lässt er sich genauso wenig einordnen, wie die Person, die ihn jetzt trägt. Marvy ist es total egal, was andere Menschen über seine Erscheinung denken. Das Menschsein hält er für eine äußerst komplexe Angelegenheit, stereotype Muster langweilen ihn und mit Kategorien hat Marvy einfach nichts am Hut. Marvy möchte nicht als ein Geschlecht von seinen Mitmenschen erkannt werden, das ihn als Mann oder als Frau in seinem Handeln festlegt. Die Person Marvy ist nun mal Marvy und hofft von der Gesellschaft, in der sie lebt, als menschliches Wesen verstanden und geliebt zu werden. Das ist Marvy bisher gut gelungen. Obwohl alles Fremde, das sich nicht einordnen lässt, auf die meisten Menschen irgendwie beängstigend wirkt, hat Marvy neben der Familie ein paar ganz enge Freunde. Marvy fühlt sich in sich selbst wohl und ist der festen Überzeugung, dass Gesellschaften, die aus jemandem wie Conchita Wurst einen Star werden lassen, ihre festen Kategorien langsam, aber sicher auflösen werden, um Platz für Vielfalt zu schaffen. Marvy blickt zuversichtlich in die Zukunft und liebt das Leben sehr. Marvys Eltern, die ihre Kinder alle gleich stark lieben und stets die eigene Persönlichkeit in ihnen unterstützen, bestärkten sie in ihren Plänen. Sie hatten niemals Sorge um ihre Kinder und trauen allen dreien einfach alles zu. Auch untereinander sind die Geschwister eng verbunden, obwohl sich ihre Leben räumlich weit voneinander entfernt abspielen. Marvy hat sich Zürich als Lebensmittelpunkt ausgesucht und ist in der Kunstszene längst kein unbeschriebenes Blatt mehr. Eigenwillige Videoinstallationen zählen ebenso zu Marvys Werk wie riesige, aus Stein gehauene Gebilde und aus Stahl zusammengeschweißte Kreationen, die hier und dort das Stadtbild schmücken. Als Marvy heute Morgen nach einer durchtanzten Nacht zu Fuß nach Hause geht, geschieht etwas mit ihm, das ihn in seinen Grundfesten erschütterte.

»Ey, guck dir die an«, stupst Boran seinen Kumpel André in die Seite, und beide schauen einer Person mit umwerfend schimmernden, langen dunklen Haaren hinterher, die vor der Bar, vor der die beiden stehen und rauchen, die Straße überquert.

»Hey, du Schöne, wo soll's hingehen?«, ruft André laut, doch die Person spaziert einfach unbeeindruckt weiter, was die sichtbar aufgeheizten Männer zusätzlich animiert, sich an ihre Fersen zu heften. Eine ganze Weile verfolgen sie ihr Opfer durch die Dämmerung, bis die Umgebung ihnen sicher genug erscheint, es endlich zu überwältigen.

Erst ist es Boran, der ihre Beute mit grober körperlicher Gewalt zu Boden zwingt und ihr ohne Umschweife an die Wäsche geht.

Dann tritt André hinzu, hockt sich direkt auf ihren Schoß und hält die Arme fest. Während Boran sich an der Oberbekleidung zu schaffen macht, die er wie ein wild gewordener Löwe in Fetzen reißt, lässt André total aufgegeilt kurz einen der Arme los, um seine Hose herunterzulassen und sein erigiertes Glied hervorzuholen. Beide Männer, die vor Geilheit völlig außer sich zu sein scheinen und sich ihrer Sache total sicher sind, können es nicht fassen, was dann ganz plötzlich mit ihnen geschieht. Ein Kick des rasant hochgeschnellten rechten Beins der am Boden liegenden Gestalt befördert André samt heruntergelassener Hose im hohen Bogen durch die Luft, während Boran sich nach einem festen Faustschlag mit blutiger Nase auf dem Asphalt wiederfindet. Ehe sich die Männer sammeln und gegen diesen Überraschungsangriff wehren können, erhält jeder von ihnen noch ein paar schmerzhafte Tritte gegen den Brustkorb und das Genitale, bevor ihr Opfer unversehens und blitzschnell entschwindet.

Das Autofahren in der Dämmerung stellt für Melanie, die etwas fehlsichtig ist, eine enorme Herausforderung dar. Am liebsten fährt sie im Dunklen gar nicht, wenn es sich vermeiden lässt. Aber heute Morgen muss sie dringend zu ihrer Mutter fahren, die sie soeben angerufen hat, weil mit dem Bruder irgendwas nicht in Ordnung zu sein scheint. Lorenz ist von Geburt an stark behindert und lebt deshalb noch immer bei der Mutter, die manchmal einfach überfordert ist. Als Melanie auf der Fahrbahn ganz schemenhaft lange dunkle Haare wahrnimmt, ist es bereits viel zu spät zum Bremsen. Der laute Knall hat sie so sehr erschreckt, dass sie die Hände vors Gesicht reißt und ihr Wagen von selbst direkt in eine Hauswand steuert, wo er abrupt zum Stehen kommt.

»Wir haben hier auf Station einen Typen, der behauptet, von zwei unbekannten Männern vergewaltigt worden zu sein, bevor er von einem Auto angefahren wurde«, berichtet Dr. Dressler der Tagdienstärztin vom Institut für Rechtsmedizin, als diese zur körperlichen Untersuchung im Spital erscheint.

»Also, das verstehe ich nicht so richtig, aber ich werde mir den Mann mal ansehen«, antwortet Annabelle in bestimmtem Tonfall und begibt sich ins Patientenzimmer.

»Mein Name ist Marvy, Marvy Liebherr«, antwortet die im Bett liegende Person, die einen Kopfverband und ein Spitalhemd trägt. Zahlreiche Schläuche leiten Flüssigkeiten zum Körper hin und vom Körper weg, was die Untersuchung extrem schwierig macht.

»Und was genau ist Ihnen in den letzten 24 Stunden passiert?«, fragt Annabelle, während sie etwas angespannt auf den Polizeifotografen und die Spurensicherung wartet.

»Wie ich schon mehrfach gesagt habe. Ich bin die ganze Nacht im Ausgang gewesen und hab mich dann gegen 4 Uhr zu Fuß auf den Weg nach Hause gemacht. Kurz nachdem ich an der Piranha Bar in der Langstraße vorbeigekommen, von der Brauerstraße in die Kernstraße und dann in die Hohlstraße abgebogen bin, kommen plötzlich zwei Typen von hinten auf mich zu, zerren mich in die Büsche der Bäckeranlage und wollen mich vergewaltigen«, antwortet Marvy und macht eine Pause, abwartend, ob von Annabelle noch eine Zwischenfrage kommt. Diese lauscht aber ganz gespannt den Ausführungen, wobei sie ihren Blick über Marvys Körper gleiten lässt wie einen Scan.

»Es macht doch keinen Sinn, dass ich hier immer wieder dasselbe erzähle, die Typen sind längst über alle Berge, und ich habe sie im Dunkeln einfach nicht erkennen können. Wahrscheinlich glauben Sie mir noch nicht mal«, sagt Marvy resigniert, lehnt sich im Bett zurück und schließt die Augen.

»Entschuldigung, Herr… eh Frau… Liebherr, aber es ist nicht wichtig, was ich glaube oder nicht glaube«, erklärt Annabelle ihre Aufgabe. »Ich bin Rechtsmedizinerin und untersuche Sie völlig wertfrei. Ich sammle objektive Hinweise, Anhaltspunkte und Beweise, mit deren Hilfe Ihre Geschichte dann entweder bestätigt oder für Sie schlimmstenfalls widerlegt werden kann. Mein Interesse gilt nicht Ihrer Person, sondern soll der Wahrheitsfindung dienen. Verstehen Sie das?«, fragt sie Marvy und wartet geduldig eine Antwort ab.

»Das ist nicht so schwer zu verstehen, ja, aber ich habe eben Schwierigkeiten, meine Geschichte zu erzählen, wenn ich das Gefühl bekomme, dass es sowieso keinen Sinn macht, verstehen *Sie* das?«, fragt Marvy zurück und senkt den Blick auf die Bettdecke.

»Im Moment würde ich noch nicht sagen, dass das alles keinen Sinn macht, denn wir befinden uns in der Ermittlungsphase. Wenn alle Ermittlungen abgeschlossen sind, werden wir weitersehen. Bis dahin können Sie sich das schlechte Gefühl noch aufsparen. Vielleicht finden wir verwertbare Spuren, warten wir's ab«, ermuntert Annabelle Marvy zum Weitererzählen.

»Ich habe schon in meiner Kindheit verschiedene asiatische Kampfkünste erlernt und beherrsche ein paar wirklich gute und effektvolle Verteidigungsbewegungen, mit deren Hilfe ich mich aus der Gewalt der beiden Typen befreien konnte«, beschreibt Marvy den Überfall und will gerade weitersprechen, als es an der Zimmertür klopft. Es sind der Polizeifotograf Rolf Schnyder und seine Kollegin Dorothea Hedinger von der Spurensicherung, die sich ein wenig verspätet haben.

»Hallo und guten Tag zusammen«, grüßt Rolf in die Runde und Doro wispert noch ein leises »Hallo« hinterher, was aber kaum hörbar im allgemeinen Geraschel der mitgebrachten Utensilien untergeht.

Nachdem Annabelle den beiden Experten ganz kurz die Lage erklärt hat, fährt Marvy mit der Geschichte fort.

»Ich bin also, so schnell ich konnte, weggerannt und aus dem Park im Affentempo mitten auf die Stauffacherstraße gelaufen. Da hat mich dann ein Auto erwischt, an weitere Einzelheiten kann ich mich nicht erinnern«, beendet Marvy die Erzählung.

»Wurden Sie hier im Spital gewaschen, wissen Sie das zufällig?«, fragt Annabelle weiter und hofft auf verwertbare Körperspuren.

»Keine Ahnung«, antwortet Marvy, »da müssen Sie die Pflegekräfte fragen, das weiß ich leider nicht.«

Bei der körperlichen Untersuchung sind neben zahlreichen Hautrötungen, -abschürfungen und Hämatomen auch Spuren angetrockneten Blutes abgrenzbar, die Doro alle feinsäuberlich mit verschiedenen Wattetupfern aufnimmt, sorgfältig verpackt und etikettiert. Als die forensischen Experten zur Verabschiedung ansetzen, spürt Marvy eine gewisse Unsicherheit und Skepsis und ist dann positiv überrascht, als die Rechtsmedizinerin ihre rechte Hand ausstreckt und sagt:

»Auf Wiedersehen, Marvy Liebherr und vor allem eine rasche Genesung. Wir haben sämtliche Spuren genommen und werden diese nun im Labor auswerten. Machen Sie es gut.«

»Darf ich Sie noch etwas fragen?«, wagt sich Marvy nun schüchtern zu erkundigen, und fährt nach einem aufmunternden Nicken der Ärztin fort:

»Wie geht es der Person, die mich mit ihrem Wagen erwischt hat, ist sie wohlauf?«

»Das kann ich Ihnen leider nicht sagen, weil ich es nicht weiß. Aber das werden Sie womöglich auch nicht vom Pflegepersonal erfahren, da hier alle unter Schweigepflicht stehen und keine Patientendaten verbreiten dürfen. Tut mir leid«, beendet Annabelle ihre Erklärungen und die drei verlassen das Krankenzimmer.

»Was soll ich denn jetzt im Gutachten schreiben?«, möchte Annabelle von Charlotte wissen, als sie den Fall beim nächsten Morgenrapport vorstellt.

»Ich begreife deine Frage nicht«, wundert sich Charlotte und wartet auf weitere Erklärungen.

»Na ja, der Typ war nicht richtig Frau und nicht richtig Mann, verstehst du?«, fragt die Kollegin verstört zurück.

»Oben im Gutachten erwähnen wir immer die Namen der Personen, um die es geht, das machst du also so wie immer, nur dieses Mal ohne die geschlechtsbezeichnende Anrede Frau oder Herr.« Charlotte kapiert jetzt das Problem und erläutert das Vorgehen genauer. »Wenn du die körperlichen Auffälligkeiten, also die sichtbaren Spuren und Verletzungen beschreibst, sollte das auch kein Problem sein. Du beschreibst einfach wie üblich die Körperareale und Körperteile, die betroffen waren and that's all. Im Text hältst du dich dann ausschließlich an den Namen der untersuchten Person und vermeidest Personalpronomen. Damit umgehst du eine Festlegung des Geschlechts, die für dich offenbar auch unmöglich war. Ganz einfach also, auch wenn es zugegebenermaßen nicht gerade alltäglich ist.«

»Aber das ist doch Bullshit«, entfährt es Tom laut, der schon die ganze Zeit verständnislos den Kopf geschüttelt hat. »Irgendein

Geschlecht muss jeder haben, ohne geht's nich', is' doch logisch«, erklärt er seine Sicht auf die Dinge.

»Wer legt das deiner Meinung nach denn fest?«, möchte Charlotte nun von Tom wissen, aber der schüttelt noch immer den Kopf und regt sich wie so oft darüber auf, dass so ein Blödsinn im Morgenrapport überhaupt besprochen wird.

Am Abend geht Charlotte die Unterhaltung vom Morgenrapport noch mal durch den Kopf, und beim gemeinsamen Nachtessen möchte sie von Pascal wissen, wie er die Sache mit der Zweigeschlechtlichkeit und der erzwungenen Zuordnung zu einem der beiden Geschlechter sieht.

»Ich kann mir gar nicht so recht vorstellen, was du da erzählst«, erwidert er, wirkt aber dabei irgendwie abwesend. Während er gedankenverloren in seinen Nudeln stochert, klingelt das Telefon, und obwohl die beiden vor langer Zeit beschlossen hatten, während des gemeinsamen Essens nicht dranzugehen, springt er plötzlich wie erleichtert auf und verschwindet in den Flur. Von dort aus hört Charlotte lediglich leises Gemurmel und lässt sich dadurch nicht von ihrem Thema ablenken. Kategorien ermöglichen Zuordnungen, und diese Zuordnungen geben ein Gefühl von Sicherheit. Würden wir alle Kategorien aufheben, könnten wir uns an nichts mehr orientieren, denkt sie, aber wir wären auch frei.

»Es war Anne«, wird sie von Pascal unterbrochen, der sich wieder an den Tisch setzt. »Deine Eltern haben uns fürs Wochenende zum Bergwandern angefragt und würden am Abend gerne mit uns Fisch essen. Deine Mutter lässt dich herzlich grüssen.«

»Danke, Pascal«, entgegnet Charlotte mit fester Stimme und fragt ihn leicht gereizt, warum er trotz der Verabredung ans Telefon gegangen ist.

»Die Sache mit den Kategorien ist ein wichtiger Punkt im menschlichen Miteinander, denke ich«, beantwortet er stattdessen ihre ursprüngliche Frage, während er mehrere Nudeln gleichzeitig auf die Gabel spießt, und ergänzt: »Sie geben uns Halt im äußerst komplexen Dschungel der Gefühle. Doch wenn sich zwei Menschen sehr nahe kommen, lösen sie sich einfach auf, weil sie dann ihren Sinn verlieren.«

Charlotte beobachtet ihren Lebensgefährten, wie er versonnen auf seinen Nudelteller starrt, als existiere um ihn herum nichts mehr, als gäbe es keinen Raum und keine Zeit. Lange bleiben sie so zusammen am Esstisch sitzen, bis Charlotte endlich aufsteht und den Tisch abräumt. Etwas ist anders mit Pascal, denkt sie. Pascal fühlt sich unter Charlottes Beobachtung ein wenig unwohl, kann sich ihr aber nicht mitteilen, in diesem Moment jedenfalls nicht.

»Drei verschiedene männliche DNA-Profile haben wir finden können«, teilt Luis Charlotte am nächsten Morgen telefonisch mit und bringt dann einen fetten Knüller. »Ehe du jetzt gleich wieder wissen willst, ob es einen Hit in der Datenbank gegeben hat, halt dich lieber am Stuhl fest, denn es gab gleich mehrere«, fährt er mit großer Freude in der Stimme fort. »Dieses Mal trifft es wahrlich keine Einzeltäter. Wir sind mit den aktuellen Spuren – zum einen Blut- und zum anderen Hautspuren – auf eine Serientäterschaft gestoßen, die seit nunmehr zwei Jahren für insgesamt vier Sexualtaten verantwortlich ist. Beim Abgleich mit den Speichelproben der beiden Männer konnten wir feststellen, dass die auch etliche Einbrüche und Diebstähle begangen haben. Der absolute Hammer, dass uns die wenigen Tatortspuren jetzt zu so vielen, bisher ungeklärten Delikten führen, einfach genial!«, beendet Luis seine Mitteilung, und Charlotte ist mal wieder stark beeindruckt von dieser tollen Teamarbeit, zu der jede einzelne Person ein Mosaiksteinchen beigetragen hat.

Melanie kann ihren rechten Arm nicht mehr bewegen, ihr linker Fuß fühlt sich an wie eingeklemmt in eine Zwinge und sieht auch so aus. Ein Metallgestell aus Stangen, mit zahlreichen Schrauben versehen, spießt sich durch den Fuß, wobei die spitzen und zum Teil scharfen Enden an allen Seiten herausragen. Der rechte Arm ist vom Schulter- bis zum Handgelenk in Gips eingepackt und damit starr wie in Stein gehauen. Um ihren Kopf befindet sich ebenfalls ein Stangengeflecht, aber das kann sie nicht sehen, das fühlt sie nur, wenn sie mit den Fingern ihrer noch beweglichen linken Hand darüberstreicht.

»Ich fühle mich wie ein Ritter mit einer höchst speziellen Rüstung«, versucht Melanie ihren inneren Zustand zu vermitteln, während ihre Mutter ihr von der Bettkante aus zulächelt und zärtlich über ihr Gesicht streicht.

»Mein kleiner tapferer Ritter bist du, und ich bin ja so glücklich, dass du wieder sprechen und sogar Witze machen kannst«, antwortet die Mutter und kann ihre Freudentränen nicht zurückhalten. »Du hast uns so gefehlt, während du im Koma lagst, das kannst du dir gar nicht vorstellen. Lorenz ist halb verrückt geworden, von mir mal ganz zu schweigen. Als die Ärzte mich heute Morgen in aller Frühe anriefen, um mir mitzuteilen, dass du aufgewacht bist, hat Lorenz vor Freude getanzt und wollte sich gar nicht beruhigen lassen«, erzählt sie und drückt Melanie ganz fest an sich.

Melanie hat einen Entschluss gefasst, der jetzt unverrückbar ist, nachdem sie ihr Leben beinahe verloren hätte. Nie wieder wird sie Auto fahren, sobald sich das Tageslicht verabschiedet hat, auch nicht in höchster Not, schließlich gibt's dafür Taxifahrer, die auch im Dunkeln sicher fahren können.

Pech war das mit der blöden Transe, aber das gehört nun mal zum Berufsrisiko. Wieso sie das allerdings übersehen haben, will Boran und André einfach nicht in den Schädel. So einen doofen Fehler machen sie bestimmt kein zweites Mal. Klar war mal wieder Alkohol im Spiel gewesen, der gehört ja sowieso dazu. Acht Jahre und drei Monate müssen sie nun im Bau absitzen, das ist eine verdammt lange Zeit. Trotzdem werden sie sich revanchieren, wenn sie wieder draußen sind, das ist Ehrensache. Diese Scheißdiebstähle und Betrügereien hatten sie noch zusätzlich reingeritten, was völlig überflüssig war. Überall hatten sie kleinste Spuren hinterlassen, die ihnen jetzt zum Verhängnis geworden sind. Etwas Häme bleibt ihnen aber dennoch, denn das war ja längst nicht alles, was die beiden in den Jahren ihrer äußerst fruchtbaren Zusammenarbeit erbeutet hatten. Auch an Frauen kam da deutlich mehr zusammen, als ihnen angehängt werden konnte. Beim nächsten Mal werden sie einfach ein bisschen vorsichtiger sein.

Marvys bester Freund Reto hört sich die Story konzentriert an und ist total entsetzt.

»Was waren denn das für Typen, Marvy, wie muss ich mir die vorstellen?«, möchte er wissen. »Waren die komplett verblödet oder volltrunken, oder was?«

»Ich hab sie doch kaum gesehen, das ging alles viel zu schnell, aber immerhin hab ich's denen ordentlich gezeigt. Mit diesem Spurenkram, das hätte ich nie für möglich gehalten, das war für mich die allergrößte Überraschung überhaupt. Ich bin total froh, dass andere jetzt sicher sind vor diesen Typen und dass auch die anderen Opfer durch die Bestrafung eine Genugtuung erfahren haben«, bringt Marvy eine Art Freude zum Ausdruck.

»Wollen wir uns die mal zusammen anschauen gehen, was meinst du?«, schlägt Reto jetzt vor und meint, dass das Marvy vielleicht ganz guttun würde.

»Ich weiß nicht«, antwortet Marvy unsicher, denkt aber über diesen Vorschlag weiter nach.

Zwei Monate später liegt dem Direktor der Justizvollzugsanstalt, in der Boran und André ihre Strafe absitzen, ein Besuchsgesuch vor, dass er genehmigt und an Marvy Liebherr zurücksendet.

Unglücksfall

Es ist bereits am frühen Morgen unerträglich heiß in dem bunt verzierten Wohnwagen, der auf der Josefswiese im Kreis 5 steht, inmitten des dicht besiedelten Zürcher Industriequartiers. Zwar ist von hier aus das pittoreske Bergpanorama nicht zu sehen, das die Zirkustruppe besonders liebt, aber dafür hat dieser Volkspark den Vorteil, dass der Zirkus in der Schweizer Metropole überhaupt wahrgenommen wird. Vielerorts haben es Zirkusse schwer, ihr Publikum zu erreichen, weil sie auf unattraktive Plätze weit an den Stadtrand gedrängt werden. Das gilt nicht für die Schweiz, wo Zirkuskunst eine besonders lange Tradition besitzt. Trotzdem hat Charlotte schon in ihrer frühen Kindheit entschieden, dass Zirkus nichts für sie ist. Vor allem wegen der dressierten Tiere, die den Dompteuren so lange nacheifern, bis sie als Belohnung ein Gutzli erhalten und dieses dann auch noch dankbar annehmen, obwohl sie ihr Zirkusleben mit der Freiheit bezahlen müssen.

Auch die berühmte Zirkusfamilie Morini, die mit ihren zahlreichen Wohnwagen und Zugfahrzeugen auf ein verhältnismäßig großes Areal angewiesen ist, gastiert regelmäßig in der Schweiz, und am allerliebsten in Zürich. Der scheinbar in einem wilden Durcheinander abgestellte Fuhrpark ist tatsächlich so geschickt arrangiert, dass er den Blick auf das Schmuckstück des Zirkus lenkt – ein knallrotes Zirkuszelt mit goldgelben Sternen und einer in hellem Gelb prangenden Sonne, das der Besucherschar schon von Weitem entgegenleuchtet.

Der Besitzer des buntesten Wohnwagens ist Victorio Morini, der älteste Sohn des Zirkusdirektors Toni. Er stellt mit seinen knapp 32 Jahren die zweitwichtigste Person in der Hierarchie des Zirkusvolkes dar. Von dieser Wichtigkeit ist im Augenblick allerdings nicht viel zu bemerken, denn Victorio liegt unbeeindruckt vom Glockengeläut einer nahe gelegenen Kirche nackt inmitten eines Haufens farbenprächtiger Kissen auf seinem Bett und starrt wie gebannt an die Decke seines Wohnwagens. Dort ist ein übergroßer Spiegel angebracht, der wiedergibt, was sich in Victorios Bett abspielt.

Während sich Victorio ausgiebig im Spiegel betrachtet und zusieht, wie sich sein unbekleideter Körper auf den seidigen Stoffen in kunstvollen Posen räkelt, stellt er entzückt fest, dass er in den letzten zwei Wochen, in denen er keinen akrobatischen Auftritt hatte, nicht ein Gramm Fett angesetzt hat. Seine Bauchmuskeln zeigen das berühmte Sixpack, und auch der Rest seines Körpers, den so viele Frauen begehren und der schon so vielen Frauen höchstes Glück beschert hat, ist von wohlgeformten Muskeln durchzogen, braungebrannt und makellos. Vor der ersten Vorstellung würde er sich allerdings den dunklen Schatten rasieren müssen, der seinem Gesicht etwas Wildes, Verwegenes gibt.

Victorio Morini ist mit seinen dunkelbraunen Augen, den langen schwarzen Wimpern und dem tiefschwarzen Lockenkopf ein zweifellos umwerfend attraktiver Mann. Das sieht jedenfalls er so und genießt seine Wirkung auf Frauen. Frauen sind für ihn ein angenehmer Zeitvertreib, er macht sich wenig Gedanken um sie, was er sie aber nicht spüren lässt, sondern durch seinen umwerfenden Charme tarnt. Wenn ihm danach ist, holt er sich eine Dame an seine Seite, nur um sie wenig später nach Belieben wieder wegzuschicken. Dass sich das einmal ändern könnte, hat Victorio selbst nicht für möglich gehalten. Doch während er dort liegt und seinen Körper anerkennend mustert, überkommt ihn plötzlich eine Welle der Zärtlichkeit, als die Erinnerung an die Frau zurückkehrt, mit der er die letzte Nacht verbracht hat.

»Ich hasse Zirkus«, tönt es laut aus der Muschel, als Johanna bei Charlotte nachfragt, ob sie anstelle von Wolfram, der aufgrund einer Notoperation doch noch mal ins Spital muss, am Abend vielleicht mitkommen möchte.

»Ach je, Charlotte«, entgegnet Johanna beruhigend und möchte ihrer Freundin das Vorhaben schmackhaft machen. »Du hast ja keine Ahnung, was dir entgeht, wenn du jetzt auf deinen komischen Vorurteilen beharrst. Bei Morinis geht's nicht um die

Zähmung eines Tigers, das Geschick eines Elefanten oder die Beweglichkeit eines Pferdes. In dieser traditionsreichen Akrobatikfamilie gibt der menschliche Körper mit seinen unglaublichen Möglichkeiten den Ton an. Das ist doch genau das Richtige für uns Medizinerinnen, die den Patienten immer besserwisserisch erzählen, was sie mit ihrem Körper alles anders und damit natürlich besser machen sollten. Glaub mir, wir zwei werden uns auf jeden Fall gut amüsieren.«

»Du möchtest ja nur nicht die teure Karte verfallen lassen und schon gar nicht alleine gehen, gib's doch zu, Johanna«, meint Charlotte, noch immer ungehalten bei dem Gedanken, sich an einem lauen Sommerabend wie heute ausgerechnet in ein stickiges Zirkuszelt hocken zu müssen, um dem grenzenlosen Wahnsinn unterschiedlicher Körperbelastungen zuzuschauen. »Ich hab Zirkus noch nie leiden können, ehrlich«, unterstreicht sie ihre Abneigung und möchte am liebsten sofort auflegen. Doch dann gelingt Johanna ein Coup, weil sie von etwas spricht, was Charlottes Nerv trifft – schließlich kennt sie ihre Freundin genau.

»Es gibt da eine Nummer, die dich vielleicht interessieren könnte«, flötet sie und hat schon Charlottes Aufmerksamkeit erregt. »Der Typ soll angeblich der beste Messerwerfer der gesamten Zirkusszene sein, weil er seine Messer selber herstellt und die gesamte Wurfladung auch noch auf ein bewegliches Ziel abfeuert, auf ein menschliches natürlich. Kannst du dir das vorstellen? Kunstvoll verzierte selbstgeschliffene Stahlklingen fliegen mit rasender Geschwindigkeit in kaum wahrnehmbaren Drehungen durch die Luft und bohren sich nacheinander laut knallend in einen festen Untergrund, wo sie hübsch arrangiert steckenbleiben.«

»Ach ...« ist alles, was Charlotte daraufhin von sich gibt, bevor sie der Verabredung trotz eines inneren Widerstands für 19 Uhr zusagt.

Laura ist rein zufällig beim Zirkus gelandet. Eigentlich ist sie ausgebildete Balletttänzerin, allerdings seit langer Zeit ohne Engagement. Als sie eines Tages beim Einkaufen ein Plakat des Zirkus Morini sah und ihr ein rot leuchtendes Zirkuszelt mit einer strahlenden Sonne entgegenlächelte, nahm sie einen der kleinen Flyer in die Hand, die unter dem Plakat in einem Plastikkästchen steckten. Aufmerksam las sie den mit blauem Stift gekritzelten Text: »Wenn du in einer Welt voller Freude und Farben lachen und tanzen willst, dann ist der Zirkus deine Welt. Reise mit uns!« – und wählte noch am selben Tag die unter den animierenden Zeilen angegebene Handynummer. Eine tief klingende Frauenstimme mit südländischem Akzent forderte sie energisch auf, zum Nachtessen der Familie Morini auf der Josefswiese zu erscheinen. So lernte Laura die Morinis kennen und lieben, eine Familie, die aus unendlich vielen Schwestern, Brüdern, Onkeln, Tanten, Cousins und Cousinen zu bestehen scheint. Bis heute ist es Laura noch immer nicht gelungen, sämtliche Verwandtschaftsbeziehungen zu durchschauen, aber die Kernfamilie – der Zirkusdirektor Toni Morini, seine Frau und seine vier Kinder – hat sie in ihr Herz geschlossen und behandelt sie wie eine eigene Tochter, und in dieser großen Sippe gilt eine Familie sehr viel. Der älteste Sohn Victorio, sein jüngerer Bruder Gino und die beiden jüngsten Schwestern Elena und Sorina sind sich äußerlich so ähnlich, wie es Geschwister nur sein können, und jedes der Kinder besitzt eine ganz eigene Attraktivität.

Mit der 28-jährigen, temperamentvollen und auffallend lebenserfahrenen Sorina hat sich Laura sogar angefreundet, in Gesellschaft der ein Jahr Älteren fühlt sie sich wohl. Nach den Zirkusvorstellungen sitzen die beiden Frauen oft noch bis spät in die Nacht zusammen und erzählen sich aus ihren so unterschiedlichen Leben. Während Sorina von den vielen Reisen in ferne Länder berichtet, sitzt Laura mit geschlossenen Augen entspannt daneben und konzentriert sich auf die sanft klingende Stimme, die immer eine leicht kratzige Note bekommt, wenn Sorina etwas schildert, was sie emotional aufwühlt.

In der ersten Zeit gab es für Laura hier und dort mal ein paar kleine Auftritte, am wirklichen Zirkusgeschehen nimmt sie aber erst seit wenigen Monaten teil. Sie fungiert als Assistentin in Victorios Messerwurf-Nummer, in der sie sich mit abgespreizten Armen und Beinen auf einer rotierenden Holzscheibe festhalten und sowohl die Drehungen als auch die zahlreich laut einschlagende Messer aushalten muss, ohne ihr zauberhaftes Lächeln zu verlieren. Am Anfang hielt sie die ganze Zeit über die Augen geschlossen und ihr zarter Körper zuckte bei der kleinsten Bewegung, bei jedem zischenden Laut der abgeworfenen Messer derartig zusammen, dass die Nummer eher einem Slapstick als einer seriösen Messerwurfakrobatik glich. Hinzu kamen ihre gellenden Angstlaute, bei denen das Publikum wahrscheinlich rausgerannt wäre.

Letztlich ist es Victorios hingebungsvoller, ausdauernder Art und Lauras Vertrauen in ihn zu verdanken, dass aus dieser Nummer ein wahrhaftes Meisterstück wurde. Victorio hatte intensiv daran gearbeitet, Laura nach und nach die Angst zu nehmen und es schließlich geschafft, sie von seinen Fähigkeiten zu überzeugen. Noch immer hält sie ihren Einsatz bei der Nummer für relativ gefährlich, aber mittlerweile atmet sie – unbemerkt vom Publikum – nur ganz leise erleichtert auf, wenn die Messer neben ihr ins Holz einschlagen. Victorio, der ihr mit seinen braunen Augen auf den Grund ihrer Seele zu blicken scheint, nimmt ihre Anspannung wahr und zwinkert ihr vor jeder Vorstellung schelmisch zu.

Sorina hat heute mal wieder starke Rückenschmerzen. Das ist der Preis für ihre neu einstudierte Performance am Trapez. Zwei Monate lang hat sie tagtäglich stundenlang trainiert und erst aufgehört, als ihre Mutter ihr androhte, sie nicht auftreten zu lassen, wenn sie jetzt keine Pause mache. Letzte Nacht hatte sie vor Schmerzen kaum schlafen können und war zwischendurch immer wieder aufgestanden, um sich die Beine zu vertreten. Während Sorina nun am späten Vormittag unruhig und leicht unzufrieden über das Zirkusgelände schlurft, um sich einen heißen Kaffee zu besorgen, gehen ihr die Ereignisse des gestrigen Tages und von heute Morgen durch den Kopf.

Gestern Nachmittag hatte sie eine irritierende Beobachtung gemacht, als sie bei ihrem täglichen Rundgang auf dem Gelände Victorio und Laura bei der Probe ihrer Messernummer zugesehen hatte. Kurz vor der Premiere an einem neuen Ort sind die Künstler und Artisten immer aufgeregt wie beim ersten Mal, weil sie nie einschätzen können, was für ein Publikum auf sie wartet. Victorio warf gerade ein Messer nach dem anderen blitzschnell in Richtung seiner Assistentin. Jedes Messer bohrte sich haarscharf neben Lauras Körper tief in das Holz, und bei einem Wurf erwischte die scharfgeschliffene Klinge in Kopfnähe eine der langen blonden Haarsträhnen, die daraufhin wie eine Feder im Wind ganz langsam zu Boden segelte. Victorio lachte laut auf, doch Sorina musste unwillkürlich zusammenzucken. So sehr sie ihren Bruder auch liebt und verehrt, so wenig mag sie seinen Umgang mit Frauen, vor allem mit seinen Assistentinnen, die er stets eine nach der anderen zunächst begehrt und nach einigen Monaten eiskalt abserviert. Sie findet diese Art abscheulich, weil ihr besonders Frauen sehr nahestehen, und es würde ihr niemals in den Sinn kommen, eine Frau zu behandeln, als wäre sie ein bloßes Lustobjekt. In der Vergangenheit hat sie genügend Abstand zu seinen Assistentinnen halten können, doch bei Laura gelingt ihr das nicht. Bisher hatte Victorio kein großes Interesse an Laura gezeigt, worüber Sorina sehr froh war, da sie fasziniert ist von ihrer blonden Freundin, die zwar zunächst kühl wirkt, aber beim genaueren Hinsehen sehr viel Wärme ausstrahlt. Als Sorina aber beobachtete, wie albern Victorio während der Probe wirkte, wie er immer wieder in dämliches Lachen verfiel und Laura damit der Lächerlichkeit preisgab, spürte sie neben ihrer Wut ein Gefühl der Eifersucht. Sie drehte sich abrupt um und lief raschen Schrittes zu ihrem Wohnwagen. Die Vorkommnisse der letzten Nacht haben ihr dann den Rest gegeben.

Laura ist die erste Frau, der Victorio gegenüber schüchtern ist. Nach drei Monaten des gemeinsamen Probens hat er gestern Abend endlich Mut gefasst, sie zu einem Glas Wein in seinen Wohnwagen einzuladen. Fünf Gläser Wein und einige Stunden später hatten sie sich auf den bunten Kissen gewälzt und sich mit zärtlichen Küssen ganz vorsichtig dem Liebesspiel hingegeben. Das ist zumindest Victorios Erinnerung an letzte Nacht, in der er jetzt sanft lächelnd und mit wohligem Gefühl schwelgt. Irgendwann gegen Morgen hatte Laura den Wohnwagen verlassen; wahrscheinlich war ihr so viel Intimität mit ihm peinlich, mutmaßt Victorio schmunzelnd und freut sich schon jetzt auf eine Wiederholung.

Während Victorio sich in Gedanken an letzte Nacht entspannt auf dem Bett räkelt, ist Laura ebenso intensiv wie fruchtlos damit beschäftigt, sich diese Nacht in Erinnerung zu rufen. Sie hatte viel zu viel Alkohol getrunken und leidet auch nach zwei Aspirin unter einem höllischen Kopfschmerz, der sich einfach nicht verflüchtigen will. Eigentlich trinkt sie nie Alkohol. Irgendetwas hatte sie überschwänglich werden lassen, sie kann sich nur leider nicht mehr erinnern, was es war. Sie weiß nur noch, dass sie am frühen Morgen aus Victorios Wohnwagen gekrochen ist. Auf dem Weg zu ihrem eigenen Wohnwagen hatte sie sich heftig übergeben müssen und dabei überlegt, ob das nur am Alkohol oder womöglich am Sex mit Victorio lag. Eines weiß sie aber ganz sicher: Ihr ist ein großer Fehler unterlaufen.

Mit immer noch schmerzendem Kopf schleicht Laura einige Stunden später zu Sorinas fahrender Unterkunft und will soeben klopfen, als sie den kleinen gelben Zettel sieht, der mit einem Streifen Tesafilm an der Tür befestigt wurde. »Bin an der Limmat«, steht dort in leicht krakeliger Schrift. Sie lässt die Nachricht hängen, unsicher, für wen sie dort aufgehängt wurde, und läuft zum nahe gelegenen Flussufer. Dort findet sie die junge Artistin tatsächlich im Schatten eines großen Laubbaums direkt an der Limmat liegend, deren kühles Wasser aus dem Zürisee kommt. Sie setzt sich schweigend neben Sorina, die sie mit geschlossenen Augen ganz leise fragt:

»Was ist los Laura? Du schnaufst beim Gehen wie ein Pferd! Tut dir etwas weh?«

Laura stöhnt beschämt auf und erzählt Sorina vertrauensvoll von ihrer bruchstückhaften Erinnerung und ihren Gedanken zu letzter Nacht. Dass in Sorina langsam Zorn aufsteigt, registriert sie nicht, nimmt aber eine gewisse Anspannung des durchtrainierten Körpers war. Dann schließt auch sie ihre Augen und spürt, wie sie zwei Arme zärtlich umfassen und ihr eine Hand sanft über den Rücken streicht. Eng umschlungen sitzen die beiden Frauen am Wasser und lauschen den kleinen Strudeln, die sich an verschiedenen Stellen gebildet haben. Weder Sorina noch Laura bemerken, dass sie aus einiger Entfernung von jemandem beobachtet werden, dem dieses Geschehen absolut nicht gefällt.

»Wollen wir uns einen Prosecco genehmigen, oder hast du mehr Lust auf einen Aperol Spritz?«, fragt Johanna Charlotte, nachdem diese ihr Velo an dem Bauzaun angeschlossen hat, der die Zirkusanlage begrenzt.

»Bitte keinen Alkohol für mich«, antwortet Charlotte bestimmt und ist dabei bemüht, ihre vom Wind zerzausten Haare glattzustreichen, was ihr nur unzureichend gelingen will.

»Meinst du etwa, du hast nachher noch einen beruflichen Einsatz zu bewältigen, oder wieso diese unnötige Abstinenz an einem Freitagabend?«, hinterfragt Johanna die Entscheidung etwas unwirsch, weil sie alleine auch keinen Alkohol trinken möchte.

»Na gut, dann also einen Aperol Spritz, damit du nicht gleich in schlechte Laune verfällst«, willigt Charlotte ein und schaut sich in der Zwischenzeit interessiert auf dem Zirkusgelände um.

Als die Vorstellung beginnt, sind Lauras Kopfschmerzen fast verschwunden. Sie nimmt sich vor, nach dem Auftritt mit Victorio zu reden und ihm ihre Gefühle mitzuteilen. Sie möchte die Situation klären. Das Gespräch mit Sorina und die Schmerztabletten haben ihr gut getan und ihr Mut gemacht. Ungeduldig erwartet sie den Moment, in dem sie gemeinsam mit Victorio die Bühne betreten wird, um als seine mutige Assistentin das neue Publikum zu verzaubern.

In dem Moment, in dem ihre Nummer beginnt und Victorio wie immer neben sie tritt, spürt sie allerdings urplötzlich eine innere Unruhe aufkommen. Noch bevor sie sich darüber wundern kann, dass Victorio ihr diesmal nicht zuzwinkert, sondern einfach nur mit leerem Blick geradeaus starrt, ertönt das Zeichen, und die beiden betreten die Manege. Tosender Applaus als Vorschuss auf die großartige Nummer und gespannte Gesichter erwarten sie.

»Jetzt möchte ich doch mal sehen, wie toll die selbstgebastelten scharfen Klingen ins Ziel treffen«, sagt Charlotte neckend zu Johanna und stupst sie mit ihrem Ellenbogen sanft in die Seite, doch ihre Freundin ist wie versteinert und schaut ganz gebannt in Richtung Manege, ohne sich auch nur einen Millimeter zu rühren, geschweige denn einen Laut von sich zu geben.

Laura hält sich wie immer auf der rotierenden Holzscheibe fest, fixiert ihre Füße in den Schlaufen und Victorio steht an seinem Platz am anderen Ende der Manege. Neben ihm liegen griffbereit die blankpolierten Messer, eins neben dem anderen ordentlich aufgereiht. Fünf sind es für die kommende Nummer.

Die Nummer hat begonnen und Charlotte ist schon vor dem ersten Wurf enttäuscht, weil sie die sie faszinierenden Instrumente von der letzten Sitzreihe aus gar nicht richtig erkennen kann. Schnell ist es vorbei mit ihrer Aufmerksamkeit, stattdessen schaut sie sich im Zelt um und studiert das Verhalten des Publikums. In manchen Gesichtern meint sie Angst und Anspannung erkennen zu können, in anderen großes Interesse. Wieder andere bemühen sich, um ihre Außenwirkung bedacht, ihre Gesichtszüge im Zaum zu halten oder sind mit ihren Nachbarn in ein Gespräch vertieft. Einige agieren ihre Anspannung aus, indem sie herzumzappeln, sich die Augen zuhalten oder sich an ihren Sitznachbarn festkrallen. Die meisten aber blicken regungslos und stumm in Richtung Manege.

Victorio nimmt das erste Messer, hält es für das Publikum in die Höhe, was mit einem leisen Raunen beantwortet wird, und wirft es präzise in Richtung Holzscheibe, wo es etwa einen Zentimeter rechts neben Lauras Kopf laut hörbar ins Holz einschlägt. Laura zuckt zusammen, als sei sie in die Anfangszeit ihrer Proben zurückversetzt. So deutlich hat sie das Messer neben sich schon lange nicht mehr gespürt. Sie atmet tief ein und aus, versucht die Zeit vor dem nächsten Wurf zu nutzen, um sich wieder zu beruhigen, schafft es aber nicht ganz, weil das zweite Messer viel schneller dicht neben ihrem linken Oberschenkel ins Holz einschlägt, als sie es bei der Nummer gewohnt ist. Laura blickt auf das dritte Messer, dessen Einschlag sie an ihrer linken Kopfseite erwartet, und schaut kurz zu Victorio. Für einen Moment treffen sich ihre Blicke und sie kann ein helles Flackern in Victorios Augen erkennen, während sie die blitzende Klinge rasant auf sich zufliegen sieht. Sie schließt ihre Augen, bevor die scharfgeschliffene Spitze des Messers in ihre linke Brust einschlägt und sie an die Holzunterlage nagelt. Das Blut, das aus ihrem Körper heraustritt und ihr hautenges weißes Kostüm in ein knallrotes verwandelt, sieht sie nicht mehr. Auch kann sie die ungläubigen Gesichter im Publikum nicht mehr sehen und schon gar nicht Victorio, wie er direkt nach dem Abwurf in sich zusammensinkt und seinen schwarzen Lockenkopf zwischen seinen angewinkelten Knien vergräbt.

Das ist der Moment, in dem die Notärztin Johanna ohne zu überlegen von ihrem Sitz hochschnellt, sich einen direkten Weg quer durch alle Sitzreihen nach vorne bahnt und in die Manege springt, wo sie sich wie eine wildgewordene Tigermutter auf die blutende junge Frau stürzt. Deren vornüber gesackter Körper hat das Messer langsam aus der Drehscheibe gezogen, sodass sie nun bäuchlings im Sand der Manege liegt. So schnell kann Charlotte gar nicht reagieren, da sie noch immer mit den eben vor Schreck erstarrten Gesichtern der Zuschauer beschäftigt ist, die nun alle wild durcheinander schreien und in Richtung der Ausgänge stürmen. Charlottes Blick war nur eine Sekunde vor dem Tumult an den weit aufgerissenen dunklen Augen einer ausnehmend schönen, schwarzhaarigen jungen Frau hängengeblieben, die ganz dicht neben dem leicht geöffneten Vorhang am Rand der Manege gestanden und einen lauten Schrei von sich gegeben hatte. Charlotte war geradezu paralysiert gewesen, weil sie diesen Schrei als ein gellendes »Du hast sie umgebracht!« bereits kurz vor dem Einschlagton des fliegenden Messers wahrgenommen hatte, zu einem Zeitpunkt also, als noch gar nichts passiert war. Zwischen den lauten Schreien der Zuschauer hört sie auf einmal jemanden ihren Namen rufen und stürmt schnellen Schrittes zu der wild gestikulierenden Johanna, die die Situation professionell in die Hand genommen hat, ehe diese völlig aus dem Lot zu geraten drohte.

»Rufen Sie 144 an und bestellen Sie einen Rettungswagen, machen Sie schon!«, schreit Johanna dem bleichen Toni Morini entgegen, der seine Direktionsrolle aufgrund einer Schockstarre aktuell nicht wahrzunehmen weiß. Während sie diversen umstehenden Personen unterschiedliche Anweisungen gibt und damit geschickt die Rollen verteilt, ist sie bemüht, der jetzt am Boden liegenden jungen Frau Erste Hilfe zu leisten. Noch immer rotiert die Holzscheibe langsam und kommt nur allmählich zum Stillstand.

»Sie hat noch einen ganz schwachen Karotispuls, hilf mir bei der Versorgung«, ruft Johanna Charlotte zu, die auf dem Weg zur Ereignisstelle an den zwei noch aufgereiht liegenden doppelschneidigen Wurfmessern vorbeigekommen ist und diese mit einem verstohlenen Seitenblick in Augenschein genommen hat.

»Johanna, lass es bitte, fass nichts an! Die Kollegen von der Spurensicherung werden gleich hier sein, ich habe die Polizei bereits verständigt.«

»Spinnst du, Charlotte? Diese Frau lebt noch, wir müssen sie retten!«, ruft die Notärztin ihrer Freundin völlig außer sich zu und zerreißt dabei ihre Bluse, die sie als eine Art Druckverband verwenden will.

Charlotte zögert, bevor sie sich neben den blassen schlaffen Körper der Verletzten hockt und zusieht, wie Ströme hellroten Blutes rhythmisch aus der Wunde fließen. Sie fühlt sich zwiegespalten, weil auch sie einen Rettungsdrang in sich spürt, aber gleichzeitig davon überzeugt ist, dass in diesem Fall jede Hilfe zu spät kommt. Doch jetzt ergreift sie entschlossen und etwas unsanft Johannas linke Schulter und hält die Kollegin fest. Sie schaut ihr direkt in die Augen, während sie in strengem Tonfall sagt:

»Schluss jetzt, hör auf damit! Wir können ihr nicht mehr helfen. Das Wurfmesser steckt bis zum Schaft in ihrem Brustkorb und hat sich wahrscheinlich nicht nur durch ihr Herz gebohrt. Das Herz wurde aber auf jeden Fall durchschnitten, bevor die Messerspitze am Rücken wieder austrat und den Brustkorb auf der Holzplatte fixierte. Versteh doch, sie könnte jetzt allenfalls durch eine sofortige Herztransplantation gerettet werden, alles andere ist vergebens, glaub es mir.«

»Du bist ja total wahnsinnig, das kannst du nicht entscheiden, so etwas darfst du nicht entscheiden«, brüllt Johanna ihr entgegen und bastelt weiter an ihrem Verband.

Es ist ein schrecklicher Moment für die beiden Freundinnen, die sich durch ihre Berufswahl dazu verpflichtet haben, Menschenleben zu retten. Auch für Charlotte ist diese Situation grauenvoll, aber schließlich bringt sie Johanna dazu, ihre sinnlosen Rettungsmaßnahmen einzustellen. In diesem Moment stürzen die herbeigeeilten Rettungssanitäter zu der nun nicht mehr blutenden Laura, bei der auch kein Puls mehr wahrnehmbar ist.

Wenig später kann die jetzt ebenfalls eingetroffene Polizei die unruhige Menge bändigen und damit ein größeres Chaos abwenden. Als die frischgebackene Fachärztin Lara als diensthabende Rechtsmedizinerin am Tatort erscheint, ist das Gröbste bereits erledigt und der Leichnam kann inspiziert werden.

Das Mittwochsjoggen, das Johanna und Charlotte in den vielen Jahren ihrer engen Freundschaft nur in Notfällen ausfallen ließen, findet nach diesem Ereignis für lange Zeit nicht mehr statt, weil keine der beiden weiß, wie sie den ersten Schritt machen soll. Trotzdem ist sich Charlotte ganz sicher, dass sie schon bald wieder zusammen laufen werden.

Acht Monate nach diesem für Charlotte unsäglichen Zirkusabend, an den sie sich nur äußerst ungern erinnert, betritt sie pünktlich um kurz vor 10 Uhr das ehrwürdige Gebäude des Zürcher Bezirksgerichts, in dem heute der letzte Verhandlungstag im Fall Victorio Morini zum Nachteil von Laura Kessler stattfindet. Als sie die Eingangspforte passiert, nimmt sie den ihr so vertrauten Geruch des alten Gemäuers wahr und setzt sich gedankenverloren auf die harte Holzbank vor dem Gerichtssaal, um zu warten, bis sie für ihre Zeugenaussage aufgerufen wird. Zum ersten Mal seit ihrer Tätigkeit als Rechtsmedizinerin ist sie nicht als forensische Sachverständige, sondern als Zeugin und somit Zivilperson zu einem Prozess geladen. Ein wenig unsicher schaut sie sich um und beginnt die übrigen vor dem Sitzungssaal wartenden Personen interessiert zu beobachten. An diesem letzten Prozesstag in der Strafsache Morini sollen noch einige Zeugen gehört werden, die am Abend der Vorstellung spezielle Dinge beobachtet und bei der polizeilichen Vernehmung zu Protokoll gegeben haben. Charlotte hat sich für heute frei genommen, damit sie den Prozess bis zum Schluss live miterleben kann. Außerdem wird neben weiteren Zeugenvernehmungen heute auch ihre Kollegin Lara das Obduktionsgutachten zu den tödlichen Verletzungen des Messerwurfs erstatten, was Charlotte die Möglichkeit gibt, einmal von außen auf so einen Vorgang zu blicken. Während sie sich nochmals die Geschehnisse aus der Zirkusvorstellung vor Augen führt und sich mental auf ihre bevorstehende Aussage vorbereitet, setzt sich eine junge, auffallend schöne schwarzhaarige Frau wortlos neben sie. Unauffällig wendet Charlotte den Kopf zur Seite und erschrickt für einen kurzen Moment, weil sie meint, die Frau aus dem Zirkus erkannt zu haben, die mit weit aufgerissenen Augen »Du hast sie umgebracht!« geschrien hatte. Damals hatte sie die offensichtlich unter Schock stehende junge Frau zu einem der Sanitäter begleitet. Bevor Charlotte sich getraut, die Frau anzusprechen, ertönt die Stimme des Gerichtsdieners Herrn Ottiker, der sich neben sie gestellt hat und ihren Namen direkt in ihr Ohr flüstert.

»Guten Tag, Frau Doktor Fahl, Sie werden nun im Saal erwartet.« Herr Ottiker geleitet Charlotte hinein und bittet sie höflich, auf dem Zeugenstuhl mitten im Sitzungssaal Platz zu nehmen.

Der Oberrichter Herr Seeberger, der Charlotte ebenfalls von zahlreichen Verhandlungen her kennt, nickt ihr kurz freundlich lächelnd zu und raschelt dann weiter geschäftig in den vor ihm aufgetürmten Papieren der dicken Strafakte. Auf der rechten Seite vor dem Richtertisch erkennt sie Staatsanwalt Bode, der jahrelang für ärztliche Behandlungsfehler zuständig war, bevor er vor Kurzem in die Deliktabteilung wechselte. Links sitzt die Verteidigung mit dem Angeklagten Victorio Morini, der, wie Charlotte findet, sehr schlecht aussieht. Die farblose Anstaltskleidung der JVA Zürich, wo Victorio seit nunmehr acht Monaten in Untersuchungshaft einsitzt, betont die aschgraue Gesichtsfarbe und lässt den jungen Mann um einige Jahre älter wirken. Mit nach vorne zusammengesunkenen Schultern und gebeugtem Oberkörper sitzt er auf seinem Platz, als leide er unter körperlichen Schmerzen.

»Frau Dr. Fahl, Sie sind heute als Zeugin geladen. Sie wissen, dass Sie vor dem Gericht die Wahrheit sagen müssen«. Richter Seeberger fährt langsam und bedächtig mit den üblichen Belehrungen fort und schaut Charlotte währenddessen immer noch freundlich lächelnd an.

Der Aufforderung, das Geschehen im Zirkuszelt noch einmal zu schildern, kommt Charlotte unverzüglich nach und berichtet von ihren damaligen Wahrnehmungen. Sie verschweigt nicht, dass sie aus Langeweile den um sie herum sitzenden Zuschauern mehr Beachtung geschenkt hat als der Darbietung in der Manege.

»Ich muss zugeben, dass ich noch nie ein großer Zirkusfan war und nur aus freundschaftlicher Verbundenheit mitgegangen bin. Da ich ohnehin von der letzten Sitzreihe aus nicht allzu viele Einzelheiten erkennen konnte, zumindest keine, die mich interessiert hätten, habe ich die Leute vor und neben mir beobachtet und mich dabei gefragt, was das wohl für Menschen sein mögen, denen der Zirkus ein solches Leuchten in die Augen zaubert. Und auf einmal war da ein Schrei, den nach meiner Wahrnehmung eine am Rand der Manege stehende junge Frau ausgestoßen hat. Den eigentlichen Wurf habe ich dagegen nicht beobachtet.«

»Können Sie uns die junge Frau beschreiben, die diesen Schrei, wie Sie es nennen, von sich gegeben haben soll?«, fragt der Richter interessiert nach.

»Ja, natürlich, das kann ich gerne tun. Ich kann Sie Ihnen aber auch zeigen, wenn Ihnen das lieber ist. Ich habe sie soeben draußen vor dem Sitzungssaal gesehen«, antwortet Charlotte wahrheitsgetreu und zeigt mit ihrem rechten Zeigefinger in Richtung Saaltür.

Ein Raunen geht durch die Menge, und der Richter sorgt mit klaren Worten für Ruhe, bevor er Charlotte weiter befragt.

»Das wäre natürlich am einfachsten, vielen Dank. Vielleicht könnten Sie uns vorher jedoch noch mitteilen, was die junge Frau ihrer Ansicht nach geschrien hat.«

»Ich meine, ein ›Du hast sie umgebracht!‹ verstanden zu haben, bevor dann der laute Tumult der Zuschauermassen losging«, erläutert Charlotte.

»Können Sie uns vielleicht noch etwas dazu sagen, wie der Angeklagte nach dem tödlichen Messerwurf reagiert hat? Hat er Rettungsbemühungen entfaltet?«, fragt der Richter weiter.

»Nein«, antwortet Charlotte. »Meine Freundin, die Notärztin ist, war sofort zur Stelle und hat die umstehenden Personen instruiert. Das Zirkuspersonal war daraufhin bemüht, das Publikum nach draußen zu bringen, während der Angeklagte, der direkt nach dem Abwurf des Messers auf die Knie gefallen war, wie gelähmt in der Manege hockte. Irgendwann kamen dann Polizisten, die ich verständigt hatte, und haben ihn mitgenommen. Bis zu diesem Zeitpunkt hatte er sich keinen Millimeter gerührt.«

Wenige Minuten später wird Charlotte vom Richter gebeten, dem Gerichtsdiener draußen vor der Tür die junge Frau zu zeigen, die sie meinte, an jenem Abend gesehen zu haben. Nachdem sie auch diese Aufgabe erledigt hat, wird ihre Vernehmung beendet und sie darf im Zuschauerraum Platz nehmen, was sie gerne tut, da sie nachher unbedingt den Ausführungen ihrer Kollegin lauschen möchte.

Richter Seeberger ruft nun die Zeugin Sorina Morini in den Sitzungssaal, die Charlotte soeben identifiziert hat. Als die junge hübsche Frau den Saal betritt, liegen mit einem Schlag Trauer und Schmerz, die von ihr auszugehen scheinen, für alle greifbar in der Luft. Manche Menschen können einen Raum mit ihrer bloßen Präsenz füllen, ohne dass sie dafür irgendetwas tun müssen. Sorina Morini ist solch ein Mensch.

»Frau Morini«, unterbricht Richter Seebergers Stimme Charlottes Gedanken, »als Schwester des Angeklagten steht Ihnen ein Zeugnisverweigerungsrecht zu. Das bedeutet, dass Sie hier nicht aussagen müssen, wenn Sie nicht wollen. Wenn Sie sich aber dazu entschließen auszusagen, dann muss es die Wahrheit sein. Haben Sie diese Belehrung verstanden?«

Sorina nickt.

»Möchten Sie also aussagen?«, fragt der Richter jetzt und sieht die Zeugin erwartungsvoll an. Auch die zwei beisitzenden Richter schauen interessiert zu Sorina Morini, während Staatsanwalt Bode, der seinen Oberkörper leicht vorgebeugt hat, bei Charlotte den Eindruck erweckt, als wolle er die Zeugin durch bloßen Blickkontakt zu einer Aussage bringen. Der Verteidiger, Rechtsanwalt Dr. Fuhrmann, ist gleichzeitig bemüht, das Gegenteil zu erreichen, indem er besonders eindringlich in ihre Richtung schaut und sie durch seine mahnende Körpersprache zum Schweigen zu bringen versucht.

Totenstill ist es im Saal, Sekunden dehnen sich zu Minuten. Wie alle Anwesenden wartet Charlotte aufs Äußerste gespannt auf die Entscheidung der Schwester des Beschuldigten. Die schwer erträgliche Stille wird lediglich von dem nervös surrenden Flackern einer defekten Glühbirne in einem der prunkvollen Kronleuchter unterbrochen, die den Verhandlungssaal zieren.

»Frau Morini,« fragt Richter Seeberger noch einmal mit fester Stimme nach, »möchten Sie aussagen?«

In diesem Moment sieht Charlotte zu Victorio Morini, der den Kopf hebt und zu seiner Schwester herüberschaut. Sie meint, aus der Entfernung ein stummes Flehen in seinen Augen erkennen zu können, und sieht den gebeugten Körper der Schwester, wie er sich beim Atmen hebt und senkt. Schließlich stößt sie mit kratziger Stimme hervor:

»Ich kann nicht aussagen.«

Staatsanwalt Bode blickt unwillkürlich zornig in ihre Richtung, schaut dann aber sich professionell zügelnd an die Saaldecke, wo noch immer die flackernde Glühbirne leise knackt. Es sieht so aus, als mache er das Knacken der Glühbirne für die Entscheidung der Zeugin verantwortlich.

Sorina Morini wird als Zeugin entlassen, steht auf und verlässt den Saal. Charlotte meint noch eine Träne auf der linken Wange erkennen zu können und denkt, dass jede Familie ihre Geheimnisse besitzt. Sie ist sich ganz sicher, dass Sorina etwas Wichtiges zum Prozessverlauf hätte beitragen können, aber wer weiß, ob der Preis, den sie vermutlich dafür hätte zahlen müssen, nicht zu hoch gewesen wäre.

Interessiert lauscht Charlotte nun den Ausführungen der jungen Fachärztin Lara, die sie im nächsten Jahr zur Oberärztin befördern möchte, da sie eine ausgezeichnete Rechtsmedizinerin ist.

»Die maximal vier Zentimeter breite und bis zu fünfzehn Zentimeter lange doppelschneidige Messerklinge trat im vierten Rippenzwischenraum direkt links neben dem Brustbein ein«, referiert Lara und zeigt dabei auf die für alle sichtbar an die Saalwand projizierten Bilder. »Der Stichkanal verlief senkrecht in der Frontalebene durch das Herz, wodurch beide Herzkammern breit eröffnet wurden. Nach dem Durchtritt durch das Herz wurde auch noch der absteigende Teil der Hauptschlagader mit eröffnet und ebenso

Teile des linken unteren Lungenflügels mitsamt den dort verlaufenden Luftwegsverzweigungen, also den sogenannten Bronchien. Danach ist die Messerspitze hinten durch den fünften Interkostalraum dicht neben dem linken Schulterblatt wieder ausgetreten. Es handelt sich somit um einen mit heftigem Kraftaufwand ausgeführten Durchstich, an dessen Folgen die Frau zwangsläufig innerhalb weniger Minuten verstarb.«

Nach diesen eindeutigen Feststellungen wird eine Pause angesetzt, bevor am Nachmittag desselben Tages die Plädoyers an der Reihe sind. Charlotte rennt Lara hinterher, als diese eilig das Gerichtsgebäude verlassen will, um auf direktem Weg wieder zurück ins Institut zu fahren.

»Das war ganz fantastisch, Lara, das möchte ich dir nur rasch sagen. Du hast durch deine Präzision und Deutlichkeit bestochen, deshalb kamen auch keine Fragen mehr von den Prozessparteien«, sagt sie nun leicht außer Atem zu ihrer Mitarbeiterin.

»Vielen Dank Charlotte, du weißt ja wohl, dass ich Schwierigkeiten habe, Lob anzunehmen. Aber trotzdem, danke!« Sie will gerade weitergehen, als Charlotte sie kurz am Unterarm berührt und fragt:

»Wollen wir nicht eine Kleinigkeit zusammen essen, bevor du dich wieder an die Arbeit machst?«

Unumwunden hakt sich Charlotte bei Lara ein, der nun gar nicht anders übrig bleibt, als ihre Chefin in ein Lokal zu begleiten.

Während des Essens schweigen die beiden und schauen sich zwischendurch immer wieder verunsichert im Restaurant um. Dann durchbricht Charlotte die Stille und fragt:

»Was meinst du, wie das Urteil ausfallen wird?«

Laras Gesichtsfarbe wechselt auf einen Schlag in ein Dunkelrot und Charlotte glaubt zu sehen, wie sich kleine Schweißperlen auf ihrer Stirn bilden.

»Ich... wollte... es dir... damals nach der Obduktion... eigentlich sagen«, stottert sie ein wenig, »aber habe es im ganzen Rummel mit der Staatsanwaltschaft und den Leuten vom Forensischen Institut dann leider doch vergessen. Der Fall wurde ja als völlig klar bei uns angekündigt, insbesondere, da du zufälligerweise als Zeugin vor Ort gewesen bist. Trotzdem habe ich mir erlaubt, Scheidenabstriche bei der Toten zu nehmen.«

»Und dann vergessen, um einen staatsanwaltschaftlichen Auftrag für die Auswertung anzufragen… verstehe«, beendet Charlotte den Gedanken Laras, die sich seitdem ständig Vorwürfe gemacht hat, diesen Punkt versäumt zu haben.

»Als mir die Abstriche irgendwann wieder eingefallen sind, war's leider schon zu spät, wir hatten unser Gutachten bereits versendet und ich wollte keine schlafenden Hunde mehr wecken«, zeigt sie ihre Reue, die Charlotte als unangebracht empfindet.

»Was soll's Lara, das ist doch nicht so schlimm. Die Abstriche hätten am Prozess auch nichts geändert. Mach dir mal keine Gedanken mehr. Das Urteil wird's schon richten«, sagt sie überzeugend und zahlt das Mittagessen.

Staatsanwalt Bode erhebt sich, blickt einmal siegessicher in die Runde und beginnt dann mit seiner Vorstellung:

»Hohes Gericht, sehr geehrter Herr Verteidiger, meine Damen und Herren. Die Staatsanwaltschaft hat nach Durchführung der Beweisaufnahme keinerlei Zweifel daran, dass der Angeklagte Victorio Morini seine Assistentin Laura Kessler absichtlich getötet hat. Er ist ein routinierter, in der Zirkuswelt als Star anerkannter Messerwerfer und hat nach Aussagen sämtlicher Zeugen stets getroffen, was er treffen wollte, und auch nicht getroffen, was er nicht treffen wollte.« Ein Raunen geht durch die Menge, das der Staatsanwalt ausklingen lässt, um dann rhetorisch versiert in die absolute Stille hinein fortzufahren.

»Heimtückisch gehandelt hat er. Laura Kessler konnte nicht mit einem solchen Angriff rechnen. Wir haben von den Zeugen ausnahmslos gehört, dass bei dieser Nummer in jeder Vorstellung insgesamt fünf Messer abgeworfen wurden, die in folgender Reihenfolge vom Beschuldigten platziert wurden: erstens neben die rechte Kopfseite der jungen Frau, zweitens neben die linke Oberschenkelseite, drittens neben die linke Kopfseite, viertens neben die rechte Oberschenkelseite und fünftens zwischen die gespreizten Beine direkt unterhalb der Scham.«

Wieder ertönt eine leise Unruhe im Publikum, die Richter Seeberger gekonnt zu unterbrechen weiß.

»Das bedeutet, der dritte und schließlich tödliche Messerwurf, der eigentlich – so wie in jeder Vorstellung – neben der linken Kopfseite hätte platziert werden sollen, traf knapp einen halben Meter senkrecht unterhalb der geplanten Lokalisation ein und verlief mitten durchs Herz der Assistentin. Kann das ein Fehlwurf sein, meine Damen und Herren? Ein Zufall, gar ein Unglücksfall? Nein! Hierbei handelte es sich um einen gezielten Wurf, der genau das treffen sollte, was er auch traf, nämlich das Herz von Laura Kessler«.

»Sehr überzeugend«, denkt Charlotte, die Staatsanwalt Bode in dieser Rolle bisher noch nicht erlebt hat. Es ist ihm mit seinem Plädoyer durchaus gelungen, in sachlichem Ton Emotionen zu wecken und den Zuhörenden das Gefühl zu geben, die einzig denkbare Möglichkeit geschildert zu haben. Demzufolge war es offenbar die Absicht von Victorio Morini gewesen, seiner Assistentin Laura Kessler das Herz zu durchbohren und sie auf diese Weise zu töten.

Der Staatsanwalt beendet sein Plädoyer mit dem Antrag, den Angeklagten wegen Mordes zu fünfzehn Jahren Strafhaft zu verurteilen.

Kopfschüttelnd erhebt sich nun sein Kontrahent, der Verteidiger Dr. Fuhrmann.

»Meine Damen und Herren. Was wir soeben gehört haben, sind reine Spekulationen. Nichts als Vermutungen, die der Herr Staatsanwalt mit seiner – verzeihen Sie bitte meine deutlichen Worte, Herr Kollege – Fantasie unterlegt. Der Angeklagte Victorio Morini hat keinesfalls mit Absicht gehandelt. Vielmehr haben wir es hier mit einem tragischen Unglücksfall zu tun, einem klassischen Unfall also. Es konnten in dieser Hauptverhandlung keinerlei objektive Beweise für einen Tötungsvorsatz meines Mandanten gewonnen werden, auch mangelt es nach wie vor an einem Motiv. Das Einzige, was wir sicher wissen, weil es sämtliche Zeugen glaubhaft bestätigt haben, ist die Angabe, dass mein Mandant normalerweise ein herausragender Messerwerfer ist. Aber auch ein herausragender Messerwerfer kann sein Ziel verfehlen. Außerdem kann niemand hier im Saal allen Ernstes davon ausgehen, dass sich der

Angeklagte, wenn er seine Assistentin Laura Kessler hätte töten wollen, dafür eine Zirkusvorstellung ausgesucht hätte, um die Tat vor Hunderten von Leuten auszuführen.«

»Auch nicht schlecht«, findet Charlotte, auch wenn ihr bei den Worten des Verteidigers urplötzlich die Abstriche wieder in den Sinn kommen, deren Auswertung zusammen mit einer Aussage der Schwester des Angeklagten womöglich den Schlüssel, nämlich ein Motiv geliefert hätten. Jedenfalls ist sie in diesem Moment mal wieder heilfroh, dass sie nicht über Schuld oder Unschuld eines Angeklagten entscheiden muss. Sie öffnet Leichen, schaut in die Körper und kann stets mit objektiven Befunden aufwarten. Sie kann sich gar nicht vorstellen, wie es einem Richter möglich sein soll, in solch einem Fall zu dem einzig richtigen Ergebnis zu kommen. Vorsatz oder Fahrlässigkeit oder gar Freispruch? Die Grenzen scheinen fließend zu sein. Wieder einmal beglückwünscht sich Charlotte zu ihrer Berufswahl und lehnt sich entspannt in ihrem Stuhl zurück.

»Herr Morini, Sie haben das letzte Wort«, verkündet Richter Seeberger, nachdem Dr. Fuhrmann sein Plädoyer mit der Forderung nach einem Freispruch beendet hat.

Es ist das erste Mal überhaupt, dass Victorio in dem Prozess seinen Mund öffnet, und heraus kommt mit leiser Stimme nur ein Satz:

»Es war nicht meine Schuld!«

Am nächsten Morgen steht es in allen Zeitungen, und Charlotte, die mit Pascal beim Frühstück sitzt, ist sehr gespannt, was er dazu sagen wird, da sie ihm nach ihrem Urlaubstag im Gericht natürlich alles haarklein berichtet hat.

Pascal hält die Tageszeitung in der Hand und schüttelt ungläubig den Kopf, als er schwarz auf weiß liest, was er schon aus Charlottes Schilderungen kennt.

»Jetzt lese ich dir mal laut vor, was der Tagi daraus gemacht hat, pass auf:

»Freispruch für Messerwerfer

In einem langwierigen Prozess, in dem es um den 32-jährigen Zirkusartisten und stellvertretenden Direktor der berühmten Zirkusfamilie Morini ging, der im letzten Sommer wieder einmal in Zürich gastierte, hat das Gericht gestern das Urteil verkündet. Der älteste Sohn des Zirkuspatrons und weltberühmte Messerwerfer V. Morini, der vor acht Monaten die 27-jährige Assistentin Laura K. während einer Abendvorstellung tödlich verletzt hat, wurde freigesprochen. Nach Mitteilung des Vorsitzenden Richters konnten dem Angeklagten weder ein Vorsatz noch eine Fahrlässigkeit mit der für eine Verurteilung erforderlichen Wahrscheinlichkeit nachgewiesen werden. ›Die Indizien haben für eine Verurteilung nicht ausgereicht, sodass der Beschuldigte nach dem geltenden *In dubio pro reo* freizusprechen war‹, äußerte der erfahrene Richter auf Nachfrage der Journalistin. Bei der Urteilsverkündung kam es zu heftigen Reaktionen. Während der Staatsanwalt Mühe hatte, seine Fassungslosigkeit vor der Öffentlichkeit zu verbergen, waren von der im Publikum befindlichen Familie laute Jubelschreie zu hören. Die Wachtmeister mussten für Ruhe sorgen. Eine Schwester des Angeklagten verließ unmittelbar nach der Urteilsverkündung fluchtartig den Sitzungssaal und brach wenige Meter davor zusammen. Eine zufällig im Zuschauerraum anwesende Ärztin leistete Erste Hilfe und verständigte einen Rettungswagen. Über den gesundheitlichen Zustand der jungen Frau ist nichts bekannt.«

»Und so weiter und so weiter. Die meinen wohl dich, meine Liebe. Aus Respekt haben sie allerdings deine Fachrichtung weggelassen«, witzelt Pascal und beißt energisch in sein Marmeladenbrötchen.

»Manchmal bist du einfach unmöglich«, kontert Charlotte genervt und verlässt den Frühstückstisch, um sich für einen Waldlauf umzuziehen.

Wasserfall

»Könntest du mir bitte noch mal kurz das Hirngewicht durchgeben, Charlotte? Ich hab's irgendwie nicht mitgeschrieben, sorry«, gesteht Reinhold seine kleine Unaufmerksamkeit. Charlotte lächelt ihn mit dem charmantesten Lächeln an, das sie zu bieten hat, und spult ihr Diktafon zurück. »Das Gehirn wiegt 1350 Gramm«, tönt ihre verzerrte Stimme aus dem kleinen Gerät, und der Präparator schreibt die Zahl mit einem weißen Kreidestückchen auf die grüne alte Tafel zu den übrigen Organgewichten.

»Die Hirnwindungen sind abgeflacht, die Furchen verstrichen«, diktiert Charlotte weiter, als das Telefon im Saal klingelt und Reinhold gerade im Begriff ist, mit einem spitz zulaufenden dolchartigen Messer die Zunge aus der Mundhöhle des Leichnams zu lösen.

»Kannst du bitte kurz drangehen?«, fragt er in Charlottes Richtung, die bereits ihre Gummihandschuhe abzieht. Wieder schenkt sie ihm ein Lächeln, und es macht ihr großen Spaß, Reinholds Freude darüber in seinem Gesicht zu sehen. Was für eine wunderbare Zusammenarbeit, denkt sie bei sich. Wie die Zahnräder in einem Schweizer Präzisionsuhrwerk fügen sich ihre Handgriffe ineinander, passgenau und reibungslos und die verstreichende Zeit auslöschend.

»Sektionssaal, Fahl«, spricht Charlotte fröhlich in den Hörer. Gleich darauf ist es totenstill. Charlottes Gesichtsfarbe wechselt zu kreidebleich, was Reinhold aus dem Augenwinkel beobachtet und ihn seine Tätigkeit unterbrechen lässt. Er hält das Organpaket mit der herabhängenden Zunge in der Hand, blickt mit weit aufgerissenen Augen zu ihr hinüber und wartet auf ein Wort von ihr. Doch Charlotte spricht nicht mehr. Sie zieht sich ganz langsam einen Stuhl zum Telefon und setzt sich wie in Zeitlupe darauf. Nach einer gefühlten Ewigkeit sagt sie leise:

»Ich fahre hin.« Das bleibt das Einzige, was sie völlig verstört in den Hörer murmelt. Dann legt sie ganz langsam und ein wenig zittrig den Hörer auf und verlässt wortlos den Saal. Reinhold, der noch immer wie angewurzelt mit dem Organpaket in der Hand dasteht, murmelt vor sich hin:

»Ich mach das hier noch zu Ende, Charlotte, kein Problem.«

Als sie im Auto sitzt, läuft ihr ein nicht enden wollender Strom heißer Tränen über das Gesicht. Sie dreht den Zündschlüssel ihres Geländejeeps um, gibt Gas und fährt mit röhrendem Motor wie in Trance zu ihrem Elternhaus nach Höngg. Ihr Vater erwartet sie am Hauseingang, er ist sofort von seiner Skireise zurückgekommen, als er es erfahren hat. Sie fallen sich schluchzend in die Arme, ein erschütternder Moment, niemand von ihnen hatte mit diesem Ereignis gerechnet, sich auf diese Situation vorbereiten können.

»Ihr ging es doch so gut. Erst gestern Abend am Telefon hat sie mir freudig berichtet, wie sehr sie sich auf unsere Reise nach Kanada freut«, durchbricht der Vater das gemeinsame Schluchzen. »Ich verstehe das nicht Charly, ich kann das einfach nicht verstehen«, ruft er verzweifelt aus und beginnt wieder zu weinen.

Charlotte drückt ihren Vater eng an sich und streicht abwechselnd mit beiden Händen sanft über seinen Rücken. Einen sonst so stolzen, großen und kräftigen älteren Mann derart verletzlich zu sehen, erschüttert Charlotte schwer. Gleichzeitig gerät ihre Trauer dadurch ein wenig in den Hintergrund, was ihr im Moment irgendwie gut tut.

»Papa, das ist doch schön, dass es ihr so gut ging und sie sich auf eure Ferien gefreut hat. Stell dir mal vor, sie ist einfach so aus voller Gesundheit heraus plötzlich verstorben und hat es wahrscheinlich gar nicht groß mitbekommen. Ist das nicht beruhigend für dich?«, fragt sie ihn zärtlich.

»Ja, da hast du recht mein Kind, das ist eine beruhigende Vorstellung. Aber wie soll ich denn jetzt ohne deine Mutter weiterleben? Sie ist doch mein ein und alles«, fragt er und muss wieder weinen. Während sie eine ganze Weile so eng aneinandergedrückt vor dem Hauseingang stehen, fängt Charlotte plötzlich einen schweren Parfümduft ein. Im selben Augenblick schlingen sich zwei lange Arme von hinten um ihre Taille und umfassen sie fest. Pascal? Er ist offenbar ebenfalls benachrichtigt worden, von wem auch immer. Lange stehen sie zu dritt so umschlungen und lassen ihrer Trauer freien Lauf, bis Charlottes Handy die innige Stimmung durch sein unangenehmes Klingeln jäh durchbricht. Eigentlich wollte sie Pascal gerade fragen, wonach er duftet und wie er überhaupt vom Tod der Mutter erfahren hat, aber dann entscheidet sie sich, erst einmal ans Telefon zu gehen.

»Hallo, Frau Doktor, ihr Typ wird verlangt. Eine Einkaufstasche mit auffälligem Inhalt wurde im Zugersee gesichtet«, hört sie den Polizisten der Einsatzzentrale sagen. »Passanten haben einen seltsamen Fund gemacht, den Sie sich bitte mal anschauen sollten.« Bevor die Bergungskräfte zum Einsatz kommen, muss Charlotte vor Ort sein. Der Schock über die Todesnachricht hat sie völlig vergessen lassen, dass sie diese Woche Hintergrunddienst hat. Nun ist es zu spät, um einen Kollegen zu bitten, sie zu vertreten, die Polizei hat bereits alle Experten an den Fundort aufgeboten. Vielleicht ist es gar nicht schlecht, sich in diesem Moment mit einem anderen Todesfall als dem der eigenen Mutter zu befassen, geht es Charlotte durch den Kopf. Die Botschaft über den plötzlichen Tod von Anne Fahl ist noch lange nicht bei ihr angekommen.

»Bis später, ihr zwei, ich muss leider los.« Charlotte steigt wieder in ihren Wagen.

Die einstündige Autofahrt bis an den Fundort in Risch am Zugersee hat Charlotte wieder in einer Art dumpfem Dämmerzustand hinter sich gebracht. Als sie mit ihrem altersschwachen Jeep heranrattert, wird sie von den Polizeibeamten sofort erkannt und zu einem speziellen Parkplatz geleitet, wo man sie freundlich begrüßt. Der Brandtouroffizier, der zuständige Mitarbeiter der Kriminaltechnik und die Leute vom Forensischen Institut warten bereits vor Ort, einzig die Staatsanwaltschaft ist noch nicht vertreten. Charlotte holt sich einen der weißen Spurenschutzanzüge mit integrierter Kapuze, Handschuhen und Fußüberziehern aus ihrem Kofferraum und legt ihn an. Dann sucht sie ihre Taschen mit den notwendigen Utensilien zusammen und geht betont langsam zu der kleinen Menschengruppe. Nach einer allgemeinen Begrüßung und den typischen Bemerkungen über ihren Wagen, der besonders den männlichen Kollegen immer wieder Anlass zu diversen Sprüchen bietet, fährt auch die Vertretung der Staatsanwaltschaft vor. Hier ist es allerdings ein schwarzer Maserati Ghibli S Q4, der mit einem anschwellenden Peitschengeräusch auf sie zuschießt, in sportlichem Schwung abdreht und mitten auf dem Platz effektvoll parkiert. Eine junge, auffallend schöne blonde Frau, die Charlotte irgendwie bekannt vorkommt, entsteigt elegant dem Gefährt und schlägt mithilfe einer halben Körperdrehung gekonnt die Fahrertür zu. Alle Augen sind in diesem Moment auf die Staatsanwältin gerichtet, die mit dynamischen Schritten zielsicher auf Charlotte zusteuert. Als sie ganz dicht vor ihr stehen bleibt und ihr zur Begrüßung die Hand entgegenstreckt, fällt es Charlotte wieder ein, wo sie dieser imposanten Erscheinung schon einmal begegnet ist.

»Guten Tag, Frau Dr. Fahl. Ich bin nicht sicher, ob Sie sich noch an mich erinnern können«, spricht sie mit sanfter, relativ tiefer Stimme und streicht sich eine ins Gesicht gefallene blonde Haarsträhne hinters Ohr, während sie Charlotte ein charmantes Lächeln schenkt.

»Sicher kann ich mich an Sie erinnern, Frau Ruger, guten Tag«, entgegnet Charlotte. »Es sind etwa zwei Jahre her, da haben wir uns im Fall Gallino bei der Tatortbegehung das erste Mal gesehen, stimmt's?«, fragt sie die noch immer lächelnde Frau.

»Stimmt genau«, gibt Carla Ruger zurück und ergänzt: »Sogar fast exakt zwei Jahre. Das war damals meine erste Tatortbegehung und mein erster Tatort überhaupt. Und Sie haben zu unser aller Überraschung in einem dunklen Flur die skurrile Tatwaffe entdeckt.« Charlotte lächelt verlegen und wundert sich sogleich über ihre eigene schüchterne Reaktion. Der Brandtouroffizier unterbricht die beiden Frauen unvermittelt, indem er ruppig und ohne die Staatsanwältin zu begrüßen mit den Details zum Leichenfund beginnt. Jörg Gubel ist ein erfahrener Kriminalbeamter, der stets ohne Umschweife zur Sache kommt und am liebsten sich selbst beim Reden zuhört. Langes Lamentieren von anderen geht gegen seine Vorstellung von effizientem Arbeiten, weshalb er gerne auf allzu persönliche Gespräche verzichtet.

»Das ältere Ehepaar dort hinten hat den Leichenfund gegen 11.30 Uhr der Polizei gemeldet«, beginnt er seinen Bericht. »Sie waren auf einem Spaziergang unterwegs und zunächst unsicher, um was es sich da eigentlich handelte, weil sie nur eine Art Tragetasche etwa zwanzig Meter vom Ufer entfernt gesichtet hatten. Aber dem Mann kam irgendwie komisch vor, dass da so lange Strähnen heraushingen. Er ist offenbar Hobbyangler und interessiert sich für alles, was auf oder in dem See schwimmt. Als die Wasserpolizei um 11.40 Uhr hier eintraf, schwamm die Tasche bereits wesentlich näher am Ufer. Genau da vorne, wo jetzt das Fähnchen eingesteckt ist.« Die Gruppe wendet sich kurz zur genannten Stelle und dann wieder zu Gubel, der eifrig weiterspricht. »Jedenfalls konnte die Tasche mitsamt dem Inhalt problemlos mit dem Kescher herangezogen und vom Boot aus geborgen werden. Am Leichnam sollten durch die Bergung keine Spuren gesetzt worden sein.« Jetzt schaut er Charlotte direkt an und ergänzt: »Der ganze Vorgang wurde zudem noch Schritt für Schritt von Rolf fotografiert, damit wir alle Besonderheiten am Körper genau zuordnen können.«

Charlotte ist genervt, dass die Polizeibeamten trotz ständig wiederkehrender Besprechungen, regelmäßig überarbeiteter Checklisten-Anweisungen und dem ganzen Qualitätsmanagement-Kram mit der Bergung letztlich doch nicht auf die Rechtsmedizin gewartet haben. Und dann gibt es jedes Mal einen großen Aufschrei, wenn es um die Interpretation von Verletzungen geht. Vielleicht wollen wir alle gar nicht wirklich zusammenarbeiten, denkt Charlotte, womöglich geht es immer wieder nur um Macht. Ein ewiges Kräftemessen der Männer aus den Chefetagen, die uralte Geschichte, steigert sich Charlotte in ihren Ärger hinein.

»Wer kann mir Angaben zu Luft- und Wassertemperatur machen?«, fragt sie, ohne auf Gubels Bericht einzugehen, in die Runde und erhält keine Antwort.

»Wir haben da hinten ein Zelt für die Leichenschau aufgebaut«, wird Charlotte stattdessen von einem Polizisten informiert. Jörg Gubel schaut Charlotte direkt an und empfindet ihren Blick als Angriff. Er räuspert sich: »Die Temperaturmessungen werden sofort durchgeführt, ich übermittle dir dann die Werte gleich nach der Leichenschau.« Sie wendet sich ab und marschiert in Richtung des weißen Plastikzelts, das als Schutz vor Zuschauern aufgestellt wurde.

»Das Partyzelt steht ja schon parat, wie cool ist das denn?«, ertönt die fröhliche Stimme von Dorothea, die Rolf in die Seite knufft und leicht tänzelnd zwischen Rolf und Charlotte zum Zelt hüpft. »Ist bei dir alles klar?«, fragt sie in Charlottes Richtung. »Du wirkst heute irgendwie so… na ja, nicht so richtig aufgestellt. Gibt's Ärger?«

»Unsere Frau Doktor ist doch meistens recht ruhig am Tatort, oder?«, entfährt es Rolf in neckischem Ton. Charlotte kann nicht darauf reagieren, heute nicht, jedenfalls nicht jetzt. Sie stellt ihre zwei Taschen mit den Untersuchungsutensilien im Zelt ab und macht sich für die Leichenschau parat, indem sie zwei Paar blaue Einmalhandschuhe übereinander anzieht. Die beiden Tragegriffe der ebenfalls blauen Kunststofftasche sind zum Teil abgerissen und schlackern nur noch lose an ein paar Fäden herum. Die Tragetasche ist recht groß, etwas mehr als einen halben Meter lang, nicht ganz so breit, dafür aber fast genauso tief. Wenn Charlotte so an ihren neuen Achtzig-Liter-Treckingrucksack denkt, den sie vor ein paar Wochen für den mit Pascal geplanten Sommerurlaub in Nepal angeschafft hat, kommt ihr die Tasche nur unwesentlich kleiner vor. Die dichtgewobenen thermostabilen Kunststofffasern sehen reißfest und äußerst stabil aus. Beim Blick in die Tasche erscheint ihr der Anblick der embryoartig zusammengekauerten erwachsenen Frauenleiche allerdings grotesk. Ein Mensch in einer Einkaufstasche, was für ein absurder Anblick. Vorsichtig und gekonnt nimmt Dorothea nun Spuren von den Tragegriffen, vom Rand und sporadisch von einzelnen Teilen der Tasche, bevor Charlotte diese mit einer Schere aufschneidet. Als die Seiten der Tasche auseinanderfallen, bleibt der Leichnam in seiner kauernden Haltung weiterhin hocken, und es ist ein mehrfach um den Körper gewundenes Geflecht aus feinem Blumendraht erkennbar, das ihn zusammenschnürt.

»Ein Frauenpaket«, entfährt es der Kollegin von der Spurensicherung ganz leise, wobei sie erschrocken zu Charlotte schaut, in deren Blick sie Fassungslosigkeit erkennt. Sie haben alle schon sehr viel gesehen in ihrem beruflichen Alltag, und doch gibt es immer wieder Bilder, die aus dem Rahmen fallen. Die Frau im Koffer, der Mann im Kanalrohr, das Kleinkind in der Waschmaschine, der Säugling in der Mikrowelle, die Frau in der Regentonne, der Mann in der Höhle und jetzt das hier. Alles Bilder, die dermaßen bizarr sind, dass sie etwas Surreales haben.

Dorothea nimmt an verschiedenen Körperstellen der Leiche und an den jeweiligen Drahtenden Spurenabriebe, Rolf fotografiert wie ein Irrer, Jörg reicht Dorothea ein Wattestäbchen nach dem anderen und versorgt die benutzten mit Etikettenaufklebern, und Charlotte durchtrennt nach und nach den Draht, um den Leichnam freizulegen. Die Einzige, die wie paralysiert im Zelt steht und keinerlei Regung zeigt, ist Frau Ruger. Charlotte schaut zu ihr auf, sieht in ihr bleiches, zu Eis erstarrtes Gesicht und klatscht abrupt mit voller Wucht in die Hände. Frau Ruger erschrickt und schaut sie entgeistert an.

»Atmen nicht vergessen, Frau Ruger! Tief durchatmen. Das Beste wird sein, Sie lassen sich von Herrn Gubel kurz rausführen und setzen sich hin«, sagt sie mit einem Seitenblick zum Brandtouroffizier. Die Staatsanwältin, in deren Gesicht wieder etwas Bewegung und gesunde Gesichtsfarbe zurückkehren, dreht sich wortlos zu Herrn Gubel und hakt sich bei ihm unter. Während beide langsam das Zelt verlassen, grinst Dorothea Rolf an, der beide Augenbrauen hochgezogen hat.

»Ist schon krass, wenn eine Staatsanwältin keine Leichen sehen kann, oder?«, posaunt er locker in die Runde.

»Ehrlich gesagt, finde ich es viel krasser, wenn Menschen bei derartigen Anblicken fröhlich Witze reißen«, entfährt es Charlotte. »Allerdings ist mir schon klar, dass es verschiedene Möglichkeiten gibt, die Dinge zu verarbeiten«, trägt sie noch nach. Rolf verzieht seinen Mund zu einem künstlichen Lächeln und setzt seine Tätigkeit fort, als wäre nichts geschehen.

Charlotte prüft die Ausbildung der Totenstarre, indem sie zuerst den Kopf des hockenden Leichnams im Nacken zu bewegen versucht. Dann arbeitet sie sich langsam in Richtung Schulter und dann über Ellenbogen und Handgelenk bis zu den Fingergelenken vor. Mal scheint ein Gelenk leicht, mal schwer, mal gar nicht beweglich zu sein. Mit den Beinen verfährt sie genauso und diktiert ihre Befunde anschließend in ihr Diktafon. Als sie einen silberfarbenen kleinen Hammer mit Gummipfropf aus ihrer Tasche nimmt und gerade im Begriff ist, zum Schlag auszuholen, schaut Rolf sie grinsend an und kommentiert:

»Bitte nicht! So hab ich's vorhin doch gar nicht gemeint.«

»Rolf«, fährt Dorothea dazwischen, »hör doch endlich mal auf mit dem Quatsch.«

Charlotte klopft mit dem Hammer beherzt auf die Oberarme des Leichnams und markiert diese Stellen mit dem Kugelschreiber.

»Die Geschwülste, die da jetzt zu sehen sind, haben die 'ne Bedeutung?«, fragt Dorothea sie interessiert. Dorothea schaut Charlotte fragend an und entdeckt ein angedeutetes Lächeln auf ihren Lippen.

»Die Geschwülste?«, wiederholt Charlotte. »Klar haben sie das. Die Wulstbildung zeigt uns, dass die Frau auf jeden Fall vor weniger als einem halben Tag verstorben ist«. Sie schaut Dorothea fast freundschaftlich an. »Du bist jetzt schon so lange bei der Spurensicherung, sag bloß, du hast das noch nie zu fragen gewagt«.

»Na ja, nicht alle von euch sind besonders auskunftsfreudig«, gibt Dorothea leicht verunsichert zurück. »Deshalb nutze ich ja die Gelegenheit, dich zu fragen, wenn ich die Chance habe, mit dir zu schaffen«, ergänzt sie. »Gesehen habe ich das schon oft mit dem Hammer, aber solche Beulen sehe ich heute das erste Mal.«

Charlotte muss lachen und stupst Dorothea leicht gegen die Schulter.

»Geschwülste, Beulen, also wirklich. Das ist der idiomuskuläre Wulst«.

Jetzt lachen alle drei ganz unbefangen und laut, so als hätte Charlotte einen supertollen Witz gerissen. Manchmal sind einfach nur banale Begriffe nötig, um dem Fachjargon etwas Komisches abzugewinnen. Auch Rolf ist augenblicklich lockerer und freut sich sichtlich über den gemeinsamen Heiterkeitsausbruch. Menschliche Schicksale verursachen häufig extreme Anspannung, die sich durch Lachen zwar nicht auflösen, aber doch manchmal lösen lässt. Die Tatsachen können auch die Kriminalisten nicht ändern, aber sie müssen Wege finden, um sie aushalten und um mit ihnen weiterleben zu können.

»Seht ihr diese punktförmigen Einblutungen in den Augenlidern und Bindehäuten?«, fragt Charlotte Dorothea und Rolf, die ganz interessiert ihre Köpfe über der Leiche dicht zusammenstecken. Während sie das Augenoberlid mit einer Metallpinzette umklappt, zieht sie mit einer anderen Pinzette auf trickreiche Weise die Augenbindehaut des Oberlids so weit auseinander, dass der Augapfel so aussieht, als hüpfte er gleich aus seiner Höhle.

»Meinst du die vielen kleinen roten Punkte da?«, fragt Rolf leicht angeekelt.

»Genau die meine ich. Jetzt schaut euch dazu diese roten Flecken am Hals an. Wenn ihr genau hinschaut, könnt ihr sehen, dass es sich um ähnliche Einblutungen handelt.« Charlotte nimmt einen Glasspatel aus ihrer Tasche und drückt mit diesem auf die rötlich gefärbte Halshaut. Unter dem Druck verschwinden die Blutungen nicht, sondern sind sogar noch besser zu erkennen.

»Das sind Hauteinblutungen, die von ihrer Form her wie Abdrücke von einzelnen Fingern aussehen.«

»Dann ist sie also erwürgt worden?«, fragt Rolf schockiert.

»Gewürgt, würde ich sagen, denn noch kann ich von außen nicht feststellen, ob sie auch wirklich daran starb. Du weißt ja sicher, dass sexuell motivierte Würgespiele nicht immer tödlich enden müssen, oder?«

Charlotte schaut sich die Haut der toten Frau Zentimeter für Zentimeter genau an. Der Leichnam liegt mittlerweile flach auf dem Rücken, die nassen langen Haare scheinen dunkelblond zu sein, ein grauer Haaransatz ist nicht erkennbar, die Farbe wirkt natürlich. Finger- und Zehennägel sind dunkelrot lackiert, wobei die Fingernägel recht lang und spitz zulaufend gefeilt sind. Sie dreht den Leichnam auf den Bauch und das Spiel geht von vorne los. Unterhalb des Nackens, zwischen rechtem Schulterblatt und dem siebenten Halswirbel, fällt ihr eine eigenartig geformte Verletzung auf, die sie auf Anhieb nicht eindeutig zuordnen kann.

Zwei halbrunde Figuren, die sich gegenüberliegen und dadurch eine offene ovaläre Struktur bilden. Innerhalb der Strukturen entdeckt sie ein Muster aus kleinen, kantig geformten Abdrücken, mit dem bloßen Auge kaum zu sehen. Unter der belichteten Hautlupe kann sie oberflächlich abgelöste Hautschüppchen darin erkennen.

Nach einer mehrstündigen Leichenschau inklusive Spurennahme und Fotodokumentation steht fest, dass die insgesamt gut gepflegte Frau Gewalt gegen den Hals erlitten hat und entweder bewusstlos oder schon tot als Paket zusammengeschnürt in der Plastiktragetasche in den See geworfen wurde.

Frau Ruger, die sich während der Leichenschau außerhalb des Zeltes aufgehalten hat, lauscht jetzt hochkonzentriert den Worten Charlottes und schaut ihr gespannt in die Augen. Sie macht den Eindruck, als wolle sie sich jedes Wort genau einprägen, um alles bei Gelegenheit abrufen zu können.

»Heißt das, die Frau wurde tot in den See geworfen?«, fragt die Staatsanwältin zaghaft nach.

»Das kann ich Ihnen erst nach der Obduktion sagen. Jetzt müssen wir dringend die Spurenauswertung abwarten und auf einen Hit in der Datenbank hoffen. Ob ein Sexualdelikt vorliegt, kann ich Ihnen auch erst nach der Spurenauswertung sagen, Verletzungen im Genital- oder Analbereich sind keine abgrenzbar.« Wenn die Frau als Prostituierte angeschafft hat, wird's mit Spuren sowieso sehr schwierig, geht es Charlotte durch den Kopf.

In der Zwischenzeit sind Taucher der Wasserpolizei fündig geworden und haben Stricke mit daran hängenden schweren Steinen am Grund des Sees in Ufernähe ausfindig gemacht. Diese Stricke waren wahrscheinlich an den Trageriemen der Tasche befestigt und die Steine dienten als Beschwerung für das skurrile Paket.

»Die Stricke könnten durch den Ruck des Gewichts beim Hineinschmeißen in den See abgerissen sein«, vermutet der Brandtouroffizier. »Auf jeden Fall müssen alle Spuren vom Leichenfundort abschließend gekennzeichnet, dokumentiert, verpackt und zur genetischen Analyse ins Institut für Rechtsmedizin gebracht werden, oder kannst du sie gleich mitnehmen, Charlotte?«, will er wissen. Am Ende der Untersuchung sind es knapp fünfzig Spuren, die allein vom Leichnam und Leichenfundort asserviert wurden. Auf gar keinen Fall nimmt Charlotte diese Asservate in ihrem privaten Pkw mit.

»Nein, Jörg, die Asservate sollten erst mal ins Forensische Institut gebracht werden. Frau Ruger muss dann verfügen, welche Spuren zu uns zur Analyse kommen. Alle wollen Sie wahrscheinlich auch nicht auf einmal auswerten lassen, oder doch?«, wendet sie sich an Frau Ruger.

»Sicher nicht, aber für eine gezielte Auswertung benötige ich Ihre Expertise, Frau Dr. Fahl. Meine Erfahrung mit Tötungsdelikten ist noch nicht so groß. Da wäre es sehr schön, wenn ich auf Ihre Unterstützung zählen dürfte.« Ihre Blicke treffen sich für einen kurzen Moment und Charlotte lächelt aufmunternd.

»Jetzt tragen wir erst mal zusammen, was wir bisher wissen. Zum jetzigen Zeitpunkt ist die Identität der Toten unklar. Einzelne äußere Merkmale im Gesicht, so die goldenen Zahnarbeiten an den beiden Schneidezähnen, erwecken den Eindruck, dass die Frau ursprünglich nicht aus der Schweiz, sondern eher von weiter östlich kommt. Vielleicht sogar aus Russland, vielleicht aus Zentralasien, das ist aber nur so ein Bauchgefühl, dem weiter nachgegangen werden muss. Ihr Lebensalter kann auf eine Spanne zwischen Ende dreißig und Anfang fünfzig geschätzt werden. Die Schwangerschaftsstreifen und die querverlaufende Narbe am Unterbauch oberhalb des Schamhügels deuten darauf hin, dass sie mindestens ein Kind geboren hat. Insgesamt macht ihr Körper einen ausgesprochen gut gepflegten Eindruck. An den Finger- und Zehennägeln lässt sich eine gewisse Liebe zum Detail ablesen. Darüber hinaus wissen wir nichts über sie.«

»Also am ehesten eine Frau aus dem Milieu. Prostitution, Menschenhandel, so etwas in der Art?«, gibt Jörg Gubel zu bedenken. Allseits herrscht betretenes Schweigen, da das wohl alle Anwesenden von Anfang an vermutet haben. Eine unbekannte nackte Frau, zusammengeschnürt zu einem Paket und in einer Einkaufstasche im See versenkt, spricht nicht unbedingt für das

Resultat eines Ehekrachs, aber ausgeschlossen ist das natürlich nicht. Frau Ruger unterbricht die Stille und wendet sich an Herrn Gubel:

»Bitte checken Sie unbedingt die Vermisstenmeldungen. Auch wenn es sich bei unserer schönen Unbekannten wahrscheinlich um eine nicht in der Schweiz registrierte Frau aus dem Osten handelt, lassen Sie uns bitte auf Nummer sicher gehen.« Und an Charlotte gerichtet sagt sie:

»Von Ihnen höre ich dann nach der morgigen Obduktion, nehme ich an. Bitte führen Sie alle Ihnen wichtig erscheinenden Zusatzuntersuchungen durch, ich verlasse mich auf Ihre geschätzte Expertenmeinung.« Frau Ruger will sich zur Abfahrt parat machen, doch Charlotte insistiert:

»Was halten Sie davon, wenn Sie morgen um 8.30 Uhr ins Institut kommen und die Obduktion miterleben? Dann können wir währenddessen zusammen entscheiden, welche ergänzenden Untersuchungen sinnvoll sind. Ich würde mich freuen.« Die Staatsanwältin schaut kurz etwas verdattert, fängt sich dann aber rasch und zeigt sich mit dem Vorschlag einverstanden.

»Ich bin nicht sicher, ob ich der Autopsie durchgehend werde standhalten können, aber einen Versuch ist es auf jeden Fall wert, da gebe ich Ihnen gerne Recht, Frau Fahl.«

Bevor die Dämmerung einsetzt, ist die Arbeit am See abgeschlossen und alle verabschieden sich voneinander. Als sie den Motor startet, durchfährt Charlotte blitzartig ein Stechen, das ihren gesamten Körper erfasst. Was hatte Irene da heute Morgen am Telefon zu ihr gesagt? Die Nachbarn hatten die Polizei holen müssen, weil sie sich mit ihrem Zweitschlüssel nicht in das Haus ihrer Eltern getraut hatten. Anne ist gestorben, ihre Mutter ist tot. Aber gestern Abend hatte Charlotte doch noch mit ihr telefoniert, und sie hatten sich ausgiebig über den anstehenden Kanadaurlaub unterhalten, den ihre Eltern seit langer Zeit geplant hatten. Sie nimmt ihr Handy aus der Jackentasche und wählt die Nummer ihrer Mutter. Womöglich stimmt es gar nicht, und gleich kann sie Annes liebevolle Stimme hören. Nach dem soundsovielten Klingelzeichen ertönt auf einmal Annes Stimme:

»Hallo und guten Tag, dies ist die Sprachbox von Anne Fahl. Ich kann im Moment leider nicht mit Ihnen sprechen, aber wenn Sie mir nach dem Piepton Ihre Telefonnummer und Ihren Namen auf Band hinterlassen, rufe ich so schnell wie möglich zurück.« Piep.

Charlotte setzt an, bekommt aber keinen Ton heraus. Sie würde jetzt alles dafür geben, um Anne sagen zu können, wie sehr sie sie liebt.

Als sie in der abendlichen Dunkelheit zu Hause ankommt, öffnet Pascal ihr unvermutet die Haustür und breitet seine Arme aus, in die sie wortlos hineinsinkt.

»Da bist du ja endlich, mein Schatz. Ich hatte mir schon solche Sorgen gemacht. Gerade heute musstest du zu einem Einsatz, und dann auch noch so lange, das ist schrecklich. Wie fühlst du dich?«, fragt er, sie noch immer im Arm haltend. Als keine Antwort kommt, nimmt er ihr Gesicht in beide Hände und gibt ihr einen zärtlichen Kuss auf die tränenbedeckten, salzigen Lippen. An diesem Abend gibt es nicht viel Gespräch zwischen ihnen. Pascal kann das Unglück in Charlottes Augen sehen und fühlt sich hilflos. Sie gehen früh ins Bett und liegen eng aneinander geschmiegt da, beide ihren jeweiligen Gedanken nachhängend. Die Nacht senkt sich nieder, die Stille verstärkt das Ohnmachtsgefühl, die Dunkelheit unterstützt die Trauer, der kühle Luftzug vom geöffneten Fenster lässt die Körper ein wenig frösteln. Jetzt bloß nicht daran denken, dass die eigene Mutter für immer fortgegangen ist, geht es Charlotte durch den Kopf. Nur der Schlaf scheint ein Überleben überhaupt möglich zu machen.

Das kreischende Geräusch der Knochensäge, als diese auf dem Schädelknochen langsam einsinkt und wie ein Messer in Butter verschwindet, lässt Carla zusammenzucken. Sie hat das Gefühl, ihre Beine lösten sich unter ihr auf und ihr Kopf zerplatze wie eine Seifenblase. In dem Moment, als ihr Körper langsam zusammensinkt, lässt Charlotte das Diktafon fallen und springt zur Seite, um den Sturz gerade noch abzufangen. Es gelingt Charlotte zumindest, das Aufschlagen des Kopfes auf dem Boden zu verhindern, blaue Flecken wird es wohl trotzdem geben.

»Reinhold, komm bitte hier herüber und hilf mir, Frau Ruger aus dem Saal zu tragen. Frederick, kannst du ihre Beine etwas anheben?«

Zu dritt hieven sie die Staatsanwältin auf eine Trage und bringen sie aus dem Obduktionssaal. Im Nachbarraum steht eine Untersuchungsliege, auf der sie Frau Ruger ablegen. Reinholds Kollegin Nicole eilt sofort herbei und kurbelt das Fußteil der Liege hoch.

»Frau Ruger, hallo. Hallo, Frau Ruger«, spricht Charlotte sie an. Carla hört die Stimme aus der Ferne und schafft es nicht, zu antworten. Mit geschlossenen Lippen deutet sie ein leichtes Lächeln an und atmet hörbar ein und aus. Alles dreht sich, sie fühlt sich schwindelig und extrem schwach. Charlotte beugt sich über sie und klatscht ihr einen feuchtkalten Waschlappen auf das Gesicht.

»Frau Fahl«, entfährt es ihr schlagartig, »was machen Sie denn da? Ich muss doch sehr bitten. Was für unsanfte Methoden! Die Kälte erschreckt mich doch.«

»Dann hat sie ja ihren Dienst getan«, erwidert Charlotte leicht amüsiert und richtet sich auf. »Ich gehe jetzt zurück in den Saal und setze die Obduktion fort, wenn Sie erlauben. Sie ruhen sich hier so lange aus, bis Sie das Gefühl haben, fest auf Ihren Beinen stehen und wieder gehen zu können und kommen dann wieder zu uns, okay? Trinken Sie reichlich Wasser, das wird Ihnen guttun.«

Beim Rausgehen erreichen Charlotte gerade noch die Dankesworte der Staatsanwältin, die sich langsam auf der Liege aufrichtet.

Bei der Halspräparation muss Rolf zahlreiche Fotos schießen, um die einzelnen Schritte zu dokumentieren. Im CT konnten zwar keine knöchernen Verletzungen an Kehlkopf oder Zungenbein festgestellt werden, aber bei der Feinpräparation der einzelnen Muskelschichten und dem Freilegen der feinen Knochenstrukturen könnten diese immer noch zutage gefördert werden, das haben alle schon unzählige Male erlebt.

»Die Hauteinblutungen umfassen ausschließlich den Anteil bis zum Unterhautfettgewebe, schau mal hier«, macht Reinhold Charlotte auf die Würgemale aufmerksam. Das gelbe Fettgewebe zeigt auf tiefen Einschnitten keine Einblutungen und auch die darunter gelegenen Muskelschichten sind alle frei von Blutungen. Charlotte hantiert mit einer kleinen Koronarschere, mit der hauptsächlich die Herzkranzgefäße längs aufgeschnitten werden, und einer chirurgischen Pinzette. Geübt trennt sie alle Gewebestrukturen von der Knochenoberfläche und legt das Kehlkopfgerüst in Windeseile komplett frei. Danach macht sie sich am Zungenbein zu schaffen. Nichts. Keine Einblutungen im Gewebe, keine Frakturen, also auch keine gröbere Gewalteinwirkung, geht es ihr durch den Kopf. Die Schneide eines flachen, recht breiten und sehr langen Messers verschwindet in der Muskulatur der auf dem Schneidetisch aufliegenden Zunge der Toten, bis sie an der Zungenspitze wieder zum Vorschein kommt. Auch hier sind keine Einblutungen abgrenzbar.

»Ein Zungenbiss hat nicht stattgefunden«, erläutert Charlotte ihr Vorgehen. »Damit kann ein epileptischer Anfall nach Sauerstoffmangel allerdings nicht ausgeschlossen werden.«

»Meinst du, die Frau wurde erwürgt?«, fragt Reinhold sie, während er die Kopfhöhle mit einem Beitel bearbeitet, um die Hirnanhangsdrüse herauszunehmen. »Der Hals sieht ja schlimm zugerichtet aus.«

»Das kann ich dir erst sagen, wenn ich die Lungenflügel präpariert habe«, antwortet Charlotte und schneidet mit einer Schere die Luftröhre auf.

Im CT sahen die Lungenflügel wie überbläht aus, aber das kann Unterschiedliches bedeuten. Womöglich war die Tote eine starke Raucherin oder hatte beim Eintritt in das Wasser doch noch gelebt und kurz vorm Ertrinken ordentlich Luft eingeatmet. All das muss nun Schritt für Schritt mithilfe von speziellen Präparationstechniken und anschließender feingeweblicher Mikroskopierarbeit untersucht werden.

»Ah, da sind Sie ja wieder«, spricht Charlotte in Richtung Saaltür, wo Frau Ruger angelehnt im Türrahmen steht und unsicher auf Charlottes flinke Hände schaut, die sich mittlerweile mit einem Skalpell und einer anatomischen Pinzette bewaffnet an einem dunkelroten, klumpigen Organ zu schaffen machen.

»Mir geht es schon viel besser, vielen Dank für die besorgte Nachfrage«, entgegnet Carla Ruger spitz. Sie fühlt sich unwohl. Und obgleich sie sich beim besten Willen nicht vorstellen kann, um was für ein Organ es sich da auf dem Schneidetisch handelt, traut sie sich nicht, danach zu fragen. Klar würde sie gerne alles ganz genau wissen, aber nachdem sie völlig unvermutet vor den Augen aller umgefallen und im letzten Moment von der toughen Frau Dr. Fahl aufgefangen worden ist, kann sie sich einfach nicht vorstellen, sich mit dieser Frage noch einmal die Blöße zu geben.

»Das ist hier schon so vielen Leuten passiert, Frau Staatsanwältin«, spricht der Präparator freundlich zu ihr, als könnte er ihre Gedanken lesen. »Da müssen Sie sich jetzt wirklich keine Sorgen machen. Die Harten komm'n vielleicht in'n Garten, aber die, die's wagen, auf die Tragen, und da liegt es sich gar nicht so schlecht, oder?«

Alle lachen und auch bei Carla löst sich jetzt die unangenehme Anspannung.

»Was haben Sie herausgefunden während meiner Abwesenheit?«, fragt sie nun forsch in Charlottes Richtung. »Wurde sie ertränkt, erwürgt, sexuell misshandelt? Woran starb die Frau, und haben Sie mittlerweile Hinweise, um wen es sich gehandelt hat?«

»Ich nehme jetzt noch die kleinen Organstückchen für die mikroskopische Gewebeuntersuchung, dokumentiere die Asservate und dann können wir uns zusammensetzen, okay?«, erwidert Charlotte mit einer Gegenfrage. »Reinhold, vorher müssen wir aber auch noch den Rücken sezieren, in Schulternähe hat's eine geformte Verletzung, die ich bereits heute Morgen vor der Obduktion für eine 3D-Rekonstruktion gescannt habe.«

Nachdem Reinhold und Frederick den Leichnam auf den Bauch gewendet haben, präparieren sie mit scharfen Messern gemeinsam die Rückenhaut ab und klappen sie seitlich herunter. Bei der Verletzung im Bereich der rechten Schulter schneidet Charlotte mit einem Skalpell einen kleinen Teil des geformten Bereichs heraus und befördert ihn in den mit Formalin gefüllten Topf.

Im Besprechungsraum sitzen die beiden Frauen bei Espresso und belegten Brötchen und erörtern die bisherigen Befunde. Carla hat so viele Fragen, dass es in ihrem Kopf rauscht. Noch immer ist unklar, wer die Tote ist, woher sie kommt und was sie in der Schweiz gemacht hat. Sie könnte eine Prostituierte gewesen sein, aber wo war dann ihr Strich, zu welchem Zuhälter gehörte sie? Aktuell wird keine Frau vermisst in der Szene, niemand scheint sie gekannt zu haben. Auch über Interpol sind bisher keine sachdienlichen Hinweise eingegangen. Keine Angehörigen, die sie vermissten, kein Mensch weit und breit, der zugibt, dass sie ihm fehlt. Manchmal verschwinden Personen von der Bildfläche, ohne dass irgendwer es merkt, weil diese Menschen völlig vereinsamt gelebt haben. Carla, die das Gesetz vertritt und an die Gesellschaft und ihre Strukturen glaubt, kann und will diese Tatsache einfach nicht wahrhaben. Sie hält sie nicht aus.

»Aber sie hat doch mindestens ein Kind geboren. Irgendwo auf der Welt wird sie bestimmt vermisst. Anders kann es doch gar nicht sein«, spricht sie verzweifelt in den Raum.

»Das Kind kann längst tot sein, die Familie nach einem Angriff komplett ausgelöscht, Freunde und Bekannte aus der Heimat geflohen und sie selbst in der Anonymität versunken. Schauen Sie sich die Flüchtlingsströme an, nie zuvor waren so viele Menschen obdachlos auf der Erde unterwegs. Unter diesen Lebensbedingungen ähnelt das Verschwinden eines Menschen dem Wegspülen einer Muschel im weiten Ozean. Die üblichen Identifikationsmöglichkeiten greifen nicht mehr. Kein Zahnarzt, der uns Röntgenbilder von vergangenen Behandlungen als Vergleichsmaterial zur Verfügung stellen, kein Spital, das uns Hinweise auf einen Aufenthalt bieten kann, keine DNA-Datenbank, in der wir zufällig auf einen Hit stoßen, weil die Frau ihre genetische Information mal irgendwo hinterlassen hat. Nichts kann uns hier weiterhelfen«, antwortet Charlotte ihr ruhig und besonnen.

»Es ist schwer zu akzeptieren, das finde ich auch, aber es ist nicht so schwer vorstellbar, finde ich. Ich denke, sie wird für uns ewig die schöne Unbekannte bleiben, die unter mysteriösen Umständen verstarb. Denn selbst wenn wir Fremd-DNA an ihr sicherstellen konnten, ist die Wahrscheinlichkeit für einen Hit in der Datenbank sehr gering. Vielleicht haben wir Glück, warten wir's ab.«

»Und was ist mit dieser geformten Verletzung am Rücken? Könnten sich hieraus vielleicht Hinweise auf eine Täterschaft ergeben?«, will Carla wissen. »Sie hatten angedeutet, es könnte sich hier um eine Bisswunde handeln. Haben wir damit eine Chance?«

»Grundsätzlich haben wir die, klar. Aber wie sollen wir das passende menschliche Gebiss dazu finden? Im Wasser sind die Speichelspuren der fremden Person abgewaschen worden, und selbst wenn sich hier Fremd-DNA nachweisen ließe, haben wir noch immer nichts weiter als eine Spur, aber keinen Täter«, gibt Charlotte enttäuscht zurück.

Menschenhandel ist eine hochkomplexe Form der Kriminalität, bei der die Schuldigen im ganz großen Stil agieren. Beide Frauen fühlen sich machtlos, sind erschöpft und deprimiert, als sie am späten Nachmittag ihre Sitzung erfolglos beenden. So viele Anstrengungen zu unternehmen, die letztlich alle nicht zur Lösung beitragen, das macht müde.

»Unter den Fingernägeln der Toten aus dem Zugersee haben wir dieselbe männliche DNA nachweisen können, wie wir sie intravaginal auch gefunden haben. Ein wunderschönes eindeutiges Muster«, berichtet Margit am nächsten Morgen ihren sensationellen Erfolg. »Und das, obwohl der Leichnam eine Weile im Wasser lag, das ist doch super, was sagst du dazu, Charlotte?«

Charlotte würde jetzt so gerne erleichtert »Hurra« schreien, aber danach ist ihr nicht zumute, denn sie weiß genau, dass das DNA-Muster in der Datenbank keinen Hit ergeben und die Spur somit nicht zum Täter führen wird. Doch trotz der Niederlage hat Margit es vorgezogen, das Positive mitzuteilen, wofür Charlotte ihr sehr dankbar ist. Sie reißt sich zusammen und entgegnet in freudiger Tonlage:

»Das ist großartig. Damit habe ich wirklich nicht gerechnet. Jetzt muss die Polizei nur fleißig weiter ermitteln, damit wir den Täter überführen können. Ihr habt ganze Arbeit geleistet, vielen Dank Margit.«

»Na ja, übertreib mal nicht. In dem Fall hat sich die Auswertung der mehr als fünfzig Spurenträger ja nicht wirklich gelohnt. Wenn das die Steuerzahler wüssten... aber so ist es halt manchmal. Ich wünsch dir en Schöne«, flötet Margit noch ins Telefon und legt unvermittelt auf.

»Die Frau hatte sich also noch gewehrt«, geht es Charlotte durch den Kopf, und sie kann nur sehr schlecht akzeptieren, dass der Fall damit abgeschlossen ist.

Verdachtsfall

Als Charlotte am diesem Morgen um 9 Uhr ins 10er-Tram steigt, das zu dieser Zeit einigermaßen leer ist, spürt sie verwunderte Blicke auf sich gerichtet. Einen kurzen Moment überlegt sie, ob etwas an ihrem Outfit nicht stimmt, dann fällt ihr Blick auf das reich verzierte Schwert, das sie eingeklemmt unter ihrem rechten Arm trägt. Ein Erbstück ihres Großvaters väterlicherseits, der ein Waffennarr war und dessen Nachlass hauptsächlich aus kunstvoll geschmiedeten Schwertern, Dolchen und unterschiedlichen Schusswaffen bestand. Für die heutige Präsentation hat sie neben einer kleinen Messersammlung auch noch weitere Erbstücke in ihrem Rucksack. Dem älteren Herrn, neben den sie sich schließlich setzt, scheint der Anblick große Freude zu bereiten, denn er zwinkert ihr, sie von der Seite musternd, verschwörerisch zu und haucht etwas in ihre Richtung, was nach »schöne Amazone« oder Ähnlichem klingt. Leicht irritiert und ein bisschen genervt beschließt Charlotte, diese Bemerkung zu ignorieren und schaut betont entspannt geradeaus.

Ihr Sitznachbar kann natürlich nicht ahnen, dass das Schwert nicht als Attraktion, sondern der Demonstration in einer Vorlesung dienen soll, die in Kürze im großen Hörsaal der Universität stattfinden wird. Charlotte hat großen Spaß daran, ihr Wissen an die interessierten jungen Menschen weiterzugeben und sie damit für den medizinischen Beruf zu motivieren. Die eine oder den anderen kann sie sogar dazu animieren, den Schritt in eine Richtung zu gehen, die sie vielleicht bisher nicht in Erwägung gezogen haben. Charlottes Vorlesungen an der medizinischen Fakultät sind stets gut besucht. Das liegt zum einen, wie man ihr schon mehrfach gesagt hat, an ihrer klangvollen dunklen Stimme, die das Zuhören zu einem Genuss macht. Zum anderen liegt es an ihrer spritzigen Art und der Fähigkeit, den jeweiligen Stoff, wie trocken er auch immer sein mag, höchst unterhaltsam und anschaulich zu präsentieren. Das Thema ihrer heutigen Vorlesung trägt den klangvollen Titel »Scharfe Gewalt«. Charlotte schmunzelt, als sie an ihr Thema denkt, denn sie ist der festen Überzeugung, dass jede Dozentin das Thema bekommt, das sie verdient. So musste ihr alkoholkranker Kollege doch tatsächlich neulich morgens eine Vorlesung über Alkohol im Straßenverkehr halten. Charlotte fragt sich gerade, ob das vielleicht eine Form der Eigentherapie sein kann, als das Tram ihre Zielstation erreicht. Mit einem freundlichen Nicken verabschiedet sie sich von dem älteren Herrn, der Charlotte oder ihrem Schwert oder auch Charlotte mit ihrem Schwert noch einige Zeit hinterhersieht.

Der Hörsaal ist bereits brechend voll, als Charlotte die Treppenstufen zu ihrem Rednerpult hinunterschreitet. Sie genießt es immer wieder, den Hörsaal von oben zu betreten und dann ganz langsam an den bis zum letzten Platz gefüllten Sitzreihen nach unten zu gehen. Jedes Mal kommt die eben noch murmelnde Meute augenblicklich zur Ruhe und es herrscht absolute Stille. Charlotte legt ihr langes Schwert mit einer eleganten, fast ritterlichen Bewegung auf den Boden, richtet sich betont gerade auf und schaut in Hunderte erwartungsvoll dreinblickende Gesichter.

»Warum sind Sie heute hier?«, durchbricht sie die Totenstille. »Möchten Sie wissen, was scharf ist? Möchten Sie erfahren, was Gewalt ist? Haben Sie Interesse, zu erleben, wie scharf Gewalt sein kann? Oder reicht es Ihnen zu hören, was unter scharfer Gewalt zu verstehen ist?«

Es erklingt dankbares Gelächter der Studierenden und Charlotte ist sich für die nächsten neunzig Minuten der Aufmerksamkeit jeder einzelnen zuhörenden Person gewiss.

Nachdem sie mehr als eine Stunde anhand von anonymisierten Beispielfällen darüber gesprochen hat, was in der Forensik unter scharfer Gewalt zu verstehen ist, welche Mechanismen dazu zählen und welche Verletzungen dadurch entstehen können, präsentiert sie stolz ihre mitgebrachten scharfkantigen Waffen. Die Studierenden kommen nach vorne, schauen sich die Messersammlung, den Dolch, das Kettensägenblatt und das kunstvoll geschmiedete Schwert an. Einzelne von ihnen probieren sogar aus, wie die Waffen in der Hand liegen, und stellen interessiert Fragen dazu. Nach diesem Austausch lässt Charlotte ihren Blick über die Zuhörerschaft streifen und bleibt an einem ihr bekannten Paar brauner Augen hängen, das zu einem bildschönen Gesicht gehört und wie gebannt an ihren Lippen hängt.

»Was macht sie denn hier?«, fragt sich Charlotte, nachdem sie sich mit einem zweiten Blick davon überzeugt hat, dass es sich tatsächlich um die Staatsanwältin Carla Ruger handelt, die da in der vorletzten Reihe versteckt sitzt. Ein Lächeln umspielt Carlas Mund, als sie bemerkt, dass Charlotte sie erkannt hat. Bisher war jede Begegnung der beiden beruflich sehr erfolgreichen und auf ganz unterschiedliche Weise attraktiven Frauen von einer nur schwer zu fassenden Stimmung begleitet. Eine fast misstrauische Faszination hat sich zwischen den Expertinnen ausgebreitet, eine Art Kräftemessen begonnen.

Charlotte beendet ihre Ausführungen, während sie noch über Carla Rugers Besuch nachdenkt, und gibt der Zuhörerschaft eine allerletzte Gelegenheit, weitere Fragen zu stellen, was ein Großteil der Studierenden eifrig nutzt.

Während sich der Hörsaal langsam leert, packt Charlotte andächtig ihr Schwert und die übrigen Utensilien ein und sieht aus dem Augenwinkel die Staatsanwältin auf sich zukommen.

»Eine sehr interessante Vorlesung, Frau Fahl, nichts anderes hab ich erwartet«, strahlt Carla sie an.

Erstaunt über die ungewohnt fröhliche Begrüßung der sonst eher ernsten Staatsanwältin lächelt Charlotte freundlich zurück und fügt verschmitzt hinzu:

»Eine interessante Vorlesung für ein interessantes Publikum. Was kann ich für Sie tun, Frau Ruger? Sie sind doch sicher nicht nur wegen der Vorlesung hier?«

»Nein, nicht nur«, erwidert die Staatsanwältin sichtlich verlegen. »Haben Sie Zeit für einen Kaffee?«, fragt sie zurück, weil sie ihr Anliegen nicht so gern im Hörsaal vorbringen möchte.

»Selbstverständlich«, entgegnet Charlotte nickend.

Als sie wenig später in Züri Niederdorf einen Tisch vor dem Kafi Schoffel in der schon etwas wärmenden Wintersonne ergattern können, setzt Charlotte ihre Sonnenbrille auf, lehnt sich entspannt zurück und beobachtet Carla Ruger, die keinerlei Anstalten macht, ihr den Grund für dieses Treffen zu erklären. Charlotte schlürft genüsslich an ihrem Cappuccino, der mittlerweile vor ihr steht. Carla hat einen Bitter Lemon bestellt. Sie trinkt ihn pur und mit viel Eis. Charlotte schüttelt sich innerlich bei der Vorstellung, jetzt solch ein bitteres Kaltgetränk zu sich nehmen zu müssen. Genau in diesem Moment sieht Carla auf und holt wie beiläufig eine Broschüre der Zürcher Kulturtage Au 2017 aus der Innentasche ihrer modischen Jacke hervor und legt sie demonstrativ auf den Tisch.

»Darf ich davon ausgehen, dass Sie die Broschüre kennen?«, fragt Sie betont sachlich. Charlotte lacht auf.

»Allerdings, ich habe die teilnehmenden Künstler für das Veranstaltungsprogramm fotografiert.« Charlotte nimmt die Broschüre in die Hand und schlägt die erste Seite auf. Sie streicht zärtlich über das Foto von Pascal, dessen Kurzporträt dort platziert wurde. Bei den nachfolgenden vier Künstlern, die im Rahmen der geplanten Kulturveranstaltungen ihre Kunstwerke ausstellen werden, handelt es sich um gute Freunde von Pascal, mit denen sie während der Porträtaufnahmen ausgelassen rumgealbert hatte. Charlotte fühlt sich wohl in der Welt der Kunst und der Künstler, und manchmal kommt es ihr so vor, als brauche sie Pascal mit all seiner Kreativität, seinen warmen Farben und seinen schrillen Freunden, um einen Akzent zu setzen in ihrem kalten, von Verbrechen und Tod gezeichneten Alltag.

»Eine dieser Broschüren haben wir kurz nach unserem Einsatz zur Bergung der schönen Unbekannten in der Nähe des Leichenfundorts am Zugersee gefunden«, leitet Carla nun behutsam zu ihrem eigentlichen Anliegen über. »Grundsätzlich hätte es natürlich sein können, dass ein Spaziergänger ihn dort zufällig verloren hat. Auf Nachfrage beim Herausgeber, also bei der Bildungsdirektion des Kantons Zürich, hat sich nun allerdings herausgestellt, dass sich diese Broschüre noch in Vorbereitung befindet und bisher gar nicht öffentlich erhältlich ist.« Sie unterbricht ihren Redeschwall kurz, um einen langen Zug aus ihrem Glas zu nehmen, bevor sie unbeirrt weiterspricht.

»Ich möchte Sie deshalb fragen, ob dieses Exemplar womöglich von Ihnen stammt und es Ihnen während des Einsatzes aus der Tasche gefallen sein kann. Vielleicht ist unsere schöne Unbekannte aber auch ganz peripher in die Vorbereitungen der Kulturtage involviert gewesen und in diesem Zusammenhang irgendjemandem aufgefallen.« Die Staatsanwältin seufzt. »Es ist eigentlich keine richtige Spur, vielmehr ein vager Anhaltspunkt, ein klitzekleiner Hoffnungsschimmer in diesem äußerst schwierigen Fall. Etwas anderes haben wir leider noch immer nicht.«

Charlotte nimmt die Frustration in der Stimme der Staatsanwältin wahr. Die Identität der Toten in Carlas Ermittlung ist nach wie vor ungeklärt und ein Täter nicht in Sicht.

»Wie kann ich Ihnen helfen?«, fragt Charlotte, der die Staatsanwältin irgendwie leidtut. Dieser Fall hatte für Carla Ruger bislang nichts als Peinlichkeit bereitgehalten. Erst musste sie noch vor der Leichenschau das Zelt verlassen, dann brach sie schon zu Beginn der Obduktion ohnmächtig zusammen und schließlich führten sämtliche Spuren in eine Sackgasse.

»Zum einen muss ich Sie bitten, weder mit ihrem Lebensgefährten noch mit einem der anderen Künstler über unsere Unterhaltung und über den Fall zu sprechen«, setzt Carla wieder an. Als sie Charlottes Erstaunen über diese Äußerung bemerkt, fügt sie schnell hinzu:

»Man hat mich darüber unterrichtet, dass Sie und Pascal Leval zusammenleben. Mir ist klar, dass man zu Hause auch über Ermittlungen spricht, über Fälle, die einen intensiv beschäftigen. Ich habe Ihren Lebensgefährten und die anderen Künstler zur Vernehmung geladen. Wir haben Lichtbilder der Toten bereitgestellt und hoffen, dass einer der fünf sie vielleicht doch erkennt. Und natürlich möchte ich vermeiden, dass einer unserer möglichen Zeugen in irgendeiner Weise voreingenommen sein könnte, weil er über den Fall bereits informiert ist. Das verstehen Sie sicher.«

Bei den letzten Worten wird Carlas Stimme immer leiser. Es ist ihr offenbar unangenehm, Charlotte, wenn auch auf dezente Art und Weise, an ihre Verschwiegenheitspflicht zu erinnern. Charlotte lächelt die Staatsanwältin an.

»Machen Sie sich bitte keine Sorgen. Ich habe mit Pascal über den Fall nicht gesprochen. Er bereitet derzeit eine neue Ausstellung vor und ist mit seinen Gedanken überall, nur nicht bei meiner Arbeit. Pascal beschäftigt sich lieber mit der Sonnenseite des Lebens«, mildert Charlotte dessen Desinteresse ab. Erleichtert lächelt Carla zurück.

»Die Vernehmungen sollen diese Woche noch beginnen. Ich werde die Zeit Ihres Partners nur kurz beanspruchen, das verspreche ich.« Sie winkt den Kellner herbei, bezahlt die Rechnung und zwinkert Charlotte beim Weggehen noch kurz zu. Charlotte schmunzelt und greift nach ihrem Cappuccino, der mittlerweile kalt geworden ist.

Es ist Mittwoch, was bedeutet, dass sie sich jetzt beeilen muss, um noch pünktlich zu dem Treffpunkt zu kommen, wo sie sich mit Johanna zum Laufen verabredet hat. An diesem eiskalten Wintertag, an dem der Himmel blau leuchtet, die Erde weiß glitzert und die Luft sichtbar dampfend aus Mund- und Nasenöffnungen entweicht, ist Charlotte besonders motiviert und kann ihr Glück kaum fassen. Während sie in ihren neuen, gutsitzenden Runningshoes beschwingt und locker neben Johanna herläuft, ist ihre Freundin wild gestikulierend am Erzählen.

»Eigentlich haben sie sich immer gut verstanden. Na ja, wie man sich halt versteht, wenn man schon so lange verheiratet ist. Nie habe ich ein böses Wort von Clarissa über Frank gehört. Umgekehrt bin ich zu selten involviert gewesen, aber auch Wolfram hat mir gegenüber nie verlauten lassen, dass Frank unglücklich ist oder dass ihm etwas fehlt. Die beiden haben sich überhaupt nichts anmerken lassen. Und jetzt stehen sie urplötzlich vor dem Scheidungsrichter. Weißt du, was das für Jan und Oliver bedeutet? Die sind doch noch so klein, die verstehen das am allerwenigsten.«

Während Johanna ihr Unverständnis über die Trennung ihrer Freunde bekannt gibt, hat Charlotte ihre eigene Beziehung vor Augen und ist heilfroh, dass die so wunderbar funktioniert. Alles fühlt sich richtig und wohlig an, genau wie jetzt beim Joggen. Eine Art Flow, in dem sie unangestrengt und gelassen mitschwimmt.

Nichts kann sie erschüttern, nichts muss sie infrage stellen, alles klappt wie am Schnürchen.

»Wolfram und ich haben manchmal auch unsere Fights, weißte ja, aber eine Trennung käme für uns nie infrage. Für dich und Pascal doch sicher auch nicht, oder?«, fragt sie Charlotte, ohne wirklich eine Antwort abzuwarten. »Wer kennt das nicht, das Gefühl, nicht begehrt zu werden. Die Angst, dass sich der Partner irgendwann abwendet und jemand anderen sucht oder sogar findet. Das alles geht vorüber, muss man eben aushalten, is' doch so. Du sagst gar nichts, wie denkst du darüber, Charlotte?«, will sie nun wissen.

»Ja klar, muss man aushalten«, erwidert Charlotte spontan und denkt im selben Moment erst darüber nach. Aushalten ist kein schöner Begriff für eine Lebenssituation. In jedem Moment des Lebens findet Leben statt und kann ganz plötzlich zu Ende sein. Aushalten beschreibt irgendwie kein angenehmes Gefühl, aber ein besserer Begriff fällt ihr im Moment auch nicht ein. Sie steuern auf den Züriberg zu und laufen in Richtung Zoo. Jetzt, wo es steil bergauf geht, konzentrieren sich beide Frauen auf ihre körperliche Anstrengung und schweigen. Als sie oben auf dem Plateau ankommen, setzt Johanna sofort wieder an:

»Übrigens war neulich meine Nachbarin bei mir auf dem Notfall, du kennst sie sicher. Monika Schimmer heißt sie. Das ist die mit den fünf Kindern, weißte, wen ich meine?«

»Also, ehrlich gesagt, nicht, aber was heißt, sie war bei dir auf dem Notfall – als Patientin oder zu Besuch?«

»Charlotte, du bist echt nicht bei der Sache. Wieso denn zu Besuch? So gut kennen wir uns nun auch wieder nicht, dass sie zu mir zur Arbeit kommt, um sich zu unterhalten. Nein, in Gottes Namen, natürlich als Patientin. Sie war über und über voll mit Hämatomen. Kein Platz an ihrem Körper hatte noch eine normale Hautfarbe«, beschreibt Johanna die Situation.

»Was? Das sagst du mir so nebenbei, spinnst du jetzt total?«, entfährt es Charlotte schroff.

Johanna hält abrupt an und schaut zu Charlotte, die einfach weiterläuft. Sie blickt ihrer Freundin fassungslos hinterher und schüttelt dabei den Kopf. Charlotte dreht um und sprintet zurück zu Johanna.

»Sorry, das war eine Spontanreaktion, weil du mir so einen Fall doch nicht einfach so erzählen darfst. Erstens unterliegst du hinsichtlich des Namens deiner Patientin der ärztlichen Schweigepflicht, außerdem müsstest du eine Anzeige erstatten. Da komme ich als Rechtsmedizinerin sofort in eine blöde Situation, verstehst du das?«

Die Freundinnen stehen sich schweigend gegenüber. Erst als sie zu frieren beginnen, laufen sie weiter.

»Ich erzähle dir nie wieder etwas aus dem Notfall, das kannst du aber glauben. Weißt du eigentlich, dass wir bald täglich solche Fälle dort haben? Was sollen wir denn machen? Wir können doch nicht bei allen diesen Patienten einfach die Polizei verständigen, das geht doch nicht.« Johanna ist sauer und weiß nicht so recht, wie sie mit ihrer Freundin umgehen soll, die gleichzeitig auch noch ärztliche Kollegin ist.

»Ihr Rechtsmediziner habt echt 'ne Klatsche. Und damit meine ich nicht den schrecklichen Vorfall von damals im Zirkuszelt. Aber du bist doch auch Ärztin, kannst du dir nicht vorstellen, dass das Vertrauensverhältnis sofort zerbricht, wenn ich einfach mal so eben die Polizei auf den Notfall bestelle?«

»Johanna, das weiß ich natürlich. Meine Aufgabe ist eben eine andere als deine. Darum müssen wir uns doch nicht streiten. Lass uns über etwas anderes reden als über unsere Arbeit. Was machen eure Urlaubspläne, wollt ihr Ostern nicht an den Gardasee zum Segeln fahren?«

Johanna kann nicht so ohne Weiteres auf Ferienpläne umschalten und setzt noch einmal neu an.

»Die Nachbarin hat mir gegenüber angegeben, sie sei beim Kartoffelnholen die Kellertreppe hinuntergefallen. Sie wollte sich untersuchen lassen, weil sie große Angst hatte, dass etwas gebrochen ist. Dann aber hat sie noch gesagt, sie könne auf gar keinen Fall im Spital bleiben, weil ihre Kinder bei der Nachbarin auf sie warteten. Obwohl ich nicht so eine toughe Rechtsmedizinerin bin wie du, Charlotte, sondern nur eine einfache Unfallchirurgin, habe ich den Braten sofort gerochen und gesehen, dass das mit dem Treppensturz totaler Quatsch ist. Nach dem CT war klar, dass sie operiert werden muss. Ihr Unterarm war zweifach gebrochen und neben diversen Rippenbrüchen hatte sie auch noch einen Milzriss erlitten, an dem sie hätte sterben können«, erzählt Johanna die Geschichte zu Ende. Betretenes Schweigen. Auch unter der Dusche sprechen sie nicht miteinander. Erst als sie danach etwas erschöpft in Charlottes Lieblingsrestaurant in Oerlikon vor ihrer Gemüsesuppe sitzen und wortlos mit Stäbchen nach den braun angebratenen Tofustückchen fischen, durchbricht Charlotte die Stille:

»Johanna, du weißt sicher, dass du nach geltendem Gesundheitsgesetz im Kanton Zürich laut Paragraph 15, Absatz 4 bei Wahrnehmungen, die auf ein Verbrechen gegen Leib und Leben hindeuten, berechtigt bist, eine polizeiliche Meldung abzusetzen, und das ungeachtet deiner ärztlichen Schweigepflicht, ist dir das klar?«, fragt Charlotte Johanna etwas belehrend, die ihrem Blick ausweicht. »Wenn diese Frau Schimmer, oder wie sie heißt, an den Folgen der Verletzungen versterben sollte, musst du das sowieso melden, das ist dir hoffentlich eh bewusst«, beendet sie ihr Statement. Johanna pickt schweigend in der Suppe herum und sieht bedrückt aus. Nach dem Lunch im Asiaway trennen sich die beiden, aber bevor Johanna zu ihrem Wagen geht, hält Charlotte sie sanft am Ärmel ihrer Sportjacke fest und sagt:

»Denk bitte nicht, dass diese Geschichte sich auf unsere Freundschaft auswirkt, Johanna. Wir haben ja schon so einiges durchgemacht. Ich möchte nur, dass du weißt, was passiert, wenn du mir solche Sachen erzählst. Ob du sie mir erzählst, das entscheidest ganz allein du. Mach's gut und denk bitte daran, was ich dir gesagt habe, wenn du die nächste Visite bei deiner Nachbarin machst.«

»Ist gut, Charlotte. Das habe ich verstanden, und ich freu mich schon auf nächsten Mittwoch, hoffentlich ist das Wetter wieder so gut. Tschüss.« Als Johanna an ihrem Wagen steht und sich noch einmal nach Charlotte umschaut, kann sie die davonsprintende Gestalt in der Ferne kaum noch erkennen. Ihre Freundschaft ist keineswegs komplikationslos, und dennoch möchte sie sie um keinen Preis der Welt missen.

Der junge Bewerber erwartet Charlotte bereits im Foyer, als sie am späten Nachmittag abgehetzt ins Institut kommt.

»Guten Tag, Herr Hohlwein, ich grüße Sie. Bin in fünf Minuten bei Ihnen, dann unterhalten wir uns ganz in Ruhe.«

Charlotte schließt ihr Büro auf und zieht sich einen weißen Kittel über. Offizielle Gespräche führt sie gern in Arbeitskleidung, damit sich ihr Gegenüber besser in die Situation einfühlen kann. Zumindest denkt sie das. Sie steckt ihr Namensschild an den frisch gebügelten Kittel und wirft einen allerletzten Blick in ihren Schrankspiegel. Ein dezenter Lippenstift macht sich noch gut und ein wenig vom fruchtig-sportlich duftenden Parfüm, das ihr Pascal neulich geschenkt hat. Fertig. Als sie es aufträgt, kommt ihr der schwere unbekannte Duft wieder in den Sinn, den sie vor einiger Zeit an Pascal wahrgenommen hat. Ein sehr aufdringliches Parfüm, das so gar nicht zu ihm passt.

Sie führt den Arzt ins Besprechungszimmer und schmeißt die Kaffeemaschine an.

»Darf ich Ihnen auch einen Kaffee anbieten? Oder möchten Sie lieber ein Wasser, eine Apfelsaftschorle oder etwas ganz anderes?«, fragt sie bewusst provokativ. Ein altbekannter Versuch, den Bewerber aus der Reserve zu locken und auf diese Weise womöglich einen gewissen Hang zum Alkohol herauszuspüren. Bei jenem Oberarzt hatte es einst tatsächlich funktioniert. Ungeachtet der daraus entstandenen Vorbehalte und Verunsicherungen hatten sie ihn damals eingestellt. Ihr Chef und sie waren sich einig gewesen, es trotzdem mit ihm auszuprobieren, weil sie von seiner fachlichen Kompetenz überzeugt waren. Das Ergebnis war ein einigermaßen akzeptabler Umgang mit der Problematik, auch wenn alle Beteiligten manchmal beide Augen zudrücken mussten. Solange er nicht betrunken am Arbeitsplatz erschien, blendeten sie das Thema einfach aus.

»Ich nehme gerne einen Espresso, vielen Dank«, erwidert Herr Hohlwein sehr selbstsicher. Im Bewerbungsgespräch erklärt der junge Mann, dass er seit seiner frühen Kindheit den Wunsch hegt, Rechtsmediziner zu werden.

»Das ist sehr ungewöhnlich, wenn Sie mir die Äußerung gestatten. Was genau ist der Grund für Ihren Kindheitswunsch?«, möchte Charlotte von ihm erfahren. Im Folgenden gewinnt sie zunehmend den Eindruck, dass sie es mit einem der üblichen Spinner zu tun hat, die sich leider immer mal wieder in die Rechtsmedizin verirren.

»Das ist doch ein total cooler Job, den Sie da machen, Frau Fahl. Wenn ich mir vorstelle, wie ich den Mörder überführen kann, indem ich zum Beispiel im CT die Messerspitze finde, die beim Stich in die Herzgegend in der Wirbelsäule steckengeblieben und abgebrochen ist, dann kann ich es kaum erwarten, in ihrem Team mitzuarbeiten. Ehrlich, Mann. Oder auch die Sache mit dem Erhängten vor ein paar Monaten, die ich gelesen habe. Wahnsinn, wie die Rechtsmedizin herausgefunden hat, dass der Typ als Leiche da hingehängt wurde. Na ja, und dann die Arbeit gegen diese ganzen Flüchtlingsströme, die über uns hereinbrechen. Die finde ich politisch total wichtig«, sprudelt es ungefiltert aus ihm heraus.

»Können Sie mir das vielleicht noch näher erklären, was Sie da eben als Letztes gesagt haben? Also, das mit den Flüchtlingsströmen und unserer Arbeit dagegen«, hakt Charlotte nach, obwohl sie sich innerlich bereits gegen den Kandidaten entschieden hat. Irgendwie möchte sie zum Abschluss gerne, dass er sich selbst aus dem Kreise der Auszuwählenden katapultiert, damit sie sich die Finger nicht an ihm schmutzig machen muss.

»Klar, das erkläre ich Ihnen gerne. Sie machen doch im Auftrag des Migrationsamts solche Altersschätzungen, hab ich in Ihrer Broschüre gelesen. Die körperlichen Untersuchungen, mit denen Sie die vielen Lügner und Betrüger entlarven, die hierherkommen und den Schweizer Wohlfahrtsstaat auszunutzen versuchen. Diese Asylanten, die anstatt zu arbeiten lieber straffällig werden und dann noch Sozialleistungen beziehen wollen. Ich find halt echt klasse, wie Sie denen aufgrund von CT-Befunden und Zahnstatus und so auf den Kopf zusagen können, dass sie alle Lügner sind, sodass die dann wieder in ihr Ursprungsland abgeschoben werden können.«

»Da haben Sie einiges nicht richtig verstanden, Herr Hohlwein, aber das kann ja passieren, wenn man den Inhalt einer Institutsbroschüre in einen falschen Zusammenhang stellt«, spricht Charlotte jetzt mit scharfer Stimme. »Auf jeden Fall bedanke ich mich für Ihr Kommen und das Gespräch. Leider kann ich Ihnen die Assistenzarztstelle in unserem Team nicht anbieten. Wir achten stets auf eine gute Kompatibilität, wenn Sie verstehen, was ich meine. Die wäre in Ihrem Fall eher suboptimal, um es vorsichtig auszudrücken. Für Ihren weiteren beruflichen Werdegang wünsche ich Ihnen alles Gute. Nochmals besten Dank für Ihr Interesse.« Sie öffnet dem Arzt die Tür und streckt ihm zur Verabschiedung die Hand hin, die er nicht ergreift. Stattdessen schaut er an ihr vorbei und verlässt mit zackigem Schritt das Institut.

»Paulmann hätte den allein schon wegen seines flotten Gangs eingestellt«, geht es ihr durch den Kopf, und sie muss laut auflachen. Schnee von gestern, Oliver Paulmann hat sich auserbeten, nur noch in Ausnahmefällen bei der Terminierung von Bewerbungsgesprächen berücksichtigt zu werden, und so eine Ausnahme war das heute sicher nicht.

Zu Hause angekommen erfreut sich Charlotte besonders an dem Gedanken, jetzt endlich das Wochenende allein mit Pascal genießen zu können. Nachdem sie vor einer Woche die schmerzhafte Beerdigung ihrer Mutter im Kreise der gesamten Verwandtschaft einigermaßen gut überstanden haben, wollen sie sich endlich wieder einmal intensiv miteinander beschäftigen. Zusammen kochen, das leckere Essen genießen und sich entspannt ihrer Lust und Leidenschaft hingeben, das ist ihr gemeinsamer Plan. Vorher will Charlotte allerdings noch ein paar Dinge für den Sonntagsflohmarkt zusammensuchen. Im Keller hat sie einen ordentlichen Berg an sperrigen Kleinigkeiten aufgetürmt, für die sie nun auf die Suche nach einer passenden Transporttasche geht. Als sie nichts Geeignetes finden kann, ruft sie nach Pascal, der oben in der Küche das Gemüse schneidet.

»Sag mal, Schatz, weißt du, wo unsere große blaue IKEA-Tragetasche geblieben ist, in der das Kletterzeug war? Sie stand immer neben dem Heizkessel. Das Kletterzeug habe ich gefunden, aber die Tasche leider nicht.«

»Nein, Charlotte, wo die Tasche ist, weiß ich auch nicht«, ertönt seine Antwort von oben aus der Küche,»aber das Zeug liegt schon 'ne Weile so lose dort herum, meine ich. Lass uns doch morgen danach suchen, bis Sonntag bleibt uns noch genügend Zeit. Sag mal, kannst du mir vielleicht sagen, wo die Champignons stehen? Im Kühlschrank sind sie nämlich nicht.«
Beim gemeinsamen Kochen albern sie locker herum und necken sich gegenseitig. Das Nachtessen genießen sie bei Kerzenschein und Loungemusik und steigern sich dabei ganz langsam in ihre körperliche Lust hinein.

Als Charlotte das aromatisch duftende Körperöl sanft und mit leichtem Druck auf Pascals Rücken verteilt, während sie mit ihrem Schoß fest auf seinen Pobacken aufsitzt, bleibt ihr Blick unterbewusst an kaum erkennbaren Kratzspuren hängen, die an beiden Seiten unterhalb der Schulterblätter parallel zueinander verlaufen. Unwillkürlich blickt sie auf ihre kurz gefeilten Fingernägel, und während ihre Hände den Rücken ihres Geliebten weitermassieren, wandern ihre Gedanken zu der ermordeten Prostituierten aus dem Zugersee, bei der sie nur wenige Tage zuvor Hautabriebspuren unter den langen, rot lackierten Fingernägeln gefunden hatten. Dennoch steigert sich ihre Erregung immer weiter, bis sie sich schließlich ungezügelt dem Verlangen hingibt und tiefer und tiefer in das lustvolle Erleben ihrer sexuellen Entladung eintaucht. Lange nach dem vehementen Akt dringen die Bilder der Striemen auf Pascals Rücken wieder in ihr Bewusstsein und sie wundert sich über sich selbst, als sie ihn mit fester Stimme fragt:

»Hast du vor kurzem etwas Ähnliches mit jemand anderem erlebt, mein Liebling?«

Ein angedeutetes Flackern in seinem Blick, ein beinahe unmerkliches Zucken des rechten Mundwinkels, ein schiefes Lächeln und die betont lässige Geste, mit der er mit seiner linken Handfläche über das kurzgeschorene Haar streicht, lassen Charlotte erschaudern und verhindern, dass sie seine Antwort noch hört, bevor sie ohnmächtig wird.

Verfall

»Frau Ruger«, dröhnt es mit tiefer Stimme aus dem nur wenige Meter von Carlas Arbeitsplatz entfernten Büro von Oberstaatsanwalt Meininger, der – wie Carla und ihre Kollegen – auch meist bei offener Tür arbeitet. Carla stöhnt laut auf und überlegt einen Moment, wie gut es sich anfühlen würde, ihren Chef einfach zu ignorieren. Aus Erfahrung weiß sie aber, dass er keine Ruhe geben, sondern allenfalls noch lauter werden wird, um schließlich unwillig knurrend aufzustehen und Carla in ihrem Büro aufzusuchen.

»Sofort«, ruft Carla deshalb ebenso laut zurück, speichert den Anklageentwurf ab, an dem sie gearbeitet hat, und begibt sich zu ihrem Chef. Kurt Meininger sitzt an seinem Schreibtisch, auf dem gewaltige Aktenstapel fein säuberlich nebeneinander aufgereiht liegen, sodass der eher kleine Mann kaum dahinter zu sehen ist. Als sie ihn schließlich doch entdecken kann, hat er den Telefonhörer zwischen Kinn und Schulter eingeklemmt und gestikuliert wild herum. Entschuldigend lächelt er Carla an, gibt ihr mit einem Nicken zu verstehen, dass sie Platz nehmen soll und schiebt ihr, während er aufmerksam seinem Gesprächspartner am Telefon zuhört, eine der vielen roten Mappen zu.

Noch bevor Carla einen Blick in diese Unterlagen werfen kann, hört sie ihren Chef sagen: »Ja genau, unsere Frau Ruger wird den Fall weiterbearbeiten. Sie hat die Ermittlungen schließlich von Anfang an von Zug aus geführt und hatte somit bislang ausschließlich in dem einen Fall Kontakt zu Charlotte, was man von den meisten bei uns hier in Zürich ja logischerweise nicht behaupten kann«, lacht er jetzt laut und schaut mit einem Augenzwinkern zu Carla herüber.

Carla zuckt unmerklich zusammen, wobei sie sich bemüht, ein Lächeln aufzusetzen. Es geht also um die Ermittlungen in dem Mordfall an der schönen Unbekannten, die vor ein paar Monaten zusammengeschnürt und verpackt in einer blauen Tüte am Zugersee gefunden worden war. Sie war damals als zuständige Staatsanwältin des Kantons Zug ausgerückt und hatte die SOKO »Frauenpaket« geleitet. Ihr Wechsel von Zug zurück nach Zürich war zwar von Anfang an geplant gewesen, aber dass nun gerade dieser unsägliche Fall ebenfalls an die Oberstaatsanwaltschaft nach Zürich gezogen wurde, passte ihr ganz und gar nicht. In diesem für sie äusserst unangenehmen Tötungsdelikt war noch nicht mal die Identität der Toten geklärt, geschweige denn die genauen Todesumstände. Die einzige Spur, die sich aufgetan hatte, war der Fund einer Kunstbroschüre in der Nähe des Leichenfundorts. Einer der darin porträtierten Künstler war Pascal Leval, der langjährige Lebensgefährte der Rechtsmedizinerin Dr. Charlotte Fahl, mit der sie alle regelmäßig zusammenarbeiteten. Bei der Vernehmung der Künstler war nichts herausgekommen, was verwertbar gewesen wäre.

Oberstaatsanwalt Meininger hat mittlerweile aufgelegt und schaut Carla amüsiert lächelnd an: »Es gibt Neuigkeiten in Sachen ›Frauenpaket‹. Die Daten von Swisscom sind endlich da und wurden sogar bereits ausgewertet.« Gespannt sieht Carla auf. Sie selbst hatte damals bei der Ermittlungsrichterin den Beschluss zur Herausgabe der Mobilfunkdaten diverser Telefondienstanbieter erwirkt, um eine Funkzellenauswertung vornehmen zu können. Unglaublich, wie lange Swisscom für die Herausgabe gebraucht hatte.

»Es gibt etwa zwanzig Mobilfunknummern, die zur Tatzeit an dem Funkmast für den Bereich des Zugersees eingebucht waren«, setzt Kurt Meininger seinen Bericht fort. »Darunter sind mehrere Nummern von Prepaidkarten, deren Inhaber nicht registriert sind. Es konnten aber auch einige Nummern zugeordnet werden. Und jetzt kommt's ... Wie es aussieht, war Pascal Leval in Tatortnähe. Zumindest war sein Handy in der fraglichen Funkzelle eingebucht. Kriminalhauptkommissar Martin Hodel hat die Daten vorhin persönlich vorbeigebracht. Da Sie noch bei Gericht waren, hat er sie dankenswerterweise mir übergeben.«

Carla schluckt schwer, es geht also tatsächlich voran in diesem hoffnungslos anmutenden Fall. Wie immer, wenn eine Ermittlung wieder in Schwung kommt, spürt sie ein wohliges Kribbeln, eine

Spannung, die sie zu Höchstleitungen antreibt. Wie ein Tier, das Blut geleckt hat, nimmt Carla in solchen Momenten wieder die Fährte auf und fasst neuen Mut.

Diesmal ist es jedoch irgendwie anders, weil diese Frau in den Fall involviert ist. Ihr Chef hat Recht, sie hat zwar verglichen mit den vielen anderen Kollegen bisher wenig Kontakt mit Charlotte gehabt, das bedeutet allerdings nicht, dass Carla so neutral ist, wie ihr Chef es annimmt. Charlotte übt eine Faszination auf Carla aus, über die sie sich kaum nachzudenken traut.

Carla schüttelt ganz plötzlich ihren Kopf, stark bemüht, diese Gedanken an Charlotte loszuwerden.

»Ich werde noch heute den Beschluss für die Wohnungsdurchsuchung beantragen«, teilt sie ihrem Chef mit und steht auf, um sich zu verabschieden. Meininger nickt bedächtig und entlässt sie mit den Worten: »Begleiten Sie bitte die Durchsuchung in diesem Fall persönlich. Ich würde es sehr begrüßen, wenn Sie auch die Vernehmung von Pascal Leval selbst durchführen könnten und sie nicht der Polizei überließen.« Jetzt seufzt er leise: »Und Charlotte muss wohl auch vernommen werden. Als Zeugin natürlich«, fügt er noch hinzu.

Wenige Stunden später hat Carla einen gerichtlichen Beschluss für die Durchsuchung der Wohn- und Kellerräume von Dr. Fahl und Pascal Leval erwirkt. Am nächsten Morgen wird sie gemeinsam mit fünf Kriminalbeamten jeden Winkel dieses Hauses durchstöbern. Carla ist gar nicht wohl bei dem Gedanken, auf eine solche Art und Weise in die Privatsphäre von Charlotte einzudringen.

Spät am Abend sitzt sie noch auf dem Balkon ihrer großzügig geschnittenen Altbauwohnung mit Blick auf den Zürisee und nippt an einem Glas, das mit einer Unmenge Eiswürfel und einem Schluck Bitter Lemon gefüllt ist. Sie genießt den Sommerabend und versucht jeden Gedanken an die laufenden Ermittlungen zu vermeiden.

In die Stille hinein klingelt das Telefon, das auf dem kleinen Tisch neben ihr liegt. Als Carla mit einem Blick auf das Display den Namen »Lydia« aufblinken sieht, steigt ihre Laune. In hoffnungsfroher Erwartung, von ihrer Freundin abgelenkt zu werden, nimmt sie den Anruf entgegen.

Lydias erste Worte sind: »Carla, stimmt das? Wir durchsuchen morgen die Bude von der Fahl?«

»Ja, Lydia, das stimmt«, antwortet Carla enttäuscht. Lydia, die als Polizeibeamtin ebenfalls in der SOKO mitarbeitet, wird morgen also auch dabei sein.

»Lenk mich bitte ab«, fleht Carla ihre Freundin an, »ich freu mich nicht wirklich auf morgen. Das Ganze ist mir irgendwie unangenehm«.

»Meinst du, die Fahl ahnt schon was? Kann man sich kaum vorstellen, dass sie möglicherweise mit einem Mörder unter einem Dach lebt und nichts mitbekommt, oder? Steckt die da etwa auch mit drin?«, bleibt Lydia am Thema dran.

»Quatsch«, raunzt Carla ihre Freundin jetzt entrüstet an. »Was soll Charlotte denn damit zu tun haben?«

»Charlotte?«, entgegnet Lydia entgeistert, »seit wann bist du mit der Fahl per Du?«, will sie es nun ganz genau wissen.

»Na, überhaupt nicht, eigentlich«, entfährt es Carla etwas energischer, als sie beabsichtigt hatte.

»Siehst du, dann nenn sie doch bitte Frau Dr. Fahl, das wäre die korrekte Anrede«, lacht Lydia nun laut und auch Carla muss jetzt ganz ungewollt lachen.

»Mach dir keine Sorgen«, beendet Lydia einige Zeit später das Gespräch. »Ich bin bei dir morgen. Ich passe auf, dass die Frau Doktor dir nichts tut, wenn du ihre Schubladen und die von ihrem durchgeknallten Mörderkünstler durchwühlst.«

Mit diesen aufmunternden Worten im Kopf geht Carla kurz vor Mitternacht zu Bett und fällt in einen tiefen, traumlosen Schlaf.

Als fünf Stunden später ihr Wecker klingelt, ist sie gerade im Tiefschlaf und schreckt auf. Nur halb wach wankt sie ins Badezimmer, stellt sich unter die Dusche und schreit laut auf, als ihr auf einmal eiskaltes Wasser in einem harten Strahl auf den Körper prasselt. »Mist, schon wieder ist diese blöde Wärmepumpe zu langsam, das kann doch wohl echt nicht wahr sein. Wozu bezahlt man so viel Miete in einer nobel rausgeputzten Villa, wenn noch nicht mal die einfachsten Sachen richtig funktionieren?«, geht es ihr durch den Kopf.

Nur mit einem Handtuch umschlungen sitzt Carla kurz darauf am Küchentisch und genießt die Ruhe bei einer großen Tasse Kaffee. Sie liest noch mal den Durchsuchungsbeschluss, den sie in Kürze Charlotte Fahl und Pascal Leval präsentieren wird. Je nachdem, was man bei der Durchsuchung finden wird, käme auch der Erlass eines Haftbefehls gegen Pascal Leval in Betracht. Auf jeden Fall würde man ihn vorläufig festnehmen, die Entnahme einer DNA-Probe anordnen und im Anschluss die Beschuldigtenvernehmung durchführen. Dann müsste tatsächlich auch eine Vernehmung von Charlotte als Zeugin erfolgen.

Carla hat sich im Vorfeld bei Kollegen, die Charlotte schon länger kennen, erkundigt, ob Leval und sie verlobt sind. Keiner wusste das so genau, aber alle hatten es schlussendlich verneint. Die beiden leben offenbar schon seit vielen Jahren zusammen, offizielle Absichten einer Eheschließung gebe es aber nicht. Für Carla ist das insofern eine wichtige Information, als sie nun weiß, dass Charlotte kein Zeugnisverweigerungsrecht zusteht und sie somit aussagen muss, auch wenn sie ihren Lebensgefährten dadurch belasten sollte.

Von einer seltsamen Ruhe erfasst verlässt Carla um 5.45 Uhr ihre Wohnung und nimmt neben Lydia Platz, die in einem schwarzen Mercedes mit getönten Scheiben vorgefahren ist, um sie abzuholen.

Dem Wagen folgen zwei weitere schwarze Zivilfahrzeuge, die jeweils mit zwei Polizeibeamten besetzt sind. Der Konvoi setzt sich in Bewegung, bahnt sich den Weg durch den bereits um diese Zeit stockenden Verkehr quer durch Zürichs Innenstadt und hoch zu der kleinen alten, ein wenig verfallenen Villa, die Charlotte Fahl und Pascal Leval im ruhig gelegenen Stadtteil Hönggerberg bewohnen. Auch die beiden haben einen wundervollen Blick auf den langgezogenen Zürisee, fällt Carla sofort auf, die mit ihren Gedanken schon wieder bei Charlotte ist.

Als Lydia und Carla in den Ruggernweg einbiegen, kann Carla das lindgrüne Haus mit den weißen Kastenfenstern schon von Weitem erkennen, und etwas zieht sich in ihrer Magengegend zusammen. Das altehrwürdige Gemäuer steht ein bisschen abseits von den anderen Häusern und ist umgeben von einem leicht verwilderten Garten, der dem Anwesen einen märchenhaften Zauber verleiht.

Nachdem alle Polizeikräfte sich positioniert haben, schreitet Carla mit dem Durchsuchungsbeschluss in der Hand die zwei alten Steinstufen zur Haustür empor und klingelt. Direkt neben ihr steht Lydia mit einer Pistole bewaffnet, bereit, diese notfalls auch zu benutzen.

Nichts rührt sich in dem Haus, was um diese Uhrzeit nicht weiter verwunderlich ist. Carla klingelt ein zweites Mal. Wieder tut sich nichts. Die Spannung der anwesenden Beamten wird langsam regelrecht greifbar.

Wortlos geht ein Kriminalbeamter, den Carla nur vom Sehen kennt, zu einem der Fahrzeuge und holt die Ramme aus dem Kofferraum. Carla hat schon häufig miterlebt, wie dieses Gerät zum Einsatz kommt, und es schaudert ihr bei dem Gedanken an die laut knackende Zerstörung der wunderschönen alten Holztür mit den Messingbeschlägen.

In dem Moment hört sie eine ihr vertraute Stimme wütend ausrufen: »Hey, seid ihr wahnsinnig geworden? Was ist hier eigentlich los?« Charlotte kommt in kurzen Laufshorts und einem ärmellosen Shirt den Ruggernweg entlanggelaufen. Offenbar war sie in aller Frühe joggen, was bei den Temperaturen im heißen August durchaus verständlich ist. Die Hitze steht schon morgens in der ganzen Stadt und wird gegen Mittag hin fast unerträglich.

»Frau Ruger! Was soll der Zirkus?«, ruft Charlotte Carla zu und steht im Nu nur noch einen halben Meter von ihr entfernt. Ihre Augen blitzen die Staatsanwältin empört an. Carla kann nicht anders, als ihren Blick über den durchtrainierten athletischen Körper der Rechtsmedizinerin gleiten zu lassen, um ihr nach ein paar langen Sekunden wieder in die Augen zu blicken, die sie nun völlig konsterniert anschauen.

»Entschuldigen Sie bitte, Frau Dr. Fahl«, versucht Carla sich aus der Situation zu befreien und hält ihr wortlos den Durchsuchungsbeschluss hin. Charlotte liest sich den Beschluss durch, dem sie entnehmen kann, dass Pascal in Verdacht steht, etwas mit dem Tod der Prostituierten zu tun zu haben.

Carla beobachtet Charlotte, die kein Wort mehr sagt. Als Charlotte schließlich aufblickt und Carla ansieht, liegt in diesem Blick mehr Schmerz, als Carla ihn je zuvor bei einem Menschen gesehen hat. Und noch während Carla sich ernsthaft fragt, ob dieser Blick dem nahenden Verlust des liebgewonnen Lebens, der scheinbaren Idylle und der Erkenntnis gilt, einem kaum zu verkraftenden Irrtum zum Opfer gefallen zu sein, oder ob darin auch die Enttäuschung darüber zu sehen ist, dass Carla sich auf diese Weise Zutritt zu Charlottes Haus verschafft, zieht Charlotte einen Schlüssel hervor und drückt ihn Carla in die Hand.

»Ich will das hier nicht miterleben, Frau Ruger«, spricht sie mit brüchiger Stimme. »Ich warte lieber draußen«. Charlotte setzt sich auf eine der breiten Steinstufen und fügt dann noch hinzu: »Pascal ist sowieso nicht da. Vor drei Tagen ist er weggefahren, und ich weiß leider nicht, wohin.«

Carla erspart Charlotte weitere Fragen und betritt gemeinsam mit den Polizeibeamten das Zuhause der Rechtsmedizinerin.

Als etwa zwei Stunden später das gesamte Haus inklusive der Kellerräume und des grünen Jeeps von Charlotte durchsucht sind, haben die Beamten nichts gefunden. Jedenfalls nichts, was auf einen Mord hindeuten könnte, keinen Hinweis darauf, dass Leval die Prostituierte gekannt hat. Die Kriminaltechniker werden noch den Laptop untersuchen, den sie beschlagnahmt haben, aber auch hiervon verspricht sich Carla eigentlich nicht viel, weil es nicht Levals, sondern Charlottes Gerät ist. Pascal Leval hat sein Tablet und sein Handy offenbar auf seine Reise mitgenommen, als er vor wenigen Tagen die lindgrüne Villa verließ.

Und obwohl sie keinen Winkel vergessen haben, wird Carla das Gefühl nicht los, etwas Entscheidendes übersehen zu haben. Sie geht zu Charlotte, die noch immer teilnahmslos auf der Treppenstufe sitzt.

»Darf ich?«, fragt sie schüchtern und setzt sich nach einem tonlosen Nicken Charlottes neben sie. Carla spürt die Wärme, die von dem verschwitzen Körper Charlottes ausgeht, und vergisst für einen Moment, warum sie eigentlich hierhergekommen ist.

»Ich hätte Sie vor drei Tagen schon anrufen müssen«, flüstert Charlotte, nimmt ihr Gesicht in beide Hände und fängt leise an zu schluchzen.

Ohne weiter darüber nachzudenken, legt Carla ihren rechten Arm um Charlottes Schultern, die sich langsam dankbar anlehnt. Carla spürt die tränennasse Wange der sonst so toughen Ärztin an ihrem Hals und fühlt auf einmal Schmetterlinge im Bauch. Sie streicht mit ihrer rechten Hand über Charlottes muskulösen Rücken. Die Freude darüber, ihr unverhofft so nahe sein zu dürfen und das kaum zu unterdrückende Bedürfnis nach noch mehr Nähe zu spüren, lässt Carla leise aufseufzen. In dem Moment hebt Charlotte ihren Kopf, ihre Lippen sind jetzt nur noch wenige Zentimeter voneinander entfernt. Eine kurze Welle der Erregung durchflutet beide Frauen, bis Charlotte unvermittelt aufsteht und direkt vor der noch leicht geöffneten Haustür stehenbleibt.

Keine zehn Meter von ihnen entfernt knallt plötzlich eine Autotür und Lydia schaut mit weit aufgerissenen Augen in ihre Richtung. Charlotte findet ihre Stimme als Erste wieder und murmelt: »Entschuldigung, das war jetzt alles ein bisschen viel für mich. Ich werde schnell duschen und stehe dann zur Vernehmung bereit. Ich gehe davon aus, dass ich ins Präsidium kommen soll?«, beendet sie ihren Satz mit einer Frage. Ohne die Antwort abzuwarten, flüchtet sie rasch ins Haus, während Carla verstört und regungslos auf der Treppe sitzenbleibt.

»Was war das denn für 'ne Nummer?«, hört sie Lydia jetzt sagen, die erst noch lässig an die Autotür gelehnt gestanden und diese dann schwungvoll zugeschlagen hatte.

»Hast du was mit der Fahl?«, fragt sie nun unumwunden und setzt nach: »Meine Güte, Carla, damit machst du dich befangen und kannst diese Ermittlungen nicht mehr leiten, das ist dir hoffentlich ganz klar.«

»Ich weiß doch selbst nicht, was das war«, antwortet Carla völlig durcheinander. »Natürlich hab ich nichts mit ihr, was denkst du denn?« Und nach einem kurzen Moment, in dem sie sich gesammelt hat, erklärt sie ihrer Freundin noch mit resoluter Stimme: »Außerdem können Staatsanwälte nicht wegen Befangenheit abgelehnt werden. Und wie du vielleicht selbst gemerkt hast, haben wir hier gar nichts gefunden bei der Durchsuchung, also reg dich gefälligst ab.«

»Ich mach mir einfach nur Sorgen um dich, Carla, mehr nicht. Du siehst aus, als würdest du ein wenig neben dir stehen. Und vielleicht stimmt das ja mit der Befangenheit von Staatsanwälten, musst du schließlich besser wissen, aber ich weiß dafür, dass man Staatsanwälte nicht küsst«, lacht Lydia über ihren eigenen Witz mit diesem abgenutzten Filmzitat und hakt sich bei Carla unter, um sie zum Auto zu begleiten.

Carla setzt sich auf den Beifahrersitz und blickt sehnsüchtig zu einem der oberen Fenster der Villa, weil sie dahinter Charlotte vermutet. In diesem Moment sieht sie eine sehr große kräftige Silhouette, bei der es sich bestimmt nicht um die Ärztin handelt. Eine Hand zieht ganz leicht den dünnen Vorhang zur Seite und Carla meint dort eindeutig einen Mann stehen zu sehen. In diesem Moment startet Lydia den Wagen und Carla ist dermaßen erstarrt, dass sie unfähig ist, sich zu rühren oder etwas zu sagen. Während der Wagen sich in Bewegung setzt, bleibt Carlas Blick am Fenster haften, bis es nach einer Weile nicht mehr zu sehen ist. Ihr Hirn weigert sich anzuerkennen, was ihre Augen längst erkannten. Da oben hinter dem Vorhang stand Pascal Leval, ein eiskaltes Lächeln auf seinem Gesicht. Auf einmal weiß Carla, was sie übersehen haben.

Dank

Neben dem Fakt, dass jedes Leben auf der Erde individuell ist, halte ich es für eine weitere unumstößliche Tatsache, dass ein Mensch alleine zu nichts fähig ist, wir alle also nur mit und durch einander existieren können, weshalb auch in diesem Buch das abschließende Dankeschön auf gar keinen Fall fehlen darf. Mein Dank gilt insbesondere den Menschen, die mir mein Leben schenkten, und jenen, die mich auf meinem Lebensweg begleiten sowie all denen, die meinen Lebensweg bisher schon kreuzten und mir mit ihren Geschichten, besonderen Fähigkeiten oder Angeboten etwas von sich gaben und mich dadurch bereicherten. Vieles von all diesen Menschen taucht in diesem Buch auf und macht es schliesslich zu dem, was es ist: ein Buch direkt aus dem Leben. Vielen herzlichen Dank euch allen!

Karlheinz Gaertner

Nachtstreife

Aus dem Leben eines Großstadt-Polizisten

Rücksichtslose Verkehrsrowdys und raffinierte Einbrecher, brutale Schläger und durchgeknallte Drogenabhängige, organisiertes Verbrechen und Mord – wer in einer Großstadt wie Berlin Polizist ist, dem bleibt nichts erspart. Wer wissen will, wie Polizeiarbeit heute aussieht und was sie über den Zustand unserer Gesellschaft ausdrückt, wird an diesem ebenso spannenden wie nachdenklichen Buch nicht vorbeikommen.

256 Seiten, broschiert, 2015, ISBN 978-3-280-05575-5

orell füssli

Gerhard Strate

Der Fall Mollath

Vom Versagen der Justiz und Psychiatrie

Die deutsche Gerichtsbarkeit erfreute sich bislang höchsten Ansehens. Mit dem Fall des Gustl Mollath hat sich dies geändert. Für viele hat seine Geschichte das Vertrauen in die Rechtsstaatlichkeit deutscher Strafprozesse ernsthaft beschädigt. Der Hamburger Rechtsanwalt Gerhard Strate war im Wiederaufnahmeverfahren Verteidiger Gustl Mollaths. Sein Buch ist nicht nur eine kritische Zusammenfassung eines unglaublichen Rechtsfalls, sondern vor allem die scharfe Abrechnung mit übermächtigen Gutachtern, selbstgerechten Richtern und einer nachlässigen Rechtsfindung – die jeden von uns genauso treffen könnte.

288 Seiten, gebunden, 2014, ISBN 978-3-280-05559-5

orell füssli

Monica Fahmy

Der Tod, das Verbrechen und der Staat

Die Macht der Organisierten Kriminalität – Protokoll einer Bedrohung

Ehrenkodizes sind passé, selbst Frauen und Kinder werden nicht mehr verschont. Die heutige organisierte Kriminalität tritt in den unterschiedlichsten Erscheinungsformen auf und hat längst ganze Volkswirtschaften unterwandert.
3600 Gruppierungen sind in Europa aktiv. Die meisten haben das eine oder andere Standbein in der Schweiz, Deutschland und Österreich. Monica Fahmy, Ökonomin und investigative Journalistin mit Schwerpunkt Organisierte Kriminalität, zeichnet das atemberaubende wie erschreckende Porträt einer Bedrohung, die längst vor unserer Haustür angekommen ist.

256 Seiten, gebunden, 2015, ISBN 978-3-280-05577-9

orell füssli